TEA CULTURE AND TEA ART: METHODS AND OPERATIONS

茶文化与茶艺：方法与操作

主　编◎张金霞

中国·武汉

内容简介

本书从茶文化与茶艺的关系着手，通过茶的起源与发展、茶文化概说、走近茶具、走近茶之水、走近茶叶、走近茶艺、茶艺服务、科学饮茶、茶艺馆与茶席设计等方面内容，全面系统地介绍了茶文化和茶艺的方法与操作知识，是一本理论性、实用性和操作性均较强的茶文化和茶艺教材。

本书具有鲜明的特色。其一，本书的作者经验丰富，多年来致力于茶文化的研究与推广。其二，任务导入加案例导入，体例新颖。全书分为3篇、9个项目和19个实践操作。其三，理论与实践结合，内容丰富。本书进行理论阐述后附有详细的实践操作练习，部分操作内容具有独创性，这也是本书的一大亮点，可为读者提供有效的指导。其四，图文与视频穿插，形象生动，可读性强。本书展示了茶文化知识和茶艺的具体操作技能，通过大量的茶类、茶具和茶艺图片以及小视频，给学生以直观的印象，提升学生学习的兴趣与效果。

本书的编写面向旅游和茶艺工作实际，既可作为旅游管理和酒店管理专业本(专)科学生的选修课教材和茶学专业学生的专业教材，又可作为茶行业职工的培训教材，同时对广大茶艺爱好者也有较高的参考价值。

图书在版编目(CIP)数据

茶文化与茶艺:方法与操作/张金霞主编. —武汉:华中科技大学出版社，2022.7
ISBN 978-7-5680-8469-7

Ⅰ. ①茶… Ⅱ. ①张… Ⅲ. ①茶文化-中国 ②茶艺-中国 Ⅳ. ①TS971.21

中国版本图书馆CIP数据核字(2022)第124596号

茶文化与茶艺:方法与操作
Cha Wenhua yu Chayi :Fangfa yu Caozuo

张金霞 主编

策划编辑：周晓方 宋 焱
责任编辑：唐梦琦
封面设计：廖亚萍
责任校对：张汇娟
责任监印：周治超
出版发行：华中科技大学出版社(中国·武汉) 电话：(027)81321913
武汉市东湖新技术开发区华工科技园 邮编：430223
录 排：华中科技大学惠友文印中心
印 刷：武汉市籍缘印刷厂
开 本：787mm×1092mm 1/16
印 张：19 插页：2
字 数：451千字
版 次：2022年7月第1版第1次印刷
定 价：59.90元

总　序

在"ABCDE＋2I＋5G"(人工智能、区块链、云计算、数据科学、边缘计算＋互联网和物联网＋5G)等新科技的推动下,企业发展的外部环境日益数字化和智能化,企业数字化转型加速推进,互联网、大数据、人工智能与业务深度融合,商业模式、盈利模式的颠覆式创新不断涌现,企业组织平台化、生态化与网络化,行业将被生态覆盖,产品将被场景取代。面对新科技的迅猛发展和商业环境的巨大变化,江汉大学商学院根据江汉大学建设高水平城市大学的定位,大力推进新商科建设,努力建设符合学校办学定位的江汉大学新商科学科、教学、教材、管理、思想政治工作人才培养体系。

教材具有育人功能,在人才培养体系中具有十分重要的地位和作用。教育部《关于加快建设高水平本科教育全面提高人才培养能力的意见》提出,要充分发挥教材的育人功能,加强教材研究,创新教材呈现方式和话语体系,实现理论体系向教材体系转化、教材体系向教学体系转化、教学体系向学生知识体系和价值体系转化,使教材更加体现科学性、前沿性,进一步增强教材针对性和时效性。教育部《关于深化本科教育教学改革全面提高人才培养质量的意见》指出,鼓励支持高水平专家学者编写既符合国家需要又体现个人学术专长的高水平教材。《高等学校课程思政建设指导纲要》指出,高校课程思政要落实到课程目标设计、教学大纲修订、教材编审选用、教案课件编写各方面。《深化新时代教育评价改革总体方案》指出,完善教材质量监控和评价机制,实施教材建设国家奖励制度。

为了深入贯彻习近平总书记关于教育的重要论述,认真落实上述文件精神,也为了推进江汉大学新商科人才培养体系建设,江汉大学商学院与华中科技大学出版社开展战略合作,规划编著应用型本科高校"十四五"规划经济管理类数字化精品系列教材。江汉大学商学院组织骨干教师在进行新商科课程体系和教学内容改革的基础上,结合自己的研究成果,分工编著了本套教材。

本套教材涵盖大数据管理与应用、工商管理、物流管理、金融学、国际经济与贸易、会计学和旅游管理7个专业的20门核心课程教材，具体包括《大数据概论》《运营管理》《国家税收》《品牌管理：战略、方法与实务》《现代物流管理》《供应链管理理论与案例》《国际贸易实务》《房地产金融与投资》《保险学基础与应用》《证券投资学精讲》《成本会计学》《管理会计学：理论、实务与案例》《国际财务管理理论与实务》《大数据时代的会计信息化》《管理会计信息化：架构、运维与整合》《旅游市场营销：项目与方法》《旅游学原理、方法与实训》《调酒项目策划与实践》《茶文化与茶艺：方法与操作》《旅游企业公共关系理论、方法与案例》。

本套教材的编著力求凸显如下特色与创新之处。第一，针对性和时效性。本套教材配有数字化和立体化的题库、课件PPT、知识活页以及课程期末模拟卷教辅资源，力求实现理论体系向教材体系转化、教材体系向教学体系转化、教学体系向学生知识体系和价值体系转化，使教材更加体现科学性、前沿性，进一步增强教材针对性和时效性。第二，应用性和实务性。本套教材在介绍基本理论的同时，配有贴近实际的案例和实务训练，突出应用导向和实务特色。第三，融合思政元素和突出育人功能。本套教材为了推进课程思政建设，力求将课程思政元素融入教学内容，突出教材的育人功能。

本套教材符合城市大学新商科人才培养体系建设对数字化精品教材的需求，将对江汉大学新商科人才培养体系建设起到推动作用，同时可以满足包括城市大学在内的地方高校在新商科建设中对数字化精品教材的需求。

本套教材是在江汉大学商学院从事教学的骨干教师团队对教学实践和研究成果进行总结的基础上编著的，体现了新商科人才培养体系建设的需要，反映了学科动态和新技术的影响和应用。在本套教材编著过程中，我们参阅了国内外学者的大量研究成果和实践成果，并尽可能在参考文献和版权声明中列出，在此对研究者和实践者表示衷心感谢。

编著一套教材是一项艰巨的工作。尽管我们付出了很大的努力，但书中难免存在不当和疏漏之处，欢迎读者批评指正，以便在修订、再版时改正。

丛书编委会

2022年3月2日

前　言

如今是一个全民追求健康的时代，也是一个饮茶的好时代。饮茶作为一种高雅而恬淡的休闲活动，不仅有利于身体健康，也是人生的一大乐趣。越来越多的人，不分年龄、国籍，都开始饮茶，爱上饮茶。走进茶艺馆，静下心来，品味着各种茶类散发的独特芬芳，听着舒缓动听的民族音乐，看着茶人精彩的茶艺表演，岂不是一件乐事！

中国是茶的故乡，茶文化源远流长。茶艺是茶文化中的一朵奇葩，是中华传统文化的重要组成部分。中国传统文化传承者和发扬者的年轻一代，特别是旅游管理、酒店管理以及茶学等专业的学生，急需一本理论与实践相结合、突出实用性和操作性的茶文化和茶艺的教材。

本书主要是为旅游管理、酒店管理及茶学等专业本(专)科学生编写的一本理论与实践相结合的茶文化和茶艺教材。本书可以作为课堂理论教学的重要补充，通过本课程的学习，可丰富学生的人文知识，提高学生的学习兴趣，激发学生的创作潜能，进而为学生的就业拓展空间，为茶文化的传播培养人才。同时，本书对茶行业的职工和广大茶艺爱好者也有较高的参考价值。

本书有四大特色。

(1)专业作者，经验丰富。本书作者是一位致力于茶文化和茶艺研究的学者，通过多年教学、科研与实践，积累了较为丰富的经验，也为本书的写作打下了坚实的理论与实践基础。

(2)任务导入加案例导入，体例新颖。本书突破传统体系，每篇以任务导入出发，辅以1～2个案例，突出了实用性与趣味性，能够调动读者的思考。全书分为茶文化篇、茶艺篇和拓展篇，包括茶的起源与发展、茶文化概说、走近茶具、走近茶之水、走近茶叶、走近茶艺、茶艺服务、科学饮茶、茶艺馆与茶席设计

9个项目。每个项目后面设立相关实践操作，共计19项。

(3)理论与实践结合，内容丰富。本书在进行理论阐述后安排了详细的实践操作练习，部分操作内容具有独创性，这也是本书的一大亮点。让学生亲身参与茶文化和茶艺实践操作练习，可加深学生对茶文化和茶艺的认识，同时激发学生学习的热情，为学生学习其他专业课程打下良好的基础。

茶文化和茶艺是旅游管理、酒店管理和茶学等专业学生应具备的重要专业知识和技能之一，通过本课程的学习，学生可以认识茶的起源与发展，学习中国茶文化及其他国家茶文化的基本知识，认识茶叶、茶水、茶具，真正体会到“水为茶之母，器为茶之父”的真谛；掌握茶的冲泡、饮茶、品茶与赏茶技巧；初步掌握茶艺服务方法和技巧；了解茶艺馆和茶席的设计，并能理论联系实际，学以致用。本书全面系统地介绍了茶文化和茶艺的方法与操作知识，这是一本理论性、实用性和操作性均较强的茶文化和茶艺操作教材。

(4)图文与视频穿插，形象生动，可读性强。本书展示了茶艺的具体操作，通过大量的茶类、茶具和茶艺图片，以及数字资源的展现，给学生以直观的印象，提升学生学习的兴趣与效果。

本书由江汉大学张金霞教授担任主编，进行拟订提纲和全书的统稿工作。

本教材得到江汉大学“城市治理与文化传承”学科群资助。本书在编写过程中，参阅了大量的茶文化、茶艺、茶具相关书刊，也借助于互联网选用了部分资料、图片与视频，同时得到了华中科技大学出版社宋焱编辑的大力支持，她为本书的编辑出版付出了大量心血和艰辛劳动，在此一并表示衷心的感谢。

由于作者水平有限，不足之处在所难免，敬请各位同仁和读者批评指正，在此谨表谢意。

编　者

2022年3月

目 录

茶文化篇

茶艺篇

拓　展　篇

茶文化篇

项目一　茶的起源与发展

◇学习目标

1. **知识目标**

(1)了解茶树的起源与特征。

(2)理解茶的利用和传播。

(3)掌握中国茶和世界茶的分布。

2. **技能目标**

(1)学会辨认茶树。

(2)了解茶传播的路径。

3. **情感目标**

(1)通过学习茶树的起源与发展,明确中国是茶的故乡,激发对祖国的热爱之情与自豪感。

(2)通过学习中国茶和世界茶的分布,培养对于中国传统文化的兴趣。

◇学习重难点

(1)茶的传播路径。

(2)中国茶的主要分布区。

(3)世界茶的主要分布区。

◇任务导入

民间有俗语云:“开门七件事,柴米油盐酱醋茶。”又云:“文人七件宝,琴棋书画诗酒茶。”由此可见,早在古代,茶已深入社会各阶层,上至帝王将相,下至平民百姓,无不以茶为好。那么,就让我们一起走近茶的世界,去了解茶的前世今生。

导入案例

关于茶的故乡之争

关于茶的原产地在哪里，世界各地一直争论不休，有的说在印度，有的说在中国，更有甚者说日本为茶的原产地。

1824 年，有个叫勃鲁士的英国军官在印度阿萨姆山区发现了一株野生的大茶树，树高达 13 米、径围约 1 米，其由此便推断：印度是茶的原产地。1877 年，英国人贝尔登在其著作《阿萨姆之茶叶》中也认定茶树原产于印度。再之后，英国植物学家勃莱克在《茶商指南》里提及“有许多学者……主张茶的原产地为印度而非中国。”英国伪茶学家易培生在《茶》一书里声称“中国只有栽培的茶树，不能找到绝对野生的茶树”，并表示他们在印度发现的野生茶树，应该被植物学家视为一切茶树之祖。此后便掀起了全球对茶叶原产地的热议，国际上对于茶树原产地相关的争议就这样开始了。

那么，茶的故乡到底在哪里？

【案例分析】

丰富的茶叶史料和现代生物科学的鉴定，都证明了中国是茶的故乡，这是不争的事实。我国古书《诗经》和《尔雅》已有关于茶的记述。而最新考古也发现，山东邹城郏国故城遗址西岗墓地一号战国墓随葬品中遗存茶叶样品，为煮(泡)过的茶叶残渣。这表明中国最早的茶叶实物出现于战国早期，即战国早期我国已开始用茶。我国唐代陆羽所著的《茶经》更有明确记载：“茶者，南方之嘉木也，一尺、二尺乃至数十尺，其巴山峡川，有两人合抱者，伐而掇之。”故茶树原产于中国，后传播于世界。

早在 1753 年，世界著名植物分类学家林奈将茶树定名为“Thea sinensis”，意思就是原产于中国的茶树。而 19 世纪后茶的原产地之争的本质是各国对茶背后的巨大经济价值的争夺。

20 世纪 80 年代，随着现代基因技术的发展，事实终于渐渐被澄清。中国著名植物分类学家张宏达在考察了英国皇家植物园各大标本馆后认为，印度的茶树与中国云南广泛栽培的大叶茶没有区别，印度现在栽培的大叶茶是当时东印度公司从中国引入的，且在印度未发现有关于茶树的记载。而日本的桥本实和志村桥两位科学家通过对茶树细胞染色体的分析表明，中国和印度茶种染色体的数目相同，在细胞遗传学上被认为没有差异。他们又经过实地的调查研究，认为茶的传播是以四川、云南为中心，分别往南、北两个方向推移，往南推移的，就向乔木化、大叶型发展，而往北推移的，则向灌木化、小叶型发展。

任务一 茶的发现与利用

人类探索、发现、利用、感受茶叶的历史可追溯到远古时代。陆羽所著《茶经》记载:“茶之为饮,发乎神农氏,闻于鲁周公。”此处将茶的发现和利用,断论为上古时期的神农氏。在中国的文化发展史上,往往是把一切与农业、植物相关的事物起源都归结于神农氏。而中国饮茶起源于神农氏的说法也因民间传说而衍生出不同的观点。有人提出,神农氏在野外以釜锅煮水时,刚好有几片叶子飘进锅中,煮好的水,其色微黄,喝入口中生津止渴、提神醒脑,以神农氏尝百草的经验,判断它是一种药。茶就是这样被发现的,这也是有关中国饮茶起源最普遍的说法。

《神农本草经》是我国第一部中药学专著。这部书以传说的形式,搜集远古以来人们长期积累的药物知识,其中有这样的记载:“神农尝百草,日遇七十二毒,得荼而解之。”据考证,这里的荼是指古代的茶,大意是说,远在上古时代,神农氏亲口尝百草,为了从中发现有利于人类生存的植物,竟一天之内多次中毒,但最终由于服用茶叶而得救。虽然这是传说,带有明显的夸张成分,但也可从中得知,人类利用茶叶,可能是从药用开始的。

中国饮茶起源众说纷纭。追溯中国人饮茶的起源,有人认为起于上古神农氏,有人认为起于周,也有起于秦汉、三国、南北朝、唐代的不同说法,造成众说纷纭的主要原因是唐代以前无“茶”字,而只有“荼”字的记载,直到《茶经》的作者陆羽将“荼”字减一画而写成“茶”,才开始出现关于“茶”的记载。

任务二 茶树的起源与特征

一、茶树的起源

茶树的起源问题,历来争论较多,之后随着考证技术的发展和新发现,人们才逐渐达成共识,即中国是茶树的原产地,并确认中国西南地区,包括云南、贵州、四川,是茶树原产地的中心。由于地质变迁及人为栽培,茶树开始普及全国,并逐渐传播至世界各地。

我国是世界上最早发现茶树和利用茶树的国家。陆羽所著《茶经》记载："茶者……其树如瓜芦，叶如栀子，花如白蔷薇，实如栟榈，蒂如丁香，根如胡桃。"茶树一次种，多年收，是一种叶用常绿木本植物，野生，乔木型茶树可高达15～30米，基部树干围达1.5米，寿命可达数百年以至上千年之久。目前，我们通常见到的是栽培茶树，为了多产芽和方便采收，人们往往用修剪的方法，抑制茶树纵向生长，促使茶树横向扩展，所以，树高多在0.8～1.2米之间。茶树经济学年龄一般为50～60年。

茶树起源于何时？植物学家的研究表明，茶树是由山茶目的山茶科、山茶属演化而来，山茶目植物的起源时间大约距今7000万年至6000万年。

茶树原产于中国，一向为世界所公认。只是因1824年印度发现了野生茶树，有部分国外学者开始对中国是茶树原产地提出异议，并在国际学术界引发了一些争议。这些持异议者，均以印度野生茶树为依据，同时认为中国没有野生茶树。其实早在《尔雅》中就提到了野生大茶树，且现今的资料表明，全国有10个省区198处发现野生大茶树，其中云南省凤庆县的一株，树龄已有3200年左右。有的地区野生茶树群落甚至大至数千亩。所以我国已发现的野生大茶树，时间之早，树体之大，数量之多，分布之广，性状之异，堪称世界之最。此外又经考证，印度发现的野生茶树与从中国引入印度的茶树同属中国茶树之变种。由此，中国是茶树的原产地遂成定论。

近几十年来，茶学和植物学研究相结合，从树种自然分布、地质变迁、进化类型等不同角度出发，对茶树原产地做了更加细致深入的分析和论证，进一步证明我国西南地区是茶树原产地。

（一）从茶树的自然分布来看

据《中国植物志》统计，全世界共有山茶科植物36属，700余种，而我国就有15属，480余种，且大部分分布在云南、贵州和四川一带。已发现的山茶科山茶属有100多种，云贵高原就有60多种，其中以茶树种占最重要的地位。从植物学的角度，许多属的起源中心在某一个地区集中，即表明该地区是这一植物区系的发源中心。山茶科、山茶属植物在我国西南地区的高度集中，说明我国西南地区就是山茶属植物的发源中心，当属茶的发源地。

（二）从地质变迁来看

我国西南地区群山起伏，河谷纵横交错，地形变化多端，形成了许许多多的小地貌区和小气候区，在低纬度和海拔高低相差悬殊的情况下，气候差异大，使原来生长在这里的茶树慢慢分置在热带、亚热带和温带不同的气候中，导致茶树种内变异，发展出热带型和亚热带型的大叶种和中叶种茶树，以及温带型的中叶种及小叶种茶树。植物学家认为，某种物种变异最多的地方，就是该物种起源的中心地。我国西南三省是世界上茶树变异最多、资源最丰富的地方，当是茶树起源的中心地。

（三）从茶树的进化类型来看

茶树在其系统发育的历史长河中不断地进化。因此，凡是原始型茶树比较集中的地区，就有可能是茶树的原产地。我国西南三省及其毗邻地区的野生大茶树，具有原始茶树的形态特征和生化特性，也证明了我国的西南地区是茶树原产地的中心地带。

著名茶学专家、浙江大学教授王岳飞总结了茶树起源于中国的六条理由。

①中国西南部山茶科植物最多，是山茶属植物的分布中心。

②中国西南部野生茶树最多。

③中国西南部茶树种内变异最多。

④中国西南部利用茶最早，茶文化内容最丰富。

⑤最早的茶树植物学名。

⑥茶叶生化成分特征提供的线索。

以上六个方面可以证明茶树起源于中国，中国是茶的故乡。

二、茶树的特征

茶树由叶、茎、芽、花、果实、种子和根等器官组成（见图 1-1），且有不同的特征。陆羽的《茶经》是这样描述的："其树如瓜芦，叶如栀子，花如白蔷薇，实如栟榈，蒂如丁香，根如胡桃。"

图 1-1　茶树的主要器官

（一）茶树之叶

茶叶可分为特大叶种、大叶种、中叶种和小叶种，所以我们看到的茶叶外形也就不一样。叶片的颜色有淡绿色、绿色、浓绿色、黄绿色和紫绿色。叶片的形状可分为近圆形、卵圆形、椭圆形、长椭圆形和披针形。叶片的质地也有硬、脆、软、厚、薄之分。

（二）茶树之芽

茶芽是茶树系统发育过程中新梢与茶的雏体。多数品种的幼嫩芽叶色泽嫩黄、油润，满披茸毛。随着叶片老化，茶芽色泽由黄转绿，茸毛脱落。

（三）茶树之茎

茶树茎是联系茶树根和叶、花、果的轴状结构，其作用主要是支持茶树长出嫩芽、叶片以及着生花和果实以繁衍后代。它是茶树体内输送水分、矿物质元素和有机营养物质的主要通道。根据分枝部位不同，茶树可分为乔木型、小乔木型和灌木型三种。我国栽培最多的是灌木型和小乔木型茶树。

（四）茶树之花

茶树的花为两性花，由花芽发育而成，属于异花授粉的植物，它的花是虫媒花。花芽于每年的 6 月中旬形成，10—11 月为盛花期，花一般为白色，少数为淡黄色和粉红色。花冠由 5～9 片发育不一致的花瓣组成，分两层排列。茶花授精发育后，直到第二年霜降前后，果实方才成熟，所以由花芽分化到种子成熟，时间有 500 多天。在这一周期里，人们在同一株茶树上，既能看到当年的花和蕾，又能见到前一年的果实和种子，这就是茶树的“带子怀胎”现象，也是茶树的重要特征之一。

（五）茶树之果

茶果为蒴果，成熟时果壳开裂，种子落地。果皮未成熟时为绿色，成熟后变为褐色和红褐色。茶果形状因茶果内种子数量的不同而形态各异，着生一粒种子时，果为球形，二粒时为肾形，三粒时为三角形，四粒时为方形，五粒时为梅花形。

茶果全身都是宝，用途广泛，特别是种子中含有丰富油脂，经过精心加工可以制作成茶叶籽油和油茶籽油，两种茶籽油都是对人体有益处的食用油。

（六）茶树之根

一棵茶树的根由主根、侧根、细根和根毛组成。主根垂直向下生长，起支撑储藏作用，主根一般长而粗壮，反之则短小。侧根生在主根上，起固定、疏导、储藏的作用，从侧根上再生出细根。细根上密生根毛，吸收土壤养分。生长着根毛的细根，通称吸收根，如细根发达，且多而长，供应茶树生长所需的养分，使得茶树枝叶茂盛。

任务三 茶的传播

中国在茶业上对人类的贡献，主要在于最早发现并利用茶这种植物，并将其发展成为东方乃至整个世界的灿烂而独特的茶文化。

中国茶业最初兴于巴蜀，随之向东部和南部传播开来，后遍及全国。到了唐代，又传至日本和朝鲜，16 世纪后被西方引进。所以，茶的传播路径分为国内及国外两条。

一、茶在国内的传播

中国的茶业最初孕育、发生和发展于南方。

（一）先秦两汉时期，巴蜀是中国茶业的摇篮

明末清初大儒顾炎武在其《日知录》中指出："自秦人取蜀而后，始有茗饮之事。"即认为中国的饮茶之风，是秦统一巴蜀之后才慢慢传播开来，也就是说，中国和世界的茶叶文化，最初是在巴蜀发展为业的。这一说法，目前为绝大多数学者所认同。巴蜀产茶，据文字记载和考证，至少可追溯到战国时期，当时巴蜀已形成一定规模的茶区，并将茶作为贡品之一。

关于巴蜀茶业在我国早期茶业史上的突出地位，始见于西汉成帝时王褒的《僮约》，内记载有"烹茶尽具"及"武阳买茶"两句。前者反映成都一带在西汉时不仅饮茶成风，而且出现了专门用具；从后一句可以看出，茶叶已经商品化，出现了如"武阳"一类的茶叶市场。

西汉时期，成都不但已成为我国茶叶的一个消费中心，在后来的文献记载中可得知，它很可能也已形成了最早的茶叶集散中心。不仅仅是在秦之前，而且在整个秦汉乃至西晋时期，巴蜀都是我国茶叶生产和技术的重要中心。

（二）三国西晋时期，长江中游或华中地区成为茶业中心

秦始皇统一中国后，茶业的发展更盛。尤其是茶的加工、种植，首先向东部南部传播，如湖南茶陵的命名，就很能说明问题。茶陵是西汉时设的一个县，该地以出茶而闻名。茶陵邻近江西、广东边界，表明西汉时期茶的生产已经传到了湖南、广东、江西这些毗邻地区。

三国和西晋时期，因荆楚茶业和茶叶文化在全国日益传播开来，加之地理上的有利条件，长江中游或华中地区逐渐取代巴蜀，在中国茶文化传播史上占据越来越重要的地位。三国时，孙吴据有现在江苏、安徽、江西、湖北、湖南、广西一部分和广东、福建、浙江东南半壁江山。此时这一地区正是我国茶业传播和发展的主要区域，南方栽种茶树的规模和范围有很大的发展，而茶的饮用也流传到了北方高门豪族。

西晋时长江中游茶业的发展，还可从西晋时期《荆州土地记》中得到佐证。书中载曰："武陵七县通出茶，最好。"这正说明了荆汉地区茶业的明显发展。巴蜀独冠全国的优势，似已不复存在。

（三）东晋南北朝时期，长江下游和东南沿海茶业发展迅速

西晋王室南渡之后，北方豪门过江侨居，建康（今南京）成为我国南方的政治中心。这一时期，由于上层社会崇茶之风盛行，在南方尤其是江东地区，饮茶和茶叶文化有了较大的发展，也进一步促进了我国茶业向东南地区推进。这一时期，我国东南地区种植茶，由浙西扩展到了现今温州、宁波沿海一带。不仅如此，《桐君录》有记载："酉阳、武昌、晋陵皆出好茗。"晋陵即今江苏常州。这表明东晋和南北朝时，长江下游一带的茶业也发展起来了。三国两晋之后，茶业重心东移的趋势更加明显。

（四）唐代中后期，长江中下游地区成为中国茶叶生产和技术中心

六朝以前，茶在南方的生产和饮用，已有一定发展，但北方饮茶者还不多。及至唐代中期，北方饮茶者也大大增加，如《膳夫经手录》所载："今关西、山东，闾阎村落皆吃之，累日不食犹得，不得一日无茶。"中原和西北少数民族地区，都嗜茶成俗，于是南方茶的生产，随之空前蓬勃发展了起来。在交通便利的江南、淮南茶区，茶的生产更是得到了较大发展。

唐代中叶后，长江中下游茶区不仅茶产量大幅度提高，而且制茶技术也达到了当时的最高水平。顾渚紫笋和常州阳羡茶成为贡茶。茶叶生产和技术的中心，正式转移到了长江中下游地区。

江南茶叶生产极一时之盛，据当时史料记载，安徽祁门周围，千里之内，各地种茶，山无遗土，以茶为业者十之七八。在唐时，现在的江西东北部、浙江西部和安徽南部一带，茶业确实有了长足的发展。同时贡茶设置在江南，大大促进了江南制茶技术的提高，也带动了全国各茶区的生产和发展。

由《茶经》和唐代其他文献记载来看，这一时期茶叶产区已遍及今天的四川、陕西、湖北、云南、广西、贵州、湖南、广东、福建、江西、浙江、江苏、安徽、河南等十四个省（区），几乎达到了与我国近代茶区相当的范围。

（五）宋代茶业重心由东向南移

五代至宋代初年，全国气候由暖转寒，中国南方南部的茶业较北部更加迅速地发展了起来，并逐渐取代长江中下游茶区成为宋代茶业的新的中心。主要表现在贡茶从顾渚紫笋改为福建建安茶，唐时还不曾形成气候的闽南和岭南一带的茶业，明显地活跃和发展起来。宋代茶业重心南移的主要原因是气候的变化，江南早春茶树因气温降低，发芽推迟，不能保证茶叶在清明前进贡到京都。福建气候较暖，正如欧阳修所说："建安三千里，京师三月尝新茶。"作为贡茶，建安茶的采制必然精益求精，故其名声也愈来愈大，福建成为中国团茶、饼茶制作的主要技术中心，同时带动了闽南和岭南茶区的崛起和发展。由此可见，到了宋代，茶已传播到全国各地。宋代的茶区基本上已与现代茶区范围相符。明清以后，茶业地理区域基本不再变动，大多是茶叶制法和各茶类兴衰的演变了。

二、茶在国外的传播

我国茶叶生产及人们饮茶风尚的发展，也对国外产生了巨大的影响。中国茶叶传播海外已有 2000 多年的历史，但有文字考证的应在 6 世纪以后。

茶叶最早是通过使臣来访、人员交流、礼尚往来等非贸易渠道传播到国外的。据文献记载，805 年，日本最澄禅师从我国研究佛学回国，把带回的茶种栽于近江（今滋贺县）。815 年，日本嵯峨天皇巡幸滋贺县梵释寺，寺僧献上茶水。天皇饮后非常高兴，于是大力推广饮茶，茶树在日本得到大面积栽培。在宋代，日本荣西禅师来我国学习佛经，归国时不仅带回茶种播种，并根据我国寺院的饮茶方法，制定了自己的饮茶仪式。他晚年著的《吃茶养生记》一书，被称为"日本第一部茶书"。书中称茶是"圣药""万灵长寿剂"，这对推动日本社会饮茶风尚的形成和发展起了重大作用。

后来茶叶主要通过贸易渠道进行传播。中国古时朝廷在沿海的一些港口专门设立市舶司管理海上贸易，包括茶叶贸易，准许外商购买茶叶运回自己的国土，此后中国茶叶更快更广地向海外传播。宋元期间，我国对外贸易的港口增加到八九处，此时陶瓷和茶叶已成为我国的主要出口商品。在明代，政府采取积极的对外政策，曾七次派遣郑和下西洋。郑和游遍东南亚、阿拉伯半岛，直达非洲东海岸，加强了中国与这些地区的经济联系与贸易，使茶叶输出量剧增。

明代期间，西欧各国的商人先后东来，从这些地区转运中国茶叶，并在本国上层社会推广饮茶。1607 年，荷兰海船自爪哇来我国澳门贩茶转运欧洲，这是我国茶叶直接销往欧洲的最早纪录。以后，茶叶成为荷兰人最时髦的饮料。由于荷兰人的宣传与影响，饮茶之风迅速波及英法等国。1631年，英国一个名叫威忒的船长专程率船队东行，首次从中国直接运走大量茶叶。清代之后，饮茶之风逐渐波及欧洲一些国家。茶叶最初传到欧洲时，价格昂贵，荷兰人和英国人都将其视为“贡品”和奢侈品。随着茶叶输入量的不断增加，茶叶的价格逐渐降下来，成为民间的日常饮料。此后，英国人成了世界上最大的茶客。印度是红碎茶生产和出口最多的国家(此茶种源于中国)。印度虽也有野生茶树，但是印度人不知种茶和饮茶，到了18世纪下半叶，英国和荷兰人才开始从中国输入茶种在印度种茶。现今，最有名的红碎茶产地阿萨姆即于1835年从中国引进茶种开始种茶。中国专家曾前往印度指导当地种茶、制茶方法，其中包括小种红茶的生产技术。后来由于切茶机的发明，红碎茶开始出现，并逐渐成了全球性的大宗饮料。

到了19世纪，我国茶叶的传播几乎遍及全球，1886年，我国茶叶出口量达268万担。西方各国语言中“茶”一词，大多源于当时海上贸易港口福建厦门及广东方言中“茶”的读音。可以说，中国给了世界茶的名字、茶的知识、茶的栽培加工技术，世界各国的茶叶直接或间接与我国茶叶有千丝万缕的联系。

总之，我国是茶的故乡。茶叶首先传到朝鲜和日本，随后通过丝绸之路和茶马古道传到中亚、西亚和东欧，然后由海上丝绸之路传到西欧。十八九世纪英国东印度公司多次派员来华寻茶、雇茶工，后又派罗伯特·福钧来华，将茶种带到印度大吉岭一带种植。此后通过多种途径逐渐传播到全世界，其中万里茶道(见图1-2)在茶叶的传播中更是功不可没。茶叶成了惠及世界各国人民的大众化饮料，也被称为世界三大饮料之首。

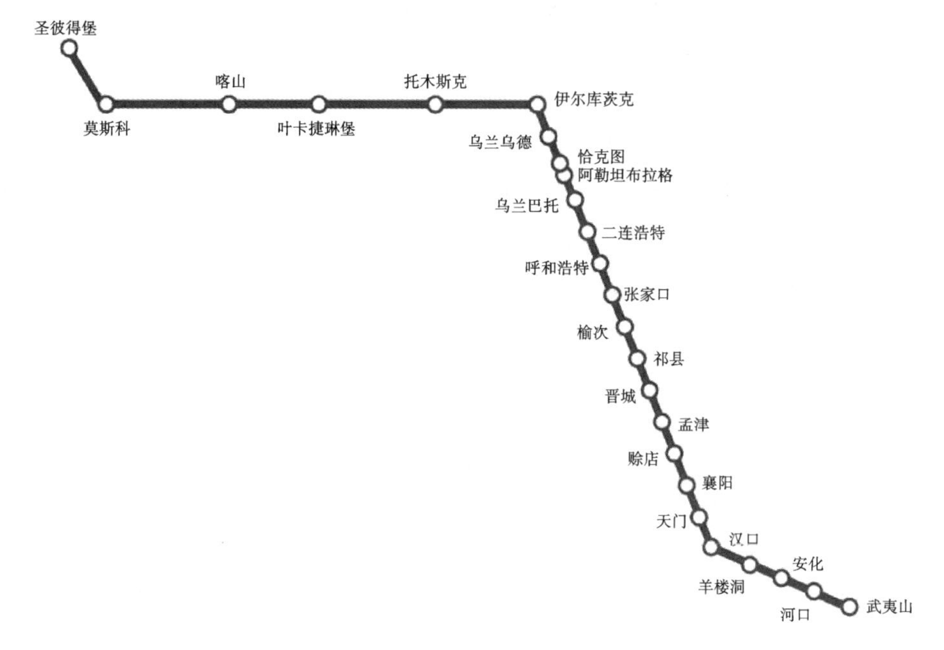

图1-2　万里茶道

任务四　茶区的分布

一、世界分布

目前世界五大洲都产茶，种茶的国家有60余个(见表1-1)，最北可达北纬49°，位于乌克兰外喀尔巴阡，最南可达南纬33°，位于南非纳塔尔。

表1-1　世界64个产茶国家名录

地区	数量	国家
亚洲	22个	中国、印度、斯里兰卡、孟加拉国、印度尼西亚、日本、土耳其、伊朗、马来西亚、越南、老挝、柬埔寨、泰国、缅甸、巴基斯坦、尼泊尔、菲律宾、格鲁吉亚、阿塞拜疆、韩国、阿富汗、朝鲜
非洲	21个	喀麦隆、布隆迪、扎伊尔、南非、埃塞俄比亚、马里、几内亚、摩洛哥、阿尔及利亚、津巴布韦、留尼汪岛、埃及、肯尼亚、马拉维、乌干达、莫桑比克、坦桑尼亚、刚果、毛里求斯、卢旺达、布基纳法索
美洲	12个	阿根廷、巴西、秘鲁、墨西哥、玻利维亚、哥伦比亚、危地马拉、厄瓜多尔、巴拉圭、圭亚那、牙买加、美国
大洋洲	4个	巴布亚-新几内亚、斐济、澳大利亚、新西兰
欧洲	5个	葡萄牙(亚速尔群岛)、俄罗斯、乌克兰、意大利、英国

世界茶区在地理上的分布，多集中在亚热带和热带地区，可分为东亚、南亚、东南亚、西亚、欧洲、东非和中南美六区。

(一)东亚茶区

东亚茶区的主产国有中国和日本，2020年中国的茶叶产量占世界茶叶总产量的45%左右。日本茶区主要分布在九州、四国和本州东南部，包括静冈、琦玉、宫崎、鹿儿岛、京都、三重、茨城、奈良、九州、高知等县(府)，其中静冈县产量最高。

（二）南亚茶区

南亚茶区的主产国有印度、斯里兰卡和孟加拉国，其中印度产量最多，2020 年印度的茶叶产量约占世界总产量的 20%。

(1)印度的茶区分布在北部（包括东北部）和南部，北部又分为阿萨姆茶区和西孟加拉茶区。

①阿萨姆茶区是印度的主要茶区，茶叶产量占印度茶叶总产量的 50%以上。

②西孟加拉茶区主要分布在杜尔斯地区附近，茶叶产量占印度总产量的 20%左右。

③南部茶区主要分布在马德拉斯和喀拉拉，气候与北部相比，较为暖和，全年无霜，可终年采摘茶叶。

(2)斯里兰卡地处印度半岛东南部，是一个热带岛国。全岛地势以中部偏南为最高，茶园多集中在中部山区，主产区为康提、努沃勒埃利耶、巴杜勒和拉特纳普勒，这些茶区面积占斯里兰卡茶园总面积的 70%以上，茶叶产量约占斯里兰卡总产量的 75%。

(3)孟加拉国位于恒河下游、印度阿萨姆邦和孟加拉邦之间，茶区主要分布在东北部的锡尔赫特和东南角的吉大港，其中锡尔赫特的茶叶产量占孟加拉国总产量的 90%。

（三）东南亚茶区

东南亚茶区位于中国以南，印度以东。产茶国家有印度尼西亚、越南、缅甸、马来西亚、泰国、老挝、柬埔寨、菲律宾等，其中越南茶叶产量较高，2020 年其产量约占世界茶叶产量的 3%，印度尼西亚茶叶产量占比也达到了 2%。其他几个国家产茶则较少。

(1)越南属热带季风气候，全年气温高、湿度大，旱雨季明显。茶区主要分布在越南北部，中部、南部也有少量茶区。

(2)印度尼西亚大部分地区属热带雨林气候，具有温度高、降雨多、湿度大的特点，几乎无寒暑之分，全年可采收茶叶；茶区主要分布在爪哇和苏门答腊两大岛上，其中爪哇岛产茶最多，约占印度尼西亚总产量的 80%。

(3)马来西亚因靠近赤道，终年炎热多雨，属热带雨林气候；茶区主要分布在海拔 1000 米的金马仑高原。

（四）西亚和欧洲茶区

西亚和欧洲茶区的主要产茶国有西亚的土耳其、伊朗和东欧的格鲁吉亚、阿塞拜疆等，其中土耳其产茶最多，2020 年其茶叶产量约占世界茶叶总产量的 4.5%。

(1)欧洲的产茶区主要分布在东欧的格鲁吉亚和阿塞拜疆，在黑海沿岸的俄罗斯的克拉斯诺达尔等地也有少量茶区。

(2)西亚的产茶区主要分布在土耳其、伊朗。

①土耳其茶区主要分布在东北部属亚热带地中海气候的里泽地区。

②伊朗大部分地区属温带大陆性气候，雨量较少，寒暑变化剧烈，不适宜种茶，仅西部山地和黑海沿岸地区属亚热带地中海气候，故茶区主要分布在黑海沿岸的吉兰省和马赞德兰省。

（五）东非茶区

东非茶区的主要产茶国有肯尼亚、马拉维、乌干达、坦桑尼亚、莫桑比克等国，其中肯尼亚产量最高。2020 年肯尼亚的茶叶产量约占世界茶叶总产量的 9%。

(1)肯尼亚的茶区主要分布在肯尼亚山的南坡，内罗毕西部和尼安萨区，如克里乔、索提克、南迪、基锡、尼耶尼、墨仓加、开里亚加等地。

(2)马拉维是东非第二大产茶国，茶区主要集中分布于尼亚萨湖东南部和山坡地带，如米兰热、松巴、高罗、布兰太尔等地。

(3)乌干达是新兴的产茶国之一，茶区主要分布在西部和西南部的托罗、安科利、布里奥罗、基盖齐、穆本迪、乌萨卡等地区。

(4)坦桑尼亚和莫桑比克也是东非主要的产茶国。

①坦桑尼亚茶区主要分布在西北部的维多利亚湖沿岸，布科巴等地产茶较多。

②莫桑比克茶区主要集中在南谋里和姆兰杰山区。

（六）中南美茶区

中南美茶区的产茶国家有阿根廷、巴西、秘鲁、厄瓜多尔、墨西哥、哥伦比亚等国。其中阿根廷产量最高，2020 年约占全世界茶叶总产量的 1.2%，茶区主要分布在东北部米西奥内斯山区，在科连特斯等省较为集中。

二、中国分布

早在唐代，我国种茶范围已遍及现今的 14 个省(区)，陆羽在《茶经》中把它们分成山南、淮南、浙西、剑南、浙东、黔中、江西和岭南八大茶区。在宋、元、明、清，我国茶区面积不断扩大。现代茶树的生长区域从海南五指山到山东青岛，从西藏林芝到台湾地区东岸都有分布，但茶树的经济栽培区主要集中在云南高黎贡山一带以东及秦岭淮河一线以南的范围内。截至 2020 年，中国茶叶种植面积为 4747.5 万亩。1982 年，中国农业科学院茶叶研究所根据生态条件、产茶历史、茶树类型、品种分布、茶类结构，将全国划分为四大茶区，即华南茶区、西南茶区、江南茶区、江北产区。

（一）华南茶区

华南茶区位于中国南部，区域范围包括广东中南部、广西南部、福建东南部、台湾、海南等地，年平均气温为19～22 ℃，茶的年生长期为10个月以上，年降水量是中国茶区之最。华南茶区出产的茶类以红茶、乌龙茶、白茶为主，名茶有大红袍、正山小种、白毫银针、白牡丹、台湾乌龙、英德红茶、六堡茶等。

（二）西南茶区

西南茶区处于我国西南部，区域范围包括云南、贵州、四川三省以及西藏东南部。地形复杂是西南茶区的主要特点，这里多盆地和高原，土壤类型十分复杂，云南中北部多为赤红壤、山地红壤或棕壤，而四川、贵州及西藏东南部则以黄壤为主。

多种多样的地理气候和土壤条件，让西南茶区茶品资源丰富。这一区域的名茶有普洱茶、滇红、南糯白毫、都匀毛尖、遵义毛峰、湄江翠片、竹叶青、峨眉毛峰、蒙顶黄芽、蒙顶甘露、凌云银毫等。

（三）江南茶区

江南茶区的区域范围在长江以南，大樟溪、雁石溪、梅江、连江以北，包括广东和广西的北部、福建的中北部、安徽、江苏、湖北、湖南、江西、浙江等广大种植区域。

江南茶区大致与江北茶区望江相对，为中国茶叶主要产区之一。江南茶区大部分位于北纬30°附近黄金产茶带上。适宜的气候、丰富的地貌是这条产茶带的最大优势。得益于优越的自然条件，江南茶区广出名茶，其中有西湖龙井、径山茶、安吉白茶、洞庭碧螺春、庐山云雾茶、安化天尖、茯砖茶等。

（四）江北茶区

江北茶区是最北部的茶区，其区域范围位于长江以北，秦岭淮河以南及山东沂河以东部分地区，包括皖北、苏北、鄂北、豫南、鲁东南、陕南、陇南等地。

这一茶区以生产绿茶为主，名茶有紫阳毛尖、信阳毛尖、六安瓜片、霍山黄芽、碧口龙井、日照青雪、舒城兰花等。

实操课程　考察茶园

一、实操目的

通过本实操课程的学习，使学生对茶树和茶叶有基本的认识，熟悉茶叶的生长环境，了解茶树的基本结构，掌握茶树的基本特征。

二、基本要求

(1)学生尽量着便装、旅游鞋，做好防晒、防虫工作。

(2)学生应学会观察，做好记录。

(3)学生要认真领会实操课程的目的，明确实操课程的内容与要求，熟悉实操项目，写出实操报告。

(4)遵守纪律，爱护环境。

三、实操项目

序　　号	实 操 项 目	学　　时	实操项目类型
1	认识茶园环境	1	应用型
2	认识茶树的特征	1	应用型

四、实操内容

(1)在学校周边选择一处茶园，指导老师带领学生欣赏茶园风光。

(2)指导老师讲解茶树分布与生长环境，让学生了解茶树喜温、喜湿、耐阴、喜漫射光、忌直射光多的生理特性，并知道结构良好、土层深厚、有机质丰富、呈酸性或弱酸性的土壤是最理想的茶树生长环境。

(3)指导老师引导学生观察茶树各个器官的特征。

五、考核内容及方法

1. 考核内容

(1)撰写模拟实操报告：报告中写明通过本次实操掌握了哪些知识，收获了什么，等等，要求写得合理、全面、真实。

(2)实操记录的完整性、完成实操的质量及熟练程度、实操态度等。

2. 考核方法

(1)达到实操管理规定基本要求者，成绩可记合格。

(2)较好地完成实操任务者，成绩可记良好。

(3)圆满完成实操任务、有突出成绩者，成绩记为优秀。

(4)实操不合格认定：实操练习时长未达到标准练习时长 90%以上者；未提交实操报告者。

◇知识活页

二维码 1-1

陆羽与《茶经》

二维码 1-2

2020 年全球茶叶产量数据及全球茶叶面积数据

◇练习与思考

二维码 1-3 练习与思考答案

(1)为什么说我国西南地区是茶树原产地？

(2)简述茶树的主要器官与特征。

(3)简述世界和中国茶区的主要分布情况。

知识延展

[1]　陈椽.茶叶通史[M].2版.北京:中国农业出版社,2008.

[2]　刘枫.新茶经[M].北京:中央文献出版社,2015.

[3]　周重林,李乐骏.茶叶江山[M].北京:北京大学出版社,2014.

[4]　萨拉·罗斯.茶叶大盗:改变世界史的中国茶[M].孟驰,译.北京:社会科学文献出版社,2015.

[5]　周重林,太俊林.茶叶战争:茶叶与天朝的兴衰[M].武汉:华中科技大学出版社,2015.

[6]　戎新宇.茶的国度:改变世界进程的中国茶[M].上海:上海交通大学出版社,2019.

[7]　罗龙新.帝国茶园:茶的印度史[M].武汉:华中科技大学出版社,2020.

[8]　路国权,蒋建荣,王青,等.山东邹城邾国故城西岗墓地一号战国墓茶叶遗存分析[J].考古与文物,2021(5):118-122.

项目二　茶文化概说

◇学习目标

1. 知识目标

(1)掌握茶文化、茶艺、茶道和茶俗的含义、区别与联系。

(2)了解中国茶文化的形成与发展过程。

(3)理解中国茶文化的基本精神、基本内涵和主要内容。

(4)理解日本、韩国、俄罗斯、美国、英国、印度茶文化的发展历程和精神内涵。

(5)了解古代和现代茶馆文化。

2. 技能目标

(1)了解日本茶道的基本程序。

(2)了解韩国茶礼的基本程序。

(3)了解英国茶风的形式。

3. 情感目标

(1)通过本项目学习,感受博大精深的中国茶文化,增加文化自信。

(2)通过本项目学习,培养热爱传统文化和热爱祖国的情感。

(3)通过本项目学习,培养交流合作、互利共赢的理念。

◇学习重难点

(1)茶文化、茶艺、茶道和茶俗的区别与联系。

(2)中国茶艺与日本茶道、韩国茶礼的区别。

◇任务导入

茶是世界三大饮料之首,在中国有“茶之国饮”一说。而中国作为茶文化的发源地,茶业发展源远流长,茶文化丰富多彩、独树一帜,且对周边国家乃至全世界都产生了深刻的影响,特别是对日本影响尤为深远。时至今日,日本茶道已成为其国粹之一。现在,让我们走进茶文化的世界,去探寻茶文化的深厚底蕴与无穷魅力。

导入案例

茶事外交

作为中国传统待客之道和标志性文化符号，茶频频出现在外交场合。国家领导人曾以茶叙的形式，招待过包括美国前总统特朗普、英国前首相特雷莎、越共中央总书记阮富仲等在内的多位外国领导人。而在2018年4月，习近平总书记与印度总理莫迪在武汉的茶叙中，双方品饮了两种产自湖北的茶，一种是利川红茶，一种是恩施玉露。茶叙似乎正在成为中国外交的一道别样风景。

请问：茶文化在国际交往中有何作用？

【案例分析】

茶叶是中国老百姓再熟悉不过的东西了。很久以前，中国茶叶就通过丝绸之路、万里茶道等途径传到欧洲，逐渐风靡世界，并与丝绸、瓷器等一起，被认为是共结和平、友谊、合作的纽带。今天，茶之道也象征着中国人崇尚和平、与世界相处之道，“以茶为媒、以茶会友”，茶是中国人对于交流合作、互利共赢诚意的一种表达。

吃　茶　去

《五灯会元》载：赵州从谂禅师，师问新来僧人：“曾到此间否？”答曰：“曾到。”师曰：“吃茶去。”又问一新来僧人，僧曰：“不曾到。”师曰：“吃茶去。”后院主问禅师：“为何曾到也云吃茶去，不曾到也云吃茶去？”师召院主，主应诺，师曰：“吃茶去。”

请问：从谂禅师的“吃茶去”有何禅机？

【案例分析】

唐代赵州（今河北赵县）观音寺从谂禅师，人称“赵州古佛”，他喜爱茶饮，到了唯茶是求的地步，因而也喜欢用茶作为机锋语。“吃茶去”，是一句极平常的话，禅宗讲究顿悟，主张“禅茶一味”，认为何时何地何物都能悟道，极平常的事物中都蕴藏着真谛。茶对佛教徒来说，是平常的一种饮料，几乎每天必饮，因而，从谂禅师以“吃茶去”作为悟道的机锋语，对佛教徒来说，既平常又深奥，能否觉悟，则靠自己的灵性了。

悟道是茶艺的最高境界，它通过泡茶与品茶去感悟生活、感悟人生，从而探寻生命的意义。

任务一 茶文化的内涵

一、茶文化

（一）茶文化的概念

人们对于“文化”的定义莫衷一是，因而对茶文化的理解也是仁者见仁、智者见智。关于茶文化，既有广义的理解，也有狭义的理解。广义的茶文化是指整个茶叶发展历程中有关物质和精神财富的总和（也就是说，跟茶有关或是以茶为媒介所产生的文化都可以称为茶文化）。狭义的茶文化是指研究茶在被应用过程中所产生的文化和社会现象（也就是说，茶叶在变成成品以后所产生的文化或者是品饮茶的过程中形成的精神财富）。

大多数人对于茶文化取其狭义的概念，认为茶文化是茶事活动中所形成的精神文化。不仅如此，茶文化作为茶学的一部分，它与茶科技、茶经贸鼎足而立，共同构成茶学。

在茶文化中，饮茶文化是主体，茶艺和茶道又是饮茶文化的主体，故茶艺的内涵和外延，均小于茶文化的范畴。

茶文化的形成和发展一方面融汇了自然科学与社会科学的成果，使人们进一步认识茶性，了解自然；另一方面又融入了儒、佛、道诸家深刻的哲理和思想。

人们通过饮茶，明心思性、增强修养，提高审美情趣，完善人生价值取向，形成了高雅的精神文化。饮茶从人们的生理需要和生活方式，转化为生活情趣与精神追求，不仅体现出人与人、人与茶、人与自然的关系，同时完美地展现了人们全新的人生价值观。中国茶文化的人生价值观，包括人生的目的、怎样做人以及怎样实现个人价值等方面。这种价值观是人们通过茶事活动在认识自然、了解社会的生产与生活实践中所形成的观点和态度。它既反映了人的本质，又揭示了人与自然、人与社会诸方面的关系。具体地说，其包括人与自我、与家庭、与他人、与民族、与自然环境的关系。茶文化的人生价值观思想以人们生产生活实践为依托，与自然环境相结合，与人文和历史相伴，始终贯穿茶文化发展的历程，最终形成中国茶文化博大精深的精神内涵。

（二）茶文化的层次

茶文化可分为物态文化、制度文化、行为文化和心态文化四个层次。

1. 物态文化

物态文化是从事茶叶生产的活动方式和产品的总和，既包括茶叶的栽培、制造、加工、保存等工序，也包括品茶时所使用的茶叶、水、茶具，以及桌椅、茶室等看得见、摸得着的物品和建筑。物态文化属于茶文化的初期文化。

2. 制度文化

制度文化是从事茶叶生产和消费过程中所形成的社会行为规范，如纳贡、税收、专卖、内销、外贸等。制度文化属于茶文化在发展过程中产生的文化。

据《华阳国志·巴志》记载，早在周武王伐纣之时，巴蜀地区的“鱼、盐、铜、铁、丹、漆、茶、蜜……皆纳贡之”。这里的“荼”即为茶。自宋至清，为了管理西北少数民族的茶叶供应问题，朝廷专设茶马司，实行茶马贸易，以达到以茶制边的目的。

3. 行为文化

行为文化是人们在茶叶生产和消费过程中约定俗成的行为模式，通常以茶礼、茶俗以及茶艺等形式表现出来。例如，女子受聘曰“下茶”等。

4. 心态文化

心态文化是人们在饮用茶叶的过程中所孕育的价值观念、审美情趣、思维方式等。茶文化甚至将饮茶与人生处世哲学相结合，形成茶德、茶道等，它们是茶文化的最高层次，也是茶文化的核心部分。

（三）茶文化的特征

1. 历史性

茶文化的形成和发展历史非常悠久。原始公社后期，茶叶成为货物交换的物品。武王伐纣时，茶叶已成为贡品。战国时期，茶叶生产已有一定规模。汉代，茶叶成为佛教徒坐禅时的专用滋补品。魏晋南北朝时，饮茶成风。隋代开始全民普遍饮茶。唐代茶业昌盛，“人家不可一日无茶”，出现了茶馆、茶宴、茶会，提倡客来敬茶。宋代时，流行斗茶、贡茶和赐茶。清代时，曲艺进入茶馆，茶叶的对外贸易也蓬勃发展起来。

茶文化是伴随商品经济的出现和城市文化的形成而诞生的。茶文化注重文化意识形态，以雅为主，着重表现于诗词书画、品茗歌舞之中。茶文化在形成和发展过程中，既融入了儒家思想，也彰显了道家和释家的哲学观点，并演变为各民族的礼俗，成为优秀传统文化的组成部分和独具特色的文化模式。

2. 时代性

物质文明和精神文明建设的发展，给茶文化注入了新的内涵和活力，茶文化的内涵及表现形式正在不断扩大、延伸、创新和发展。茶文化与现代科学技术、新闻媒体和市场经济结合，使其价值功能更加显著，在现代化社会中的作用进一步增强。新时期茶文化的传播方式呈现出大型化、现代化、社会化和国际化的趋势，影响逐渐扩大，为世人瞩目。

3. 地域性或民族性

名茶、名山、名水、名人、名胜孕育出各具特色的地区茶文化。中国幅员辽阔，茶类品种繁多，饮茶习俗各异，加之各地历史、文化、生活及经济的差异性，形成了各具地方特色的茶文化。一些经济、文化中心的大城市，以其自身优势，还形成了别具一格的都市茶文化。

4. 国际性

中国传统的茶文化同各国独具特色的历史、文化、经济及人文相结合，演变成英国茶风、日本茶道、韩国茶礼、俄罗斯茶俗及摩洛哥茶饮等。日本的煎茶道、中国台湾地区的泡茶道都来源于广东潮州的工夫茶。日本茶道具有浓郁的日本民族风情，并形成了独特的茶道体系、流派和礼仪，不乏中国传统茶道的影响。在英国，饮茶成为生活的一部分，是英国人表现绅士风度的一种礼仪，也是英国王室生活中不可或缺的部分和重大社会活动中必需的仪程。茶人不分国界、种族和信仰，茶文化可以把全世界茶人联合起来，切磋茶艺，进行学术交流和经贸洽谈。

二、茶艺

茶艺起源于中国，萌芽于唐，发扬于宋，改革于明，极盛于清，历史悠久，自成系统，与中国文化的各个层面都有密不可分的关系。高山云雾出好茶，清泉活水泡好茶。茶艺并非空洞的玄学，而是生活品质改善的实质性体现。茶艺是高雅的休闲活动，可以使人精神放松，拉近人与人之间的距离，建立和谐的关系等。这些都为我们认识和理解茶艺提出了更高的要求。

（一）茶艺的概念

现代茶艺一词源自我国台湾地区，1976 年，台湾出现了第一所茶艺馆，后来便传播开来。茶之所以能和“艺”字连接在一起，在于它本身就带有很浓烈的艺术色彩，并且和各类的艺术形式有密不可分的关系。

茶艺有广义和狭义两种界定。广义的茶艺是研究茶叶的生产、制造、经营、饮用的方法和探讨茶业原理、原则,以达到物质和精神全面满足的学问。狭义的茶艺是研究如何泡好一壶茶的技艺和如何享受一杯茶的艺术。显然,从广义上看,茶叶的产、供、销、用等一系列的过程,都属于茶艺的范畴。比如茶山之旅、参观制茶过程、认识茶叶、如何选购茶叶、如何泡好一壶茶、茶与壶的关系、如何享用一杯茶、如何喝出茶的品味来、茶文化史、茶业经营、茶艺美学等内容,都属于广义茶艺的范畴。

茶艺的内涵主要体现在以下几方面。

第一,茶艺是"茶"和"艺"的有机结合。茶艺是茶人将人们日常饮茶的习惯,根据茶道规则,进行艺术加工,向饮茶人和宾客展现茶的冲、泡、饮的技巧,把日常的饮茶活动引向艺术化,不仅提升了品饮的境界,还赋予了茶更强的灵性和美感。

第二,茶艺是一种生活艺术。茶艺多姿多彩,充满生活情趣,能够丰富人们的生活,提高生活品位,是一种积极的生活方式。

第三,茶艺是一种舞台艺术。要展现茶艺的魅力,需要借助于人物、道具、舞台、灯光、音响、字画、花草等密切配合、合理编排,以给饮茶人高尚、美好的享受,为表演带来活力。

第四,茶艺是一种人生艺术。人生如茶,在生活的紧张繁忙之中,泡上一壶好茶,细细品味,通过品茶进入内心的修养过程,感悟苦辣酸甜的人生,使心灵得到净化。

第五,茶艺是一种文化。茶艺在融合中华民族优秀文化的基础上广泛吸收和借鉴了其他的艺术形式,并扩展到文学、艺术等领域,形成了具有浓厚民族特色的中国茶文化。

(二)茶艺的形成原因

中国是茶的故乡,在漫长的历史发展进程中,茶已成为我国各族人民日常生活的一部分。现今,人们首先把茶当成饮料,使用茶的自然功能,即饮之清神益智、助消化等。其次,茶的另一重要功能是精神方面的。人们在饮茶过程中讲求享受,对水、茶、器具、环境都有较高的要求。同时,以茶培养、修炼自己的精神道德,在各种茶事活动中协调人际关系,求得自信、自省,也沟通彼此间的情感,以茶雅志,以茶会友。茶作为一种从形式到内容、从物质到精神、从人与物的直接关系到成为人际关系的媒介,逐渐形成东方传统文化中的一朵奇葩——中国茶艺。

在中国古代,文人以茶激发文思,道家以茶修心养性,佛家以茶解睡助禅等,人们在精神层次上感受到了一种美的熏陶。在品茶过程中,人们与自然山水融为一体,享受大地的雨露,调和人间的纷解,求得明心见性、回归自然的特殊情趣,所以品茶对环境的要求十分严格,或是江畔松石之下,或是清幽茶寮之中,或是宫廷文事茶宴,或是市中茶坊、路旁茶肆等。不同的环境会产生不同的意境和效果,渲染衬托不同的主题思想。无论是庄重华贵的宫廷茶、修身养性的禅师茶,还是淡雅风致的文士茶,都有不同的品茗环境,再现了生活品茶的艺术魅力。

自古以来,插花、挂画、点茶、焚香并称"四艺",为文人雅士所喜爱。现代生活忙碌而紧张，更需要茶艺来缓和情绪，使精神松弛，心灵更为澄明。茶艺是一种高雅的休闲活动，可以拉近人与人之间的距离，化解误会冲突，建立和谐的人际关系。

（三）茶艺的形式与内容

1. 茶艺的形式

就形式而言，茶艺包括选茗、择水、烹茶技术、茶具艺术、环境的选择或创造等。品茶，先要选茗和择水，该过程讲究壶与杯的古朴雅致或是豪华庄贵。另外，品茶还要讲究人格品性与环境的协调，如文人雅士讲求清幽静雅，达官贵族追求豪华高贵等。一般传统的品茶活动，环境多要求清风、明月、松吟、竹韵、梅开、雪霁等种种妙趣和意境衬托。总之，茶艺是形式和精神的完美结合，其中包含着人的美学造诣和精神寄托。传统的茶艺，是用辩证统一的自然观和人的自身体验，从灵与肉的交互感受中来辨别有关问题，所以在茶艺当中，既包含着我国古代朴素的辩证唯物主义思想，又包含了人们主观的审美情趣和精神寄托。

2. 茶艺的内容

茶艺的具体内容包含技艺、礼法和道法三个部分：技艺指茶艺的技巧和工艺；礼法指礼仪和规范；道法则指一种修行，对生活道路、方向的参悟，是一种人生哲学。可见，技艺和礼法属于形式部分，道法属于精神部分。茶艺的精髓就在于它蕴含的茶道精神，这正是茶艺的精神追求。

具体来看，要学好茶艺，必须掌握以下知识。

第一，茶叶的基本知识。学习茶艺，首先要了解和掌握茶叶的分类，重要名茶的品质特点、制作工艺，以及茶叶的鉴别、贮藏、选购等知识。这是学习茶艺的基础。

第二，茶艺的技术。它是指茶艺的技巧和工艺，包括茶艺表演的程序、动作要领、讲解的内容，对茶叶色、香、味、形的欣赏，对茶具的欣赏与收藏等内容。这是茶艺的核心部分。

第三，茶艺的礼仪。它是指服务过程中的礼貌和礼节，包括服务过程中的仪容仪表、迎来送往、互相交流与彼此沟通的要求与技巧等。

第四，茶艺的规范。茶艺要真正体现茶人之间平等互敬的精神，因此对主客都有一定的要求。作为客人，要以茶人的精神与品质去要求自己，投入地去品茶。作为服务者，也要精通待客之道，尤其是茶艺馆，其服务规范是决定服务质量和服务水平的一个重要因素。

第五，悟道。道是指一种人生哲学，属于精神层次的内容。悟道是茶艺的最高境界，是通过泡茶与品茶去感悟生活，感悟人生，探寻生命的意义。

（四）茶艺的分类

中国茶艺在不断积累经验、总结技艺的基础上，形成了多彩纷呈的茶艺文化。魏晋时期的配茶，唐朝时期的煮茶，宋代时期的斗茶，明清至现在的泡茶，显示了茶艺发展的历史轨迹。中国古代形成了煮茶茶艺、煎茶茶艺、点茶茶艺和泡茶茶艺。而现代茶艺则可根据不同的分类方法进行划分。

1. 以茶事功能划分

以茶事功能划分，茶艺大致可以分为表演型茶艺和待客型茶艺。

表演型茶艺是由一个或几个茶艺表演者演示茶艺技巧，观赏性较强。大多数宾客并不能鉴赏到茶的色、香、味、形，更品不到茶韵，但是表演型茶艺在推广茶文化、普及和提高泡茶技艺等方面有不可替代的作用。

待客型茶艺是由主人与几位宾客围桌而坐，闻香、品茗、欣赏茶艺。在场的每个人都是茶事活动的直接参与者，都参加了茶艺的创作。

2. 以使用泡茶茶具的不同划分

以使用泡茶茶具的不同划分，可以分为壶泡法和杯泡法两种。壶泡法是在茶壶中泡茶，然后将茶分别倒入小杯中再饮用的方法。杯泡法是直接在茶杯或茶盏中泡饮。杯泡法茶艺还可以分为盖杯泡法和玻璃杯泡法。

3. 以人为主体划分

以人为主体划分，茶艺可分为宫廷茶艺、文士茶艺、宗教茶艺等。

宫廷茶艺采用模仿宫廷茶宴的形式，具有场面宏大、礼仪繁复、气氛祥和、讲究技巧、所用茶具近于奢华的特点。

文士茶艺由文人雅士品茗斗茶演变而来，文化内涵丰富，注重意境，茶具精巧细致。此种茶艺气氛怡然，以抒情明志为重。

宗教茶艺则更讲究礼仪，与佛事活动紧密相关，气氛肃穆，所用茶具大多质感古朴。此种茶艺以修身修德为重。

4. 以饮用方式分类

茶的饮用脱胎于茶的食用和药用，自古以来就有在茶中加入配料的饮用方式。加入配料的方法称为调饮法，不加配料则称为清饮法。根据饮用方式，当代茶艺可分为清饮泡茶茶艺、调饮泡茶茶艺、清饮煮茶茶艺、调饮煮茶茶艺四类。

5. 以茶叶的种类划分

以茶叶的种类划分，茶艺的类型主要有乌龙茶茶艺、绿茶茶艺、工夫红茶茶艺、花茶茶艺、普洱茶茶艺等。后文项目六对此有专门阐述，此处不赘述。

此外，我国少数民族众多，其泡茶原料、冲泡形式和礼法、寓意等各有不同，从而形成了多姿多彩的民俗茶艺，闪烁着各民族的独特光芒，使得中国茶文化更加丰富绚丽。

三、茶道

茶道是烹茶饮茶的艺术，是一种以茶为媒的生活礼仪，也被认为是修身养性的一种方式，它通过沏茶、赏茶、闻茶、饮茶，让人们增进友谊、美心修德、学习礼法。喝茶能静心、静神，有助于陶冶情操、去除杂念，这与提倡清静、恬淡的东方哲学思想十分合拍，也符合佛道儒的内省修行思想。茶道精神是茶文化的核心，是茶文化的灵魂。

（一）茶道的起源

茶道最早起源于中国。早在唐代或唐代以前，中国人就在世界范围内首先将茶饮作为一种修身养性之道。唐代就有了“茶道”这个词，例如，唐代《封氏闻见记》中就有这样的记载：“又因鸿渐之论，广润色之，于是茶道大行。”又云：“茶道大行，王公朝士无不饮者。”唐代刘贞亮在《饮茶十德》中也明确提出：“以茶可行道，以茶可雅志。”这是现存文献中对茶道的最早记载。在唐代，寺院僧众念经坐禅，皆以茶为饮，清心养神。当时社会上茶宴已很流行，宾主在以茶代酒、文明高雅的社交活动中，品茗赏景，各抒胸臆。唐吕温在《三月三日茶宴序》中对茶宴的优雅气氛和品茶的美妙韵味做了非常生动的描绘。唐宋年间，人们对饮茶的环境、礼节、操作方式等饮茶仪程已很讲究，有了一些约定俗称的规矩和仪式，茶宴已有宫廷茶宴、寺院茶宴、文人茶宴之分，对茶饮在修身养性中的作用也有了相当深刻的认知。宋徽宗赵佶是一个茶饮的爱好者，他认为茶的芬芳品味，能使人感到闲和宁静、趣味无穷：“至若茶之为物，擅瓯闽之秀气，钟山川之灵禀，祛襟涤滞，致清导和，则非庸人孺子可得知矣。中澹闲洁，韵高致静……”

南宋绍熙二年（1191年）日本僧人荣西再次将茶种从中国带回日本，从此日本才开始遍种茶叶。在南宋末期（1259年），日本南浦昭明禅师来到我国浙江余杭的经山寺求学取经，学习了该寺院的茶宴仪程，首次将中国的茶道引进日本，是中国茶道在日本最早的传播者。日本《类聚名物考》对此有明确记载：“茶道之起，在正元中筑前崇福寺开山南浦昭明由宋传入。”日本《本朝高僧传》也有“南浦昭明由宋归国，把茶台子、茶道具一式带到崇福寺”的记述。直到日本丰臣秀吉时代（相当于我国明代中后期），千利休成为日本茶道高僧后，才高高举起了“茶道”这面旗帜，并总结出茶道四规——和、敬、清、寂。显然这个基本理论是受到了中国茶道精髓的影响而形成的，其主要的仪程框架规范仍源于中国。

中国的茶道早于日本数百年甚至上千年，但遗憾的是，中国虽然最早提出了茶道的概念，也在该领域不断实践探索，并取得了很高的成就，却没有能够旗帜鲜明地以茶道的名义来发展这个文化财富，也没有规范出具有传承意义的茶道礼仪，以至于不少人误以为茶道来源于日本。

中国的茶道可以说是重精神而轻形式。有学者认为必要的仪式是十分重要的，没有仪式光自称有“茶道”，那似乎就泛化了，最终也“道可道，非常道”了。

中国茶道并没有仅仅满足于以茶修身养性和规范仪式，而是更加大胆地去探索茶饮对人类健康的帮助，创造性地将茶与中药等多种天然原料有机结合，使茶饮在医疗保健中的作用得以大大增强，使之开拓了更大的发展空间，这就是中国茶道最具实际价值的特点，也是千百年来茶道一直受到人们重视和喜爱的魅力所在。

（二）学者论茶道

茶道兴于中国唐代，盛于宋明。茶道是通过品茶活动来表现一定的礼节、人品、意境、美学观点和精神思想的饮茶艺术。它是茶艺与思想的结合，并通过茶艺表现精神内涵。

有“当代茶圣”之誉的吴觉农认为，茶道是“把茶视为珍贵、高尚的饮料，饮茶是一种精神上的享受，是一种艺术，或是一种修身养性的手段”。

庄晚芳先生认为，茶道是一种通过饮茶的方式，对人们进行礼法教育、提高道德修养的一种仪式。他还归纳出中国茶德的基本精神为廉、美、和、敬，并解释为“廉俭育德、美真廉乐、和诚处世、敬爱为人”。

陈香白先生认为，中国茶道包含茶艺、茶德、茶礼、茶理、茶情、茶学说、茶道引导七种义理，中国茶道精神的核心是“和”。中国茶道就是通过品茗过程，引导个体在美的享受过程中加强品德修养，以实现全人类和谐安乐之道。陈香白先生的茶道理论可简称为“七艺一心”。

周作人先生认为，茶道的意思，用平凡的话来说，可以称作忙里偷闲，苦中作乐，在不完全现实中享受一点美与和谐，在刹那间体会永久。

茶道学者金刚石认为，茶道是表现茶赋予人的一种生活方向或方法，也是指明人们在品茶过程中懂得的道理或理由。

此外，台湾学者刘汉介先生提出：“所谓茶道是指品茗的方法与意境。”1977 年，谷川激三先生在《茶道的美学》一书中，将茶道定义为“以身体动作作为媒介而演出的艺术。”它包含了艺术因素、社交因素、礼仪因素和修行因素四个因素。久松真一先生则认为，茶道文化是以吃茶为契机的综合文化体系，它具有综合性、统一性和包容性，其中包含艺术、道德、哲学、宗教以及文化的各个方面，其内核是禅。熊仓功夫先生从历史学的角度提出：茶道是一种室内艺能。艺能是人本文化独有的一个艺术群，它通过人体的修炼达到陶冶情操、完善人格的目的。人本茶汤文化研究会仓泽行洋先生则主张茶道是以深远的哲理为思想背景综合生活文化，是东方文化之精华。他还认为，道是通向彻悟人生之路，茶道是至心之路，又是心至茶之路。

（三）茶道的分类

1. 中国茶道

中国自古就有茶道，它将儒、道、佛三家的思想融在一起，吸收了三家的思想精华，强调道法自然，讲究人化自然、自然人化和天人合一。中国茶道没有严格的组织形式和清规戒律，清、静、和、美比较符合中国茶道的精神和茶艺的特点。中国古代还形成了贵族茶道、禅宗茶道、世俗茶道和雅士茶道。

现代中国茶道，简单地说就是品赏茶的美感之道，其主要讲究五境之美，即茶叶、茶水、火候、茶具、环境，同时配以情绪等条件，以求“味”和“心”的最高享受。

2. 日本茶道

日本茶道继承了中国的唐宋遗风，讲究和、敬、清、寂，这也是日本茶道的基本精神。日本茶道要求人们通过在茶室中饮茶进行自我反省和思想沟通，于清、寂之中去掉自己内心的尘垢和彼此的芥蒂，以达到和、敬的目的。

3. 朝鲜、韩国茶道

朝鲜与中国国土相连，两国自古关系密切，中国儒家的礼制思想对朝鲜影响很大。儒家的中庸思想被引入朝鲜茶礼之中，形成了“中正”精神。后来韩国的茶礼，也就是韩国茶道精神，归结为清、敬、和、乐或和、敬、俭、真四个字，也折射出人们积极乐观的生活态度。

四、茶俗

茶俗是指人们日常饮茶的习惯和风俗。正所谓“千里不同风，百里不同俗”，不同国家的人们饮茶习俗不同，同一国家内不同民族，甚至同一民族的不同地区，乃至同一地区的不同人群，对茶的爱好也各有千秋。茶俗与各国的政治、经济、地理环境和文化艺术都密切相关。

（一）汉族的特色茶俗

汉族饮茶大多推崇清饮，主要茶品有绿茶、红茶、花茶、乌龙茶、白茶等。下面介绍几种汉族特色清饮的方式。

1. 啜乌龙

乌龙茶盛产于福建、台湾、广东等省，以香气浓郁、味厚醇爽、入口生津留香而著称于世。由于采用独特的采制工艺，此茶品质优异，风味自成一格。乌龙茶泡茶技术讲究，品饮方法别致。茶具用小杯小壶，色泽古朴清一，崇尚古色古香。啜乌龙一般需要“烹茶四宝”：一是朴素淡雅的玉书碨，二是潮汕炉，三是孟臣罐，四是若琛瓯。清代文学家袁枚在《随园食单》中曾对小杯啜乌龙茶的情趣做了生动描述。乌龙茶茶汤浓厚，回味无穷，加上有与乌龙茶相匹配的独特茶具，因而在茶界有“啜乌龙”之说。

2. 大碗茶

喝大碗茶的景象，在汉民族居住地区随处可见，特别是在大道两旁、车船码头、半路凉亭、车间工地、乡野田间，屡见不鲜。这种饮茶习俗在我国北方最为流行，早年北京的大碗茶更是名闻遐迩，如今的北京大碗茶商场，就是由此命名的。自古以来，卖大碗茶被列为中国三百六十行之一。这种以大碗饮清茶的方式，虽然比较粗犷，甚至颇有些野性，但它听凭自然，无须楼、堂、馆、所，摆设简便，只需要一张简单的桌子、几个长条凳子和若干粗瓷碗。画家赵延年曾说："三伏天，双抢日，烈日猛晒，田水烫脚，汗成串地滴下，此时若能到荫凉处一坐，拜会起大壶茶，咕咚咕咚地喝个饱，其畅快之感，是雅人们再也体会不到的。"

3. 早市茶

早市茶，又称早茶，多见于中国大中型城市，其中历史最悠久、影响最深远的是羊城广州的早市茶。

广州人品茶大都一日早、中、晚三次，但早茶最为讲究，饮早茶的风气也最盛。由于饮早茶是喝茶佐点，当地称饮早茶为"吃早茶"。吃早茶一般在茶楼里进行，人们在工前、工余、亲朋聚会、洽谈业务时，都喜欢到茶楼，泡上一壶茶，点两件点心，美其名曰"一盅两件"。

（二）少数民族的特色茶俗

在长期的饮茶历史中，许多少数民族发展出本民族特有的品茶习俗，并世代相传，如藏族的酥油茶、蒙古族的奶茶、维吾尔族的香茶、回族的罐罐茶、土家族的擂茶、白族的三道茶、苗族的油茶、畲族的宝塔茶、布朗族的酸茶、傣族和拉祜族的竹筒茶以及纳西族的"龙虎斗"等。现简单介绍其中的三种。

1. 藏族的酥油茶

藏族主要居住在有"世界屋脊"之称的青藏高原上，那里空气稀薄，气候高寒干旱，人们以放牧或种旱地作物为生，当地蔬菜瓜果很少，常年以奶、肉、糌粑为主食。

"其腥肉之食，非茶不消；青稞之热，非茶不解。"打酥油茶是藏族同胞日常的饮茶方式。酥油茶的原料为茶叶、酥油、盐等。茶叶多为茯茶和砖茶，煮茶的时候将其敲碎后煮制。酥油是从牦牛奶、羊奶里提炼出来的，制成块状备用。酥油茶滋味多样、涩中带甘、咸里透香，饮之既可暖身，又能增加抗寒力。

2. 白族的三道茶

白族散居在我国西南地区，主要分布在风光秀丽的云南大理。白族是一个好客的民族，在逢年过节、生辰寿诞、男婚女嫁、拜师学艺等喜庆日子里，或是在亲朋宾客来访之际，人们大都会以"一苦、二甜、三回味"的三道茶进行款待。第一道苦茶为苍山雪绿或沱茶，烤茶呈微黄并散发出焦香味，再冲入沸水；第二道为甜茶，原料有生姜片、红糖、白糖、蜂蜜、炒熟的白芝麻、熟核桃仁片和乳扇，注入开水；第三道回味茶的原料为水煮桂皮、花椒、生姜片，汤汁中再加入苦茶、蜂乳。

3. 土家族的擂茶

在川、黔、湘、鄂四省交界的武陵山区一带，古木参天，绿树成荫，有“芳草鲜美，落英缤纷”之誉，历史上这里一直是我国优质茶和许多名茶的重要产地。当地人有喝擂茶的习俗，当地还流传着这样一首民谣“走东家，串西家，喝擂茶，打哈哈，来来往往结亲家”。喝擂茶已融入了人们的日常生活。喝擂茶有“三碗不出席，六碗不下源”的规矩，每人至少要喝三碗，喝三碗寓意尊重主人，喝四碗寓意四季顺心，喝五碗寓意五谷丰登，喝六碗寓意风调雨顺，喝八碗寓意大吉大利。

综上，茶艺、茶道与茶俗都是茶文化的组成部分，它们既有区别又有关联系。

茶艺是指泡茶和饮茶的技巧，其中以泡茶的技巧为主体，品茶不仅是一个技术问题，而且还要讲究审美艺术性。茶道是茶文化的核心，它是以一定的环境氛围为基础，以品茶、置茶、烹茶、点茶为核心，以语言、动作、器具、装饰体现的有关修身养性、学习礼仪和进行交际的综合文化活动与特有风俗。茶道具有一定的时代性和民族性。茶俗是民间风俗的一种，它是在长期的社会生活中逐渐形成的以茶为主题，或以茶为媒介的风俗、习惯、礼仪，是一定社会政治、经济、文化形态的产物。茶俗具有地域性、社会性、传承性、播布性和自发性。

茶艺是茶道的具体形式，茶道是茶艺的精神内涵，茶俗是茶道、茶艺的基础。茶艺是有形的行为，而茶道是无形的意识。正因为有了茶艺和茶道的存在，饮茶活动的目的才具有了更高的层次，人们才可以在普通的日常喝茶中培养自己良好的行为规范及与他人和谐相处的技能。茶艺、茶道与茶俗都是中国茶文化的重要组成部分，它们相辅相成，共同成就了茶文化，是中国的文化瑰宝。

此外，在中华茶文化大家庭中，也不能缺少茶诗、茶画、茶书法、茶联、茶歌、茶舞、茶戏、茶谚、茶故事与传说等，它们是茶文化的重要组成部分。以茶诗为例，从最早出现的茶诗到现在，历时 1700 多年。据估计，历代茶诗总数当在 2000 首以上。

任务二 茶文化的产生与发展

人类探索、发现、利用、感受茶叶的历史，就是茶文化的历史。中国是茶的故乡，也是茶文化的发祥地。早在神农氏时期，茶的药用价值就已被发现，并由药用逐渐演变成日常生活饮品，进而形成了一种独特的文化。在我国源远流长的历史长河中，茶文化在不同时代、不同民族、不同社会环境和自然环境中呈现出不同形态。

一、茶文化的历史渊源

(一)茶文化的酝酿——汉魏两晋南北朝

中国的茶文化缘起于巴蜀。大量资料证实,中国西南地区是世界茶树原产地,更确切地说是在云南,但茶文化的起点却在巴蜀。这是由于当时巴蜀的经济、文化程度要比云南发达。在中国茶文化曲折的发展历程中,三国以前及晋代、南北朝时期应属于茶文化的启蒙和萌芽阶段。茶以文化面貌出现,是在两晋南北朝时。若论其起缘就要追溯到汉代。最早喜好饮茶的多是文人雅士。在我国文学史上,提起汉赋,首推司马相如与扬雄。司马相如作《凡将篇》,杨雄作《方言》,两人分别从药用和文学角度谈到茶。晋代张载曾写《登成都白菟楼诗》,"借问杨子宅,想见长卿庐""芳茶冠六情,溢味播九区"。茶文化的产生受儒家积极入世思想的影响。两晋南北朝时,一些有眼光的政治家便提出"以茶养廉",以对抗当时的奢侈之风。魏晋以来,天下骚乱,文人无以匡世,渐兴清谈之风。这些人终日高谈阔论,必有助兴之物,于是多兴饮宴,所以最初的清谈家多为酒徒,如竹林七贤。后来清谈之风发展到一般文人,但能豪饮终日不醉的毕竟是少数,而茶则可常饮且始终保持清醒,于是清谈家们就转向品茗,并在后期出现了许多茶人。汉代文人倡饮茶之举为茶进入文化领域打下了基础。而到了南北朝时,几乎每一种文化和思想都与茶结下了不解之缘。在政治家眼里,茶是提倡廉洁、对抗奢侈之风的工具;在辞赋家眼里,茶是引发思维以助清兴的手段;在佛教徒眼里,茶是禅定入静的必备之物。这样,茶的文化、社会功用超出了它的自然使用功能,中国茶文化初现端倪。

(二)茶文化的第一个高峰——隋唐五代时期

茶发展至隋代,初步形成中国茶文化,人们认为茶对身体有益,全民普遍饮茶。唐代茶叶生产发展迅速,有80多个州产茶,贡茶兴盛。在这样的历史背景下,陆羽创作出了关于茶的集大成作——《茶经》,这部茶叶百科全书式的著作,总结了中唐以前历朝历代对茶的认识,概括了茶的自然和人文科学双重内容,探讨了饮茶艺术,将茶的清饮方式从当时的混饮方式中提炼出来,以末茶煮饮的方式,配之以成套茶具,总结相关程式和理念,且把儒、道、佛三教思想内涵融入饮茶中,创新了中国茶道精神,奠定了中国茶文化的理论基础。以后又出现了大量茶书、茶诗,有《茶述》《煎茶水记》《采茶记》《十六汤品》等。这些茶书从不同角度、不同层面对茶文化做了更为深入细致的探索与记录,为茶文化的进一步发展铺垫了道路。

唐代以前煮茶属于"煮作羹饮""浑以烹之""与夫瀹蔬而啜饮者无异",从唐代开始,这种做法逐渐被摒弃。在茶圣陆羽的大力推广下,煮茶不再加佐料,最多加点盐调味,由此开启了一个煎茶时代,唐代煎茶流程如图2-1所示分为炙茶、碾茶、罗茶、煎茶、育华(培育汤花)、酌茶六个步骤。

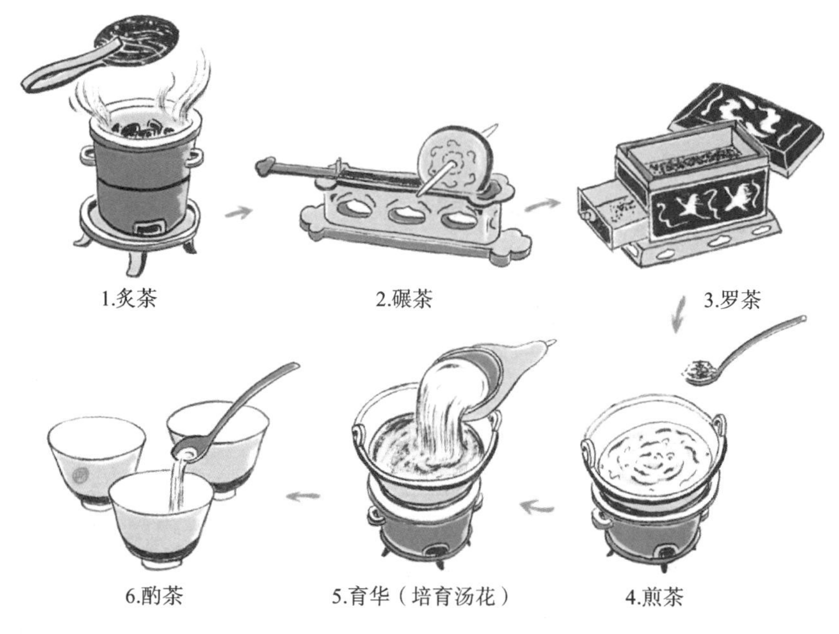

图 2-1 唐代煎茶流程

在唐代，中国茶文化已基本形成，具体表现在以下几个方面：一是有了较丰富的茶叶资源，茶叶生产、加工有了一定的规模；二是茶叶科学已形成了较为完整的体系，茶事活动开始由实践上升到理论；三是饮茶在精神领域有了更广阔的外延，如提出将茶道、茶礼、茶文化与中国的儒、佛、道哲学思想紧密结合；四是有较多的茶诗、茶画和茶文化的作品产生；五是作为上层建筑的茶政开始出现。

（三）茶文化的第二个高峰——宋元时期

至宋元时期，中国茶文化的发展可以说到了鼎盛时期。唐代是以僧人、道士、文人为主体的茶文化，宋代则进一步向上、向下拓展。向上是宫廷茶文化开始出现，向下则是市民茶文化和民间斗茶之风兴起。宋代改唐人直接煮茶法为点茶法，并讲究色、香、味的统一。由于宋代知名茶人大多数是著名文人，更加快了茶与艺术融为一体的过程，诗人有茶诗、书法家有茶帖、画家有茶画。这使茶文化的内涵得以拓展，成为文学、艺术等纯精神文化的直接关联部分。宋代市民茶文化则主要是把饮茶作为增进友谊、社会交际的手段。

斗茶是宋代最火的全民竞技游戏。斗茶主要步骤如图 2-2 所示。

（四）茶文化的普及——明清时期

明清是中国茶文化发展史上的一个重要时期。随着社会生产力的发展和商品经济的兴起，以及对外贸易的扩大，茶业和茶政空前发展，茶叶产区进一步扩大，茶叶制造技术不断革新，茶叶品种进一步增多，开创了我国传统茶叶发展的新时代。明清时期已出现蒸青、炒青、

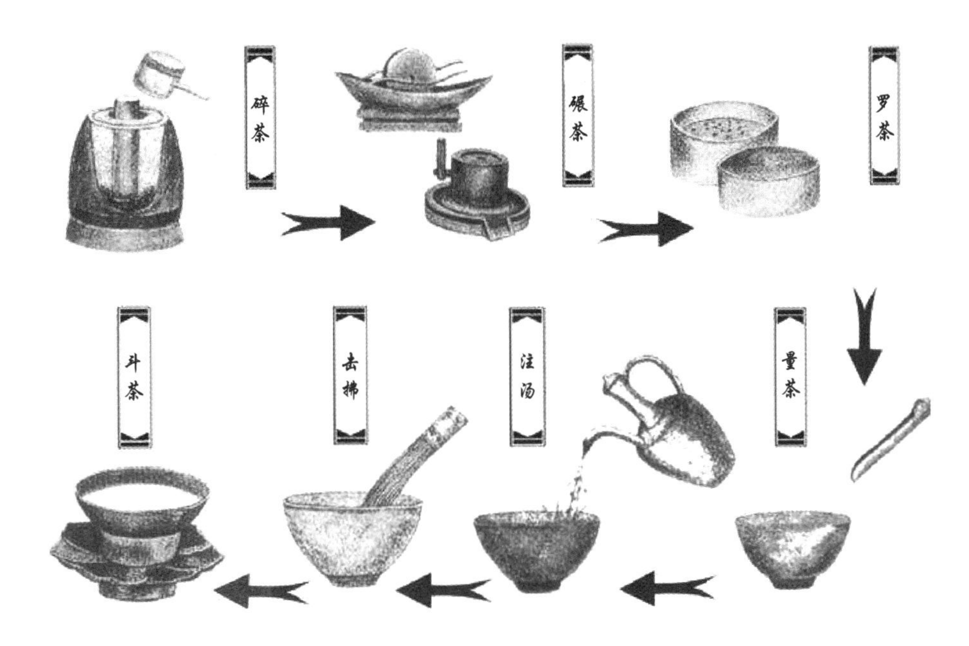

图 2-2　宋代斗茶流程

烘青等各种茶类，茶的饮用方式已改为“撮泡法”，茶类的增多，茶具的款式、质地、花纹千姿百态，泡茶技艺的变化，再加上中国各地区和民族间的差异，使茶文化的表现形式更加丰富多彩。

明代不少文人雅士留下了许多关于茶的传世之作，如唐伯虎的《烹茶画卷》《品茶图》，文徵明的《惠山茶会记》《陆羽烹茶图》《品茶图》等。到了清代，茶叶出口已成为一种正式行业，茶书、茶事、茶诗不计其数，中国茶文化的发展更加深入。茶与人们的日常生活更加紧密结合，例如，城市茶馆兴起，并发展成为适合社会各阶层的活动场所，在这一场所，茶与曲艺、诗会、戏剧和灯谜等民间文化活动巧妙地融合起来，形成了一种特殊的“茶馆文化”。“客来敬茶”也成为普通人家的礼仪美德。由于茶叶制作技术的发展，清代基本形成现今的六大茶类，除最初的绿茶之外，出现了白茶、黄茶、红茶、黑茶、青茶(乌龙茶)。

明清时期的茶文化发展有三大亮点：品饮方式的艺术性、追求饮茶器具之美和茶馆的普及。

1. 品饮方式的艺术性

明清时期品茶方式的更新和发展，突出表现在对品饮方式艺术性的追求上。明代的饮茶冲泡法，是基于散茶的兴起。散茶容易冲泡，冲饮方便，而且芽叶完整，大大增强了饮茶时的观赏效果。清代人在饮茶时，已经开始有意识地追求一种自然美和环境美。清人饮茶的艺术性，还表现在追求饮茶环境美上，这种环境条件包括饮茶者的人数和自然环境。当时对饮茶的人数有“一人得神，二人得趣，三人得味，七八人是施茶”之说。而对于自然环境，人们一般选择清静的山林、俭朴的柴房，或有清溪、松涛，无喧闹嘈杂之声的地方。

2. 追求饮茶器具之美

清代以来，我国广东、福建等地盛行工夫茶，工夫茶的兴盛也带动了专门的饮茶器具的发展。如铫，是煎水用的水壶，以粤东白泥铫为主，小口瓮腹；茶炉由细白泥制成，截筒形，高一尺二三寸；茶壶以紫砂陶为佳，其形圆体扁腹，努嘴曲柄，大者可以受水半斤；茶盏、茶盘多为青花瓷或白瓷，茶盏小如核桃，薄如蛋壳，甚为精美。

3. 茶馆的普及

明清之际，特别是在清代，中国的茶馆作为一种平民饮茶场所，如雨后春笋，发展很迅速。清代是我国茶馆的鼎盛时期。据记载，当时北京有名的茶馆已有30多座，上海更多，有80多家。在乡镇，茶馆的普及度也不亚于大城市，如江苏、浙江一带，有的全镇居民只有数千家，可茶馆就达到百余家。

茶馆是中国茶文化中引人注目的一部分。清代茶馆的功能和经营特色有以下几种：饮茶场所、点心饮食兼饮茶场所、听书场所。除了上面几种情况外，茶馆有时还兼具赌博功能，尤其是在江南集镇上，这种现象并不少见。再者，茶馆有时也充当纠纷裁判场所。“吃讲茶”就是当邻里乡亲发生纠纷时，双方邀上主持公道的长者或中间人到茶馆去评理，以求纠纷圆满解决。

（五）茶文化的发展——新中国成立后

新中国成立后，人们物质财富的稳定增长为我国茶文化的发展提供了坚实的经济基础，1982年，在杭州成立了第一个以弘扬茶文化为宗旨的社会团体——茶人之家。1983年，湖北天门成立陆羽茶文化研究会。1990年，中华茶人联谊会在北京成立，简称“中华茶联”1993年，中国国际茶文化研究会在杭州成立。1991年，杭州的中国茶叶博物馆正式对外开放。1998年，中国国际和平茶文化交流馆建成。

随着茶文化的繁盛，各地茶艺馆越办越多。国际茶文化研讨会已成常态，日、韩、美以及我国港台地区的茶文化学者纷纷参加。各省市县纷纷主办各类茶叶节，如福建武夷山的岩茶节、云南的普洱茶节，以及浙江新昌、泰顺，湖北英山，河南信阳等地举办的茶叶节。各地都以茶为载体，推动茶文化的发展，促进当地的经济贸易发展。

纵观中国茶文化形成和发展的历程，我们可以看到，茶文化是人类社会历史发展过程中所创造的有关茶的物质财富和精神财富的总和。茶文化的物质形态表现为茶的历史文物、遗迹，以及茶诗词、茶书法、茶歌舞、各种名茶、茶馆、茶具、饮茶技艺和茶艺表演等。茶文化的精神形态表现为茶德、茶道精神、以茶待客、以茶养廉、以茶养性、茶禅一味等。还有介于两者中间状态的表现形式，如茶礼规、茶习俗等属于制度文化范畴的内容。

茶文化是现代生活的福音，茶让我们悟人生、悟事理、悟真善美、悟天人合一，在省己中悟道，在和美中悟道，在雅淡幽远中悟道，在祥瑞之境中悟道。

二、茶文化对现代社会的影响

（一）以茶待客、以茶养廉

茶文化以德为中心，重视人的群体价值，倡导无私奉献，反对见利忘义和唯利是图，注重协调人与人之间的关系，提倡尊敬他人，重视修身养德，有利于平衡心态，解决现代人的精神困惑。

（二）领悟人生的意义

茶文化是应对人生挑战的益友。在激烈的社会、市场竞争下，人们面临紧张的工作节奏、复杂的人际关系，以及各种沉重的压力，提倡以茶养性的茶文化，可以帮助人们放松身心，应对人生的挑战，领悟人生的意义。

（三）有利于城市文明建设

我国经济实现了快速发展，文化建设也不能落后，社会风气不能污浊，道德文明不能沦丧。茶文化的修身养性之功能，能够对社会浮躁之风起到一定的修正作用。

（四）丰富精神文化生活

茶文化具有知识性、趣味性和康乐性，通过品尝名茶、茶点，欣赏茶具、茶俗、茶艺，使人们的审美意趣得以提高，给人一种美的享受。

（五）促进开放和国际文化交流

各国人民对茶文化的喜爱，使茶文化跨越国界，成为人类文明的共同精神财富。近年来，各种国际茶文化研讨会的举办和茶叙外交，繁荣了中国茶文化产业，发展了茶经济、茶旅游，催生了各种茶的衍生产品，促进了中国与世界各国之间的交流互动，推动了中国茶产业走向世界，进一步加快了对外经贸合作，繁荣了中国茶经济的发展。

任务三 部分国家茶文化

一、日本茶道

日本茶道是在“日常茶饭事”的基础上发展起来的，它将日常生活与宗教、哲学、伦理和美学联系起来，成为一门综合性的文化艺术活动。它不仅仅是物质层面的享受，而且还通过茶会和学习茶礼来达到陶冶性情、培养人的审美观和道德观念的目的。16 世纪末，千利休继承历代茶道精神，创立了日本正宗茶道。他提出的和、敬、清、寂的日本茶道思想，“和、敬”表示对来宾的尊重，“清、寂”是指冷峻、恬淡、闲寂的审美观。

（一）日本茶道的缘起

日本茶道的起源可以追溯到 16 世纪，但茶叶的传入则是由遣唐使完成的。日本古代没有原生茶树，也没有喝茶的习惯。自从奈良时代的遣唐使们把茶叶带回日本之后，茶这种饮料就在日本生根发芽了。

日本平安时代初期，遣唐使中的日本高僧最澄将中国的茶种带回日本，并开始在近江一带种植，据说这就是日本栽培茶树的开始。到了镰仓时代，禅僧荣西在中国学到了茶的加工方法，还将优质茶种带回日本传播。他还写成了日本第一部饮茶专著《吃茶养生记》。

中国的茶文化来自平民大众的日常习俗，而日本则恰恰相反，饮茶文化是自上而下进行传播的。茶刚刚传到日本的时候属于奢侈品，只有皇室、贵族和少数高级僧侣才可以享受，茶道被当作一种高雅的先进文化而被皇室推崇，其内容与形式都极力模仿大唐。自镰仓时代开始，日本茶道在思想上受到《吃茶养生记》的影响，人们将茶尊奉为灵丹妙药的情况越来越普遍。而茶叶的广泛种植也为茶走入平民家创造了有利条件，饮茶活动以寺院为中心开始逐渐普及到民间。

与中国发酵茶叶的方法不同，日本茶将蒸过的茶叶自然干燥，研成粉末的茶叶就称为“抹茶”（末茶）。到室町时代，畿内的茶农会举行品茶会对茶叶进行评级，这种茶集会逐渐发展成为许多人品尝茶叶的娱乐活动，并发展出最初的茶道礼仪。这一时期，以武士阶层为主角的斗茶成为茶文化的主流，游艺性为其主要特点。到 13 世纪，新兴的武士阶层凭借雄厚的财力经常举办以品尝各地茶叶来赌博的斗茶会，用来炫耀财富并扩大交际，这种斗茶会极尽奢华。后来，室町幕府的第三代将军足利义满对斗茶进行了提炼，为向宗教性质的书院茶过渡准备了条件。第八代将军足利义政在他隐居的京都东山建造了同仁斋，地面用榻榻米铺满，这种全室铺满榻榻米的建筑设计为后世所借鉴，形成了各式各样的茶室。此前的斗茶会一般在较大的空间举行，显得喧闹而不够注重礼仪；而同仁斋将开放式的、不固定的空间进行了缩小和封闭，这就给茶道的形成创造了稳定的室内空间。这种房间被称为书院式建筑，在其中进行的茶会就被称为书院茶。书院茶要求茶室绝对肃静，主客问答简明扼要，从而一扫斗茶的杂乱之风。书院茶完成了将外来的大唐文化与日本文化结合的任务，并且基本确立了现行的日本茶道的点茶程序。

（二）日本茶道的程序

日本茶道必须遵照规则程序进行喝茶活动，而茶道的精神，就蕴含在这些看起来烦琐的喝茶程序之中。

进入茶道部，有身穿朴素和服、举止文雅的女茶师礼貌地迎上前来，并进行简短的解说。进入茶室前，必须经过一小段自然景观区。这是为了使茶客在进入茶室前，先静下心来，除去一切凡尘杂念，使身心完全融入自然。在茶室门外，需用一长柄的水瓢从水缸中盛水洗手，再取水徐徐送入口中漱口，目的是将体内外的凡尘洗净，然后把一个干净的手绢放入前胸衣襟内，并取一把小折扇，插在身后的腰带上。这一系列流程下来，客人已静下心来，便可以进入茶室。

日本的茶室，面积一般以置放四叠半榻榻米为度，小巧雅致，结构紧凑，以便于宾主倾心交谈（见图 2-3）。茶室分为床间、客、点前、炉踏等专门区域。室内设置壁龛、地炉和各式木窗，右侧布水屋，以供放置煮水、沏茶、品茶的器具和清洁用具。床间挂名人字画，旁悬竹制花瓶，瓶中插花，插花品种和旁边的饰物因四季变化而有所不同，需与季节时令相配。

图 2-3 日本茶室

茶道仪式举行前，主人必先在茶室的活动格子门外跪迎宾客。进入茶室后，虽然强调不分尊卑，但头一位进茶室的必然是来宾中的首席宾客（称为正客），其他客人则随后入室。

来宾入室后，宾主相互鞠躬致礼，主客相对而坐，正客须坐于主人上手（即左边）。这时主人即去水屋取风炉、茶釜、水注、白炭等器物，而客人可欣赏茶室内的陈设布置及字画、鲜花等装饰。主人取器物回茶室后，跪于榻榻米上生火煮水，并从香盒中取出少许香点燃。在风炉煮水期间，主人要再次至水屋忙碌，这时众宾客则可自由在茶室前的花园中散步。待主人备齐所有茶道器具时，这时水也将要煮沸了，宾客们重新进入茶室，茶道仪式正式开始。

主人一般在敬茶前，要先请客人品尝一下茶点(见图 2-4)，避免空腹喝茶伤胃。敬茶时，主人用左手掌托碗，右手五指持碗，跪地后举起茶碗(须举碗齐眉与自己额头齐平)，恭送至正客前。待正客饮茶后，余下宾客才能依次传饮。饮时可每人一口轮流品饮，也可每人各饮一碗，饮毕将茶碗递回给主人。主人随后可从里侧门内退出去煮茶，或让客人自由交谈。在正宗日本茶道文化里，这时候是绝不允许谈论金钱、政治等世俗话题的，更不能谈生意，多是谈论一些有关自然的话题。

图 2-4　日本茶点

(三)日本茶道的用具

1. 煮水

炉：位于地板里的火炉，利用炭火煮釜中的水。

风炉：放置在地板上的火炉，功能与炉相同，多用于五月至十月之间气温较高的季节。

柄勺：竹制的水勺，用来取出釜中的热水，用于炉与用于风炉的柄勺在型制上略有不同。

盖置：用来放置釜盖或柄勺的器具，有金属、陶瓷、竹等各种材质。用于炉与用于风炉的盖置在形制上略有不同。

水指：备用水的储水器皿，有盖。

建水：废水的储水器皿。

2. 茶罐

枣：薄茶用的茶罐。

茶入：浓茶用的茶罐。

仕覆：用来包覆茶入的布袋。

茶杓：从茶罐（枣或茶入）取茶的用具。

3. 茶碗

茶碗：饮茶所用的器皿。

乐茶碗：以乐烧（手捏成型、低温烧制）制成的茶碗。

茶筅：圆筒竹刷，将竹剖成细刷状制成。

4. 茶室

广间/小间：为了茶道所建的建筑。大小以四叠半榻榻米为标准，大于四叠半称作“广间”，小于四叠半称作“小间”。

水屋：位于茶室旁的空间，用来放置及清洗茶器具。

（四）日本茶道的形式

日本人相当注重形式，茶道便是一种体现。他们喜欢当着客人的面准备食物，例如铁板烧的烹饪方式，不仅让客人能吃到食物，还能学习到烹饪的方法，茶道也是如此。

日本茶人在举行茶会时均抱有“一期一会”的心态。这一词语出自江户幕府末期的大茶人井伊直弼所著的《茶汤一会集》。书中写道：“追其本源，茶事之会，为一期一会，即使同主同客可反复多次举行茶事，也不能再现此时此刻之事。每次茶事之会，实为我一生一度之会。由此，主人要千方百计，尽深情实意，不能有半点疏忽。客人也须以此世不再相逢之情赴会，热心领受主人的每一个细小的匠心，以诚相交。此便是：一期一会。”这种“一期一会”的观念，实质上就是佛教无常观的体现。佛教的无常观督促人们重视每分每秒，认真对待每时每事。当茶事举行时，主客均极为珍视，彼此怀着“一生一次”的信念，体味到人生如同茶的泡沫一般在世间转瞬即逝，并由此产生共鸣。于是与会者感到彼此紧紧相连，产生一种互相依存的感觉和生命的充实感。这是茶会之外的其他场合无法体验到的一种感受。

茶事的种类繁多，古代有“三时茶”之说，即按三顿饭的时间分为朝会（早茶）、书会（午茶）和夜会（晚茶）；现在则有“茶事七事”之说，即拂晓的茶事、早晨的茶事、正午的茶事、夜晚的茶事、饭后的茶事、专题茶事和临时茶事。除此之外还有开封茶坛的茶事（相当于佛寺的开光大典）、惜别的茶事、赏雪的茶事、一主一客的茶事、赏花的茶事、赏月的茶事等。每次的茶事都要有主题，比如某人新婚、乔迁之喜、纪念诞辰，或者为得到了一套珍贵茶具而庆贺等。

茶会之前，主人要首先确定主客，即主要的客人，一般为身份较尊贵者。确定了主客之后再确定陪客，这些陪客要和主客比较熟悉。决定客人之后便要开始忙碌的茶会准备工作了，这期间客人们会来道谢，因为准备工作的繁忙，主人只需要在门前接待一下即可。一般茶会的时间为四个小时，太长容易导致客人疲惫，太短又可能无法使客人领悟茶会的真谛。茶会有淡茶会（简单茶会）和正式茶会两种，正式茶会还分为“初座”和“后座”两部分。为了办好茶会，主人要东奔西跑地选购好茶、好水、茶花，准备茶食材料及烹饪茶点心等。茶会之前还要把茶室、茶庭打扫得干干净净。客人提前到达之后，在茶庭的草棚中坐下来观赏茶庭并体会主人的用心，然后入茶室就座，这叫“初座”。之后，主人便开始表演添炭技法，这次就称为“初炭”。之后主人送上茶食，日语称为“怀石料理”（据说和尚们坐禅饥饿时会将烤热的石头揣在怀里以减少饥饿感，故得此名）。用完茶食之后，客人到茶庭休息，此为“中立”。之后再次入茶室，这才是“后座”。后座是茶会的主要部分，在严肃的气氛中，主人为客人点浓茶，然后添炭（后炭）之后再点薄茶。茶毕，主人与客人互相道别，茶会到此结束（见图2-5）。

图 2-5　传统日本茶道

茶会通常有记录，记录的内容包括会众成员、壁龛装饰、茶具、饭菜、点心等情况，有时还加入主人与会众的谈话摘要和记录者的评论。这种记录叫“会记”。古代有很多著名茶会的会记流传下来，是十分珍贵的资料，其中《松屋会记》《天王寺屋会记》《今井宗久茶道记书拔》《宗湛日记》等被称为四大会记。

（五）日本茶道的精神

日本的茶道源于中国，却具有日本民族风情和独特的韵味。

日本茶道是在“日常茶饭事”的基础上发展起来的，千利休继承、汲取了历代茶道精神，创立了日本正宗茶道。村田珠光曾提出谨、敬、清、寂为茶道精神，千利休对此改动了一个字，为和、敬、清、寂，使其更为简洁而内涵丰富。“清、寂”也写作“静、寂”，它是指审美观。这种美的意识具体表现在“侘”字上。“侘”原有寂寞、贫穷、寒碜、苦闷的意思。平安时期“侘人”一词，也是指失意、落魄、郁闷、孤独的人。到平安末期，“侘”的含义逐渐演变为静寂、悠闲，成为当时一些人欣赏的美的意识。这种美的意识的产生，有社会历史原因和思想根源：平安时代末期至镰仓时代，是日本社会动荡、改组时期，原来占统治地位的贵族失势，新兴的武士阶层走上了政治舞台。失势的贵族感到世事无常而悲观厌世，因此佛教净土宗应运而生。失意的僧人把当时的社会看作秽土，号召人们“厌离秽土，欣求净土”。在这种思想的影响下，很多贵族文人离家出走，或隐居山林，或流浪荒野，在深山野外建造草庵，过着隐逸的生活，创作所谓的“草庵文学”，以抒发他们思古之幽情，排遣胸中积愤。这种文学基调阴郁、文风“幽玄”。室町时代，随着商业经济的发展，城市生活浮躁喧嚣，不少人厌弃这种生活，追求“侘”的审美意识，以冷峻、恬淡、闲寂为美，他们渴望找寻一块僻静的处所，过起隐居的生活，享受恬静的田园生活，寻求心神上的安逸。而此时，茶人村田珠光等人把这种审美意识引进“茶汤”中，使清寂之美得到广泛的传播。

茶道之茶称为“侘茶”。邀来几个朋友，坐在幽寂的茶室里，边品茶边闲谈，不问世事，无牵无挂，无忧无虑，修身养性，心灵净化，别有一番美的意境。千利休的“茶禅一味”“茶即禅”

观点，可以视为茶道的真谛所在。

“和、敬”这一伦理观念，是唐物占有热时期衍生的道德观念。自镰仓时代以来，大量唐物宋品运销日本，特别是茶具、艺术品，极受日本人的青睐，茶会也以有唐宋茶具而显得更上档次。但也因一味崇尚唐物，出现了豪奢之风，轻视本土茶具。而热心于茶道艺术的村田珠光、武野绍鸥等人，反对奢侈华丽之风，提倡清贫简朴，认为本国产的黑色陶器，色彩幽暗，自有朴素、清寂之美。用这种质朴的茶具真心实意地待客，既有审美情趣，也利于道德情操的培养。

日本的茶道有烦琐的规程，如茶叶要碾得精细，茶具要擦得干净，插花要根据季节和来宾的名望、地位、辈分、年龄、文化教养等来选择。主持人的动作要规范敏捷，既要有舞蹈般的节奏感和飘逸感，又要准确到位。凡此种种都表示对来宾的尊重，要体现“和、敬”的精神。

日本茶道以和、敬、清、寂的内涵，成为融宗教、哲学、伦理、美学为一体的文化艺术活动。

二、韩国茶礼

韩国茶礼又称茶仪，是民众共同遵守的传统风俗。茶礼是指在阴历每月初一、十五，以及节日和祖先生日的白天举行的简单祭礼，也指像昼茶小盘果、夜茶小盘果一样来摆茶的活动。更有专家将茶礼解释为“贡人、贡神、贡佛的礼仪”（见图 2-6）。

图 2-6 韩国茶礼

（一）韩国茶礼的起源

韩国茶礼源于中国古代的饮茶习俗，但并不是简单地照搬、移植，而是把禅宗文化、儒家与道教的伦理道德以及韩国传统礼节融汇于一体所形成的。早在一千多年前的新罗时期，其朝廷的宗庙祭礼和佛教仪式中就运用了茶礼。真鉴国师的碑文中就记载了有关茶的习俗：“如再次收到中国茶时，把茶放入石锅里，用薪烧火煮后曰：‘吾不分其味就饮。’守真忤俗都如此。”

在高丽时期，茶礼已在朝鲜半岛普及于朝廷、官府、僧俗等阶层。高丽最初盛行的点茶法，就是把膏茶磨成茶末后，把汤罐里烧开的水倒进茶碗，用茶匙或茶筅搅拌成乳化状后饮用的方法。到高丽末期，产生了将茶叶泡在盛开水的茶罐里再饮的泡茶法。当时，高丽朝廷举办的茶礼种类繁多，各具特色，例如燃灯会和八关会。每年阴历二月十五日，在宫中康安殿的浮阶中开的燃灯会会举行以下茶礼："如近侍官上茶，执礼官面向殿阁鞠躬，上酒饭时，执礼官都面向殿阁鞠躬劝酒饭，后人都随这种礼。此后给太子以下的侍臣送茶，茶到，执礼官先赞拜，太子以下再拜，执礼官先赞饮，太子以下随饮毕，揖让。"八关会在每年阴历十一月十四日于宫中仪凤门阶梯底下的浮阶中举办，会举行如下茶礼："左侧执礼官引太子和上公到洗手间洗手，如近侍官上茶，执礼官就面向殿阁鞠躬劝茶，近侍官摆茶和饮食，也摆太子公侯伯及枢密两阶侍臣的茶饭，中阶的侍臣站着就餐，然后近侍官上茶。此后，太子以下枢密侍臣都再拜，接茶饮毕后揖让。"

另外，高丽王室举办的不同的仪式，其茶礼举办地点有所不同。例如，迎北朝诏使仪式，在乾德殿举行茶礼；在祝贺太子诞辰的仪式中，茶礼在宫中厅幕里简单举行，宾主揖让就座上茶；在给太子分封的仪式中，茶礼在东宫门竹席上举行；在分封王子、王姬及宴请群臣的酒席的仪式中，茶礼在大观殿举行；在公主出嫁时的仪式中，在宫中厅幕举行茶礼。

（二）韩国茶礼的形式

韩国的传统茶礼形式与日本茶道相似，基本上是对茶的冲泡和品饮，但高丽五行茶礼则大大突破了韩国茶礼的传统模式，以规模宏大、人数众多、内涵丰富而成为韩国最高层次的茶礼。高丽五行茶礼是古代茶祭的一种仪式。茶叶在高丽的历史上，历来是"功德祭"和"祈雨祭"中必备的祭品。五行茶礼的祭坛设置为：在洁白的帐篷下，挑八只绘有鲜艳花卉的屏风，正中张挂着用汉文繁体字书写的"茶圣炎帝神农氏神位"的条幅，条幅下的长桌上铺着白布，长桌前置放三只小圆台，中间小圆台上放一只青瓷茶碗。

五行茶礼的核心，是祭祀韩国崇敬的中国"茶祖"炎帝神农氏。

茶礼中的五行均为东方哲学，包含十二个方面：

五方，即东西南北中；

五季，除春夏秋冬四季外，还有换季节；

五行，即金、木、水、火、土；

五色，即黄、青、赤、白、黑；

五脏，即脾、肝、心、肺、肾；

五味，即甘、酸、苦、辛、咸；

五常，即仁、义、礼、智、信；

五旗，即太极、青龙、朱雀、白虎、玄武；

五行茶礼，即献茶、进茶、饮茶、品茶、饮福；

五行茶，即黄色井户、青色青磁、赤色铁砂、白色粉青、黑色天目；

五之器，即灰、大灰、真火、风炉、真水；

五色茶，即黄茶、绿茶、红茶、白茶、黑茶。

五行茶礼是韩国国家级的进茶仪式。所有参与茶礼的人都须遵守严谨有序的入场顺序，一次参与者多达五十人。入场式开始，由茶礼主祭人进行题为“天、地、人、和”合一的茶礼诗朗诵。这时，身着灰、黄、黑、白短装，分别举着红、蓝、白、黄，并持绘有图案旗帜的四名旗官进场，站立于场内四角。随后依次是两名身着蓝、紫两色宫廷服饰的执事人，高举着圣火的两名男士，手持宝剑的两名武士入场。执事人入场互相致礼后分立两旁，武士入场要做剑术表演。接着是两名中年女子持红、蓝两色蜡烛进场献烛，两名女子献香，两名梳长辫并着淡黄上装、红色长裙的少女手捧着青瓷花瓶进场，另有两名献花女将两大把艳丽的鲜花插入青花瓷瓶。

这时，五行茶礼行者共十名妇女始进场。十名女子皆身着白色短上衣，穿红、黄、蓝、白、黑各色长裙，头发梳成各式发型盘于头上，成两列坐于两边。用置于茶盘中的茶壶、茶盅、茶碗等茶具表演沏茶，沏茶毕全体分两行站立，分别手捧青、赤、白、黑、黄各色的茶碗向炎帝神农氏神位献茶。献茶时，由五行献礼祭坛的祭主，即一名身着华贵套装的女子宣读祭文，祭奠神位毕，即由十名五行茶礼行者向各位来宾进茶并献茶食。最后由祭主宣布高丽五行茶礼祭礼毕，这时四方旗官退场，整个茶祭结束。

（三）韩国茶礼的精神

高丽时期的佛教茶礼表现为禅宗茶礼，其规范是《敕修百丈清规》和《禅苑清规》。《敕修百丈清规》中关系到茶礼的部分有：后任主持起义时举行尊茶、上茶和会茶仪式；寮元负责众寮的茶汤，水头负责烧开水；吃食法中记有吃茶法；阴历四月十三日楞严会上茶汤，《四节秉拂》一节中还记有献茶、吃茶时的敲钟、点茶时的扩版和茶鼓的打鼓法等。《禅苑清规》中有关茶礼的部分有：赴茶汤、书状（茶会邀请书）、知客（客人接待员）、知事头首点茶、谢茶等。

韩国提倡的茶礼以“和、静”为根本精神，其含义泛指和、敬、俭、真。“和”是要求人们心地善良、和平共处、互相尊敬、互相帮助。“敬”是要有正确的礼仪、尊重别人、以礼待人。“俭”是俭朴廉正，提倡朴素的生活。“真”是要有真诚的心意，为人正派。韩国茶礼侧重于礼仪，强调茶的亲和、礼敬、欢快，将茶礼贯彻于各阶层之中，以茶作为团结全民族的力量。所以，茶礼的整个过程，从环境、茶室陈设、书画、茶具造型与排列，到投茶、注茶、点茶、吃茶等均有严格的规范与程序，力求给人以清静、悠闲、高雅、文明之感。

三、英国茶风

说起英国人与茶的亲密关系，有无数的事实作为佐证。有人说英国人人生的三分之一是 Tea Time（饮茶时间）。有一首英国民谣这样唱道：“当时钟敲响四下时，世上的一切瞬间为茶而停。”茶是英国传统的大众化饮料，平均每 10 人中就有 8 人饮茶，全国每年消耗掉近 20 万吨的茶叶，占世界茶叶贸易总量的 20%，为西方各国之冠，堪称“饮茶王国”。英国茶一般加牛奶，有时也加糖，但更多的是加上橙片、茉莉等制成所谓的伯爵红茶(earl grey tea)、茉莉红茶(black tea of jasmine)、果酱红茶(black tea of jam)、蜂蜜红茶(honey black tea)等。

(一)英国茶文化的缘起

历史上从未种过一片茶叶的英国人，却用舶来品创造了内涵丰富、形式优雅的英式下午茶文化(见图 2-7)。也许是因为风评不佳的英国食物让英国人在法式大餐和意式美食面前自惭形秽，所以他们便孜孜不倦地把传统的英国茶文化发扬光大。英国人用茶叶与牛奶调制成可口的"英国茶"，不仅调出了清香与可口的味道，也调和了两种文化。

图 2-7　英国茶饮

英国茶文化始于皇室。1662 年嫁给英王查理二世的葡萄牙公主凯瑟琳，人称"饮茶皇后"，当年她的陪嫁中包括 221 磅红茶和精美的中国茶具。在红茶的贵重堪与银子匹敌的年代，皇后对红茶的追捧，引得贵族们争相效仿。茶也因此成为身份的象征，普通家庭只有在宴会待客时才能饮用。即使是客人喝剩的茶渣，女仆们也会偷着拿到街市上去卖，还能换回外快。

直到 1826 年，英国人在印度北部山区偶然发现了漫山遍野的野茶树，后来又从中国盗取了茶籽茶树引入种植，并引进和改良了中国制茶技术，茶叶开始变得比啤酒还便宜。从此，从英格兰的多佛到苏格兰的阿伯丁，几乎全英国都流行喝茶。

(二)英国茶文化的形式

每一天以茶开始，又以茶结束，英国人乐此不疲地重复着"茶来茶去"的生活习惯。清早刚一睁眼，英国人就靠在床头享受一杯床前茶(early morning tea)；早餐时再来一杯早餐茶(breakfast tea)，又名开眼茶，该茶精选来自印度、斯里兰卡、肯尼亚各地的红茶调制而成，气味浓郁，最适合早晨起床后享用。上午再繁忙，人们也会停顿一会儿啜口工休茶(tea break)。下班前又到了喝茶吃甜点的法定时刻(afternoon tea)，这时，香气特殊的伯爵茶成为首选。伯爵茶是以中国茶为基础茶，加入佛手柑调制而成，闻起来芳香，尝起来也清爽。回到家后晚餐前再来一次有肉食冷盘的正式茶点(high tea)。就寝前还少不了告别茶(night tea)。

此外,英国还有名目繁多的茶宴(tea-party)、花园茶会(tea in garden),以及周末郊游的野餐茶会(picnic-tea)。除了传统的英国茶外,如今,英国人又在红茶中添加了各类鲜花、水果及名贵香料,配制成当今非常流行的花茶、果茶和香料茶。对于茶里要不要加糖、加奶或柠檬,正统的英式下午茶并无严格规定,只看个人喜好。不过基本原则是:浓茶加奶精口感润滑,淡茶或加味水果茶则要喝原味的。在英国,茶可分为红茶(black tea)、绿茶(green tea)、花茶(scented tea)、茉莉花茶(jasmine tea)、浓茶(strong tea)、淡茶(weak tea)、柠檬茶(lemon tea)等。

在饮茶的过程中,传统的茶室礼仪讲究交谈声音要小,瓷器要轻拿轻放,女士须举止从容,有人从面前经过时要礼貌地轻轻挪动身姿,并报以微笑。杯中茶喝完后,要将茶匙放到茶杯中,表示到此为止,否则主人会不断续茶。

(三)英国特色茶点

英国最有特色的茶点有英式松饼(如蓝莓松饼、肉桂松饼、全麦松饼等)、水果蛋糕、三明治等。正式的下午茶点心一般被垒成“三层架”的形式(见图 2-8),最底层放置三明治,中间一层放置经典的英式松饼,最上层则放置蛋糕、水果塔等甜食。茶点的食用顺序要遵循由淡到重、由咸到甜的原则。从三层点心盘的最底层开始品尝,先尝带点咸味的三明治,让味蕾慢慢品出食物的味道,再饮几口芬芳四溢的红茶。接下来品尝涂抹上果酱或奶油的英式松饼,丝丝甜味在口腔中慢慢散开。最后品尝甜腻厚实的水果塔及芝士蛋糕,感受甜蜜的滋味。

图 2-8 英式茶点

英国茶具十分精美,多为蓝白青花瓷,带有简洁的色彩,是标准的英式内敛风格。其外表描绘英国植物及花卉图案,是典型的维多利亚风格,把英国人热爱园艺的习性也反映到了茶具上。无论哪种瓷器,配上纯银茶壶、茶匙和精致的蕾丝桌布,英伦风情就呼之欲出,浪漫优雅得让人心动。

(四)著名英国茶品牌

1. 英国皇室御用茶川宁茶(Twinings)

川宁茶诞生于 1706 年,是英国古老的茶品牌,至今依然是皇室贵族的专宠。川宁茶为英国茶商托马斯·川宁所创立。此品牌产制的茶，种类繁多，其中以淡雅的奶油黄包装，印着衍变自黄金狮子的徽章及TWININGS字样的伯爵茶最为出名。由于川宁茶的口味较浓重，若是初次接触，建议从最受欢迎的伯爵茶开始品尝。

2. 英伦国民茶 Whittard

Whittard是英国一个著名的茶叶品牌，创立于1886年，目前在英国各地都有连锁专卖店。它除了贩卖自营生产的各式茶叶及咖啡之外，还出售相关的周边配备，从杯、壶、滤茶器，到点心、糖果甚至可可，应有尽有，该品牌还会依照节日推出纪念商品及礼盒。在所有的Whittard分店中，位于科芬园的Whittard of Chelsea较为特别，因为它除了贩卖茶叶之外，还附设试茶区域，客人只要花5英镑，就可以享受自己动手配茶的乐趣。

3. 英伦传统风范 Fortnum&Masons

Fort&Mason是伦敦著名的王室御用红茶店，从1707年就开始经营，店里出售100多种来自中国、印度、尼泊尔、日本等的茶叶和自己品牌的茶叶。直至今天，Fortnum&Mason仍是皮卡迪利街头一道亮丽的风景线，英国茶历史也与这一品牌有着不可分割的联系。

四、印度拉茶

（一）印度拉茶的起源

从19世纪中叶开始，印度就成为全世界重要的产茶大国，茶也为印度赚取了巨大的外汇和财税收入。印度待牛如神，茶园又必须远离牛群，因此产茶地多集中在山坡丘陵地带，其中以阿萨姆西北山区的茶最有名。关于印度的饮茶方式，最开始印度曾流行将洋葱、植物油和茶混在一起酿泡成茶酒来饮用，随后便发展成为一种独特的制茶手法——拉茶。

（二）印度拉茶的形式

拉茶是一种用特殊加工工艺制作成的奶茶，使用的原料茶叶通常是红茶。印度制作拉茶时所添加的香料会因地区的不同或是喜好的不同而有所差异，但一般都会加入马萨拉调料（Masala）。拉茶主要是由四种材料调制而成：浓郁的红茶、牛奶、香料混合物，以及糖或蜂蜜。其中香料混合物一般是由丁香、姜、胡椒、豆蔻以及肉桂调配而成。

拉茶制作工艺除了配料复杂外，“拉”是关键技术。正是对茶汤的反复拉制，使茶汤和牛奶的混合更为充分，并且使牛奶颗粒因受到反复倒拉、撞击而形成乳化状态，使其既能与茶汤有机结合，又能使茶香和奶香获得充分的释放。制茶者一手持空罐，一手持盛有茶汤的罐子，将茶汤间距至约1米的距离倒入空罐，由于茶汤在倒入空罐的过程中，两手持罐距离由

图 2-9 印度拉茶

近到远，近似于拉的动作，故名“拉茶”。拉茶的饮用冬夏皆宜，冬天饭后热饮，更有助于暖身(见图 2-9)。

(三)著名的印度茶品牌

印度是全世界较大的茶叶生产国之一，拥有许多重要的茶叶产区，其中，著名的有大吉岭地区和阿萨姆地区。

阿萨姆地区是世界上重要的红茶产地之一，印度茶叶产量的 80%来自阿萨姆地区。而阿萨姆红茶，产于喜马拉雅山麓的阿萨姆溪谷一带。阿萨姆茶传统上配牛奶用作早餐茶，它也是爱尔兰或英式早餐茶标准原材料的基础茶。

大吉岭茶生长在喜马拉雅山麓大吉岭高原一带，此处海拔 750～2000 米，是世界上最好的红茶产地，日照充足，昼夜温差大，孕育出独特芳香的大吉岭茶。该茶冲泡后，茶汤带有浅金色的光泽，被誉为“茶中香槟”。

五、俄罗斯甜茶

从饮茶形式上来看，俄罗斯人喝茶常伴以大盘小碟的蛋糕、馅饼、饼干、糖块、果酱等茶点。他们喝茶常常作为三餐之外的补充或替代三餐中的一餐。从饮茶的品种来看，俄罗斯人喜欢喝甜茶，喝红茶时习惯了加糖、柠檬片，有时也加牛奶。因而，在俄罗斯的茶文化中，糖和茶密不可分。

(一)俄罗斯茶俗

红茶是俄罗斯居民的传统茶品，俄罗斯人一直对红茶情有独钟，直至现在，红茶仍然是俄罗斯人的首选茶品，占俄茶品市场 80%以上的份额。但是，近些年俄罗斯茶品市场格局开始发生变化，俄罗斯人除了保持着饮用红茶的传统习惯，也开始品尝其他的茶品。此外，各种香茶(如添加蔷薇、山楂、甘菊等植物香料的混合茶)和果味茶也对消费者有很大的吸引力，尤其是带柠檬味的红茶销量有了明显增长，近些年甚至占到俄罗斯茶品市场 5%的份额。原本主要在大城市销售的香茶和果味茶已逐步普及到各州级城市。各种混合茶还可以加工成速溶茶，速溶茶既可热饮，也可冷饮，且不失自己独特的风味。俄罗斯市场上速溶茶的品种和数量目前虽不算多，但很受欢迎，俄罗斯有关专家和茶品经营商都对速溶茶的前景表示看好。

（二）俄罗斯茶具

俄罗斯茶具主要有以下几种。

茶炊：供应泡茶时的热水来源。

茶壶：放在茶炊上方以蒸煮浓郁的红茶。

茶杯、杯托、杯碟：将玻璃杯放入杯托之内，再放在杯碟上。

标准茶匙：用以称量茶叶。

糖块捏夹：用以夹取糖块。

糖棒：饮用时，可用糖棒在红茶中搅拌，以增加茶水甜味。

俄罗斯茶具中最有特色的是随时可以加热保温的茶炊。据说茶炊在17世纪时由法国传入俄罗斯，几经改良之后，这种茶器于18世纪发展臻于成熟。

俄罗斯茶炊多为银制或铜制，用于供应泡红茶时所需的热水。茶炊的内部有一金属制的中空导管，在其中燃烧木炭，以便煮沸茶炊中的热水。热水锅炉上方有导管，可使锅炉中的蒸气直通茶炊上方放置的小茶壶，并加以蒸煮，如此便可煮出浓郁的红茶。

俄罗斯茶炊出现于18世纪，是茶在俄罗斯逐渐盛行后出现的。茶炊的制作与金属不断完善的打造工艺密切相关。何时打造出第一把茶炊已无从查考，但据记载，早在1730年，乌拉尔地区出产的铜制器皿中就有外形类似于茶炊的葡萄酒煮壶，但直到18世纪中后期才出现了真正意义上的俄罗斯茶炊。在当时，有两种不同用途的茶炊：茶壶型茶炊和炉灶型茶炊。茶壶型茶炊的主要功能在于煮茶，也经常被卖热蜜水的小商贩用来装热蜜水，以便走街串巷叫卖且一直保温。茶壶型茶炊的原理在于茶炊中部竖一空心直筒，盛热木炭，茶水或蜜水则环绕在直筒周围，从而达到保温的功效。炉灶型茶炊的内部除了竖直筒外还被隔成几个小的部分，用途更加广泛，烧水、煮茶可同时进行。炉灶型茶炊这种“微型厨房”式的功能使它的使用范围不仅仅局限于家庭，而且深受旅行者青睐。无论在森林还是草场，只要能找到可用作燃料的松果或木片，人们就可以就地摆上炉灶型茶炊，做一顿野外午餐并享受午后茶饮的惬意。到19世纪中期，茶炊基本定型为三种：茶壶型（或称咖啡壶型）茶炊、炉灶型茶炊和烧水型茶炊（只用来烧开水的茶炊）。

现在，茶炊的外形变得十分多样化，有球形、桶形、花瓶状、小酒杯形、罐形，甚至还有一些呈不规则形状。

谈到茶炊就不能不提到它的产地：19世纪初，莫斯科州彼得·西林先生的工厂是茶炊最大的生产厂家，年产量约3000个。到19世纪20年代，离莫斯科不远的图拉州一跃成为生产茶炊的重要基地，仅在图拉市及图拉州就有几百家加工铜制品的工厂，主要产品就是茶炊和茶壶。1912—1913年，俄罗斯的茶炊产量达到了顶峰，仅图拉州的茶炊年产量就达66万只，可见俄罗斯的茶炊市场的需求量之大。

（三）俄罗斯甜茶饮法

俄罗斯气候寒冷，用随时可以加热、保温的茶炊冲泡红茶是他们的传统，而红茶也是当地人借以保暖身体的传统饮料。调制俄式红茶时，先用茶炊将小壶内的红茶煮开，注入茶杯约四分之一的高度，再用茶炊中的热开水将红茶冲淡至合适的浓度，最后可加入柠檬片、果酱、朗姆酒（或白兰地）以及糖块，以增添红茶的风味。俄罗斯民族嗜好吃糖，饮茶时常把茶烧得滚烫，再加上很多的糖、蜂蜜和柠檬片（见图 2-10）。

图 2-10　俄罗斯甜茶

从饮茶的具体方式来看，俄罗斯人喝甜茶有三种方式：一是把糖放入茶水里，用勺搅拌后喝；二是将糖咬下一小块含在嘴里后喝茶；三是看糖喝茶，既不把糖搁到茶水里，也不含在嘴里，而是看着糖喝茶。

值得一提的是，俄罗斯人还喜欢喝一种不是加糖而是加蜜的甜茶——чай с мёдом。在俄罗斯的乡村，人们喜欢把茶水倒进小茶碟，而不是倒入茶碗或茶杯，手掌平放，托着茶碟，用茶勺送一口蜜在嘴里含着，接着将嘴贴着茶碟边，一口一口地吮茶。喝茶人的脸被茶的热气烘得红扑扑的，透着无比的幸福与满足。这种喝茶的方式俄语中叫作"用茶碟喝茶"。

六、美国茶俗

（一）美国茶俗的缘起

历史上，美国的独立与茶叶有着密切联系。1773 年，当时美国的宗主国英国公布了一项法令，规定只有英国东印度公司可以在北美殖民地垄断经营进口茶叶。波士顿从事走私茶叶的商人们于当年 12 月 16 日将英国东印度公司货船上的茶叶倾倒在海水中，用来反抗垄断法令。这一事件引起英国对北美殖民地的高压制裁，最终导致美国独立战争发生。

美国人饮茶的习惯是由欧洲移民带去的，饮茶方法也与欧洲大体相仿。美国的饮茶方式主要有清饮与调饮两种，人们大多喜欢在茶内加入柠檬、糖及冰块等。不过，美国毕竟是个相当年轻的国家，所以对于饮茶没有欧洲那么讲究仪式感。加之美国人生活节奏很快，喜欢方便快捷的饮茶方式，故以冰茶、速溶茶等罐装茶为主。美国人很喜爱中国茶，中美之间茶的贸易几乎是伴随着这个国家的诞生而同步开始。美国每年从中国进口的茶叶占茶叶进

图 2-11　美国冰红茶

口总量的 20%以上，以红碎茶和中低档绿茶为主，多为袋泡红茶、冰茶、添香茶和草药茶。在美国，茶消耗量占第二位，仅次于咖啡。除源自欧洲的西方茶文化外，美国市场上的东方茶（如乌龙茶、绿茶等）有上百种，但多是罐装的冷饮茶（见图 2-11）。

近年来，随着绿茶的保健功能逐渐被人认可，美国又掀起“中国绿茶热”。美国国家卫生部和有关团体还专门召开关于“茶与健康”的国际学术会议，举办中国茶文化周和中国茶文化研讨会，还在纽约成立了国际茶文化基金会，从事茶文化的宣传与中美茶业交流的协调与组织工作。许多著名大学都举办了中国茶专题讲座，有的还投入巨资进行茶叶保健作用的基础理论研究。

（二）美国茶俗的形式

美国地处北美洲中部，国内约有 300 年的饮茶历史，当地饮茶在 18 世纪以中国武夷岩茶为主，19 世纪以中国绿茶为主，20 世纪早期以红茶为主，但到了 20 世纪 80 年代绿茶销量又开始回升。然而，作为热饮料的茶，美国人却将其演变成冷饮冰茶。

在美国，无论是沸水茶，还是凉爽的速溶茶，或罐装茶水，人们在饮用时，多数习惯于在茶汤中投入冰块，或者饮用前预先置于冰柜中冷却为冰茶。冰茶之所以受到美国人的欢迎，是因为冰茶顺应了人们快节奏的生活方式。人们不愿花太多时间慢慢喝茶。而在喝冰茶时，消费者还可结合自己的口味，添加糖、柠檬或果汁等。如此饮茶，既有茶的醇味，又有果的清香，尤其是在盛夏，饮之满口生津，暑气顿消。

美国人也爱喝鸡尾茶酒，特别是在风景秀丽的夏威夷地区，人们普遍有喝鸡尾茶酒的习惯。鸡尾茶酒的制法并不复杂，根据各人的需要，在鸡尾酒中加入一定比例的红茶汁，便制成了鸡尾茶酒。但鸡尾茶酒对红茶品质的要求较高，茶必须是汤色浓艳、滋味鲜爽的高级红茶。人们认为用这种茶汁泡制而成的鸡尾茶酒，味更醇，香更浓，能提神，可醒脑，因而受到广泛的欢迎。

任务四　茶馆文化

一、早期茶馆文化

茶馆最早出现于唐代，但当时的茶馆并不是真正意义上的茶馆，只是饭庄或旅店附带经营的项目。到了宋代，茶馆才成为独立经营的主体，开始讲究茶馆环境的设计、茶馆文化氛围的营造，并追求精神文化层次上的享受。在元明清时期，饮茶风俗深入民间，成为大众文化。茶馆不但讲究文化装饰和环境，还具有了社会功能，既为文人雅士提供叙谈、会旧、吟咏、品茗、赏景的场所，也是富商洽谈生意之地，还是底层市民聚会、寻找工作、打探经济信息、民事评理的地方。此时，说唱艺术进入茶馆，既增加了茶馆的艺术氛围，也吸引了更多的茶客。在晚清民国时期，由于社会的变革、政治的动荡，茶馆的发展呈现出多样性和复杂性的特点，这时茶馆陈设布置日趋讲究，且洋式风味逐渐渗透，茶馆里摆上了西式沙发，挂上了西洋油画。茶馆的社会性能也进一步扩大，文化艺术审美活动范围得以延伸。

中国茶馆有许多分类，如早期茶馆包括大茶馆、清茶馆、棋茶馆、书茶馆、野茶馆、茶棚、茶亭等类型，这些场所给人们提供了休闲、洽谈、联络之便，并形成了各具特色的茶馆文化 。

(1)大茶馆：此类茶馆布置考究，是集饮茶、饮食、社交、娱乐于一体的多功能场所。

(2)清茶馆：此类茶馆以饮茶为主要目的，专卖清茶。

(3)棋茶馆：此类茶馆以茶助兴，专供茶客下棋时使用。

(4)书茶馆：此类茶馆以听评书为主，以茶佐兴，茶客可边饮茶边欣赏评书、鼓词等曲艺节目，雅俗共赏。

(5)野茶馆：此类茶馆设于郊野，环境幽静，风景秀丽。

(6)茶棚、茶亭：此类茶馆设于公园、凉亭，具有季节性，便于人们暂时休憩。

二、现代茶馆文化

20 世纪 80 年代以来，中国茶馆业逐渐复兴，各地茶馆如雨后春笋般发展起来，并形成了各具特色的现代茶馆文化。中国的茶楼文化的典型城市，东有杭州，西有成都，南有潮汕，北有北京，它们代表了中国四种典型的现代茶馆文化。

(一)精致文化

精致文化以杭州的茶馆为代表。“青梁湖山供慧眼，藤索茗话契禅心”，西湖边上的青藤茶馆，已成为杭州上千家茶馆的代表。其主体建筑风格由中国美术学院设计，最为惊艳的是处处可见的木雕饰品，如被誉为“天下之首”的东阳木雕，把古色古香发挥到极致。茶客坐在西子湖畔，身穿青灰色长袍的茶师为其沏一壶茶，茶香氤氲，此时此景，茶不醉人人自醉。

(二)平民文化

平民文化以成都的茶馆为代表。成都人享受生活的劲头，比起杭州人有过之而无不及。成都人喝茶，那才叫真正的“龙门阵”“大碗茶”，当地人不甚讲究茶的品质，也不甚讲究喝茶的环境。大树荫处，凉棚底下，随随便便摆上桌凳，就可以喝茶，当地人更追求的是喝茶之外的生活状态。茶馆小二用长嘴茶壶倒茶的技法，样式繁多，有很多个门派，如“峨嵋”“青城”等，技艺水平难分高下。

（三）茶道文化

茶道文化以潮汕的茶馆为代表。潮汕工夫茶名扬海内外。工夫茶从选茶、泡茶到茶具，都十分考究。用水取自山泉，榄核为炭火，用小扇扇火煮开的水甘甜醇美，味道醇正。茶叶以乌龙、铁观音等为上乘，茶具更是一套精美的工艺品，有茶缸、孟臣罐和三只薄如纸、声如磬的小巧玲珑茶杯，还有茶叶罐和水盂配套。至于斟茶技巧更是讲究，美其名曰：“高冲低筛，淋盖刮沫，关公巡城，韩信点兵。”这样冲泡出来的茶汤色如琥珀，味道香郁隽永。

（四）贵气文化

贵气文化以北京的茶馆为代表。老舍茶馆泡了十多年的茶汤，与其他省份的茶楼相比，更显得雍容大气。大红的灯笼挂成串，舞台上锣鼓震天响，京剧唱罢相声接台，在这里喝茶，服务员都“好为人师”，说起茶文化如数家珍：喝绿茶要用玻璃杯，喝花茶要用盖碗，喝铁观音要用工夫茶具，丝毫含糊不得。作为茶客，也乐得听一番妙趣横生的讲解。喝茶喝的是各地独有的文化，手中的一杯茶，冲泡出的都是各地的风土人情。

实操课程一　品读《茶经》

一、实操目的

《茶经》是中国乃至世界第一部茶学和茶文化的经典著作，品读《茶经》，由“天人合一”的思想，体会茶人的品格；由“精行俭德”的饮茶观，悟茶德思想；由“和”的茶道精神，感受茶文化的博大精深。

二、基本要求

（1）学生尽量统一着装，如果不能统一着装，应着装整洁，注重仪容仪表，穿戴合乎标准。

(2)学生应注意礼仪规范。

(3)学生要认真领会实操课程的目的,明确实操课程的内容与要求,熟悉实操项目,写出实操报告。

(4)遵守纪律,爱护公物。

三、实操项目

序　　号	实 操 项 目	学　　时	实操项目类型
1	观摩配乐朗读版《茶经》	0.5	应用型
2	朗读《茶经》	1	应用型

四、实操内容

(1)在学生观看配乐朗读版《茶经》后,指导老师讲解《茶经》的时代背景和主要内容。

(2)指导老师带领学生一起声情并茂地朗读《茶经》。

(3)指导学生声情并茂地朗读《茶经》。

(4)引导学生畅谈朗读后的体会与感悟。

五、考核内容及办法

1.考核内容

(1)撰写模拟实操报告:报告中写明通过本次实操掌握了哪些知识,收获了什么等,要求写得合理、全面、真实。

(2)实操记录的完整性、完成实操的质量及熟练程度、实操态度等。

2.考核方法

(1)达到实操管理规定基本要求者,成绩可记合格。

(2)较好地完成实操任务者,成绩可记良好。

(3)圆满完成实操任务,有突出成绩者,成绩记为优秀。

(4)实操不合格认定:实操练习时长未达到标准练习时长90%以上者;未提交实操报告者。

实操课程二　观摩不同国家的茶饮

一、实操目的

通过本实操课程的学习，使学生了解中国茶艺、日本茶道、英国茶风的历史渊源和基本内涵，同时加强对韩国、英国、美国、俄罗斯和印度茶文化的认识。

二、基本要求

(1)学生尽量统一着装，如果不能统一着装，应着装整洁，注重仪容仪表，穿戴合乎标准。

(2)学生应注意茶艺操作规范和各种礼仪规范。

(3)学生要认真领会实操课程的目的，明确实操课程的内容与要求，熟悉实操项目，写出实操报告。

(4)遵守纪律，爱护公物。

三、实操项目

序　　号	实 操 项 目	学　　时	实操项目类型
1	中国茶艺观摩或演示	1	应用型
2	日本茶道观摩或演示	1	应用型
3	英国茶风观摩或演示	1	应用型

四、实操内容

(1)指导老师展示中国、日本、韩国、英国等国家的茶具和茶叶。

(2)指导老师演示或播放视频。

①中国茶艺。

武夷功夫茶艺的现场演示。

②日本茶道。

a. 日本抹茶的制作(播放视频)

b. 日本茶道的演示(播放视频)

③英国茶风。

a. 英国红茶的制作(播放视频)

b. 英国茶点的展示(播放视频)

(3)指导学生欣赏各国茶艺,并对比发现中外茶文化的区别。

五、考核内容及办法

1. 考核内容

(1)撰写模拟实操报告:报告中写明通过本次实操掌握了哪些知识,收获了什么等,要求写得合理、全面、真实。

(2)实操记录的完整性、完成实操的质量及熟练程度、实操态度等。

2. 考核方法

(1)达到实操管理规定基本要求者,成绩可记合格。

(2)较好地完成实操任务者,成绩可记良好。

(3)圆满完成实操任务,有突出成绩者,成绩记为优秀。

(4)实操不合格认定:实操练习时长未达到标准练习时长 90%以上者;未提交实操报告者。

◇知识活页

二维码 2-1

有关茶的知识

二维码 2-2

唐代煎茶法

二维码 2-3

宋代点茶法

◇练习与思考

(1)简述茶文化的定义与层次。

(2)简述茶艺、茶道与茶俗的区别和联系。

(3)如何理解中国茶艺的内涵？

(4)中国茶艺包括哪些内容？

(5)中国茶道的特点与中国茶道的精神分别是什么？

(6)日本茶道精神与韩国茶礼精神分别是什么？

(7)简述日本茶道与佛教之间的关系。

(8)简述日本茶道和韩国茶礼之间的异同。

二维码 2-4
练习与
思考答案

◇知识延展

[1] [日]千玄室.茶之心[M].张建立，译.北京：文化艺术出版社，2003.

[2] 康乃.中国茶文化趣谈[M].北京：中国旅游出版社，2006.

[3] 张忠良，毛先颉.中国世界茶文化[M].北京：时事出版社，2006.

[4] (唐)陆羽，(清)陆廷灿.茶经[M].北京：蓝天出版社，2007.

[5] 丁以寿.中华茶道[M].合肥：安徽教育出版社，2007.

[6] 刘勤晋.茶文化学[M].3版.北京：中国农业出版社，2014.

[7] 陈椽.茶叶通史[M].2版.北京：中国农业出版社，2008.

[8] 王玲.中国茶文化[M].北京：九州出版社，2009.

[9] 夏涛.中华茶史[M].合肥：安徽教育出版社，2008.

[10] 周重林，李乐骏.茶叶江山：我们的味道、家国与生活[M].北京：北京大学出版社，2014.

[11] 王绍梅，宋文明.茶道与茶艺[M].2版.重庆：重庆大学出版社，2014.

[12] 陈丽敏.茶与茶文化[M].重庆：重庆大学出版社，2012.

[13] [美]萨拉·罗斯.茶叶大盗[M].孟驰，译.北京：社会科学文献出版社，2015.

[14] 罗龙新.帝国茶园——茶的印度史[M].武汉：华中科技大学出版社，2020.

茶 艺 篇

项目三　走近茶具

学习目标

1. **知识目标**

(1)了解茶具的演变历史。

(2)了解茶具的种类和功能。

(3)掌握茶具使用的方法。

(4)掌握根据茶叶品种选择适当的茶具的方法。

2. **技能目标**

(1)学会茶具的选择和使用。

(2)学会一般茶具的鉴赏。

(3)了解紫砂壶的鉴赏技巧和保养方法。

3. **情感目标**

(1)通过本项目学习,感受中国历史悠久的茶具文化,培养文化自信。

(2)通过本项目学习,感受茶具之美,培养正确的审美观。

学习重难点

(1)茶具的选择和使用方法。

(2)紫砂壶的鉴赏和保养。

任务导入

人们常说:“水为茶之母,器为茶之父。”由此可见茶具对茶的重要作用。我国的茶具历史悠久,品类繁多,形态各异,多姿多彩,除实用价值外,也有颇高的艺术价值,因而驰名中外,也为历代饮茶爱好者所青睐。茶艺工作者要做好茶艺工作,必须了解茶具的种类、特点及相关知识,掌握对茶具的选择与使用。

导入案例

第一把紫砂制壶的来历

明正德嘉靖年间，宜兴有一位进士叫吴颐山。据记载，吴颐山未中进士前，就读于宜兴金沙寺，其书童供春看见有僧人将陶缸中的细土进行澄练，并捏筑为壶。供春便“窃仿老僧心匠，亦淘细土，抟坯茶匙穴中，指掠内外”，做成“栗色暗暗如古金铁”的茶壶，其形如树瘿，而配瓜钮。这就是最早的紫砂壶，因壶为供春所制，便称“供春壶”(见图3-1)。供春也因此被尊为紫砂始祖。

请问：为什么中国人对紫砂壶情有独钟呢？

图 3-1　藏于中国历史博物馆的“供春壶”

【案例分析】

宜兴紫砂壶艺是一项优秀的中华民族传统技艺，也是我国非物质文化遗产。传统的紫砂壶走过了几百年的岁月，有着深深的时代印记和悠久的历史质感，每一把紫砂壶本身便是一个古老的故事。作为生活中用以品茗赏玩的一种特殊茶器，紫砂壶在兼具实用性的同时，也显露出古色古香的艺术审美特质，它不仅记录了从古至今多姿多彩的民俗生活，而且通过融入传统文化意象，提升了紫砂壶的艺术品位与文化内涵。

任务一　茶具的演变

在博大精深的茶文化中，茶具自成一体，是茶文化的重要组成部分。晋代以后开始称为茶器。到了唐代，陆羽在《茶经》中则把采制茶叶所用的工具称为茶具，把烧茶、泡茶的器具称为茶器，以区别它们的用途。宋代又合二为一，把茶具、茶器合称为茶具。现今，人们也多将其统称为茶具。

茶具与饮具、食具一样，它的起源和发展也经历了一个从无到有、从共用到专一、从粗糙到精致的过程。随着茶的普及，茶具行业应运而生。随着品茶的发展，茶品种的不断改进，茶具也在不断地发展变化，其制作技术也在不断完善。

那么茶具是什么时候产生的呢？

在原始社会，人们发现了野生茶树，采其鲜叶，烹汤而食，这时的烹饮方法和器皿都极其简单。人类进入奴隶社会后，奴隶主的出现形成了有闲阶级，饮酒喝茶活动有了发展，茶作为一种饮料受到统治阶级的喜爱，相应地喝茶的器具也有了新的发展。但是，早期的茶具是与酒具、食具共用的，后来茶具才从食具中分离出来，出现了专门煮茶的锅、品茶用的碗和贮茶用的罐等。

据史学家研究，我国商代前后就出现了茶具——缶，这是一种陶制的小口大肚的容器。据史书记载，我国最早出现品茶器具的年代为西汉。西汉王褒《僮约》中就有“烹荼尽具，酺已盖藏”的记载，“荼”指的是“茶”，“尽”作“静”解。但这里的具，可以解释为茶具，也可以解释为食具。而浙江上虞出土的一批东汉时期的杯、碗、壶、盏等器具，被考古学家认定为世界上最早的瓷茶具。由此可得，作为饮茶用的茶具，始于汉代。

一、唐代茶具

在唐代，茶已经成为中国人的日常饮料。人们更加讲究品茶的情趣，认为茶具是品茶过程中不可或缺的器具，好的茶具还能提高茶的色、香、味。一件高雅精致的茶具本身就有很高的艺术性，富有欣赏价值。唐代的茶具种类十分丰富，质地精良，人们很注重因茶择具。在陆羽的《茶经》“茶之器”中开列出炙茶、煮茶、品茶的大小器具有20多种，如风炉（灰承）、炭挝、交床、夹、碾（拂末）、则、碗、畚、筥、镀、札、瓢、鹾簋（揭）、滓方、具列、都篮、火筴、纸囊、罗合、水方、竹夹、涤方、熟盂、漉水囊、巾，并在每一件茶具之下写明了制作原料、制作方法、规格和用途，这些器具都是当时最为常见的（见表3-1）。唐代的茶一般为绿色，以碗为例，所以当时十分推崇青瓷碗与白瓷碗（见图3-2和图3-3）。这既是唐代品茶之风盛行的有力证据，也是唐代茶文化的集中体现。

表3-1 陆羽《茶经》中列举的茶具

用　途	品　名
生火用具	风炉（灰承）炭挝、筥、火筴
煮茶用具	镀、交床
烤茶、碾茶和量茶工具	夹、纸囊、碾（拂末）、罗合、则
盛水、滤水和取水用具	水方、漉水囊、瓢、竹夹、熟盂

续表

用　　途	品　　名
盛盐、取盐用具	鹾簋(揭)
品茶用具	碗
盛器和摆设	畚、具列、都篮
清洁工具	札、涤方、滓方、巾

图 3-2　青瓷碗

图 3-3　白瓷碗

二、宋元茶具

宋代的品茶器具在种类和数量上与唐代不相上下，但宋代茶具更加讲究法度，如品茶用的盏、注水用的执壶、炙茶用的钤、生火用的铫等，不但质地更加精良，而且制作工艺更加精细。当时人们以饮饼茶为主，品茶的方法主要是煎茶法或点茶法。北宋蔡襄在其《茶录》中提到当时的茶器有茶焙、茶笼、砧椎、茶钤、茶碾、茶罗、茶盏、茶匙、汤瓶九种。

宋代斗茶之风盛行，茶汤色以白为上，用黑色茶盏更能衬托茶汤鲜白，因而黑釉茶盏特别受欢迎。当时福建建阳水吉镇建窑烧造的茶盏最为出名，其釉色黝亮似漆，有闪现圆点形晶斑的，也有闪现放射状细芒的，前者称油滴盏，后者称兔毫盏(见图 3-4 和图 3-5)。

元代品茶是采用沸水直接冲泡散茶，不需要将茶饼碾碎，茶具越来越精致，但基本样式还是沿袭唐宋。

三、明清茶具

在明代，人们多饮条形散茶，贮茶、焙茶器具比唐宋时期更为重要，但品茶方法同元代，品茶直接用沸水冲泡，所以唐宋时的炙茶、碾茶、罗茶、煮茶器具都无用武之地了，从而产生了一批新的茶具品种。明代张谦德的《茶经》里说到当时的茶具有茶焙、茶笼、汤瓶、茶壶、茶

图 3-4 油滴盏

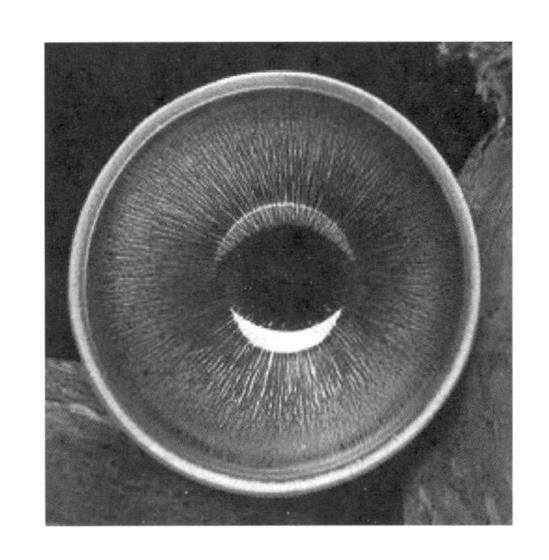

图 3-5 兔毫盏

盏、纸囊、茶洗、茶瓶、茶炉九种。明代的茶具同样讲究制法、规格，注重质地，茶具制作工艺比起唐宋有了更大的进步，且茶具多由陶或瓷烧制而成，如江西景德镇的白瓷茶具和青花茶具、江苏宜兴的紫砂茶具等，在品种、式样、造型和色泽上都无比精致。

清代的茶具在种类和形式上基本没有突破明代的规范，当时品茶的方法也沿袭了明代的直接冲泡法，因此清代的茶具只限于茶盏、茶壶等几种。茶具通常以陶或瓷制作，江苏宜兴的紫砂茶具在工艺上有了新的发展，如推出了以红、绿、白等不同石质粉末施釉烧制的粉彩茶壶，还用竹刀在壶上镌刻文字或书画，增添了茶具的文化内涵。瓷茶具多由江西景德镇生产，景德镇不仅生产白瓷、青花瓷，还生产五彩、粉彩、珐琅彩茶具。

四、现代茶具

现代茶具的种类和式样更加丰富，工艺也更加精致，陶、紫砂、瓷、玻璃、搪瓷、竹、木、石、金、银、玉、玛瑙、水晶、贝壳、椰壳、塑料等材质的茶具应有尽有。其中以紫砂茶具、瓷器茶具、玻璃茶具使用较为普遍。现代茶艺馆及家庭使用的茶具主要有：水壶、茶罐或茶盒、茶匙、茶则、茶壶、茶盏、茶杯、茶盘、水盂、茶巾等。

任务二 现代茶具的分类

中国地域广阔，茶类繁多，各地人民品茶习惯也各有不同，所用器具更是独具特色。现将常用的茶具分类介绍如下。

一、按质地分类

（一）陶土茶具

陶土器具是新石器时代的重要发明。最初是粗糙的土陶，然后逐步演变为比较坚实的硬陶，再发展为表面敷釉的釉陶（见图 3-6）。在商周时期，就出现了几何印纹硬陶。秦汉时期，已有烧制的釉陶。

图 3-6　陶土茶具

1. 紫陶茶具

紫陶不同于紫砂，紫砂为石质原料，紫陶则由黏土制成。用紫陶茶壶泡茶，纯正不变味，经过普洱茶养的紫陶壶，更是明亮如镜。

云南建水的紫陶壶非常有名，品种繁多，器形高雅，具有耐酸、耐温、透气、防潮和保温久的特点。

2. 紫砂茶具

紫砂茶具由陶器发展而来，是一种新质陶器，是陶器茶具的一种。紫砂壶和一般陶器不同，其坯质致密坚硬，里外都不敷釉，取天然泥色，大多为紫砂，亦有红砂、白砂，它成陶的火温度在 1100～1200 ℃，无吸水性，音粗韵长。它耐寒耐热，泡茶无馊汤味，能保真香，且传热缓慢，不易烫手，用它炖茶，也不会爆裂。紫砂茶具还具有造型简练大方、色调淳朴古雅的特点，外形有的似竹节、莲藕、松段，有的仿商周古铜器形状。因此，紫砂壶曾有“一壶重不数两，价重每一二十金，能使土与黄金争价”之说。但美中不足的是受紫砂色泽限制，用它较难欣赏到茶叶的美姿和汤色。

紫砂壶的出现始于宋代，但紫砂工艺的真正鼎盛期是明代。此时紫砂工艺异军突起，陶壶应运而生，风靡天下，人们不再垂青于用金、银、锡、瓷所制的茶具，而偏爱平淡质朴的紫砂陶制茶具。明清时期紫砂陶器盛行于世，名品迭出，身价大增。这种现象的产生源于两个方面。其一是紫砂陶器的精神文化价值。因为在明末清初时，社会矛盾异常复杂，文人学士因不满现状，寻求自我完善与自我解脱，追求返璞归真的意趣，在壶饮中寻找寄托，以求质朴、自然与闲雅。其二主要反映在它的实用价值上。紫砂壶不但具有近于瓷器的机械强度，而且有一定的透气性，用紫砂壶贮茶纳茗，有汤不变色、味不涣散、冬可暖手、夏不馊变等其他茶具所无法比拟的优点。

现今的紫砂茶具是用江苏宜兴南部及其毗邻的浙江长兴北部出产的一种特殊陶土紫金泥烧制而成的。这种陶土含铁量大，有良好的可塑性，烧制温度以1150 ℃左右为宜。紫砂茶具的色泽，可利用紫砂泥的光泽和质地的差别，经过“澄”“洗”，使之呈现不同的色彩，如可使天青泥呈暗肝色，蜜泥呈淡赭石色，石黄泥呈朱砂色，梨皮泥呈冻梨色等。另外，还可通过不同质地紫砂泥的调配，使之呈现古铜、淡墨等色。优质的原料，天然的色泽，为烧制优良紫砂茶具奠定了物质基础。

紫砂壶的制作过程十分复杂。经选泥、养土（窖藏一段时间）、洗泥等多道工序后才能制作。又因泥色和质地的不同，泥料会呈现出各种色彩。人们通常见到的紫砂壶，主要原料是紫砂泥，其颜色紫红，质地细腻柔韧。制陶艺人往往会将不同质地的陶土加以调和进行创新。如老泥与天青泥、石黄泥调和即呈古铜色，梨皮泥和细白泥调和呈会淡墨色等。

烧成的紫砂壶有几十种颜色，如海棠红、猪肝红、大刺红、葵黄、芝麻黄、豆青、墨绿、榴皮色、葡萄紫、琅王干翠等。又有圆球、鹅蛋、冬瓜、束腰、美人肩、将军盔等各种壶体变化造型，可谓方非一式、圆不一相。

1）紫砂壶的类型

紫砂壶的外形款式虽千姿百态，但总的来讲，可分为四人类型。

（1）光素型。这类壶外形简朴无华，表面光滑，富有自然光泽。根据圆球、圆柱、四方、八方等几何形状制作。常见的有圆壶、四方壶、六角菱花壶、直腹壶等。

（2）仿生型。这类壶以塑捏为主，做工精巧，结构严谨。其多仿照树木和花卉的枝干、果实、叶片及动物或生活用品的形状制作，栩栩如生，质朴亲切。常见的有松段壶、梅桩壶、扁竹壶、南瓜壶、鱼壶、猫壶、船形壶、蒲包壶等。

（3）艺术型。这类壶不仅造型多变，而且往往集书画、诗文、雕塑、泥绘、彩绘、包锡镶嵌等于一体，给人以极高的艺术享受。常见的有浮绘山水壶、双喜壶、汉简壶等，曼生壶是其代表作品。

（4）特种型。这类壶包含两个品种：一是含有现代陶艺意味，不受传统壶艺约束，充分展示作者个性并刻意创新的紫砂壶，例如著名的西施壶（见图3-7）；另一种是专门为福建、广州、台湾地区的人们啜饮乌龙茶而制的特殊茶具，又称工夫茶具。此类紫砂壶体态娇小，容量一般在50～100毫升，而与壶配套的4个茶杯更是小得出奇，体积如同半个乒乓球，每个容量仅5毫升左右。

图 3-7　西施壶

2)紫砂壶的特点

紫砂壶的特点主要表现在以下四点。

(1)可塑性好。

宜兴紫砂泥经高温烧制后不易变形,成形范围极宽,成品和坯体收缩率仅为10%。

(2)透气性好。

烧制的成品保持2 %的气孔率,透气性能极好。这种结构特点使其泡茶不易变馊,可在较长时间内保持茶汤的原汁原味。

(3)保温性良好。

由于传热慢,茶汤不会很快变凉,同时便于握在手中畅饮赏玩。此外,紫砂壶耐高温,冬天泡茶不会产生炸裂现象,而且还可用来炖烧。

(4)经久耐用。

紫砂壶经久耐用,涤拭日加,自发黯然之光,入手可鉴。使用年代越久,泡茶效果越好,茶壶本身越灿然可爱。

一件较好的紫砂茶具,必须具有三美,即造型美、制作美和功能美,三者兼备方称得上是一件完善之作。好的紫砂壶通过它的形、神、气,集美学思想、自然韵味、书画艺术、经济价值于一体,给人以平淡、闲雅、质朴、温和等内在心灵感受。与心灵相通的珍品,自然比金银珠宝的价值要高,这便是紫砂壶一直被收藏家珍爱,且赞誉它为“茶具之王”的主要原因。

(二)瓷器茶具

瓷器茶具的品种很多,主要有青瓷茶具、白瓷茶具、黑瓷茶具和彩瓷具。这些茶具在中国茶文化发展史上,都曾有其辉煌的时刻。

1. 青瓷茶具

青瓷茶具(见图3-8)主要产于浙江、四川等地。东汉年间已开始生产色泽纯正、透明发光的青瓷。到了晋代，浙江的越窑、婺窑、瓯窑已具相当规模。到了宋代，作为当时五大名窑之一的浙江龙泉哥窑生产的青瓷茶具，已达到鼎盛时期，远销各地。龙泉青瓷以造型古朴挺健、釉色翠青如玉著称于世，是瓷器百花园中的一朵奇葩，被人们誉为“瓷器之花”。龙泉青瓷产于浙江西南部龙泉市境内，这里是我国历史上重要的瓷器产地之一。南宋时，龙泉已成为全国最大的窑业中心。其产品优良，不但在民间广泛使用，也是当时朝廷对外商业交换的主要物品。特别是艺人章生一、章生二兄弟俩的哥窑、弟窑产品，基不管是釉色还是造型，都达到了极高的造诣。因此，哥窑被列为“五大名窑”之一，弟窑也被誉为“名窑之巨擘”。

哥窑瓷，以胎薄质坚、釉层丰满、光彩静穆著称，有粉青、翠青、灰青、蟹壳青等，其中以粉青最为名贵。釉面显现纹片，纹片外形多样，纹片大小相间的称“文武片”，有细眼的叫“鱼子纹”，类似冰裂状的称“北极碎”，除此之外，还有蟹爪纹、鳝血纹、牛毛纹等。这些别具风格的纹样图饰，是因釉原料的收缩系数不同而产生的，给人以“碎纹”之美感。

弟窑瓷以造型柔美、胎骨厚实、釉色青翠、光润贞洁著称，有梅子青、粉青、豆青、蟹壳青等，其中以粉青、梅子青为最佳。润泽滋润的粉青酷似美玉，晶莹的梅子青宛如翡翠。其釉色之美，至今世上无类。明代时，青瓷茶具以其质地细腻、造型端庄、釉色青莹、纹样雅丽而蜚声中外。16 世纪末，龙泉青瓷出口法国，引起了巨大的轰动，人们用当时风靡欧洲的名剧《牧羊女亚司泰来》中的男主角雪拉同的美丽青袍与之相比，称龙泉青瓷为“雪拉同”，视其为稀世珍品。到了现代，浙江龙泉青瓷茶具又有了新的发展，不断有新产品问世。这种茶具除具有瓷器茶具的众多优点外，还因其色泽青翠，用来冲泡绿茶时有益汤色之美。不过，用它来冲泡红茶、白茶、黄茶、黑茶，则易使茶汤失去本来面目，似有不足之处。

图 3-8 青瓷茶具

2. 白瓷茶具

白瓷茶具(见图 3-9)以其色白如玉而得名，具有坯质致密透明，上釉、成陶火度高，无吸水性，音清而韵长等特点。因其色泽洁白，能反映茶汤色泽，传热、保温性能适中，加之色彩缤纷、造型各异，堪称品茶器皿之珍品。白瓷的产地甚多，有江西景德镇、湖南醴陵、四川大邑、河北唐山、安徽祁门等。其中以江西景德镇的产品最为闻名。

白瓷，早在唐代就有“假玉器”之称。唐代饮茶之风盛行，促进了茶具生产的发展，全国有许多地方的瓷业都很兴旺，形成了一批以生产茶具为主的著名窑场。各窑场争美斗奇，相互竞争。据《唐国史补》载，河南巩县(今巩义市)瓷窑在烧制茶具的同时，还塑造了茶圣陆羽的瓷像，客商每购茶具若干件，即赠送一座瓷像，以招揽生意。其他如河北内丘的邢窑、浙江余姚的越窑、湖南的长沙窑、四川的大邑窑，也都产白瓷茶具。唐朝白居易还作诗盛赞四川大邑生产的白瓷茶碗。北宋时，景德窑生产的瓷器，质薄光润，白里泛青，雅致悦目，并有影青刻花、印花和褐色点彩装饰。元代时，江西景德镇白瓷茶具已远销国外。现今，白瓷茶具更是面目一新。这种白釉茶具，适合冲泡各类茶叶，加之白瓷茶具造型精巧、装饰典雅，其外壁多绘有山川河流、四季花草、飞禽走兽、人物故事，或缀以名人书法，颇具艺术欣赏价值，所以人们日常使用其最为普遍。

图 3-9　白瓷茶具

3. 黑瓷茶具

黑瓷茶具（见图 3-10）流传至今，经久不衰。以黑瓷茶具作为盛放茶的器具，不仅古朴雅致、风格独特，而且黑瓷本身材质较其他类茶具更为厚重，因而具有良好的保温效果，既美观又实用。

图 3-10　黑瓷茶具

黑瓷茶具始于晚唐，鼎盛于宋，延续于元，衰微于明清，这是因为自宋代开始，品茶方法已由唐时煎茶法逐渐演变为点茶法，而宋代流行的斗茶，则为黑瓷茶具的崛起创造了条件。

宋人衡量斗茶的效果，一看茶面汤花色泽和均匀度，以“鲜白”为先；二看汤花与茶盏相接处水痕的有无和出现的迟早，以“盏无水痕”为上。时任三司使给事中的蔡襄，在他的《茶录》中就说道：“视其面色鲜白，着盏无水痕为绝佳；建安斗试，以水痕先者为负，耐久者为胜。”而黑瓷茶具，正如宋代祝穆在《方舆胜览》中说的“茶色白，入黑盏，其痕易验”。所以，宋

代的黑瓷茶盏成了瓷器茶具中的最大赢家。福建建窑、江西吉州窑、山西榆次窑等，都大量生产黑瓷茶具，成为黑瓷茶具的主要产地。黑瓷茶具的窑场中，建窑生产的建盏最为人称道。蔡襄在《茶录》中对其这样评价："建安所造者……最为要用。出他处者，或薄或色紫，皆不及也。"建盏配方独特，在烧制过程中，釉面会呈现兔毫条纹、鹧鸪斑点、日曜斑点等，一旦茶汤入盏，能放射出五彩纷呈的点点光辉，增加了斗茶的情趣。明代开始，由于"烹点"之法与宋代不同，黑瓷建盏渐渐"似不宜用"，仅作为"以备一种"而已。

4. 彩瓷茶具

彩色茶具的品种花色很多，其中尤以青花瓷茶具最为引人注目（见图 3-11 和图 3-12）。青花瓷茶具，其实是指以氧化钴为呈色剂，在瓷胎上直接描绘图案纹饰，再涂上一层透明釉，尔后在窑内经 1300 ℃左右高温还原烧制而成的器具。

图 3-11　彩瓷茶具

图 3 12　青花瓷茶具

然而，对"青花"色泽中"青"的理解，古今亦有所不同。古人将黑、蓝、青、绿等诸色统称为"青"，故"青花"的涵盖范围比如今要广。青花茶具外观的花纹蓝白相映成趣，有赏心悦目之感；色彩淡雅幽菁可人，有华而不艳之力，加上彩料之上的涂釉，显得滋润明亮，更平添了青花瓷茶具的魅力。

直到元代中后期，青花瓷茶具才开始成批生产，景德镇更是因烧制青花瓷而闻名于世。青花瓷茶具绘画工艺水平极高，特别是将中国传统绘画技法运用在瓷器上，因此这也可以说是元代绘画的一大成就。青花瓷茶具优美典雅，不仅为国内所共珍，而且远销国外。明代时，在永乐宣德青花瓷的基础上，又创造了各种彩瓷。彩瓷产品造型精巧，胎质细腻，色泽鲜丽，画意生动，十分名贵。

明代景德镇生产的青花瓷茶具，诸如茶壶、茶盅、茶盏等，花色品种越来越多，质量愈来愈精，器形、造型、纹饰等都冠绝全国，也成为其他生产青花茶具窑场竞相模仿的对象。清代，特别是康熙、雍正、乾隆三朝，青花瓷茶具在古陶瓷发展史上又进入了一个历史高峰，它超越前朝，对后代影响深远。尤其是康熙年间烧制的青花瓷器具，更被称为“清代之最”。

纵观明、清时期，由于制瓷技术提高，社会经济飞速发展，瓷器对外出口量扩大，加之当时品茶方法的改变，青花瓷茶具获得了迅猛的发展。当时生产青花瓷茶具的除了最有名的景德镇外，还有江西的吉安、乐平，广东的潮州、揭阳、博罗，云南的玉溪，四川的会理，福建的德化、安溪等地。此外，全国还有许多地方生产“土青花”茶具，在一定区域内，供民间品茶者使用。

（三）漆器茶具

漆器茶具（见图 3-13）是采割天然漆树液汁进行炼制，再掺进所需色料制成的。它是我国先人的创造发明之一，但在很长的历史发展时期中，一直未形成规模生产，直至清代才开始流行，它主要产于福建福州一带。漆器茶具较著名的有北京的雕漆茶具、福州的脱胎茶具，江西鄱阳、宜春等地生产的脱胎漆器茶具等，均极具艺术魅力。其中，福州生产的漆器茶具多姿多彩，有宝砂闪光、金丝玛瑙、釉变金丝、仿古瓷、雕填、高浮雕和嵌白银等品种，而红如宝石的赤金砂和暗花等新工艺的运用，使漆器茶具更加鲜丽夺目，逗人喜爱。福州生产的脱胎漆器茶具通常是一把茶壶连同四只茶杯，存放在圆形或长方形的茶盘内，壶、杯、盘通常呈一色，多为黑色，也有黄棕、棕红、深绿等色，轻巧美观，色泽光亮，明镜照人。脱胎漆茶具除有不怕水浸、耐高温、耐酸碱腐蚀的实用价值外，还有很高的艺术欣赏价值，融书画于一体，饱含文化意蕴，常为鉴赏家所收藏。

图 3-13　漆器茶具

（四）竹木茶具

隋唐以前，我国品茶虽渐次推广开来，但属粗放品茶。当时的品茶器具，除陶瓷器外，民间多用竹木茶具。陆羽在《茶经》中列举的茶具，多数是用竹木制作的。这种茶具材料来源广，制作方便，对茶无污染，对人体又无害，因此，自古至今一直受到茶人的欢迎。但其缺点是不能长时间使用，无法长久保存。但到了清代，在四川出现了一种竹编茶具，它既是一种

工艺品，又富有实用价值，主要品种有茶杯、茶盅、茶托、茶壶、茶盘等，多为成套制作。

竹编茶具由内胎和外套组成，内胎多为陶瓷类品茶器具，外套用精选慈竹，经劈、启、揉、匀等多道工序，制成粗细如发的柔软竹丝，经烤色、染色，再按茶具内胎形状、大小编织嵌合，使之成为整体如一的茶具（见图 3-14）。这种茶具不但色调和谐、美观大方，而且能保护内胎，减少损坏。同时，泡茶后不易烫手，并富含艺术欣赏价值。因此，多数人购置竹编茶具，不在其用，而重在摆设和收藏。

图 3-14　竹编茶具

（五）玻璃茶具

玻璃，古人称为“流璃”或“琉璃”。我国的琉璃制作技术虽起步较早，但直到唐代，随着中外文化交流的增多，西方的玻璃器皿不断传入，我国才开始烧制玻璃茶具。

玻璃茶具（见图 3-15）一般是将含石英的沙子、石灰石、纯碱等混合，在高温下熔化、成形，再经冷却后制成。玻璃茶具有很多种，如水晶玻璃茶具、无色玻璃茶具、玉色玻璃茶具、金星玻璃茶具、乳浊玻璃茶具等。用玻璃可制成各种其他盛具，如酒具、碗、碟、杯、缸等，多为无色，也有用有色玻璃或套色玻璃的。

近现代，随着玻璃技术的成熟，玻璃茶具很快得以普及。玻璃质地透明、光泽夺目、可塑性强，因此，用它制成的茶具形态各异，用途广泛，加之价格低廉，购买方便，而广受茶人好评。在众多的玻璃茶具中，以玻璃茶杯最为常见，用它泡茶，茶汤的色泽，茶叶的姿色，茶叶在整个冲泡过程中的上下浮动，叶片的逐渐舒展等，都可以一览无余，可以说是一种动态的艺术欣赏。特别是冲泡各类细嫩名优茶，茶具晶莹剔透，杯中轻雾缥缈，澄清碧绿，芽叶朵朵，亭亭玉立，观之赏心悦目，别有风趣，因此，用玻璃茶具冲泡细嫩名优茶，最富品赏价值，家居待客，不失为一种好的饮茶器皿。但玻璃茶杯质脆，易破碎，比陶瓷烫手，是其美中不足之处。

（六）搪瓷茶具

搪瓷茶具（见图 3-16）以坚固耐用、图案清新、轻便耐腐蚀而著称。搪瓷即金属表面附有

图 3-15　玻璃茶具

珐琅层的制品。它起源于古埃及，之后传入欧洲和亚洲。我国也是很早就有搪瓷的国家之一，据传汉朝已有彩色珐琅，唐初已有与铜上涂搪的技术。到了明代，我国的景泰蓝茶具以制作精良、色彩绚丽闻名于世。到了清代乾隆年间，景泰蓝从宫廷流向民间，这可以说是我国搪瓷工业的肇始。

图 3-16　搪瓷茶具

我国于 20 世纪初真正开始生产搪瓷茶具。搪瓷茶具在 20 世纪 50—60 年代较为流行，后来逐渐被其他材质的茶具所替代。在众多的搪瓷茶具中，有外形洁白、细腻、光亮，可与瓷器媲美的仿瓷茶杯；有饰有网眼或彩色加网眼、层次清晰、有较强艺术感的网眼花茶杯；有式样轻巧、造型独特的鼓形茶杯和蝶形茶杯；有能起保温作用且携带方便的保温茶杯等。此外，可放置茶壶、茶杯的加彩搪瓷茶盘，也受到不少茶人的欢迎。但搪瓷茶具传热快、易烫手，放在茶几上，容易烫坏桌面，加之“身价”较低，有些人认为其“不登大雅之堂”，所以一般不做待客之用。

（七）金属茶具

金属茶具是指由金、银、铜、铁、锡等金属材料制作而成的器具(见图 3-17)。它是我国十分古老的日用器具之一，早在公元前 18 世纪至公元前 221 年秦始皇统一中国之前的 1500 年间，青铜器就得到了广泛的应用。先人用青铜制作盘、爵等用来盛水盛酒，自然也可用来盛茶。

图 3-17　金属茶具

自秦汉至六朝，茶叶作为饮料已渐成风尚，茶具也逐渐从通用的饮具中分离出来。大约到南北朝时，我国出现了包括品茶器皿在内的金属器具。到隋唐时，金属器具的制作工艺达到高峰。

值得一提的是唐代宫廷的银质鎏金茶具。1987 年 5 月，我国在陕西省扶风县皇家佛教寺院法门寺的地宫中，发掘出大批唐朝宫廷文物，内有一套唐僖宗李儇少年时使用过的银质鎏金烹茶用具。这是迄今见到的最高级的古茶具实物，堪称国宝，它反映了唐代皇室饮茶豪奢之风。这批茶具主要有：

鎏金银龟形茶盒——存放待烹茶末用。

鎏金银茶碾子——分碾槽辖板和碾轮，用于碾碎茶。

鎏金银茶罗子——箱形，内有茶罗架和接茶屉，碾后茶末过罗(筛)用。

金银丝结条笼子——用于焙炙茶饼。

但从宋代开始，人们对金属茶具褒贬不一。元代以后，特别是从明代开始，随着茶类的创新，品茶方法的改变，以及陶瓷茶具的兴起，金属茶具逐渐消失，尤其是用锡、铁、铅等金属制作的茶具，用它们来煮水泡茶，人们认为会使茶味“走样”，以致使用渐少。但用金属制成的贮茶器具，如锡瓶、锡罐等，却屡见不鲜。这是因为金属贮茶器具的密闭性要比纸、竹、木、瓷、陶等材质好，具有较好的防潮、避光性能，更有利于散茶的保存。因此，用锡制作的贮茶器具，至今仍流行于世。

(八)木鱼石茶具

木鱼石是一种非常罕见的空心的矿石，又叫“太一余粮”“禹余粮”“石中黄子”，俗称“还魂石”“凤凰蛋”，象征着如意吉祥，人们认为其可护佑众生、辟邪消灾，佛力无边。

木鱼石大小不一，形态各异，空腔内有的呈卵形核状，有的呈粉沙状，有的为液体，用手摇动，可发出动听的声响。古人有诗赞曰：“曾见山有洞，罕闻石中空，虽非珠玉类，可在一绝中。”古代的文人墨客利用其中空，为盂为砚，所盛水墨色味经久不变。

据《本草纲目》记载，木鱼石系珍稀中药材，其性甘平无毒，有定六腑、镇五脏之功效，久服有强力、耐寒、耐暑、不饥、轻身、延年不老之神奇疗效。故而，木鱼石有“得者有缘，无福妄得”之说。经实验室鉴定，木鱼石含有偏硅酸、锶、钼、锂、锌、硒等十多种对人体有益的微量元素，有一定的保健和美容作用。

木鱼石茶具（见图 3-18）是指用整块木鱼石做出来的茶具，主要包括茶壶、酒壶、竹节杯、套筒杯、冷水杯、茶叶筒等。将水放在木鱼石器具中浸泡两小时，水中溶解的微量元素和矿物质的含量即能达到国家矿泉水限量指标。因木鱼石中铀及稀土元素含量适中，故此茶具的防腐和通透性好，用其泡茶，即便是在酷暑季节，五天内茶水不会变质，仍可饮用。

图 3-18　木鱼石茶具

一般来说，现在通行的各类茶具中以瓷器茶具、陶土茶具为最好，玻璃茶具次之，搪瓷茶具再次之。因为瓷器茶具传热慢，保温适中，与茶不会发生化学反应，泡茶能获得较好的色香味，而且造型美观、装饰精巧，具有欣赏价值。陶土茶具造型精致，色泽古朴，特别是宜兴紫砂为陶中珍品，用来泡茶，香味醇和，汤色澄清，保温性好，即使在夏天茶汤也不易变质。另外，以玉石、水晶、玛瑙等为材料的茶具制作困难、价格昂贵，少实用价值，主要用于摆设和欣赏，以显示主人的富有和品位，因此并不多见。

二、按用途分类

从茶艺的基本需要出发选择主要器具，按用途分类，可分为主茶具、辅助用品、备水器、备茶器、盛运器、泡茶席和茶室用品七类。

（一）主茶具

指泡茶、饮茶主要的用具，其中包括茶壶、茶船、茶盅、小茶杯等。

1. 茶壶

用以泡茶的器具。茶壶由壶盖、壶身、壶底和圈足四部分组成。壶盖有孔、钮、座、盖等细部。壶身有口、延(唇墙)、嘴、流、腹、肩、把(柄、板)等细部。由于壶的把、盖、底、形的细微部分的不同,壶的基本形态有近200种。

(1)以把划分。

①侧提壶:壶把为耳状,在壶嘴的对面。

②提梁壶:壶把在盖上方为虹状者。

③飞天壶:壶把在壶身一侧,上方为彩带习舞状。

④握把壶:壶把为圆直形,与壶身呈90°状。

⑤无把壶:省略壶把,手持壶身头部倒茶。

(2)以盖划分。

①压盖:盖平压在壶口之上,壶口不外露。

②嵌盖:盖嵌入壶内,盖沿与壶口齐平。

③截盖:盖与壶身浑然一体,合盖后外部只显一条缝。

(3)以底划分。

①捺底:将壶底心捺成内凹状,不另加足。

②钉足:在壶底上加上三颗外突的足。

③加底:在壶底四周加一圈足。

(4)以有无滤胆分。

①普通壶:上述的各种茶壶,无滤胆。

②滤壶:在上述的各种茶壶中,壶口安放一只直桶形的滤胆或滤网,使茶渣与茶汤分开。

(5)以形状分。

①筋纹形:犹如植物中弧形叶脉状筋纹,在壶的外壁有凹形的纹线,称之为筋,而筋与筋之间的壁隆起,有圆润感。

②几何形:以几何图形为造型,如正方形、长方形、菱形、球形、椭圆形、圆柱形、梯形等。

③仿生形:又称自然形,仿各种动植物造型,如南瓜壶、梅桩壶、松干壶、桃子壶、花瓣形壶等。

④书画形:在制成的壶上刻凿出文字诗句或人物、山水、花鸟等。

2. 茶船

指放茶壶的垫底茶具。它既可增加美观度,又可防止茶壶烫伤桌面。

①盘状:船沿矮小,整体如盘状,侧平视茶壶形态可完全展现出来。

②碗状:船沿高耸,侧平视只见茶壶上半部。

③夹层状:茶船制成双层,上层有许多排水小孔,使冲泡溢出之水流入下层,并有出水口,使夹层中的积聚之水容易倒出。

3. 茶盅

亦称茶海。用来盛放、分斟茶汤。因其有均匀茶汤浓度的功能，故亦称公道杯。

①壶形盅：壶形，或以茶壶代替用之。

②无把盅：将壶把省略，为区别于无把壶，常将壶口向外延拉成一翻边，以代替把手，可提着倒水。

③筒式盅：无盖，从盅身拉出一个简单的倒水口，有把或无把。

4. 小茶杯

指盛放泡好的茶汤并用以饮用的器具。

①翻口杯：杯口向外翻出似喇叭状。

②敞口杯：杯口大于杯底，也称盏形杯。

③直口杯：杯口与杯底同大，也称桶形杯。

④收口杯：杯口小于杯底，也称鼓形杯。

⑤把杯：附加把手的茶杯。

⑥盖杯：附加盖子的茶杯，有把或无把。

5. 闻香杯

泡茶时用来闻留在杯底余香的器具，一般在茶艺表演中用到。

6. 杯托

指放置茶杯的垫底器具。

①盘形：托沿矮小呈盘状。

②碗形：托沿高耸，茶杯下部被托包围。

③高脚形：杯托下有一圆柱脚。

④圈形：杯托中心留一空洞，洞沿上下有竖边，上固定杯底，下为托足。

7. 盖置

指放置壶盖、盅盖、杯盖的器物，置之既可保持盖子清洁，又避免沾湿桌面。

①托垫式：形似盘式杯托。

②支撑式：圆柱状物，从盖子中心点支撑住盖；或筒状物，从盖子四周支撑。

8. 茶碗

指泡茶器具，或盛放茶汤作饮用工具。

①圆底：碗底呈圆形。

②尖底：碗底呈圆锥形，常称为茶盏。

9. 盖碗

由盖、碗、托三部件组成，泡饮合用器具，也可单用。

10. 大茶杯

泡饮合用器具。多为长桶形，有把或无把，有盖或无盖。

11. 同心杯

大茶杯中有一只滤胆，可将茶渣分离出来。

12. 冲泡盅

用以冲泡茶叶的杯状物，盅口留一缺口为出水口，或杯盖连接一滤网，中轴可以如活塞状上下提压，既可使冲泡的茶汤均匀，又可以使茶渣与茶汤分开。

（二）辅助用品

泡茶、饮茶时所需的各种器具，以增加美感，方便操作。

1. 桌布

铺在桌面并四周下垂的饰物，可用各种纤维织物制成。

2. 泡茶巾

铺于个人泡茶席上的织物，或覆盖于洁具和干燥后的壶杯等茶具上。常用棉、丝织物制成。

3. 茶盘

用以摆置茶具。多用竹、木、金属、陶瓷、石等制成，有规则形、自然形、排水形等。

4. 茶巾

用以擦洗、抹拭茶具的棉织物，或用作抹干泡茶、分茶时溅出的水滴，亦可托垫壶底，吸干壶底、杯底之残水。

5. 茶巾盘

放置茶巾的用具。竹、木、金属、搪瓷等材质均可制作。

6. 奉茶盘

以之盛放茶杯、茶碗、茶具、茶食等，端送给品茶者时显得洁净而高雅。

7. 茶匙

从贮茶器中取干茶之工具，或作搅拌用，常与茶荷搭配使用。

8. 茶荷

古时称茶则，是控制放置茶量的器皿，用竹、木、陶、瓷、锡等制成。同时可作观看干茶色泽和置茶分样用。

9. 茶针

用来疏通茶壶的内网，以保持水流畅通的工具，用竹、木制成。

10. 茶箸

泡头一道茶时，刮去壶口泡沫的工具，形同筷子，也用于夹出茶渣，在配合泡茶时亦可用于搅拌茶汤。

11. 渣匙

从泡茶器具中取出茶渣的用具，常与茶针相连，即一端为茶针，另一端为渣匙，用竹、木制成。

12. 箸匙筒

插放箸、匙、茶针等的有底筒状物。

13. 茶拂

用以刷除茶荷上所沾茶末之具。

14. 计时器

用以计算泡茶时间的工具，有定时钟和电子秒表，以可计秒的为佳。

15. 茶食盘

置放茶食的用具，用瓷、竹、金属等制成。

16. 茶叉

取茶食用具，多用金属、竹、木等制成。

17. 餐巾纸

用来取茶食、擦手或抹拭杯沿。

18. 消毒柜

用以烘干茶具和消毒灭菌。

（三）备水器

1. 净水器

安装在取水管道口用于澄清水质，应按泡茶用水量和对水质的要求选择相应的净水器，可配备一至数只。

2. 贮水缸

用来贮放泡茶用水，当使用天然水源或无净水设备时，起澄清和挥发氯气的作用，应特别注意保持清洁。

3. 煮水器

由烧水壶和热源两部分组成。热源可用电炉、酒精炉、炭炉等。

4. 保温瓶

贮存开水用。一般居家使用热水瓶即可，如去野外郊游或举行无我茶会时，需配备旅行热水瓶，以不锈钢双层胆者为佳。

5. 水方

置于泡茶席上贮存清洁的泡茶用水的器皿。

6. 水注

将水注入煮水器内加热，或将开水注入壶（杯）中温器、调节冲泡水温的用具。形状近似壶，口较一般壶小，而水流特别细长。

7. 水盂

盛放弃水、茶渣等物的器皿，亦称“滓盂”。

（四）备茶器

1. 茶样罐

泡茶时用于盛放茶样的容器，体积较小，一般装干茶 30～50 克。

2. 贮茶罐(瓶)

贮藏茶叶用，一般可贮茶250～500克。为密封起见，应用双层盖或防潮盖，金属或瓷质均可。

3. 茶瓮(箱)

涂釉陶瓷容器，小口鼓腹，贮茶防潮用具。也可用马口铁制成双层箱，下层放干燥剂(通常用生石灰)，上层贮茶，双层间以带孔置物板隔开。

(五)盛运器

1. 提柜

用以放置泡茶用具及茶样罐的木柜，门为抽屉式，内分格或放小抽屉。可携带外出泡茶。

2. 都篮

竹编的有盖提篮，放置泡茶用具及茶样罐等。可携带外出泡茶。

3. 提袋

携带泡茶用具及茶样罐、泡茶巾、坐垫等物的背带式多用袋，多用人造革、帆布等制成。

4. 包壶巾

用以保护壶、盅、杯等的包装布，以厚实而柔软的织物制成，四角缝有雌雄搭扣。

5. 杯套

用柔软的织物制成，套于杯外。

(六)泡茶席

1. 茶车

可以移动的泡茶桌子，亦称“泡茶专用车”。一般为硬木质地，形如小长方桌，桌底有滚轮，车面为操作台。不泡茶时可将两侧台面放下，桌身即成一柜，柜内分格，放置必备泡茶器具及用品。

2. 茶桌

用于泡茶的桌子。一般长约150厘米，宽为60～80厘米。

3. 茶席

用以泡茶的地面。

4. 茶凳

泡茶时的坐凳，高低应与茶车或茶桌相配。

5. 坐垫

在炕桌上或地上泡茶时，用于坐、跪的柔软垫物，为方便携带，可制成折叠式。

（七）茶室用品

1. 屏风

遮挡非泡茶区域或作装饰用。

2. 茶挂

挂在墙上用来营造氛围的书画艺术作品。

3. 花器

插花用的瓶、篓、篮、盆等物。

任务三　现代茶具的鉴赏

品茶时，人们不仅注重茶叶本身的色、香、味、形，而且注重科学实用性和艺术性高的茶具。对于茶具的鉴赏，包括种类、质地、产地、年代、大小、轻重、厚薄、形式、花色、颜色、光泽、声音、书法、文字、图画、釉质、配套等方面。茶具的鉴赏是一种综合性的高深学问。在众多茶具中，紫砂壶以其质朴的特质和深刻的艺术内涵，成为我国茶文化中一项不可或缺的内容。

一、一般茶具的鉴赏

（一）茶具的材质密度

密度高的器具，因气孔率低、吸水率低，可用于冲泡清淡风格的茶。如冲泡各种绿茶、花茶、红茶等，可用高密度瓷器或银器，泡茶时茶香不易被吸收，显得特别清冽，透明玻璃杯亦可用于冲泡绿茶，香气清扬又便于观其形色。而那些香气低沉的茶叶，如铁观音、水仙、普洱等，则常用低密度的陶器冲泡，主要是紫砂壶，因其气孔率高、吸水率高，故茶泡好后，持壶盖即可闻其香气，尤显醇厚。在冲泡乌龙茶时，同时使用闻香杯和啜茗杯，闻香杯质地致密，当茶汤由闻香杯倒入啜茗杯后，闻香杯中残余茶香不易被吸收，用手捂之，其杯底香味在手温作用下很快发散出来，可达到闻香目的。

陶瓷茶具的材质密度与烧结程度有关，我们经常以敲出的声音与吸水性来表示，敲出的声音清脆，吸水性低，就表示烧结程度高，否则烧结程度就低。金属器里的银壶是较好的泡茶用具，密度、传热比瓷壶还好。清茶最重清扬的特性，而且香气的表现决定品质的优劣，用银壶冲泡最能表现这方面的风格。

（二）茶具内壁的釉质层

原本质地较为疏松的陶器，若在内壁施一层白釉，就等于穿上了一件保护衣，使气孔封闭，成为类似密度高的瓷器茶具，同样可用于冲泡清淡的茶类。这种陶器的吸水率也变低了，气孔内不会残留茶汤和香气，清洗后可用来冲泡多种茶类，性状与瓷质、银质的茶具相同。未施釉的陶器，气孔内吸附了茶汤与香气，日久冲泡同一种茶还会形成茶垢，不能用于冲泡其他茶类，以免串味，而应专用，这样才会使香气越来越浓郁。据民间传说，一把祖孙三代传下的紫砂壶，积了厚厚的茶垢，不必放茶叶，用开水即可泡出香茶来，令人神往不已。传说当然有其夸张性，但也从一个侧面说明了紫砂壶专用冲泡的好处。

（三）茶具的材料与观感

如果将茶具的质地分为瓷、火石、陶三大类，瓷质茶具的感觉是细致、优雅的，与不发酵的绿茶、重发酵的白毫乌龙、全发酵的红茶的感觉颇为一致。火石质茶具的感觉较为坚实阳刚，与不发酵的黄茶，微发酵的白茶，半发酵的冻顶、铁观音、水仙的感觉颇为一致。陶质茶具的感觉较为粗犷低沉，与焙重火的半发酵茶、陈年普洱茶的感觉颇为一致。

（四）茶具的颜色

茶具的颜色包括材料本身的颜色与其釉色或颜料色。白瓷土显得亮洁精致，用以搭配绿茶、白毫乌龙与红茶颇为适合，为保持其洁白，常会上一层透明釉。黄泥制成的茶器显得甘怡，可配以黄茶或白茶。朱泥或灰褐系列的火石器土制成的茶器显得高香、厚实，可配以铁观音、冻顶等轻、中焙火的茶类。紫砂或较深沉陶土制成的茶具显得朴实、自然，配以稍重焙火的铁观音、水仙相当协调。若在茶器外表施以釉彩，釉色的变化又左右了茶器的感觉。如淡绿色的青瓷，配绿茶、清茶；乳白色的釉彩，莹润如凝脂，很适合冲泡白茶与黄茶；青花、彩绘的茶器可以突显白毫乌龙、红茶或熏茶、调味的茶类的美感；铁红、紫金、钧窑之类的釉色则用以搭配冻顶、铁观音、水仙之属的茶叶；茶叶末与咸菜色系的釉色，就用来表现黑茶。

（五）茶具的造型

就视觉效果而言，茶具的外形、色调应与茶叶相匹配，如用一把紫砂松干壶泡龙井，就没有青瓷协调，然而紫砂松干壶泡铁观音就显得非常够味。就泡茶的功能而言，壶形仅表现在散热、方便与观赏三方面。

壶口宽敞的、盖碗形制的，散热效果较佳，用以冲泡需要 70～80 ℃水温的茶叶最为适宜，因此盖碗经常用以冲泡绿茶、香片与白毫乌龙。壶口宽大的壶与盖碗在置茶、去渣方面也十分方便，很多人习惯将盖碗作为冲泡器使用就是这个道理。盖碗或是壶口大到几乎像盖碗形制的壶，在冲泡茶叶后，打开盖子可以很容易观赏到茶叶舒展的情形与茶汤的色泽、浓度，对茶叶的欣赏、茶汤的控制颇有助益。尤其是龙井、碧螺春、白毫银针、白毫乌龙等注重外形的茶叶，若用这种形制的冲泡器，再配以适当的色调，是很好的表现方法。

二、紫砂壶的鉴赏与保养

（一）紫砂壶的鉴赏

无论是收藏家，还是嗜茶者，对于紫砂壶的鉴赏虽然标准有所不同，也有高低之分，但是有些共识性的原则是一致的。

1. 看造型

看造型即观看壶是否造型美观，是否符合自己的欣赏水平和美感要求。紫砂壶是采用全手工的拍打、镶接技法制作的，其造型千变万化，几乎是一把壶一个样，不论是圆形、腰圆形、四方形、六面形、侧面形、动植物象形的，也不论是高、矮、曲、直以及各种变形的，都可以随意制作。而且不论什么样造型的紫砂壶，都具有结构严谨、口盖紧密、线条清晰等工艺特点。

2. 观质地

查看壶的质地须仔细查看胎骨是否坚硬，色泽的油润度如何。紫砂壶是用紫泥、红泥、绿泥等天然泥料塑造成型，并用 1200 ℃的高温才能烧成。紫红色泥和浅紫色泥叫紫砂泥，烧成后呈紫黑色或紫棕色；灰绿色泥叫绿泥，烧成后呈浅灰色或浅黄色；棕红色泥叫红泥，烧成后呈灰黑色。这就是各种不同颜色的紫砂壶的成因。紫砂泥颗粒较粗，铁、硅含量较高，成品的硬度也高。从胎质的微观透视，其内部呈团形颗粒，外层是鳞片状颗粒，两层颗粒间形成气孔。了解紫砂壶的胎质特性之后，我们在选用新壶时，就要打开壶盖，轻轻敲击壶体，如果声音铿锵清脆、悦耳，就说明胎骨坚硬；如果壶的表面呈现出光滑油润色，就是很好的选择了。当然，也不是壶体的声音稍低就不好。一般来说，壶音铿锵清脆者适宜泡重香气的茶叶，如清茶；壶音稍低者较适宜泡重滋味的茶，如乌龙茶、铁观音等。

3. 闻气味

闻气味主要指闻闻壶里的气味。采用手工打泥片，再将泥片镶接而成的新壶会略带土味，是最好的壶。近代以来，随着陶瓷技术的发展，有些紫砂壶采用了注浆成型的办法制作。这样制作的紫砂壶，由于紫砂泥非常细腻，器物里外极其规整，壶身也很光润，但由于是模具成型，往往带火烧味或机油味。

4. 察精度

察精度即分辨壶的精确度是否较高。壶的精确度主要表现在壶盖与壶身的吻合程度和比例配置上。壶盖有圆形、方形、六角形等形式，恰到好处的壶盖会与茶壶口吻合得天衣无缝，倾壶倒茶时没有壶盖脱落之忧。这样的壶盖，茶香不易外散，茶的味道保持得持久。壶把也是紫砂壶的重要部分，选用紫砂壶时除了要注意壶把的造型美观外，还应亲自试试用手端壶是否端得稳、舒服、不吃力。壶把的力点应接近壶身受水时的重心，注水入壶约四分之三，然后慢慢倾壶倒水，顺手者为佳，反之则不佳。要是壶把既美观而又端着省力，就是很理想的茶壶了。

5. 品文化

紫砂文化是中国悠久的陶文化与茶文化相互融合的产物。它的文化内涵主要表现在造型、泥色、铭款、书法、绘画、雕塑和篆刻等方面。品位高的紫砂壶往往是以壶为主体，融合其他艺术形式，形成神形兼备的艺术整体。江苏宜兴的紫砂艺术，以素质、素形、素色、素饰著称，素面素心，质朴无华，常使人对它情有独钟。自明代至今，宜兴紫砂壶沿袭了请书画名家参与紫砂壶制作的传统。诸多文人，如董其昌、郑板桥、陈曼生、任伯年、吴昌硕、黄宾虹、唐云等都曾与陶艺师共同完成紫砂壶的制作，为壶题字、题诗、绘画、刻章等。名家参与创作的紫砂壶，大大地提升了紫砂壶的文化档次，成为“字以壶传”“壶随字贵”的收藏绝品，使紫砂壶成为收藏家们不惜重金收藏的罕见藏品。最初将书画镌刻于紫砂壶上的是“西泠八家”之一、清代书画家陈曼生。他酷爱壶艺，曾设计十八式壶样，被称为“曼生壶”。他开创了将书画镌刻于紫砂壶上的先例，自此使宜兴紫砂文化上升到了一个新的高度。

紫砂壶的壶腰常题有一些回文题词，耐人寻味，引人深思。如“清心明日”四字，随便从哪个字破读都成句，其意不变，如“心清明日”“心明日清”“日清心明”“明日清心”“心日清明”

等。也有的无论正读还是倒读都表达的是一个意思，如“可以清心也”“清心也可以”“心也可以清”“以清心也可”等。还有的题词可正反读，如“春螺碧如海”“海如碧螺春”，以及“芬芳透碧澄”“澄碧透芳芬”等。这种回文题词言简意赅，旨趣高雅，人们在品茗的同时，欣赏着这些题词，更觉香留齿颊，不禁拍案叫绝。

紫砂壶的铭款也属于紫砂文化内涵的一部分。铭款即铭刻和款识，是指镌刻在紫砂壶的盖内、壶底或把根处的制壶人的落款，用以表明它生产的年代、制作者和使用者。这是判断紫砂壶制作年代的重要依据之一。不同时代的铭刻和款识的部位和方法有所不同。在字体上，明代多用楷书，清代早期多楷书与篆书并用，而后期则以篆书为主。若是作品没有款识，其价值是要大打折扣的。印章款的鉴别虽是判断制作者的直接依据，但也不尽然。有的名师故去，他的家人、门徒仍然继续使用其遗存的印章，也有高仿印章鱼目混珠。因此，判断紫砂壶的真伪必须综合各个方面，如器型、泥质、泥色、工艺、装饰等来加以分辨，才不至于在辨认中出现偏差。

（二）紫砂壶的保养

在紫砂壶的保养方面，主要应注意以下几点。

使用新壶时，须先用茶汤烫煮一下，这样既可以除去紫砂壶的土味，还可以用茶汤滋养茶壶。具体做法是给紫砂壶加入净水，用文火加热煮壶，到水冒出鱼眼般的气泡时，将茶叶放入壶中同煮。等茶水滚沸后倒出茶渣，再用清水冲刷干净，放在干燥处阴干后就可以使用。

经常使用的紫砂壶，在每次泡完茶后，都将茶渣倒掉，并用热水涤去残汤，以保持清洁，若壶里的茶汤留在壶里阴干，日积月累会形成“壶里茶山”，清洁不净，易生异味。不常使用的紫砂壶，在泡用前应以滚沸的开水冲烫一番。

壶应经常擦拭，并用手不断抚摸。在清洗壶的表面时，可用手加以擦洗，洗后再用干净的细棉布或其他较柔软的细布擦拭，然后放于干燥通风处阴干。这样紫砂壶不仅手感舒服，而且能焕发出紫砂陶质本身的光泽。

三、真紫砂壶与假紫砂壶的鉴别

紫砂是一种介于陶器与瓷器之间的陶瓷制品，其特点是结构致密，接近瓷化，强度较大，颗粒细小，断口为贝壳状或石状，但不具有瓷胎的半透明性。紫砂壶的魅力在于其内部的双气孔，以及原矿所蕴含的相关微量元素，且具有泡茶聚香、无熟汤气的特点，是名副其实的“茶具之王”。而非原矿类的紫砂壶，徒有紫砂之表，并无紫砂之实。那么，如何区分真假紫砂壶呢？

（一）看光泽及壶身

原矿泥料：壶身内部反射黯淡之光，有明显的水色和油性。一般烧结温度到位，会出现铁质等杂质。

外山料：干涩无光，难以找到杂质，无油性和水色。

化工料：有高光反射，俗称“贼光”，壶身没有云母、铁质等。

原矿拼泥：有光泽，但略浮于表面，有一定的水色和油性。

（二）看做工

原矿泥料：做工精致，有神韵，细节部分也处理得很好，但绝对达不到完美的地步。

外山料：以量产壶为主，一般不是机器壶就是半手工壶。

化工料：以手拉胚壶为主。一般做工较为精致，尤其是身桶和壶盖的吻合度。身桶的圆润和饱满度都较好，这是手拉胚壶比较容易达到的效果，而半手工壶和全手工壶很难达到手拉胚壶的精致。

原矿拼泥：做工一般，达不到讲究、精致的程度。

（三）看泡养效果

原矿泥料：一般泡养一周，十几泡茶就会有色泽变化，使用两个月左右，就可以有较为明显的包浆成分。

外山料：一般一年左右会有包浆，差的外山料基本不会有包浆效果。

化工料：本身已经比较鲜艳亮丽，泡养再久也不会有大的变化。

原矿拼泥：一般泡养一个月左右会有色泽变化，半年左右会有比较明显的包浆效果。

（四）看透气水平

原矿泥料：盛夏泡茶，一般 3～5 日，甚至一周以上，茶汤在壶内不会出现特别明显的变质。

外山料：一般隔夜茶会略有变质，放置 3 日，壶内基本会长出白毛。

化工料：透气性较差，基本等同于常规玻璃、瓷器类茶壶。

原矿拼泥：盛夏之日，隔夜不会出现茶汤变馊的情况。

（五）闻气味

原矿泥料：开水冲入壶内，基本没有气味，泡茶时茶香味保留得最好。

外山料：一般会有一定的土腥味，品质差的外山料，土腥味可持续一个月以上，然后才逐步消除。

化工料：一般开水冲壶后，会有或轻或重的刺激性气味。

原矿拼泥：开水冲壶后，有轻微的土腥味，嗅觉不是特别灵敏的人基本难以察觉。

任务四 茶具的选择

古往今来，品茶之人认为茶与茶具关系十分密切，好茶配好壶，犹如红花配绿叶，相映生辉，相得益彰。茶具的优劣，对茶汤的质量、品茶的心情都有直接影响。清陈金诏在《观心室笔谈》中写道："茶壶以小为贵，每一客一壶，任独斟自饮，方得茶趣。何也？壶小香不涣散，味不耽迟。"他强调茶具选配得体，才能尝到真正的茶香味。

那么如何选择合适的茶具呢？

一、茶具选择的历史演变

在唐代，人们喝的是饼茶，需要将其烤炙研碎后再经煎煮而成茶，这种茶的茶汤呈淡红色。一旦茶汤倾入瓷茶具后，汤色就会因瓷色的不同而引起变化。《茶经》载："邢州瓷白，茶色红；寿州瓷黄，茶色紫；洪州瓷褐，茶色黑，悉不宜茶。"而越瓷为青色，倾入淡红色的茶汤，呈绿色。陆羽从茶叶欣赏的角度，提出了"青则益茶"，认为青色越瓷茶具为上品。

从宋代开始，饮茶习俗逐渐由煎煮改为点注，将团茶研碎并经点注后，茶汤色泽已近白色了。这样，唐时推崇的青色茶碗也就无法衬托出"白"的色泽。而此时作为饮茶的碗已改为盏，对盏色的要求也起了变化："盏色贵黑青。"认为黑釉茶盏才能衬托出茶汤的色泽。

在明代，人们已由宋时的团茶改饮散茶。明代初期人们饮用的芽茶，茶汤已由宋代的白色变为黄白色，对茶盏的要求也不再是黑色了，而改为白色。对此，明代的屠隆认为茶盏"莹白如玉，可试茶色"。

明代中期以后，瓷器茶具和紫砂茶具兴起，茶汤与茶具色泽不再有直接的对比与衬托关系。人们饮茶的注意力转移到茶汤的韵味上来，对茶叶色、香、味、形的要求，主要侧重在香和味上。人们对茶具特别是对壶的色泽也就不再给予较多的关注，转而追求壶的雅趣，强调茶具选配得体。

清代以后，茶具品种增多，形状多变，色彩多样，再配以诗、书、画、雕刻等艺术，从而把茶具制作推向新的高度。而多种茶类的出现，又使人们对茶具的种类、色泽、质地、式样，以及茶具的轻重、厚薄、大小等，提出了新的要求。

现代人饮茶时，对茶具的要求虽然没那么严格，但也会根据各自的饮茶习惯，结合自己对壶艺的要求，选择最喜欢的茶具。一旦宾客登门，人们总会把自己最好的茶具拿出来招待客人。

二、茶具选用的原则

（一）方便实用

选择茶具的首要依据是操作方便、实用。一把壶是否具备实用性，可从是否好握，重心能否掌握得住，握把的大小是否适中，壶嘴出水是否顺畅，壶内是否有残水余留，以及茶壶是否破裂或有瑕疵等方面入手。壶的大小及形状对茶汤的味道也有很大的影响。一般而言，圆形的壶在茶叶的舒展及茶汤的表现方面较好，而小壶则能较好地发挥茶叶的特性。

（二）风俗习惯

不同地域的茶人有不同的喝茶习惯，因而对茶具的爱好也有所不同。

长江以北一带，人们喜爱选用有盖瓷杯冲泡花茶，以保持花香，或者用大瓷壶泡茶，再将茶汤倾入茶盅杯饮用。

长江三角洲沪杭宁和华北京津等一些大中城市，人们爱好品细嫩名优茶，既要闻香、啜味，还要观色、赏形，因此，特别喜欢用玻璃杯或白瓷杯泡茶。

江浙一带的许多地区，人们饮茶注重茶叶的滋味和香气，喜欢选用紫砂茶具泡茶，或用有盖瓷杯沏茶。

福建及广东潮州、汕头一带，习惯于用小杯啜乌龙茶，故选用“烹茶四宝”泡茶，即潮汕炉、玉书碨、孟臣罐、若琛瓯。小杯啜乌龙，与其说是解渴，不如说是闻香玩味。这种茶具往往又被看作一种艺术品。

四川人饮茶特别钟情于盖碗茶，喝茶时，左手托茶托，不会烫手，右手拿茶碗盖，用以拨去浮在汤面的茶叶。加上盖，能够保香，去掉盖，又可观姿察色。

至于我国边疆少数民族地区，多习惯用碗喝茶。

（三）审美情趣

茶，雅称“茗”。从古到今，凡是讲究品茗情趣的人，都注重品茶韵味，崇尚意境高雅，强调壶添品茗情趣，茶增壶艺价值。在古代政治家眼里，茶是提倡廉洁、对抗奢侈之风的工具，选择茶具自然是追求实用、大方；在辞赋家眼里，茶是引发思维、以助诗兴的手段，选择茶具自然要体现自己的文化底蕴；在佛家看来，茶是禅定入静的必备之物，选择茶具自然要古朴典雅。而对普通人来说，各人审美情趣不同，茶具选择自然也就不同了。

（四）使用对象

职业有别，年龄、性别不同，对茶具的要求也不一样。如老年人讲究茶的韵味，要求茶叶香高味浓，重在物质享受，因此，多用茶壶泡茶；年轻人以茶会友，要求茶叶香清味醇，重于精神品赏，因此，多用茶杯沏茶；男人习惯于用较大的素净的壶或杯斟茶；女人爱用小巧精致的壶或杯冲茶；脑力劳动者崇尚雅致的壶或杯细品缓啜；体力劳动者常选用大杯或大碗，大口急饮。

从工艺水平上讲，性格开朗的人多欣赏大方、简洁而明亮的造型；温柔内向的人，多喜欢做工精巧、雕琢细致繁复的茶壶；年轻人多喜欢浪漫的现代风格或超现实的造型；文化人则喜欢有文化底蕴的茶具，比如镌刻有诗词铭文、书画的茶壶。

（五）茶叶类别

泡饮花茶，为了保持香气，可选用茶壶泡茶，然后斟入瓷器杯中饮用。大宗红茶或绿茶，由于注重茶的韵味，可选用有盖的茶壶、茶杯或茶碗来泡茶。红碎茶与工夫红茶，最好选用瓷壶或紫砂壶来泡茶，然后将茶汤倒入白瓷杯中饮用。乌龙茶应使用陶器茶具冲泡，特别是紫砂茶具最为合适。饮用西湖龙井、洞庭碧螺春、君山银针、黄山毛尖等细嫩名茶，用玻璃杯直接冲泡最为理想。因为这能够充分发挥玻璃器皿外观透明的优越性，观之赏心悦目。至于其他细嫩名优绿茶，除选用玻璃茶具冲泡外，也可选用白瓷茶具冲泡。

在我国民间，还有“老茶壶泡，嫩茶杯冲”之说。这是因为较粗老的老叶用壶冲泡，一则可保持热量，有利于茶叶中的水浸出物溶解于茶汤，提高茶汤饮用口感；二则较粗老的茶叶缺乏观赏价值，用来敬客，不大雅观，这样还可避免失礼之嫌。而细嫩的茶叶用杯冲泡，不会把细嫩的芽叶闷熟而产生熟汤味，茶的汤色、香气、滋味都能得到较好的保持。

（六）品茶环境

在茶馆、茶楼或茶室里品茶，须注重不同的茶类配不同的茶具，讲究茶具的格调与品位。而在一些大中城市的家庭、公司或企事业单位，则流行用一次性的方便杯，特别迎合人们的卫生习惯，同样受到大家欢迎。

三、“茶艺六君子”与“烹茶四宝”

（一）茶艺六君子

“茶艺六君子”也称为茶道组合，它们分别为茶筒、茶勺、茶匙、茶夹、茶针和茶漏。

形状为花瓶造型的称为茶筒（或茶瓶）；形状如勺子的称为茶勺（或茶则）；形状为一扁平弯头木棍的称为茶匙（也称茶拨或茶刮）；形状如夹子的称为茶夹（或茶镊）；形状为一根细头针形状的称为茶针（或茶通）；形状像一个环形的斗的，称为茶漏（或茶斗）（见图 3-19）。

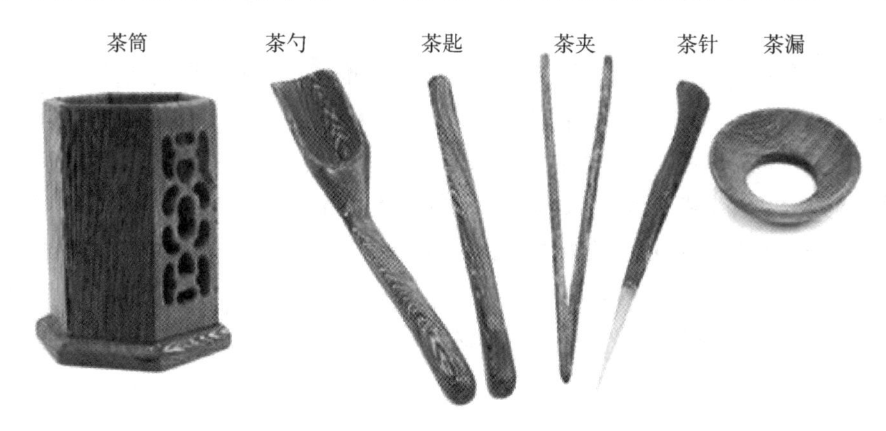

图 3-19　茶艺六君子

"茶艺六君子"有不同的功能。茶勺是用来将茶叶方便、卫生地放置入茶杯（茶壶）；茶匙主要用于从茶叶罐中取条索型茶叶，或投放茶叶，也可帮助清理壶内的茶渣；茶夹是为了在洗涤、回收茶杯的时候方便夹取，同时也可以夹取一些大块的茶，如普洱茶等；茶针的作用是在壶嘴被堵时用以疏通壶嘴；茶漏是为了在壶口较小的情况下扩大进口，使得茶叶能干净、容易地进入茶壶；茶筒是用来收纳上述五件用具的。除了"六君子"，煮水壶也是基本的茶具。

（二）烹茶四宝

"烹茶四宝"是我国福建及广东潮汕地区品饮乌龙茶时非常盛行的茶具。所谓"烹茶四宝"指的是玉书煨、潮汕炉、孟臣罐、若琛瓯这四件茶具，它们均被看作艺术品。

1. 玉书煨

即烧开水的壶（见图 3-20）。为赭色薄瓷扁形壶，容水量为 200 多毫升。水沸时，盖子"卜卜"作声，如唤人泡茶。此壶不但能避免金属水壶的异味，而且保温性能好，冬日里离炉许久仍能保持水温，久用也不易结水垢。相传古时有位工匠设计出此壶后，邀来三五茶友为它命名。茶友见此壶烧出的水清洁如玉，倒水宛若玉液输出，就取名"玉输"。后人认为"输"字不祥，便用"书"字代替。

现代已经很少用此壶，一般的茶艺馆多用宜兴出的稍大一些的紫砂壶，也有用不锈钢壶的，便于保温。

2. 潮汕炉

即烧开水用的火炉（见图 3-21）。外形小巧玲珑，可以调节风量，掌握火力大小，以木炭做燃料。广东潮州、汕头出产的风炉，有陶质的，有白铁皮的，故名潮汕炉，现代较少使用此炉。

现代茶艺馆里主要有三种烧水用具：第一种是紫砂的小炉子，炉内可放置小小的固体酒精灯，配合大的紫砂壶烧水；第二种是将不锈钢壶置电热板上的可保温的电热器；第三种是将玻璃壶（底部是不锈钢）放在感应盘上的磁感应烧水器。这三种用具，以紫砂炉配紫砂壶最有意境，最合乎品茶之道。

图 3-20　玉书煨

图 3-21　潮汕炉

3. 孟臣罐

即泡茶的茶壶（见图 3-22）。为宜兴紫砂壶，以小为贵。孟臣即明末清初时的制壶大师惠孟臣，其制作的小壶非常有名。壶的大小，因人数多少而异，一般是容量 300 毫升以下的小壶。这种小壶泡茶，色香味皆蕴，即使以沸水注入空壶也有茶味，盛夏隔夜茶味不变。茶壶经久耐用，耐热性强，寒冬沸水注入，亦无爆裂之忧。

图 3-22　孟臣罐

4. 若琛瓯

即品茶杯（见图 3-23）。为白瓷翻口小杯，杯小而浅，薄如纸，白似雪，小巧玲珑，大小似半个乒乓球。容积如此之小，是因为工夫茶多为闲暇时品饮，而非为解渴。古代正宗的若琛瓯产于江西景德镇，杯底有“若琛珍藏”字样。

现在常用的饮杯(区别于闻香杯)有两种。一种是白瓷杯，另一种是紫砂杯(内壁贴白瓷)。

图 3-23　若琛瓯

实操课程　茶具的识别与鉴赏

一、实操目的

通过本实操课程的学习，使学生了解各种茶具的功能和使用方法，学会识别、鉴赏和选用各种茶具，包括陶土茶具、瓷质茶具、金属茶具、竹木茶具、漆器茶具、玻璃茶具、搪瓷茶具等，特别是对紫砂茶具中紫砂壶的鉴赏，从而提高自己的茶艺技能和鉴赏能力。

二、基本要求

(1)学生尽量统一着装，如果不能统一着装，应着装整洁，注重仪容仪表，穿戴合乎标准。

(2)学生应注意茶具的操作规范。

(3)学生应注意各种礼仪规范，要使用礼貌用语。

(4)学生应认真领会实操目的和实操内容。

(5)遵守纪律,爱护公物。

三、实操项目

序　　号	实 操 项 目	学　　时	实操项目类型
1	识别各种茶具	1	应用型
2	鉴别茶具的好坏	1	应用型
3	茶具与茶叶的搭配	1	应用型

四、实操内容

(1)识别各种茶具,如紫砂茶具、瓷质茶具、金属茶具、竹木茶具、漆器茶具、玻璃茶具、搪瓷茶具等的功能和使用方法。特别应掌握以下常见茶具,如茶杯、茶漏、盖碗、茶盘、茶夹、茶巾等的使用方法。

(2)鉴别茶具的好坏。

①选择一套瓷器茶具,让学生从材质密度、内壁的釉质层、材料与观感、颜色、造型几方面进行观赏鉴别。

②选择几款知名紫砂壶,让学生从看造型、观质地、闻气味、察精度、品文化等几方面进行观赏与鉴别。

(3)掌握茶具与茶叶的搭配。

具体操作中,指导老师可选择不同的茶类配不同的茶具进行演示,然后选择一种茶类,指导学生进行练习。

五、考核内容及办法

1. 考核内容

(1)撰写模拟实操报告:报告中写明通过本次实操掌握了哪些知识,收获了什么,等等,要求写得合理、全面、真实。

(2)实操记录的完整性、完成实操的质量及熟练程度、实操态度等。

2. 考核方法

(1)达到实操管理规定基本要求者,成绩可记合格。

(2)较好地完成实操任务者,成绩可记良好。

(3)圆满完成实操任务,有突出成绩者,成绩记为优秀。

(4)实操不合格认定:实操练习时长未达到标准练习时长90%以上者;未提交实操报告者。

◇知识活页

二维码 3-1

木鱼石茶具

◇练习与思考

二维码 3-2 练习与思考答案

(1)唐、宋、明、清时主要茶具有哪些?试举例说明。

(2)按质地划分,茶具分为哪几类?

(3)按用途划分,茶具分为哪几类?

(4)简述选用茶具的主要标准。

(5)鉴赏和保养紫砂壶有哪些要领?

◇知识延展

[1] 韩其楼.紫砂壶全书[M].北京:华龄出版社,2006.

[2] (唐)陆羽,(清)陆廷灿.茶经[M].北京:蓝天出版社,2007.

[3] 张金霞,陈汉湘.茶艺指导教程[M].北京:清华大学出版社,2011.

[4] 廖宝秀.历代茶器与茶事[M].北京:故宫出版社,2017.

项目四　走近茶之水

学习目标

1. **知识目标**

(1)了解泡茶用水的种类和特征。

(2)掌握泡茶用水的讲究。

2. **技能目标**

(1)掌握选择与判断泡茶用水的技能。

(2)掌握不同茶匹配不同水温的技能。

3. **情感目标**

(1)通过本项目学习,体会茶水之美,提升审美情趣。

(2)通过本项目学习,培养节约用水、保护水资源的意识。

学习重难点

(1)学会水质的鉴别。

(2)泡茶时水温的掌握。

任务导入

人们常说:"水为茶之母,器为茶之父。"可见水对茶的重要作用。茶艺工作者要做好茶艺工作,必须掌握水的种类和特征,正确地选择和鉴别水,并能学会水与茶的搭配以及水温处理的技巧,这是泡好茶的基本功。

导入案例

陆羽用南零水品茶趣事

唐大历元年(766 年),御史大夫李季卿宣慰江南,在润州与陆羽偶遇,李慕陆名,相约同行,泊扬子驿,李曰:"陆君善茶,盖天下闻名,况扬子江南零水又殊绝,今二妙千载一遇,甚幸。"命军士谨慎者,执瓶操作,深指南零,取水至,取以勺扬其水,曰:"江则江矣,非南零者，似临岸之水。"使者答："某驱舟深入，见者累百，敢虚绐乎。"陆不言。既而倾水诸盆半，陆止之，又以勺扬之曰："自此南零者矣。"使者蹶然大骇，伏罪曰："某自南零来之岸，舟荡覆半，惧其鲜岸水增之，处士之鉴，神鉴也，其敢隐焉？"李与宾从数十人皆大惊愕。①

请问：古人对泡茶的水有什么讲究？

【案例分析】

茶与水相依相伴，名茶须配名水，古代对此深有研究，无论是陆羽的《茶经》、张又新的《煎茶水记》，还是其他茶书都有专论。历代茶人对取水一事，都很讲究。有人取"朝露之水""初雪之水"，清风细雨中的"无根水"，有人则于梅林中取花瓣上的积雪，化水后以罐储之深埋地下用以来年烹茶。而今山水为上，江水为中，井水为下，已成为大家的共识。

说到泡茶，有人认为简单地将茶放入茶杯，冲入开水，就算是沏好了一杯茶。殊不知中国茶品种繁多，各种茶的原料选取与制作工艺天差地别，水的种类繁多，要选择合适的水及对应的冲泡方法，才能泡出茶的正味。如果不论品种，一律开水闷泡，好茶也会泡成粗茶，粗茶更是只剩苦涩的味道了。茶艺的迷人之处，正是在于以合适的水，加上精妙的冲泡方式，将茶的味道发挥得淋漓尽致，各得其趣。

任务一　水的选择

关于茶与水的关系，中国许多古典文献中都有记载，如陆羽在《茶经》中写道："其水用山水上、江水中、井水下。"《大观茶论》中提出，宜茶水品，"以清轻甘洁为美"。《茶录》中认为："水泉不甘，能损茶味。"《茶解》中写道："梅雨如膏，万物赖以滋养，其味独甘，梅后便不堪饮。"

水与茶的关系，犹如布景之于舞台，恰当的布景可为表演增色，不适宜的布景则影响舞台效果，甚至破坏了气氛。用好水，才可期待烹出上品茶汤。

一、泡茶用水的来源

"水为茶之母"，水的品质对于茶汤的滋味起着至关重要的作用。好的泡茶用水，讲究

① 注：南零水又称中泠水，位于江苏镇江金山，唐宋时金山矗立扬子江心，成为孤岛。

活、甘、清、轻。“活”指活水，含氧充足，可激发茶叶活性；“甘”即甜润，富含矿物质，助长茶汤的回甘；“清”是清澈，别无杂色，不影响茶汤的观感；“轻”即水质软，水中镁钙含量多称为硬水，硬水味偏苦涩，也会改变茶汤颜色，并且降低茶汤香气，所以泡茶用水水质越软越好。泡茶用水来源有如下几种。

（一）山泉水

位于无污染山区的天然泉水，终日处于流动状态，经过砂石的自然过滤，通常比较干净，味道略带甘美，水质的稳定度高，非常适合作为泡茶用水，即古人所说的“源头活水”。但须注意山泉水不宜放置太久，最好趁新鲜时泡茶饮用。在取用山泉泡茶时，应对附近地形地质略做了解，部分山泉水因受地质影响而含有害溶解物质，以此水泡茶，其效果则适得其反。

（二）江河水

指江河湖泊中的水。江河水也不是随便饮用的，茶圣陆羽在《茶经》中强调“其江水，取去人远者”，他认为远离人类聚居地的江水，品质更好一些。但如今现代工业污染严重，大部分江水都不适宜直接饮用。

（三）地下水

地下水杂质多、硬度高、含氧量低，虽然也清甜可口，但是不够鲜活，《茶经》中讲“井取汲多者”，即表明经常汲取的井水，也算得上是新鲜活水了。

（四）自来水

城市自来水需经过处理才可用于泡茶，先静置一段时间排去消毒氯水，再煮沸以降低水的硬度。但这样处理过的自来水中仍含有不少杂质，对茶汤口感略有影响。相比矿泉水和纯净水，自来水中带着少许杂味，对于清香型茶的冲泡影响较大。

（五）矿泉水

取自地下深处自然涌出的，或经人工开发的、未受污染的地下矿水，含矿物质和微量元素。矿泉水趋于天然，含矿物质较多，味厚，会提升陈香，但略微抑制香气，汤色易显深，适于普洱茶、红茶等重陈香茶的冲泡。

（六）纯净水

以江河湖水、自来水等为水源，采用了蒸馏法、电渗析法、离子交换法、反渗透法等处理工艺，经过复杂深层的净化程序以达到无菌纯净。纯净水倾向于提升香气，滋味感更强，适于绿茶、乌龙茶等重香气茶的冲泡。

还有人喜欢收集枝头雪水或雨水泡茶，取其纯净淡雅之味，但随着全球空气污染程度的加重，已经不太容易得到干净的雨雪水了。

一般而言，现代泡茶用纯净水或偏软的矿泉水更为适合。

二、影响泡茶用水的因素

水的净度、软硬度、pH 值等对茶汤影响较大，泡茶用水净度越高，泡出的茶香气、滋味受到的影响越少。

泡茶用水影响茶汤的因素，主要包括以下五项。

（一）水的净度

水的净度与杂质和含菌量有关，这两项指标当然越低越好。一般高密度滤水设备都可以将杂质隔离，也可以利用煮沸的方法消减含菌量。

（二）水的软硬度

软硬度主要是指水中的矿物质含量（主要是钙镁离子含量）。矿物质含量太高，一般称为硬水，泡出的茶汤颜色偏暗、香气不显，口感清爽度降低，所以硬水不适于泡茶。矿物质含量低者，一般称为软水，容易表现茶的特质，是适宜泡茶的用水。但完全没有矿物质的纯水，泡茶口感清爽度不佳，也不利一些微量矿物质的溶解，所以也不是泡茶的好水。

TDS（total dissolved solids），意指溶解性固体总量，测量单位为毫克/升（mg/L）。TDS 检测值越高，代表水中含有的溶解物越多。TDS 检测值并不等同于软硬度，但 TDS 检测值越高的水，往往硬度也越高。泡茶用水的 TDS 数值通常在 30mg/L 以下更能表现茶的味道。

（三）水的酸碱度

酸碱度，即 pH 值。偏酸或偏碱的水都对茶汤的颜色有较大影响，当泡茶用水的 pH 值在 5 时，几乎对茶汤颜色没有影响；当 pH 值上升时，茶汤颜色也会加深。一般情况下，水的 pH 值随着水中矿物质含量增加而上升。总的来说，泡茶都建议使用中性水。

（四）水中消毒剂含量

若水中含有消毒剂，如自来水消毒大都采用氯化法，氯气具有消毒效果好、费用较低、几乎无有害物质的优点。如果有残留的氯气，饮用前可使用活性碳将其滤掉，再慢火煮开一段时间，或高温不加盖放置一段时间。消毒剂会直接干扰茶汤的味道与品质。

（五）水中氧气含量

水中氧气含量高者，有利于茶香挥发，而且口感上的活性强。一般说活水适于泡茶，就是因活水的氧气含量高；又说水不可煮老，就是因为煮久了，水中氧气含量会降低。

任务二 水温的掌握

中国茶叶种类繁多，茶汤的口感亦不相同，冲泡每种茶叶的水温要求也有所不同。水温不同，茶的色、香、味就不同，泡出的茶叶中的化学成分也不同。如果温度过高，就会破坏茶汤所含的营养成分，茶所具有的有益物质会遭受破坏，茶汤的颜色不鲜明，味道也不醇厚；如果温度过低，就不能使茶叶中的有效成分充分浸出，即为不完全茶汤，其滋味淡薄，色泽不美。

另外，茶叶中含有两种人们熟知的成分：咖啡因与维生素 C。茶汤的咖啡因含量越高，喝起来越苦，而水温高低决定了茶汤的咖啡因溶解量多寡。此外，高温容易破坏茶叶中的维生素 C，降低茶汤的营养价值。

一、各类茶所需的水温

（一）一般情况的判断

1. 高温：90 ℃以上

叶茶类：如铁观音、水仙茶、冻顶乌龙、佛手等。

重揉捻的茶类：如铁观音、佛手等接近球状的茶。

重焙火的茶类：色泽较黑、较暗的茶。

陈年茶类：任何妥善储存的陈年茶，以铁观音、水仙茶较常见。

2. 中温：80～90 ℃

轻发酵的茶类：如文山包种茶，但若焙火较重，应以高温冲泡。

芽茶类：如白毫乌龙、高级红茶等。

熏花茶：香片、包种茶、熏花等。

茶叶细碎类：上述各种茶叶在水温使用上虽有差别，但因茶叶切碎后接触水的面积增加，茶叶汁液溶解快，所以即使是须高温冲泡的铁观音，切碎后则须以中温冲泡。

3. 低温：低于 80 ℃

绿茶类：如龙井、碧螺春等。若品尝时仍觉得苦味太重，可再降低水温。

（二）个别情况的判断

(1)花茶类，应视熏花的原料茶而定，如果是以绿茶熏花而成，则用低温；如果是以采成熟叶为主的乌龙茶熏花而成，则用高温。

(2)焙火的茶，不论焙轻火、中火或重火，凡属叶茶类（即采成熟叶为主）的乌龙茶，宜用高温。

(3)未经渥堆的普洱茶，若以绿茶制成，用低温；若已陈放多年，产生了后氧化作用，则用中温。

(4)以红茶压制成的红茶砖，例如散装红茶，宜用高温。

综上所述，我们总结出泡茶选择水温的总体原则：原料嫩采加上不发酵的茶，经不起太高温度的浸泡，而且越娇嫩越要低温；反之，原料越成熟，或是全发酵、焙火重、经渥堆的茶，要提高水温，才能将其特质透过茶汤表现出来。

二、测定水温的方法

泡茶烧水要武火急沸，不要文火慢煮，以刚煮沸起泡为宜，用这样的水泡茶，茶汤、香味皆佳。沸腾过久，二氧化碳挥发殆尽，泡茶鲜爽味便大为逊色。未沸滚的水，水温低，茶中有效成分不易泡出，香味轻淡。在烧水的过程中，如何判断水温呢？有如下三种方法。

（一）用温度计判断水温

水温的判断是学习泡茶必修的课程，初学泡茶使用温度计当作辅助材料非常恰当，学习速度快，可以少走冤枉路。使用可测量 100 ℃以上的高温温度计，观察在低温时、中温时、高温时水况分别如何。通过这种练习，慢慢可以凭直觉判断出大致的水温。

（二）从蒸气看水温

在烧水的过程中，打开壶盖，通过观察壶口形成的蒸气来判断水温，温度越高，蒸气越浓且蹿出快速。蒸气的表现只与水温有关，不受加热方式的影响，所以判断结果相对客观。

（三）看气泡听水声

对于开口宽敞的煮水器皿，可以比较直观地观察到水泡，但一般煮水常用的随手泡（即煮水器），不易观察水壶内情形，可以结合水声来判断水温。

陆羽在《茶经》中描述了煮水时的情形以及判断水况的方法："其沸，如鱼目，微有声，为一沸；缘边如涌泉连珠，为二沸；腾波鼓浪，为三沸。"一沸时，开始产生鱼眼般的小气泡，气泡破裂时发出轻微而密集的水声，此时温度约在 80 ℃。二沸时，水面的边缘开始如泉眼般翻腾，发出的水声最大，此时温度约在 90 ℃。三沸时，水面翻腾不休，如滚滚波涛，不再产生密集的水泡破裂声，所以水声反而变小了，正所谓"响水不开"，已经达到水的沸点，在平原上温度接近 100 ℃，高原地区则会有所降低。

三、煮水的注意事项

（1）使用已除菌的桶装矿泉水和纯净水，达到需要的水温后立刻停止加热，避免过分加热而破坏了水的活性，所谓"水不可老"。

（2）使用自来水或自然界直接取来的水，如果需要在中温、低温下泡茶，先将水烧开，再冷却至所需温度。这样一来，可以除去自来水中的氯气，也可将自然水源高温消毒除菌，更利于健康。

（3）若用多次回烧或加热时间过久的开水泡茶，会使茶叶产生"熟汤味"，致使口感变差，因为水蒸气大量蒸发所剩下的水含有较多的盐类及其他物质，以致茶汤变得灰暗，茶味变得苦涩。

四、影响茶汤温度的因素

（一）茶叶冷藏（冻）与否

冷藏或冷冻后的茶，若未放置至常温即行冲泡，应视茶叶温度适当提高水温或延长浸泡时间。

（二）茶具的选择

用瓷盖碗冲泡，保温性较好，有利于泡茶人操作，且因其容量固定，便于控制投茶量。而用紫砂壶冲泡，因其独特的物质特性，会比盖碗冲泡更能增添茶汤的韵味与厚度。

（三）温杯与否

此环节特别重要，如果没有温杯或温壶，水温会降低 5 ℃左右，它能让茶汤的香气截然不同。如果没有温杯的话，需要再提高一些水温或者延长浸泡时间，才能让茶有更好的滋味。

（四）润茶与否

对于那些饼状、沱状的茶，如果不经过润茶这一步骤，包裹在中心的茶叶就得不到舒展，内部物质浸出过慢，也会导致茶汤的香气、滋味激发不全。但是润茶的时间不能过长，如果时间过长，则浸出物质太多，第一泡时也无法发挥茶叶的最佳香气。

（五）冲泡方式

要很好地将水温控制在需要的范围内，掌握什么时候应该高冲，如果水温并不高，那么高冲之后水温降低了，茶叶的香气自然也出不来。

（六）环境的温度

夏天温度高，水温下降速度较慢，能让茶汤性质比较稳定，而冬天温度低，水温下降速度就会较快。因此，想泡好茶，掌握好环境的温度也是必需的。

◇知识活页

二维码 4-1

有关茶的知识

练习与思考

二维码 4-2
练习与
思考答案

(1)为什么说“水为茶之母,器为茶之父”?

(2)影响茶水的因素有哪些?

(3)除了水温之外,影响茶汤温度的因素还有哪些?

(4)简述选择泡茶所需水温的原则。

知识延展

[1]　(唐)陆羽,(清)陆廷灿.茶经[M].北京:蓝天出版社,2007.

[2]　何厚余.用心学泡茶[M].北京:中华书局,2010.

[3]　张金霞,陈汉湘.茶艺指导教程[M].北京:清华大学出版社,2011.

[4]　王绍梅,宋文明.茶道与茶艺[M].2 版.重庆:重庆大学出版社,2014.

[5]　江用文,童启庆.茶艺师培训教材[M].北京:金盾出版社,2008.

项目五　走近茶叶

◇学习目标

1. 知识目标

(1)了解茶叶的分类方法。

(2)掌握六大茶类的品质特征。

(3)了解六大茶类的制作工艺。

(4)走近中国各地名茶。

2. 技能目标

(1)学会鉴别六大茶类。

(2)学会鉴别真茶和假茶。

(3)学会鉴别新茶和陈茶。

(4)学会鉴别春茶、夏茶和秋茶。

3. 情感目标

(1)通过本项目学习,感受中国茶叶的悠久历史和茶类的丰富多彩,进而增强文化自豪感。

(2)通过本项目学习,提升对茶叶的鉴赏能力,进而提高生活质量。

◇学习重难点

(1)不同种类和品质茶的鉴别。

(2)中国各地主要名茶的特征。

◇任务导入

中国名茶在国际上享有很高的声誉。早在1915年巴拿马万国博览会上,碧螺春、信阳毛尖、西湖龙井、君山银针、黄山毛峰、武夷岩茶、祁门红茶、都匀毛尖、六安瓜片、安溪铁观音就被列为中国十大名茶,如今各地名茶更是推陈出新,让人眼花缭乱。要泡好一杯茶必须首先了解茶叶的基本知识,其次要选择一款好茶,一款适合自己或宾客的茶。那么如何选择一款好茶呢?

◇导入案例

农药残留问题必须引起重视

2006年9月19日，第三方环保组织绿色和平组织发布了《2016年茶叶农药调查报告》，报告指出：经独立第三方的实验室检测，26款茶叶样品的农药检出率为65%，其中12个样品检出在中国禁止使用的农药，17个样品的农药残留超出欧盟标准。这是绿色和平组织继2012年发布中国茶叶农药调查报告之后，再一次发布此类报告。检测结果依然让人不容乐观。

请问：为什么茶叶屡屡出现质量问题？

【案例分析】

中国是茶叶的生产大国、消费大国，茶叶毋庸置疑是我们的国饮。然而长期以来，茶叶产品处于农产品与食品之间，其生产加工属于农产品范畴，流通销售则具有食品属性，种植、加工和销售的产业链或长或短，导致难以形成稳定、规范的茶叶市场。产销虚高的背后，是整个茶叶行业品牌营销缺失、工艺的落后、行业分工的模糊以及经营业态的单一。对于普通消费者而言，则无从判断商品茶的真正价值与合理价位，无法买到真正心仪的茶品，这不能不引起我们的思考。

而案例中提到的农药残留问题也需要引起我们的重视。要从根本上解决农药残留问题，就要在建茶园、种茶树时做好农药的管控，多选用生态灭虫的方式来防虫、控虫。从消费者的角度来看，则尽量选择春茶、高山茶区的茶以及有机茶，以确保茶叶的质量。

任务一　茶叶的种类及特征

一、各种茶类的出现

我国疆域辽阔，从南到北横跨多个纬度，从西到东地势依次递减，水与土的复杂组合，造就了多种多样的气候，也孕育出各地不同的茶类。

茶之为用，最早是从咀嚼鲜叶开始的。之后发展为将鲜叶在阳光下直接晒干或烧烤后再晒干以备后用。唐代蒸青饼茶的制法逐渐完善，此时以团饼茶为主，还有粗茶、散茶、末茶等。宋代制茶技术发展很快，龙团凤饼甚为流行。宋徽宗在《大观茶论》中称："岁修建溪之贡，龙团凤饼，名冠天下。"除了传统的蒸青团饼茶外，宋代已出现相当数量的蒸青散茶。元代，团饼茶逐渐减少，散茶得到较快发展。到了明代，明太祖朱元璋下诏令废团茶兴叶茶，从此蒸青散茶开始盛行，此时也出现了炒青散茶。这种用锅炒的干热方法是制茶技术上的进步，大大地提升了茶的香气。这一阶段还相继出现了黄茶、红茶、黑茶及白茶的加工方法。清代乌龙茶已形成规模生产。至此我国主要茶类已基本形成。

总的来看，随着制茶技术的发展，在顺序上，先有绿茶，再发展出其他茶类。

二、茶的分类与品质

中国是当今世界上生产茶类最多的国家，包含1000多种各具特色的茶叶品类，它们是中华民族的文化遗产和宝贵财富。

中国茶叶可分为基本茶类和再加工茶类两大类。

（一）基本茶类

基本茶类是以茶鲜叶为原料，经过不同的制造过程形成的不同品质成品茶的类别。安徽农业大学的陈橼教授依据茶叶制法、品质系统性、茶叶茶多酚氧化程度（或发酵程度）将茶叶品种划分为六大茶类（见图5-1）。

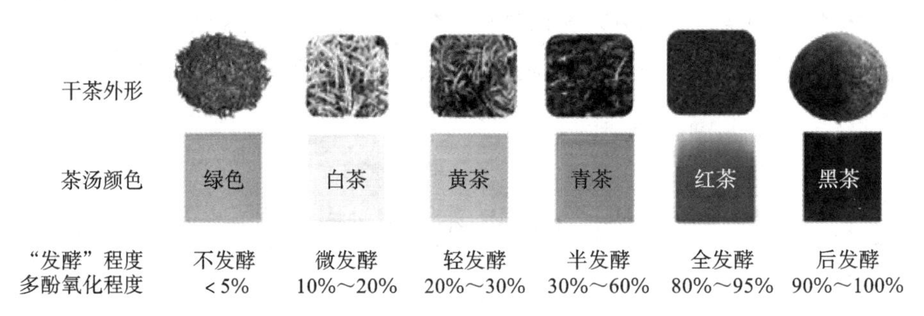

图5-1　六大茶类及发酵程度

1. 绿茶

绿茶是历史上最早的茶类。古代人类采集野生茶树芽叶晒干收藏，可以看作是绿茶加工的开始，距今有3000多年的历史。但真正意义上的绿茶加工，是从8世纪发明蒸青制法开始，到12世纪又发明了炒青制法，绿茶加工技术已比较成熟，一直沿用至今，并不断完善。

绿茶为我国产量最高的茶类，产区分布于各产茶省、市、自治区，其中以浙江、安徽、江西三省生产量最高，质量最优，是我国绿茶生产的主要基地。我国茶叶主要出口产品就是绿茶，2020年我国出口的绿茶29.34万吨，占比达84.1%。同时，绿茶也是生产花茶的主要原料。

绿茶，又称不发酵茶。其干茶色泽和冲泡后的茶汤、叶底以绿色为主调，故名绿茶。绿茶，较多地保留了鲜叶内的天然物质。其中茶多酚、咖啡碱保留鲜叶的85%以上，叶绿素保留50%左右，维生素损失也较少，从而形成了绿茶“清汤绿叶，滋味收敛性强”的特点。最新科学研究结果表明，绿茶中保留的天然物质成分对防衰老、防癌、抗癌、杀菌、消炎等均有特殊效果，为其他茶类所不及。中国绿茶中，名品最多，不但香高味长，品质优异，且造型独特，具有较高的艺术欣赏价值。

按制茶工艺的不同，绿茶一般分为炒青、烘青、晒青和蒸青绿茶。按形态的不同，绿茶分为扁平形、单芽形、直条形、曲条形、曲螺形、珠粒形、兰花形、片形、扎花形、团块形绿茶。按原料老嫩不同，绿茶分为普通绿茶和名优绿茶。以下主要介绍按制茶工艺划分。

1）炒青

炒青是我国绿茶中的大宗产品，制法大体是高温杀青、揉捻、复炒或烘焙至干。炒青绿茶以西湖龙井、碧螺春为代表。

2）烘青

鲜叶经过高温杀青、揉捻而后烘干的绿茶称为烘青。其外形条索完整、白毫显露、色泽绿润，冲泡后茶汤香气清鲜，滋味鲜醇，叶底嫩绿明亮。依原料老嫩和制作工艺的不同分为普通烘青和细嫩烘青两类。烘青绿茶以黄山毛峰、天台山云雾茶为代表。半烘青绿茶以安吉白茶、望府银毫为代表。

3）晒青

绿茶类中用日光晒干的茶，主要作为沱茶、紧茶、饼茶、方茶、康砖等紧压茶的原料。晒青绿茶的主产地是云南、四川、贵州、广西、湖北、陕西等省和自治区，以滇青、陕青为代表。

滇青主要产于云南，其品质特征为外形条索粗壮肥硕，白毫显露，色泽深绿油润，香气浓醇，富有收敛性。冲泡时，汤色明亮，叶底肥厚。陕青主要产于陕西，具有香烈、味醇、色鲜的特点，条索匀整，滋味鲜爽。

4）蒸青

茶以高温蒸汽将茶鲜叶杀青，而后揉捻、干燥而成，有色绿、汤绿、叶绿的“三绿”特点，色翠诱人。蒸青绿茶以煎茶、玉露为代表，如恩施玉露茶。

2. 红茶

红茶是一种经过萎凋、揉捻、发酵、干燥等工艺处理的茶叶，特别是发酵工艺使茶叶的内部成分发生了一系列的生物化学变化，构成了红茶红汤红叶的品质特色。因为发酵后绿叶变红叶，所以称红茶，又称发酵茶。红茶的品质风格与绿茶迥然不同，绿茶以保持天然绿色为贵，而红茶则以红艳为上。红茶是当前世界上产销量和贸易量最大的一种茶类。我国红茶按制法和产品品质不同，分为小种红茶、工夫红茶和红碎茶三类。

1)小种红茶

小种红茶是福建特有的一种红茶，正山小种是其中最典型的代表。小种红茶加工过程中采用纯松木明火熏制，使茶叶增添了浓烈的松烟香，这是小种红茶与工夫红茶最明显的区别。近些年来，当地在传承古老制作工艺的基础上不断创新，金骏眉脱颖而出，它采用野生小叶种茶的芽尖制作而成，茶叶外形细长如眉，茶汤色泽金黄透亮，香气幽雅，滋味甘清，深受消费者欢迎。

2)工夫红茶

工夫红茶为我国特有的传统产品，以做工精细而得名。工夫红茶在制作过程中很讲究形状和色、香、味，特别要求条索紧卷完整匀称，色泽乌黑润泽，汤色红艳明净，香气浓纯，滋味甘醇，叶底嫩匀。工夫红茶主要产地是安徽、云南、福建、湖北、湖南、四川等省。例如，云南滇红、安徽祁红、广东英红茶、广东荔枝红茶、宁红、九曲红梅、政和工夫等。

3)红碎茶

红碎茶是19世纪末在我国工夫红茶制造技术的基础上发展起来的品类。产品形状颗粒紧细，色泽乌黑或带褐色，口味具有浓、鲜、强的特点，汤色深红，适宜于加糖、牛奶和柠檬等饮用。国外红碎茶的生产主要集中在印度、斯里兰卡和肯尼亚，其产量的总和占世界红碎茶总产量的一半以上，且质优价高。我国红碎茶较出名的有云南的南川红碎茶、广西的百色红碎茶等。

3. 乌龙茶

乌龙茶，也称青茶，属于半发酵茶，以创始人苏龙(绰号乌龙)而得名。它是我国几大茶类中独具鲜明特色的茶叶品类。乌龙茶综合了绿茶和红茶的制法，品质介于二者之间，既有红茶的浓鲜味，又有绿茶的清香味，饮后齿颊留香，回味甘鲜，素有“绿叶红镶边”的美誉。乌龙茶的药用作用，主要在分解脂肪、减肥健美等方面。在日本，乌龙茶被称为“美容茶”“健美茶”。

乌龙茶的产生，还有一个神奇的传说。相传在清朝雍正年间，福建省安溪县西坪乡南岩村里有一个茶农，名字叫作苏龙，他也是打猎能手，因为他长得黝黑健壮，乡亲们都叫他“乌龙”。一年春天，乌龙腰挂茶篓，身背猎枪上山采茶，到中午时，一只山獐突然从身边溜过，乌龙举枪射击，但负伤的山獐拼命逃向山林之中，乌龙也随后紧追不舍，终于捕获了猎物。乌龙把山獐背到家时已经是晚上了，乌龙和全家人忙着宰杀，品尝野味，将制茶的事全然忘记。到第二天清晨，全家人才想起此事，没想到放置了一夜的新鲜叶子，已镶上了红边，并且散发出阵阵清香。用这样的叶子制成的茶叶，滋味格外清香浓厚，全无往日的苦涩之味。于是，经过反复的试验与细心的琢磨，通过萎凋、摇青、半发酵、烘焙等工序，他们终于制出了品质优异的茶类新品——乌龙茶。安溪也因此成了乌龙茶的著名茶乡。

乌龙茶以福建乌龙最为出名。福建乌龙分为闽北乌龙和闽南乌龙。闽北乌龙，即武夷岩茶，为乌龙茶之上品，包括武夷山大红袍、闽北水仙、武夷肉桂、白鸡冠、水金龟、铁罗汉等。岩茶推崇岩韵，香气馥郁，具幽兰之胜，锐则浓长，清则幽远，味浓醇厚，鲜滑回甘，即所谓“品具岩骨花香”。其品质特点为味甘泽而香馥郁，去绿茶之苦，无红茶之涩，性和不寒，久藏不坏，香久益清，味久益醇，叶缘朱红，叶底软亮，具有“绿叶红镶边”的特征。茶汤金黄或橙黄，清澈艳丽。

闽南乌龙主要有安溪铁观音、安溪黄金桂、永春佛手等。闽南乌龙品质特征一般表现为外形紧结沉重卷曲，呈青蒂绿腹蜻蜓头，色泽油润，稍带砂绿，香气浓郁高长，汤色橙黄清亮，滋味醇厚回甘，叶柔软、红点显。闽南乌龙以香气见长，闽北乌龙以水醇厚取胜，因而有“南香北水”之称。

广东乌龙主要有潮州市凤凰单丛茶、岭头单丛茶等。台湾乌龙主要有冻顶茶、文山包种、东方美人等。

4. 黄茶

在炒青绿茶的过程中，人们发现，若是杀青、揉捻后干燥不足或不及时，叶色即变黄，于是产生了新的品类——黄茶。黄茶的品质特点是“黄汤黄叶”，这是在制茶过程中进行闷黄的结果。

黄茶的制作与绿茶有相似之处，不同点是多了一道闷堆工序。这个闷堆过程，是黄茶制法的主要特点，也是它同绿茶的基本区别。绿茶是不发酵茶，而黄茶属于发酵茶类。

黄茶依原料芽叶的嫩度和大小可分为黄芽茶、黄小茶和黄大茶三类。黄芽茶主要有君山银针、蒙顶黄芽、霍山黄芽、温州黄汤、莫干黄芽等。黄小茶主要有北港毛尖、沩山毛尖、远安鹿苑、皖西黄小茶、浙江平阳黄汤等。黄大茶有安徽霍山、金寨、六安、岳西和湖北英山所产的黄大茶和广东大叶青等。

5. 白茶

白茶的历史悠久，迄今已有 800 多年的历史。世界的白茶在中国，中国的白茶在福建。福建白茶产地主要分布在福鼎、政和、建阳、松溪等地，这里山峦起伏，常年气候温和、雨量充沛，以红、黄土壤为主，适宜茶叶的生长。福建白茶产量占全国白茶产量的 90%以上。近年来，我国白茶产区逐步扩大，云南、贵州、广西等省和自治区均生产白茶。白茶是经萎凋、干燥等特定工序而制成的，并以其独特的毫香及鲜醇的清雅品质享誉中外。白茶属微发酵茶，是我国茶类中的特殊珍品。因其成品茶多为芽头、满披白毫、如银似雪而得名。

白茶的产品分类主要有两种。一是依据品种不同，分为小白、大白、水仙白。二是依据芽叶的嫩度不同，分为白毫银针、白牡丹、贡眉和寿眉。白茶也可分为白芽茶（白毫银针等）和白叶茶（白牡丹、贡眉等）。中国白茶有三大经典产品，分别是福鼎白毫银针、政和白牡丹、建阳贡眉。

6. 黑茶

黑茶在鲜叶选料、工艺流程和色泽、品质的要求上，具有其独特的标准与风味。最早的黑茶是在四川生产的，由绿毛茶蒸压而成的边销茶。四川的茶叶要运输到西北地区，由于交通不便，运输困难，必须减少体积，因而蒸压成团块。在加工成团块的工程中，要经过 20 多天的湿性堆积，所以毛茶的色泽由绿逐渐变黑。成品团块茶叶的色泽为黑褐色，并形成了独特风味的茶品，这就是黑茶的由来。

黑茶的采摘标准多为一芽五至六叶，叶粗梗长。黑茶一般原料较粗老，加之制造过程中往往堆积发酵时间较长，因而茶色呈黝黑或黑褐色，故称黑茶。黑茶香气丰富，含有樟香、药香、陈香、木香等，具有越陈越香的特色。冲泡后茶香幽而长，浓而闻之不腻，且茶汤颜色均匀，无浑浊物，茶汤色泽清亮，滋味醇厚浓郁。

黑茶因产区和工艺上的差别，分为湖南黑茶（如安化黑茶等）、湖北老青茶（如羊楼洞青砖茶等）、四川边茶（如南路边茶、西路边茶等）、云南普洱茶、广西六堡茶等。

（二）再加工茶类

再加工茶有花茶（如茉莉花茶、珠兰花茶、玫瑰花茶、桂花茶等）、香料茶（如香兰茶等）、紧压茶（如黑砖、茯砖、青砖、康砖、方茶、沱茶、七子饼茶等）、萃取茶（如速溶茶、浓缩茶等）、果味茶（如荔枝红茶、柠檬红茶、猕猴桃茶等）、药用保健茶（如减肥茶、杜仲茶、甜菊茶等）、含茶饮料（如茶可乐、茶汽水等）。

1. 茉莉花茶

福州是茉莉花茶的发源地，已有近千年历史。福州茉莉花茶是用经加工干燥的茶叶与含苞待放的茉莉鲜花混合窨制而成的再加工茶，通常以绿茶为茶坯，少数也有红茶和乌龙茶。其香气鲜灵持久，滋味醇厚鲜爽，汤色黄绿明亮，叶底嫩匀柔软。

2. 青砖茶

青砖茶主要产于长江流域鄂南和鄂西南地区，以海拔 600～1200 米高山茶树鲜叶为原料经压制而成。其色泽青褐，香气纯正，滋味浓厚，汤色红黄明亮，叶底暗褐粗老。湖北青砖茶已有 600 多年的生产历史，清代时期达到鼎盛，因为是在湖北蒲圻羊楼洞生产加工的，所以当时又称为“洞砖”，由于青砖的砖面印有“川”字，也称为“川字茶”。青砖茶主要销往内蒙古等地区，在 200 多年的俄蒙贸易中占有重要的地位，是中俄万里茶道上的瑰宝。

3. 沱茶

产于云南下关、勐海、凤庆、昆明等地的沱茶品质最好。沱茶由明代的普洱团茶和清代的女儿茶演变而来。其状似碗臼，下有一凹窝，外形像一个缩小版燕窝，外径约 8 厘米，高约 4 厘米，每个重量为 100 克。沱茶外形紧结端正，色泽乌润 ，外披白毫，香气馥郁清香，汤色橙黄明亮，滋味醇爽回甘，有提神醒酒、明目清心、解渴利尿、除腻消食之功能，还有止胃出血、止腹胀、止头痛等疗效。

任务二 茶叶的制作工艺

陆羽在《茶经》中写道:“晴,采之。蒸之,捣之,拍之,焙之,穿之,封之,茶之干矣。”可见,唐代时茶叶的制作,从采摘到封存,一共要经过七道工序。如今,茶叶的制作方法与古代有了很大差别,且由最初的纯手工制作逐步转变为手工与机械相结合的半手工、半机械制作方法,以及全自动机械制作方法。

一、绿茶

绿茶的制作分为绿茶初制和绿茶精制。绿茶初制是将鲜叶初制加工成为毛茶。绿茶的初制加工对茶叶品质的形成起关键性作用,因为绿茶的色、香、味、形等基本品质特征主要是在初制过程中形成的。

(一)绿茶初制

绿茶的初制流程为分级、摊放、杀青、揉捻、干燥,最后得到绿毛茶。

1. 分级

茶鲜叶质量的好坏直接影响到制成绿茶的品质(见图 5-2)。一般应按照鲜叶的嫩度、匀度、净度和新鲜度四个方面对鲜叶进行挑选分级。

图 5-2 绿茶鲜叶

2. 摊放

摊放，即萎凋，是将进厂的鲜叶经过一段时间的失水，使一定硬脆的梗叶由鲜(翠)绿转为暗绿，表面光泽基本消失，能嗅到花香或水果香的过程(见图 5-3)。摊放既有物理方面的失水作用，也含有化学变化的过程，是制成高档优质绿茶的基础工序。

图 5-3 摊放(萎凋)

3. 杀青

杀青是通过高温钝化茶鲜叶中各种酶的活性(见图 5-4)，特别是多酚氧化酶的活性。通过杀青，将鲜叶中的绿色固定下来，以保持绿茶"清汤绿叶"的品质特征。

图 5-4 杀青

4. 揉捻

揉捻是将杀青叶用揉和捻的动作使茶叶面积缩小，卷成条形，使茶叶细胞组织破损、溢出茶汁的过程(见图 5-5)。它是绿茶外形塑造的一道工序。

5. 干燥

干燥是将揉捻好的茶坯，采用高温烘焙，迅速蒸发水分，以达到保质干度的过程(见图 5-6)，它包括初烘与足干两个环节。干燥的好坏，直接影响到毛茶的品质。

图 5-5　揉捻

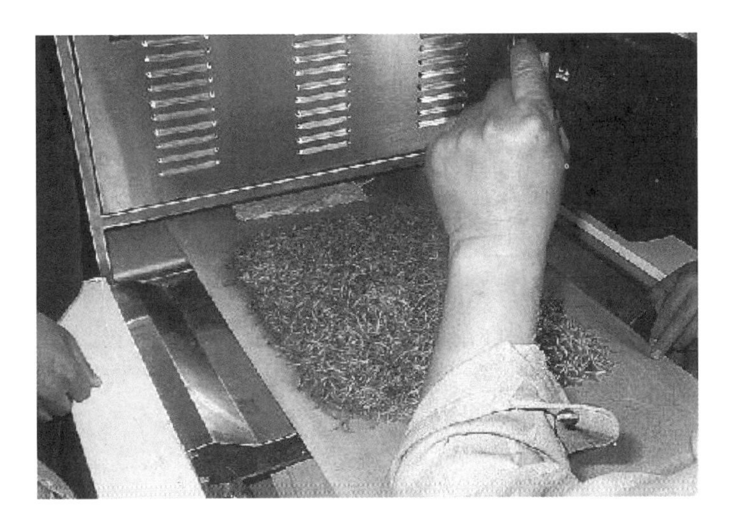

图 5-6　高温烘焙

（二）绿茶精制

用毛茶进行加工的产品，称为精茶或成品茶。茶叶精加工就是毛茶经过拼配付制，得到一批外形内质基本一致的茶叶成品。

1. 筛分

筛分的目的是整理形状，根据分离茶叶的大小，使茶叶外形相近。茶叶的大小包括长短、粗细、轻重、厚薄等。

2. 切轧

通过切断或轧细，使茶叶整齐划一，便于通过筛孔。

3. 风选

主要是利用各种风力选别机，分出茶叶的轻重和厚薄，扬去夹片、茶末和无条索的碎片或其他轻质的夹杂物。

4. 拣剔

就是除去粗老畸形的茶条，并拣出茶籽、茶梗，使茶叶形状整齐。

5. 再干燥

为区别于初加工的干燥，就将这一道工序称为再干燥，再干燥有时需要反复进行，目的是蒸发多余的水分和提高茶叶的香味。

二、红茶

红茶初制，也是红茶基本品质形成的基础，工夫红茶、红碎茶和小种红茶初制方法大体相同，都有萎凋、揉捻（切）、发酵、干燥四道工序。

红茶精制，是从毛茶经过毛筛到装箱各道工序整个流水作业线的总称，习惯上叫作筛分路线或筛分程序。全国各地精制红茶的筛分路线基本相同，但因原料、设备和技术条件的不同，具体做法各有千秋。对于工夫红茶而言，精制工序复杂，以祁门红茶为例，包括毛筛、切断、抖筛、分筛、撩筛、风选、紧门、套筛、拣剔、拼和、补火、装箱十二道工序。

总的来看，红茶制作工艺主要包括以下几步。

1. 采摘

现采现制，以保持鲜叶的有效成分。

2. 萎凋

这是红茶加工的第一道工序，是指在一定环境条件下，应用一定设备使鲜叶水分逐渐蒸发，体积缩小，叶质变软，酶活性增强，多酚类等内含成分发生轻度氧化的过程。一般是将采下的鲜叶晒在鲜簟上，在日光下晾晒至颜色成暗绿色，它为形成红茶特有的色、香、味品质奠定了基础。

3. 揉捻(切)

将萎凋后的生叶人工揉成条状，适度揉出茶汁。揉捻要充分，因为茶叶不仅依赖揉捻工序形成条索，而且要求使其细胞组织破坏率达到70%～80%，以利于下一道工序的发酵。

4. 发酵

将揉捻叶置于木桶或竹篓中，加力压紧，盖湿布在日光下焙晒，并散发茶香，即成毛茶

湿坯。

发酵是红茶制作的关键工序，是决定红茶品质的关键，发酵室温须控制在 30 ℃以下。发酵过程中，前期需稍高的温度，以提高酶的活性，促进茶多酚的酶性氧化，使之形成较多茶黄素、茶红素和香气物质，使叶色变红，形成红茶“红叶红汤”的品质特点（见图 5-7）。

图 5-7 红茶发酵

5. 干燥

干燥是红茶加工的最后一道工序，目的是使发酵良好的加工叶在高温热风条件下充分排湿，迅速终止酶的活性，固定叶内品质成分，发挥香气。

三、乌龙茶

乌龙茶基本制作工艺分萎凋、做青、炒青、揉捻、干燥五道工序。

1. 萎凋

萎凋即乌龙茶区所指的晾青、晒青。通过萎凋散发茶叶部分水分，提高茶叶韧性，便于揉捻成型。同时伴随着失水过程，酶的活性增强，散发部分青草气，有利于香气散发。

2. 做青

做青是乌龙茶制作的重要工序，也称为摇青（见图 5-8）。特殊的香气和“绿叶红镶边”就是在做青中形成的。将萎凋后的茶叶置于摇青机中摇动，叶片互相碰撞，擦伤叶缘细胞，从而产生酶促氧化作用。摇动后，叶片由软变硬。再静置一段时间，氧化作用相对减缓，叶柄、叶脉中的水分慢慢扩散至叶片，此时鲜叶又逐渐膨胀，恢复弹性，叶子变软。经过如此有规律的摇动过程，茶叶发生了一系列生物化学变化。叶缘细胞的破坏使茶叶发生轻度氧化，叶片边缘呈现红色。叶片中央部分，叶色由暗绿色转变为黄绿色，即所谓的“绿叶红镶边”。同时，水分的蒸发和运转，也有利于香气、滋味的扩散。

图 5-8　摇青

3. 炒青

乌龙茶的内质已在做青阶段基本形成，炒青是承上启下的转折工序，它像绿茶的杀青一样，主要是抑制鲜叶中酶的活性，控制氧化进程，防止叶子继续变红，固定做青形成的品质。炒青使低沸点青草气挥发和转化，从而形成馥郁的茶香。同时通过湿热作用破坏部分叶绿素，使叶片黄绿而亮。此外，还可挥发一部分水分，使叶子柔软，便于揉捻。

4. 揉捻

通过揉捻，使叶片揉破变轻，卷转成条，体积缩小，且便于冲泡。同时部分茶汁挤溢附着在茶叶表面，对提高茶滋味浓度也有重要作用。

5. 干燥

干燥可让多余的水分汽化，破坏酶活性，抑制酶促氧化，蒸发水分和软化叶子，并起到热化学反应，可消除茶叶中的苦涩味，使乌龙茶的滋味更加醇厚。

四、黄茶

黄茶基本制作工艺分杀青、揉捻、闷黄、干燥四道工序。

1. 杀青

黄茶通过高温杀青，破坏酶活性，制止多酚类化合物的酶促氧化，同时蒸发部分水分，散发青草气，对香气的形成有重要作用。与绿茶一样，黄茶杀青也遵循“高温杀青，先高后低”

的原则，以彻底破坏酶活性，杀匀杀透，防止产生红梗红叶。黄茶的品质特点是黄叶黄汤，因此杀青温度与技术有其特殊之处。与同等嫩度的绿茶相比，黄茶杀青的投叶量偏多，锅温偏低，时间偏长。这就需要杀青时适当多闷少抛，以迅速提高叶温，达到破坏酶活性的要求。同时通过湿热作用，促进内含物向有利于黄茶品质形成的方向发展。

2. 揉捻

黄茶可以趁热揉捻，在湿热作用下既有利于揉捻成条，也起到闷黄作用。同时，热揉后叶温较高，有利于加速闷黄过程。因此，黄茶在杀青后期或杀青后，边炒边揉，即加热揉捻做条。黄茶揉捻用力要轻，防止茶汁挤出，色泽变黑。

3. 闷黄

闷黄是黄茶加工的独特工艺，也是黄茶品质形成的关键工序(见图 5-9)。黄茶闷黄有在杀青或揉捻后的湿坯闷黄，也有在初烘后的干坯闷黄。影响闷黄的主要因素有茶叶含水量和叶温。闷黄的初始叶温以及闷黄叶的保温条件，对闷黄的影响较大。为了控制黄变的进程，通常采用趁热闷黄，有时候还要用烘炒来提高叶温，促进黄变。但必要时也可通过翻堆来降低叶温。闷黄过程中要控制茶坯的含水量变化，防止水分的大量散失，尤其是湿坯堆闷要注意环境的相对湿度和通风状况，必要时应盖上湿布以提高局部湿度和控制空气流通。闷黄时间长短与黄变要求、茶坯含水量、叶温密切相关。一般杀青或揉捻后的湿坯闷黄，由于叶子的含水量较高，变化较快，闷黄时间较短，不同茶类闷黄时间从数十分钟到数小时不等。而初烘后的干坯闷黄，由于叶子的含水量少，变化较慢，闷黄时间较长。

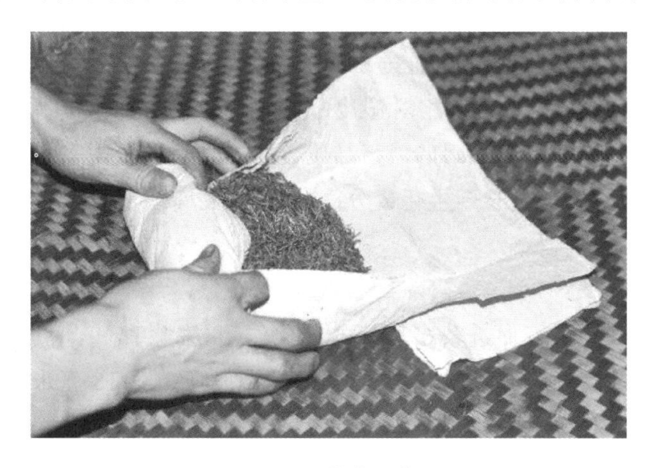

图 5-9 黄茶闷黄

4. 干燥

黄茶干燥一般采用分次干燥。干燥的方法有烘干和炒干两种。黄茶干燥的温度比其他茶类要低，且遵循先低后高的原则。先低温烘炒，实际上是减慢水分的蒸发速度，创造湿热条件，使茶叶在缓慢地干燥失水的同时，在湿热作用下，内含物进一步缓慢地转化，有进一步闷黄的作用，即边干燥边闷黄，使品质的形成和发展更加完善。后期采用较高温度的烘炒，固定已经形成的黄茶品质，同时在干热条件下，进一步发展香味。

五、白茶

白茶的制作不炒不揉，以萎凋、干燥两道工序为主，而其关键在于萎凋。萎凋分为室内萎凋和室外萎凋两种。要根据气候灵活掌握，春秋晴天或夏季不闷热的晴朗天气，采取室内萎凋或复式萎凋为佳。其精制工艺是在剔除梗、片、蜡叶、红张、暗张之后，以文火烘焙至足干，只宜以火香衬托茶香，待水分含量为4%～5%时，趁热装箱。白茶制法的特点是既不破坏酶的活性，又不促进氧化作用，且保持毫香显现，汤味鲜爽。

白茶加工过程的物质变化是以多酚类物质轻微氧化为主，蛋白质和多糖等物质的降解、色素和香气物质的转化与形成为辅的变化过程。多酚类及其他物质的转化降低了茶鲜叶的青气与涩味，增加了茶汤的清醇滋味。在挥发性香气成分中，萜烯类化合物香味活性高、阈值低，是构成白茶高品质花香的重要成分。

白茶初制一般采摘大白茶、水仙茶树品种或群体种的芽、叶、嫩茎为原料。采单芽制作白毫银针，或在采一芽一叶的原料的基础上通过人工抽针（即摘取芽头）制作白毫银针。采一芽一至二叶制作白牡丹，采一芽二至三叶制作贡眉，采一至三叶带驻芽嫩梢或叶片制作寿眉。采摘环节要注意保证茶青的新鲜度，避免物理损伤等。加工工艺为萎凋、并筛、干燥等工序。

1. 萎凋

萎凋是白茶的关键工艺，茶鲜叶通过萎凋失去水分，轻微发酵，达到白茶的品质状态。白茶萎凋适宜的温度在20～25 ℃，相对湿度在60%～80%之间，萎凋叶含水率在10%～15%。萎凋时间在36—72小时之间的白茶品质较好。时间过短则氧化不充分，多酚酶含量高，青气重且带苦涩味；时间过长则生化成分消耗过多，滋味淡薄且色泽偏暗。

2. 并筛

将萎凋叶进行并筛，可以促进茶多酚酶的氧化作用，去除青气，增加滋味的浓醇度。萎凋叶七八成干时可进行并筛，并筛后摊成凹形，厚度一般在10～15厘米，并筛时间视萎凋叶的实际情况而定。

3. 干燥

通过干燥萎凋叶，固定品质，发展茶香，形成白茶产品。白茶干燥温度一般掌握在70～90 ℃，烘干后茶叶水分在5%～7%。

白茶精制加工工艺则是在初制的基础上，通过拣剔、归堆、拼配、匀堆、复烘、装箱形成白茶产品。传统的白茶产品主要是芽茶（白毫银针）与叶茶（白牡丹、贡眉、寿眉）。1968年，福鼎白琳茶厂在传统白茶的基础上，应港商要求创制了新工艺白茶。新工艺白茶主要是在萎凋工序后增加了轻揉捻的工艺，因为原料相对粗老，所以焙火温度（120 ℃左右）也相对比较高，品质上有香气高、滋味醇的特点。2006 年起紧压白茶开始在市场流通，其工艺是将白茶散茶制成不同造型的饼茶。白茶饼的原料相对粗老，多为夏秋季寿眉，通过压饼，可减小空间，优化品质，增加滋味的浓纯度，同时便利于收藏。

六、黑茶

黑茶的原料较其他茶类更加粗老，成熟度较高，甚至带有一些枝条，看起来就像是粗枝老叶，其貌不扬（见图 5-10）。

图 5-10　黑茶鲜叶

黑茶的制作分为杀青、初揉、渥堆、复揉、干燥、压制六道工序。

1. 杀青

杀青分为手工杀青和机械杀青两种，现在多为机械杀青。因为黑茶原料粗老，含水量低，很容易杀青不透变得焦煳，所以一般除雨水叶、露水叶和芽叶外，都要按 10∶1 的比例洒水，利用高温蒸汽将茶叶均匀杀青。

2. 初揉

杀青后趁热进行初揉，将茶叶初步揉捻成条，茶汁溢出附于表面，为渥堆做准备。揉捻时力气不宜过重，宜轻压、短时、慢揉。揉到嫩叶成条，老叶有些褶皱即可。

3. 渥堆

此工序最为关键，也是黑茶色香味形成的重要环节（见图 5-11）。此时选择较暗、洁净的地面，渥堆高度一般不超过 1 米，表面覆盖湿布或蓑衣等物。温度和湿度都很讲究，室温保持在 25 ℃左右，相对温度保持在 85%左右，过干则需洒水，过湿则需翻拌。当看到茶叶已经变得黄褐，对光透视呈竹青色而透明，闻起来青气也已经消除，散发出淡淡的酒糟香气的时候，渥堆就完成了。

图 5-11　渥堆

4. 复揉

渥堆后茶条容易回松，需上机复揉使之紧卷，时间一般为 6～8 分钟。

5. 干燥

传统上，黑茶的干燥采用的是松柴旺火烘焙，不忌烟味。此时需用特制的七星灶，进风口用砖砌成七个孔，烘茶坑分大、中、小，下以松柴明火烘焙。烘焙时茶叶色泽渐渐变为乌黑油润，有独特的松烟香，像湖南黑毛尖、广西六堡茶等都有一股特殊的松烟香味。这样，黑毛茶的制作才算完成。而黑茶中的普洱茶，则采用晒青干燥。

6. 压制

压制是黑茶工艺中的最后一步。将黑毛茶置于蒸汽上蒸，待叶质变软以后压制成型。黑茶的形状有蒸压成砖形的老青砖、圆形的七子饼茶，还有沱状的下关沱茶等。

任务三　中国各地名茶

一、湖北名茶

湖北是中国产茶大省，历史上以恩施玉露、羊楼洞青砖茶、伍家台贡茶、远安鹿苑茶等驰名中外。现代茶叶更是品种众多,有采花毛尖、龙峰茶、松针茶、松峰茶、峡州碧峰、恩施富硒茶、邓村绿茶、天堂云雾茶、水镜茗芽、归真茶、宜红茶等。

(一)恩施玉露

恩施玉露是中国传统蒸青绿茶,为湖北省恩施州特产,始创于17世纪。相传在清康熙年间,恩施芭蕉黄连溪有一蓝姓茶商,其制作的焙茶炉灶,与今之玉露焙炉极为相似,所制茶叶,外形匀整、紧圆、挺直、色绿,毫锋银白如玉,曾称"玉绿"。1936年,湖北省民生公司管茶官杨润之在宣恩庆阳坝设厂制茶,因其茶味鲜爽、毫白如玉、格外显露的特点而将其改名为"玉露"。1938年,杨润之率制茶技术工人杨义茂等在恩施五峰山募工辟厂,从恩施一官员手中接管了茶园和原制茶厂房及设备,改银针、瓜片、菊花形茶为玉露焙制。因五峰山鲜叶品质优良,加之制茶工艺日臻完善,其产品品质受到世人青睐。

恩施玉露选用叶色浓绿的一芽一叶或一芽二叶鲜叶,经蒸汽杀青制作而成。恩施玉露对采制的要求很严格,芽叶须细嫩匀齐,成茶条索紧细匀整,紧圆光滑,色泽鲜绿,匀齐挺直,状如松针,白毫显露,色泽苍翠润绿。茶汤清澈明亮,香气清高持久,滋味鲜爽甘醇,叶底嫩匀明亮,色绿如玉。恩施玉露有"三绿"的特点,即茶绿、汤绿、叶底绿。

(二)宜红茶

宜红茶产于湖北宜昌、恩施等地。茶圣陆羽曾在《茶经》中说:"山南:以峡州上。"指山南茶区中,以峡州产的茶品质最好。宜昌即属峡州之范围。宜红茶问世于19世纪中叶,至今已有百余年历史。1861年汉口被列为通商口岸,英国设洋行大量收购红茶。由宜昌转运汉口出口的红茶取名"宜昌红茶",简称宜红茶,宜红茶因此而得名。宜红茶、祁红茶、滇红茶为我国传统外销三大工夫红茶。

宜红茶条索紧细,有金毫,色泽乌润,内质香味高长,味道鲜醇,汤色红亮,叶底柔软,茶汤稍冷后有"冷后浑"的现象产生。

二、湖南名茶

湖南是中国重点产茶省之一,产茶量居全国第二位,素有"茶乡"之称。主要名茶有君山银针、保靖黄金茶、古丈毛尖、安化黑茶、安化红茶、桑植白茶、炎陵红茶、白马毛尖、沅陵碣滩茶等几十种。

(一)君山银针

君山银针属于黄茶,是中国名茶之一,产于湖南岳阳君山,形细如针,故名君山银针。其成品茶芽头茁壮，长短大小均匀，茶芽内面呈金黄色，外层白毫显露完整，而且包裹坚实，茶芽外形很像一根根银针，所以又有雅称“金镶玉”。

君山银针始于唐代，清代时被列为贡茶，当时君山茶中有一品种称“尖茶”，颇有盛名。尖茶如茶剑，白毛茸然，纳为贡茶，素称“贡尖”。据《巴陵县志》记载：“巴陵君山产茶，嫩绿似莲心，岁以充贡。”“君山贡茶自清始，每岁贡十八斤。”又记载云：“君山茶色味似龙井，叶微宽而绿过之。”

君山银针一般于清明前三四天开采，以春茶首轮嫩芽制作，且须选肥壮、多毫、长25～30毫米的嫩芽，经拣选后，以大小匀齐的壮芽制作银针。君山银针香气清高，味醇甘爽，汤黄澄高，芽壮多毫，条真匀齐，着淡黄色茸毫。冲泡后，芽竖悬汤中冲升水面，徐徐下沉，再升再沉，三起三落，妙趣横生。

真的君山银针由未展开的肥嫩芽头制成，芽头肥壮挺直匀齐，满披茸毛，色泽金黄光亮，香气清鲜，茶色浅黄，味甜爽，冲泡后看起来芽尖冲向水面，悬空竖立，然后徐徐下沉杯底，形如群笋出土，又像银刀直立。假的君山银针则为青草味，泡后银针不能竖立。

（二）安化黑茶

安化黑茶属于黑茶的一种，为湖南省益阳市安化县特产。属于后发酵茶，安化黑茶主要品种有“三尖”“三砖”“一卷”。“三尖”又称为湘尖茶，指天尖、贡尖、生尖；“三砖”指茯砖、黑砖和花砖；“一卷”是指花卷茶，现统称“千两茶”。

安化黑茶是中国的特色茶类，历史悠久，在唐代的史料中已有“渠江薄片茶”的记载，即早期的安化黑茶。明嘉靖年间安化黑茶已大量生产。万历年间安化黑茶被定为官茶，大量远销西北。黑茶有两条主要运输路线，一条是古丝绸之路，运往新疆、甘肃、青海、宁夏等西北地区；另一条经山西、河北，贯穿蒙古，经西伯利亚通往欧洲。一代代茶商在这两条路上来来回回，形成了著名的茶马古道。在安化境内，如今还有一段茶马古道，块块青石板上面留下深深浅浅的马蹄印，仿佛向人们诉说着曾经的热闹与辉煌。

安化黑茶色泽黑而有光泽，汤色橙黄而明亮，香气纯正，茶香杂以药香、果香、草木香。陈茶汤色红亮如琥珀，有特殊的花香或熟绿豆香，滋味醇和而甘甜。在黑茶中，有一个特殊的品种——茯砖。在加工过程中，经过一道特殊的工艺——“发花”，此工艺使茯砖茶内形成了一种“金花”，学名叫冠突散囊菌。这些“金花”均匀地遍布茶砖，颜色金黄，如点点星光，给粗糙的茶叶增添了不少色彩。

三、福建名茶

福建有一千多年的茶叶历史和茶文化，是乌龙茶、青茶、红茶、白茶的发源地，也是乌龙茶之乡、白茶之乡，知名茶叶众多。

（一）武夷岩茶

武夷岩茶属于乌龙茶，产于闽北“奇秀甲东南”的武夷山，茶树生长在岩缝之中，武夷岩茶是武夷山岩上乌龙茶类的总称。武夷岩茶具有绿茶之清香、红茶之甘醇，是中国乌龙茶中的极品。

武夷岩茶是半发酵茶，制作方法介于绿茶与红茶之间，其主要品种有大红袍、白鸡冠、水仙、乌龙、肉桂等。武夷岩茶品质独特，它未经窨花，茶汤却有浓郁的鲜花香，饮时甘馨可口，回味无穷。

武夷岩茶历史悠久，据史料记载，唐代民间就已将其作为馈赠佳品。宋元时期其已被列为贡品。元代以前主要是产制团饼茶和蒸青晒青散茶，明代出现炒青绿茶，清初研制出武夷岩茶，清代也是武夷岩茶全面发展的时期。17 世纪，武夷岩茶开始外销。1607 年，荷兰东印度公司首次采购武夷岩茶经爪哇转销欧洲各地。而后，武夷岩茶成为一些欧洲人日常必需的饮料，当时一些欧洲人把武夷岩茶称为“中国茶”，武夷岩茶更是有“百病之药”之美誉。

武夷岩茶特色鲜明，辨识度高。

(1)外观形状：质实量重，条索长短适中，紧结稍细。唯水仙品种，因属大叶种，条索可略粗，但外观力求整齐美观。

(2)外观色泽：呈鲜明的绿褐色，俗称宝色，条索表面有蛙皮状的小白点，此为揉捻适宜、焙火适度的特点。

(3)香气：武夷岩茶为半发酵茶，具有绿茶的清香与红茶的甘醇，其香气愈强愈佳，且清新幽远者为上品，缺此则不能称为佳品。

(4)汤色：一般呈深橙黄色，清澈鲜丽，泡至第三四次而水色仍不变淡者为贵。

(5)滋味：入口有一股浓厚的芬芳气味，入口过喉均感润滑，初虽有茶素之苦涩，过后则渐渐生津，甘甜可口。岩茶品质之好坏，几乎全部取决于气味优劣、韵味淡厚。

(6)冲次：通常以能泡冲至五次以上，茶之原有气味仍未变淡者为佳，最佳者“九泡有余香，十二泡有余味”。

(7)叶底：冲开水后，叶片易展开且极柔软。叶缘可见银朱色，叶片中央清澈淡绿，略带黄色，叶脉淡黄，即人们所说的“绿叶红镶边”。

武夷山大红袍产于福建武夷山，以精湛的工艺特制而成，是中国茗苑中的奇葩，素有“茶中状元”之美誉，堪称国宝。成品茶香气浓郁，滋味醇厚，有明显岩韵特征，饮后齿颊留香。大红袍茶树为灌木型，为千年古树，九龙窠陡峭绝壁上仅存 4 株，产量稀少，被视为稀世之珍。

武夷水仙最能表现武夷岩茶甜醇的特点，这也是它流行较广的原因之一。其叶型较大，叶质肥厚，条索肥壮，色泽绿褐油润，香浓辛锐清长，有独特的兰花香。茶汤味浓醇厚，喉韵明显，回甘清爽，汤色浓艳呈橙黄色，叶底软亮，耐冲泡。武夷水仙品鉴常有“三红七绿”“蛤蟆皮”“蜻蜓头”等特征。

武夷肉桂外形条索匀整卷曲，色泽褐禄，油润有光，干茶嗅之有甜香，冲泡后的茶汤特具奶油、花果、桂皮般的香气，入口醇厚回甘，咽后齿颊留香。茶汤橙黄清澈，叶底匀亮，呈淡绿底红镶边，冲泡六七次仍有岩韵的肉桂香，正所谓“岩茶两生花，香不过肉桂，醇不过水仙”。

（二）安溪铁观音

安溪铁观音是我国著名的乌龙茶品种之一。安溪铁观音产于福建省安溪县，素有“茶王”之称，历次参加国内外博览会都独占魁首，曾多次获奖，在国内外均享有盛誉。

安溪产茶历史悠久，最早始于唐末。宋元时期，在安溪不论是寺庙、道观或农家均已产茶。明清时期是安溪茶叶走向鼎盛的一个重要阶段。清代名僧释超全有“溪茶遂仿岩茶样，先炒后焙不争差”的诗句，这说明清代已生产安溪茶。清雍正年间，安溪茶农创制了铁观音。

关于铁观音品种的由来，在安溪流传着这样一个故事，相传，清雍正年间，安溪西坪茶农魏荫制得一手好茶，他每日晨昏必泡茶一杯供奉观音菩萨，十年从不间断，可见礼佛之诚。一夜，魏荫梦见在山崖上发现了一株散发兰花香味的茶树，正想采摘时，一阵狗吠把他的好梦惊醒。第二天，他循梦中途径寻找，果然在崖石上发现了一株与梦中一模一样的茶树。于是采下一些芽叶，带回家中，精心制作。制成之后此茶滋味甘醇鲜爽，饮之让人精神为之一振。魏荫认为这是茶之王，就把这株茶挖回家种植在一口铁鼎中。几年之后，茶树长得枝叶茂盛。因为此茶美如观音，且种植于铁鼎中，又是观音托梦所获，就叫它“铁观音”。从此铁观音名扬天下。

铁观音是乌龙茶中的极品，其条索肥壮紧结，质重如铁，色泽砂绿，整体形状似蜻蜓头、螺旋体、青蛙腿。冲泡后汤色多黄浓，艳似琥珀，有天然馥郁的兰花香，滋味醇厚甘鲜，回甘悠久，俗称“有音韵”。叶底肥厚柔软，艳亮均匀，叶缘红点，青心红镶边。茶香高而持久，可谓“七泡有余香”。铁观音分清香型、浓香型和兰香型。

真铁观音茶叶体沉重如铁，形美如观音，多呈螺旋形，色泽砂绿光润，有绿蒂，具有天然兰花香，汤色清澈金黄，味醇厚甜美，入口微苦，后立即转甜，耐冲泡，叶底开展，青绿红边，肥厚明亮，每颗茶都带茶枝。假铁观音茶叶形长而薄，条索较粗，无青翠红边，冲泡三遍后便无香味。

（三）正山小种

正山小种，又称拉普山小种，属红茶类，与人工小种合称为小种红茶。首创于福建省崇安县（现为武夷山市）桐木地区。正山小种是世界上最早的红茶，亦称红茶鼻祖，至今已经有400多年的历史，由福建武夷山深处当地茶农于明代中后期机缘之下创制而成。

明代中后期时局动乱，常有军队侵入桐木地区，有一次，在采茶的季节，有一支军队路过此地占驻茶厂，当地茶农未曾见过如此动乱场面，纷纷逃至山中。当天已采摘的茶青因没有来得及用炭火烘干，第二天已经发酵。为了挽回损失，茶农以当地马尾松干柴对其进行炭焙烘干，并通过增加一些特殊工序，以最大程度保证茶叶成分。结果本是无心之作的茶叶，却在运到镇上销售时受到大量茶客的欢迎与喜爱，接下来订单逐年增多，需要整个桐木地区全力生产此种茶叶，才可勉强满足市场的需求，这也使得桐木因此茶远近闻名。

16 世纪末 17 世纪初，正山小种由荷兰商人带入欧洲，随即风靡整个欧洲，并掀起风靡至今的“下午茶”风尚。自此正山小种红茶在欧洲历史上成为中国红茶的象征。

真正的桐木正山小种红茶外形紧结匀整，色泽乌润，泡水后汤色红浓，香气高长带松烟香，滋味醇厚，带有桂圆汤味，喉韵明显，加入牛奶，茶香味不减，形成糖浆状奶茶，汤色更为绚丽。

（四）福鼎白茶与政和白茶

1. 历史渊源

福鼎白茶是福建省福鼎市特产。唐代陆羽的《茶经》引用隋代的《永嘉图经》：“永嘉县东三百里有白茶山。”据陈椽、张天福等茶业专家考证，白茶山就是具有“海上仙都”美誉的国家级风景名胜区福鼎太姥山。说明早在隋唐时期，白茶就已出现。2009 年，考古工作者在西安蓝田北宋吕氏家族墓的发掘中，发现了铜质渣斗里有 30 多枚极品白茶芽头，据专家推断，这些距今 1000 多年前的茶叶源于福鼎。民国时期，白茶作为高端茶叶出口欧美。进入 21 世纪，白茶得到英国皇室的喜爱，2011 年英国威廉王子和凯特王妃世纪婚礼的结婚纪念茶就是用福鼎白茶配制而成。

政和白茶是福建省政和县特产。政和白茶的生产历史，可追溯到唐末宋初。政和县原来叫关隶县，宋代时，关隶县成功制作银针白茶并献给宋徽宗。宋徽宗大喜，当场把自己的年号“政和”赐给了关隶县，自此关隶县改名政和县，成了皇家贡茶的重要产区之一。

2. 产地环境

产地环境的不同是造就福鼎白茶、政和白茶不同风格的根本原因。福鼎东南濒东海，平均海拔 600 米左右，最高峰达到 1141 米，年平均气温 19.2 ℃，年平均日照时数 1634.9 小时。政和主要是丘陵地貌，平均海拔在 800 米左右，境内最高峰达到 1597 米，平均气温在 16 ℃左右，平均年日照 1907 小时。从整体环境而言，政和白茶的生长环境更偏向于高山，茶叶生长环境的温度也更低一些。

3. 茶种

福鼎白茶主要是福鼎大白茶种（华茶 1 号），政和却是以政和大白茶种（华茶 5 号）为主。从外观上看，福鼎白茶的特点是白毫比较明显，外形好看，芽叶较肥硕，以芽茶见长；政和白茶的条形大多稍瘦细长，茶梗相对明显，茶叶的白毫也略薄一些，相比福鼎白茶，颜色显得稍微灰一些。外观上福鼎白茶更美观一些。

4. 工艺

白茶的工艺主要是萎凋、干燥。福鼎、政和两地的采摘时间不同，导致制茶季节的天气不同。其中最大的工艺区别就在萎凋这个步骤，萎凋的方法、时间长短的差异，造就了各种各样风格口味的白茶。福鼎白茶是以日光萎凋为主，政和白茶则在制作上慢慢形成了室内萎凋和复式萎凋相结合的萎凋工艺。

5. 茶品滋味

福鼎白茶香气清鲜带毫香，以滋味清醇鲜爽胜出。政和白茶相对于福鼎白茶而言，香气更高扬清冽，以滋味鲜醇浓厚胜出。

四、浙江名茶

浙江是我国产茶大省，历史名茶众多，如西湖龙井、顾渚紫笋、径山茶、天目青顶等。现今，茶叶品类更多，有大佛龙井、惠明茶、绿剑茶、松阳银猴、望海茶、武阳春雨、安吉白茶、开化龙顶、九曲红梅等。

（一）西湖龙井

西湖龙井产于浙江省杭州市西湖周围的群山之中，居中国名茶之冠。杭州不仅以美丽的西湖闻名于世，也以西湖龙井誉满全球。

西湖龙井历史悠久，最早可追溯到唐代，陆羽在《茶经》中就有杭州天竺、灵隐二寺产茶的记载。西湖龙井之名始于宋，闻于元，扬于明，盛于清。相传，乾隆皇帝巡视杭州时，曾在龙井茶区的天竺寺作诗一首，诗名为《观采茶作歌》。

传说乾隆皇帝下江南时，来到杭州狮峰山下看乡女采茶，以示体察民情。这天，乾隆皇帝看见几个乡女正在茶蓬前采茶，心中一乐，也学着采了起来。刚采了一把，忽然太监来报："太后有疾，请皇上急速回京。"乾隆皇帝听说太后娘娘有疾，随手将一把茶叶向口袋内一放，便日夜兼程赶回京城。其实太后只因山珍海味吃多了，一时肝火上升，双眼红肿，胃里不适，并没有大病。此时见皇儿来到，只觉一股清香传来，便问带来什么好东西。皇帝对于清香的来源也觉得奇怪。他随手一摸，原来是杭州狮峰山的那把茶叶，几天过后已经干了，浓郁的香气就是它散发出来的。太后想尝尝茶叶的味道，宫女便将茶泡好送到太后面前，闻之果然清香扑鼻，太后喝了一口，双眼舒适，胃不也胀了。太后高兴地说："杭州龙井的茶叶，真是灵丹妙药。"乾隆皇帝见太后这么高兴，立即传令下去，将杭州狮峰山下胡公庙前那十八棵茶树封为御茶，每年采摘新茶，专门进贡太后。至今，胡公庙前还保存着这十八棵御茶。

另外还有一个关于龙井茶的传说，相传有一年乾隆皇帝下江南，来到龙井村附近狮峰山下的胡公庙休息。庙里的和尚端上了当地的名茶。乾隆精于茶道，一见此茶，不由叫绝，只见洁白如玉的瓷碗中，片片嫩茶犹如雀舌，色泽墨绿，碧液中透出阵阵幽香。他品尝了一口，只觉得两颊生香，说不出的受用。于是，乾隆召见和尚，问道："此茶何名？产于何地？"和尚回答说："启禀皇上，这是小庙所产的龙井茶。"乾隆一时兴起，走出庙门，只见胡公庙前碧绿

如染，十八棵茶树嫩芽初发，青翠欲滴，周围群山起伏，宛若狮形。此时乾隆龙心大悦，心想此茶名龙井，此山名狮峰，似乎都预示着他彪炳千秋的功业，况且十八又是个大吉大利的数字，且这茶又实在赏心悦目，甘醇爽口。于是乾隆当场封胡公庙前的十八棵茶树为御茶。从此，龙井茶名声远扬。

西湖龙井向以“狮（峰）、龙（井）、云（栖）、虎（跑）、梅（家坞）”排列品第。龙井茶外形挺直削尖，扁平俊秀，光滑匀齐，色泽绿中显黄。冲泡后，香气清高持久，香馥若兰，汤色杏绿，清澈明亮，叶底嫩绿，匀齐成朵，芽芽直立，栩栩如生。品饮茶汤，沁人心脾，齿间流芳，回味无穷。

西湖龙井的品质主要通过“干看外形、湿看内质”来评定，具体从外形、香气、滋味、汤色和叶底等方面来品评。

1. 外形特征

干看茶叶外形以鉴别茶叶身骨的轻重和制工的优劣，内容包括嫩度、整碎、色泽、净度等。西湖龙井以扁平光滑、挺秀尖削、均匀整齐、色泽翠绿鲜活为佳品。反之，外形松散粗糙、身骨轻飘、筋脉显露、色泽枯黄，表明质量低次。

2. 香气特征

香气是茶叶冲泡后随水蒸气挥发出来的气味，由多种芳香物质综合组成。高级西湖龙井带有鲜纯的嫩香，香气清新持久。

3. 滋味特征

西湖龙井滋味以鲜醇甘爽为好。滋味往往与香气关系密切，香气好的茶叶滋味通常较鲜爽，香气差的茶叶则通常有苦涩味或粗青感。

4. 汤色特征

汤色是茶叶里的各种色素溶解于沸水中而显现出来的色泽，主要看色度、亮度和清浊度。西湖龙井的汤色以清澈明亮为好，汤色深黄为次。

5. 叶底特征

叶底是冲泡后剩下的茶渣，主要以芽与嫩叶含量的比例和叶质的老嫩度来衡量。好的西湖龙井叶底要求芽叶细嫩成朵，均匀整齐，嫩绿明亮。差的叶底则暗淡、粗老、单薄。

（二）安吉白茶

安吉白茶名为白茶，实属于绿茶，是浙江省湖州市安吉县特产。只有产于安吉县现辖行政区域内，采用“白叶 1 号”茶树鲜叶经加工而成，并符合相应国家标准的绿茶，才能称为安吉白茶。

宋徽宗在他的《大观茶论》中说白叶茶树是“崖林之间，偶然生出”，又说其“如玉之在璞，它无与伦也”。1930年，安吉孝丰镇发现野生白茶树数十棵，“枝头所抽之嫩叶色白如玉，焙后微黄，为当地金光寺庙产”，后不知所终。安吉白茶树为茶树的变种。春季发出的嫩叶纯白，在暮春时变为白绿相间的花叶，至夏季才呈全绿色。近年来，安吉白茶声名鹊起，成为市场上一款非常受欢迎的绿茶。

安吉白茶外形似凤羽，色泽翠绿间黄，光亮油润，香气清鲜持久，滋味鲜醇，汤色清澈明亮，叶底芽叶细嫩成朵，叶白脉翠。安吉白茶富含人体所需的18种氨基酸，其氨基酸含量很高，可达6%以上，高于普通绿茶1～2倍，茶多酚含量低于其他绿茶，所以安吉白茶滋味特别鲜爽，没有苦涩味。

五、江苏名茶

江苏自古以来就是产茶大省，著名的茶叶有洞庭碧螺春、南京雨花茶、花果山云雾茶、金山翠芽、金坛雀舌茶等。

（一）洞庭碧螺春

洞庭碧螺春属于绿茶，产于江苏苏州太湖洞庭山一带，是中国的十大名茶之一，在江苏境内自然是当之无愧的第一茶品。洞庭碧螺春产区是中国著名的茶果间作区。茶树和桃、李、杏、梅、柿、桔、白果、石榴等果木交错种植，茶树和果树枝桠相连，根脉相通，茶吸果香，花窨茶味，陶冶着碧螺春花香果味的天然品质。

洞庭碧螺春已有1000多年历史，当地民间最早称之为洞庭茶，又叫吓煞人香。相传有一尼姑上山游春，顺手摘了几片茶叶，泡茶后奇香扑鼻，脱口而道“香得吓煞人”，由此当地人便将此茶叫作吓煞人香。到了清康熙年间，康熙皇帝视察时品尝了这种汤色碧绿、卷曲如螺的名茶，倍加赞赏，但觉得“吓煞人香”其名不雅，于是题名“碧螺春”，此名便延续至今。

洞庭碧螺春条索纤细，卷曲成螺，满披茸毛，色泽碧绿。冲泡后，味鲜生津，清香芬芳，汤绿水清，叶底细匀嫩。尤其是高级洞庭碧螺春，可以先冲水后放茶，茶叶依然徐徐下沉，展叶放香，这是茶叶芽头壮实的表现，也是其他茶所不能比拟的。因此，民间有这样的说法：洞庭碧螺春是“铜丝条，螺旋形，浑身毛，一嫩（指芽叶）三鲜（指色、香、味）自古少”。

颜色是植物生长的自然规律，并不是颜色越绿就意味着茶叶品质越好，在分辨真假洞庭碧螺春时，应注意以下事项。

（1）看外观色泽：没有加色素的洞庭碧螺春色泽比较柔和鲜艳，加色素的则看上去颜色发黑、发绿、发青、发暗。

（2）看茶汤色泽：把洞庭碧螺春用开水冲泡后，没有加色素的颜色看上去比较柔亮鲜艳，加色素的看上去比较黄暗，像陈茶的颜色一样。

(3)看绒毛颜色:如果是着色的洞庭碧螺春,它的绒毛多是绿色的,这是被染绿了的效果。而真的洞庭碧螺春应是满披白毫,有白色的小绒毛。

(二)南京雨花茶

南京雨花茶属于绿茶,产于南京中山陵和雨花台风景名胜区,是江苏省在新中国成立后研制出的名茶,1959 年被评选为中国十大名茶之一,同时也是中国"三针"之一,是优质细嫩针状茶。因其成名时间较短,知名度不及洞庭碧螺春。

雨花茶的生产历史十分悠久,最早可追溯到唐代,不仅在陆羽的《茶经》中有记载,更有陆羽至南京栖霞寺采茶的传说,栖霞寺后山至今仍有试茶亭旧迹。新中国成立后,江苏省内的茶叶专业和制茶高手汇集于中山陵园,选择南京上等茶树鲜叶,经过数十次反复改进,制成"形如松针,翠绿挺拔"的茶叶产品,以此来意喻革命烈士忠贞不屈、万古长青,并定名为"雨花茶",使人饮茶思源,表达对雨花台革命烈士的崇敬与怀念。

雨花茶外形犹似松针,条索细紧圆直,锋苗挺秀,白毫隐露,色泽墨绿。汤色清澈明亮,滋味鲜爽甘醇,香气清香幽雅,叶底嫩绿匀亮。

六、四川名茶

四川是中国较早种茶、饮茶、售茶的地区之一,茶文化源远流长,距今已有 3000 多年历史。四川是我国产茶大省,茶产业特色优势突出。出名的茶叶也比较多,以绿茶、黑茶和黄茶为主,有蒙顶甘露、竹叶青、蒙顶黄芽、藏茶等。

(一)蒙顶甘露

蒙顶甘露属于绿茶,产于四川蒙山山顶,故也被称作"蒙顶茶"。蒙顶甘露是非常古老的中国名茶,被尊为"茶中故旧""名茶先驱",自古就有"扬子江中水,蒙山顶上茶"之说。

据史料记载,蒙山产茶已有 2000 多年历史。相传在西汉末年,当时名山人吴理真亲手种七株茶于上清峰,"灵茗之种,植于五峰之中,高不盈尺,不生不灭,迥异寻常",因为这七株茶树年长日久,春生秋枯,岁岁采茶,年年发芽,虽产量极微,但采用者有病治病,无病健身,在当时被人们称为"仙茶",这也是我国人工种茶最早的文字记载。自唐代以来,蒙山茶就列为贡茶,1000 多年间,年年进贡,岁岁来朝,奉献给帝王享用,沿袭至清,这在中国茶史上,也是罕见的。

蒙顶甘露外形美观,纤细紧凑多银毫,叶整芽全,嫩绿色润,香气高爽,味醇甘鲜。汤似甘露,碧清微黄,透明清亮,滋味鲜爽,浓郁回甜,叶底匀整,沏第二遍时,越发鲜醇,饮之齿颊留香。

（二）蒙顶黄芽

蒙顶黄芽是芽形黄茶之一，同样产于四川蒙山山顶。蒙顶黄芽外形扁平挺直，嫩黄油润，全芽披毫。内质甜香浓郁，汤黄明亮，味甘而醇，叶底全芽黄亮。嗅蒙顶黄芽，有甜香馥郁之感，饮之，则鲜甜回甘，口感醇和。

七、安徽名茶

安徽是我国产茶大省，名茶辈出，如黄山毛峰、祁门红茶、六安瓜片、太平猴魁、屯溪绿茶、霍山黄芽、岳西翠兰、泾县特尖、涌溪火青、桐城小花。

（一）黄山毛峰

黄山毛峰产于安徽省太平县以南、歙县以北的黄山。黄山是我国景色奇绝的自然风景区，此处常年云雾弥漫，云多时能笼罩整个山区，山峰露出云上，像是若干岛屿，故称云海。黄山的云、松、石构成了神秘莫测的黄山风景区，这也给黄山毛峰蒙上了种种神秘的色彩。黄山毛峰茶园就分布在云谷寺、松谷庵、吊桥庵、慈光阁以及海拔 1200 米的半山寺周围，在山坞深谷中，坡度达 30 度以上。这里气候温和，雨量充沛，土壤肥沃，土层深厚，空气湿度大，日照时间短。在这种特殊条件下，茶树天天沉浸在云蒸霞蔚之中，因此茶芽格外肥壮，柔软细嫩，叶片肥厚，经久耐泡，香气馥郁，滋味醇甜，成为茶中的上品。

黄山毛峰起源于清代光绪年间，黄山茶的采制相当精细，从清明到立夏为采摘期，采回来的芽头和鲜叶还要进行选剔，剔去其中较老的叶、茎，使芽匀齐一致。在制作方面，要根据芽叶质量，控制杀青温度，不致产生红梗、红叶和杀青不匀不透的现象，火温要先高后低，逐渐下降，叶片受热均匀。每到制茶季节，人们就会在茶厂附近闻到阵阵清香。

真黄山毛峰茶外形细嫩，稍卷曲，芽肥壮匀齐，有锋毫，有点像雀舌，叶呈金黄色，色泽嫩绿油润，香气清鲜持久似白兰，汤色清澈明亮带杏黄，味醇厚回甘。叶底芽叶成朵，厚实鲜艳。而假的黄山毛峰呈土黄色，味苦，叶底芽叶不成朵。

（二）祁门红茶

祁门红茶简称祁红，是红茶精品，被誉为“群芳最”“红茶皇后”，产于安徽省祁门县一带。祁门自然环境优越，茶叶品质好，且当地逐年提高制茶技艺，使得祁门红茶内质香气独树一帜，与当时国内著名的闽红、宁红齐名。

祁门茶叶在唐代就已出名，但祁门红茶成名较晚。据史料记载，清代光绪以前，祁门并不生产红茶，而是盛产绿茶，制法与六安茶相仿，故曾有“安绿”之称。光绪元年，黟县人余干臣从福建罢官回籍经商，创设茶庄，祁门遂改制红茶，并成为后起之秀。

祁门红茶外形条索紧细匀整，锋苗秀丽，色泽乌润(俗称"宝光")。内质清香芬芳并带有蜜糖香味，上品茶更蕴含兰花香，号称"祁门香"，馥郁持久。汤色红艳明亮，滋味甘鲜醇厚，叶底红亮。

清饮最能品味祁门红茶的隽永香气，春天最宜饮用，祁门红茶作为下午茶、睡前茶也很合适。祁门红茶既可单独泡饮，也可加入牛奶调饮，加入牛奶后亦不失其香醇。

真祁门红茶的茶颜色为棕红色，而假祁门红茶一般带有人工色素，味苦涩、淡薄，条叶形状不齐。

(三)六安瓜片

六安瓜片是国家级历史名茶，为中国十大经典绿茶之一。六安瓜片又称片茶，为绿茶特种茶类。其采自当地特有品种，经扳片、剔去嫩芽及茶梗，通过独特的传统加工工艺制成形似瓜子的片形茶叶。

六安瓜片具有悠久的历史底蕴和丰厚的文化内涵。早在唐代，《茶经》就有"庐州六安(茶)"之称；明代科学家徐光启在其所著《农政全书》里称"安州之片茶，为茶之极品"；明代李东阳、萧显、李士实三名士在《咏六安茶》中也多次提及六安瓜片，有"七碗清风自六安""陆羽旧经遗上品"之句，给予六安瓜片以很高的评价。六安瓜片在清代被列为贡品，慈禧太后每月可获奉"齐山云雾"瓜片茶 14 两。新中国成立之后，六安瓜片曾被指定为中央军委特贡茶，叶挺将军和周恩来总理都十分喜爱饮用六安瓜片。1971 年，美国前国务卿基辛格第一次访华，六安瓜片还被作为国家级礼品馈赠给他。可见，六安瓜片在中国名茶史上一直占据重要的位置。

六安瓜片驰名古今中外，得惠于其独特的产地、工艺和品质优势。其主产地位于革命老区金寨县和裕安区，地处大别山北麓，高山环抱，云雾缭绕，气候温和，生态植被良好，是真正大自然中孕育出的绿色饮品。同时，六安瓜片的采摘也与众不同，茶农在谷雨前后几天内采摘，取枝嫩梢壮叶。其叶片肉质醇厚，营养最佳，是我国绿茶中唯一去梗去芽的片茶。

六安瓜片外形为单片顺直匀整，叶边背卷平展，不带芽梗，形似瓜子，干茶色泽翠绿，起霜油润。内质汤色清澈，香气高长，滋味鲜醇回甘，叶底黄绿匀高。

判断好的六安瓜片通常要把握以下几个要点，即从干茶和泡茶两个角度考量茶的色、香、味、形。

一是干茶鉴别。

望色：观望外观，若其为铁青(深度青色)透翠，老嫩色泽一致，即为烘制到位。

闻香：嗅闻味道，若其具备茶的清香透鼻的香气，尤其是有如烧板栗香味或幽香的，即为上乘，有青草味的说明炒制功夫欠缺。

嚼味：细嚼品味，若其头苦尾甜、苦中透甜，略用清水涮口后有一种清爽甜润的感觉，即为上品。

观形：察看形状，若其为片卷顺直、长短相近、粗细匀称的条形，形状大小一致，即为炒功到位。

二是泡茶鉴别。

茶具一般选用白瓷茶杯(碗)，以泉水或深井水为佳，没有条件的可选用矿泉水或纯净水等 pH 值近于中性的水质。根据茶具容量，放入适量茶叶，清淡适中，不宜过多。首先闻其香，其次看其汤色，再次品其味，最后观其形。

八、河南名茶

河南名茶有信阳毛尖、金刚碧绿、太白银毫、仰天雪绿等，最为出名的是信阳毛尖。

信阳毛尖被誉为“绿茶之王”，产于河南信阳的车云山。信阳市浉河区车云山、集云山、云雾山、天云山、连云山、黑龙潭、白龙潭、何家寨，俗称“五云两潭一寨”，是毛尖茶的主要产区。

陆羽在《茶经》中把信阳列为全国八大产茶区之一。《宋史·食货志》和《大观茶论》中把信阳茶列为名茶。大文学家苏轼尝遍名茶而挥毫赞道：“淮南茶，信阳第一。”元代马端临的《文献通考》载：“光州产东首、浅山、薄侧。”光州即今河南省信阳市黄州县。在清代，信阳毛尖已为全国名茶之一。民国时期，名茶生产技术日渐完善。信阳茶区又先后成立了五大茶社——广益茶社、万寿茶社、龙潭茶社、广生茶庄和博厚茶社，加上清代原本的三大茶社元贞茶社、宏济茶社、裕申茶社，统称为“八大茶社”。由于八大茶社注重制作技术上的引进、消化与吸收，信阳茶加工技术得到进一步完善，1913 年产出了品质很好的本山毛尖茶，命名为“信阳毛尖”。此后，信阳毛尖获奖无数：1915 年获巴拿马万国博览会茶叶金奖；1958 年被评为全国十大名茶之一；1985 年获中国质量奖银质奖；1990 年“龙潭”毛尖茶代表信阳毛尖参加全国绿茶评比，荣获中国质量奖金质奖；1991 年在杭州国际茶文化节上，被授予“中国茶文化名茶”称号；1999 年荣获昆明世界园艺博览会金奖。信阳毛尖不仅走俏国内，在国际上也享有盛誉，远销日本、美国、德国、马来西亚、新加坡、中国香港等 10 多个国家和地区。

信阳毛尖具有细、圆、光、直、多白毫、香高、味浓、汤色绿的独特风格，具有生津解渴、清心明目、提神醒脑、去腻消食等多种功效。

真的信阳毛尖外形条索紧实，银绿隐翠，内质香气新鲜，叶底嫩绿匀整，一般一芽一叶或一芽二叶。假的信阳毛尖外形则为卷曲形，叶片发黄。

九、广东名茶

广东茶叶产区主要集中在梅州、揭阳、潮州、肇庆、湛江、河源、清远、韶关、茂名等地，并以绿茶、乌龙茶为主，知名品种有凤凰单丛茶、岭头单丛茶、英德红茶、广东大叶青、石古坪乌龙茶、荔枝红茶、凤凰乌龙茶、玫瑰红茶、凤凰水仙等。

(一)凤凰单丛茶

凤凰单丛茶属乌龙茶类,产于广东省潮州市潮安区凤凰山,并因此而得名。相传南宋末年,宋少帝赵昺南逃经潮州凤凰山,口渴难忍,山民献上茶汤,他饮后生津止渴,赐名为"宋茶",后人称"宋种"。还有"凤凰鸟闻知宋帝口渴,口衔茶枝赐茶"的传说,因此又称"鸟嘴茶"。至清同治、光绪年间,为提高茶叶品质,人们实行了单株采摘、单株制茶、单株销售的方法,将优异单株分离培植,并冠以树名。当时有10000多株优异古茶树均行单株采制法,故称凤凰单丛茶。

广东省的各种名茶中,凤凰单丛茶尤为突出,是广东省极其宝贵的品种资源。其成品茶品质优异,有花香果味,沁人心脾,具独特的山韵。据《潮州凤凰茶树资源志》介绍,凤凰茶具有自然花香型79种,天然果味香型12种,其他清香型16种。

凤凰单丛茶外形条索粗壮,匀整挺直,色泽黄褐,油润有光,并有朱砂红点。冲泡清香持久,有独特的天然兰花香,滋味浓醇鲜爽,润喉回甘。汤色清澈黄亮,叶底边缘朱红,叶腹黄亮,素有"绿叶红镶边"之称。

关于凤凰单丛茶好坏的判断可从以下三个方面进行。

1. 地域特征

好品质的凤凰单丛茶有山韵的风格,在品尝茶汤的时候,香味饱满厚实,同样的茶树种类,高山的品质比中山的要好,中山的比低山的好。

2. 闻香气

可以通过香气判断,第一、二次闻香味的高低和纯杂的感觉,第三、四次闻香气是否有山韵的特征,香气是否持久。在含蕊初开的时候,香气是持久的,在花盛开的时候,香气浓厚但不持久,花凋谢时香气稍微清高,但鲜爽程度低。含蕊初开时的香气是凤凰单丛茶独有的。

3. 品尝

经过口腔不同部位的味觉体验,分辨出茶叶的苦涩、醇爽程度,可用喉感、舌头、口腔来分辨,喉感浓醇鲜爽的品质最好,口腔有余香的口感次之,舌头有苦涩感的品质不好。

(二)英德红茶

英德红茶是广东省英德市特产。英德现代茶业始于1955年,当年英德试种国内著名茶树良种——云南大叶种茶成功,并在1959年用此茶种成功试制英德红茶。英德红茶问世以来,以其外形匀称优美、色泽乌黑红润、汤色红艳明亮、香气浓郁纯正等特点,受到人们的喜爱。

英红9号是英德红茶中的极品,为广东省农业科学院茶叶研究所在云南大叶茶群体植株中单株分离、系统选育出的高香型红茶品种，用其鲜叶加工的红茶品质上乘，滋味醇滑甜爽、鲜香持久，被茶界认为是中国乃至世界最好的红茶品种。

十、广西名茶

广西名茶有金花茶、覃塘毛尖茶、凌云白毫茶、桂平西山茶、苍梧六堡茶等。

苍梧六堡茶是广西壮族自治区梧州市特产，属黑茶类，是一种后发酵茶。苍梧六堡茶原产于苍梧县六堡乡一带，经过发展，产地已扩展至苍梧、横州、恭城、贵港、三江、河池、柳城等20余县市地区。

六堡茶生产始于明代，清嘉庆年间，六堡茶以其特殊的槟榔味而入中国名茶之列。清同治《苍梧县志》载："茶产多贤产六堡，味厚，隔宿不变。"说的就是苍梧六堡茶。

苍梧六堡茶素以"红""浓""陈""醇"四绝著称，其外形条索长整紧结，色泽黑褐光润，汤色红浓似琥珀，香气陈厚，滋味甘醇可口。正统茶品应带松烟和槟榔味，叶底铜褐色。苍梧六堡茶越陈越好，港商常以"陈六堡""不计年"做商标。

十一、贵州名茶

贵州名茶有都匀毛尖、遵义红茶、湄潭翠芽、梵净山翠峰茶、石阡苔茶、明前毛尖、绿宝石、云雾贡茶等。

（一）都匀毛尖

都匀毛尖又名"细毛尖""白毛尖""鱼钩茶""雀舌茶"，属绿茶类，产于贵州南部的都匀市。都匀毛尖生产历史悠久，据史料记载，早在明代，都匀产出的"鱼钩茶""雀舌茶"已作为贡品进献于朝廷。都匀毛尖素有"北有仁怀茅台酒，南有都匀毛尖茶"之美誉。它以优美的外形、独特的风格畅销各地，茶香飘万里，吸引着中外来客。其茶芽尖细如条，色泽绿中带黄，白毫特多，茶水甘爽清香，含多酚类化合物高于一般茶叶10%左右，氨基酸含量也较高。1915年，都匀毛尖在巴拿马国际赛会上获得优质奖。1982年，在全国名茶评比会上，都匀毛尖入选"中国十大名茶"。

都匀毛尖的采摘嫩度、加工技艺等并不亚于洞庭碧螺春，不同的是茶树品种和茶树所种植的地方不同。都匀毛尖外形可以和洞庭碧螺春媲美，内质可以和信阳毛尖并论，鲜叶要求嫩绿匀齐，细小短薄，一芽一叶时初展，形似雀芽。外形条索紧细卷细，毫毛显露，色泽绿润。内质香气清嫩鲜，滋味鲜浓回甜，汤色清澈，叶底嫩绿匀齐。

那么，如何鉴别都匀毛尖呢？

1. 新都匀毛尖与陈都匀毛尖

外观：新茶色泽鲜亮，泛绿色光泽，香气浓爽而鲜活，白毫明显，给人以新鲜感觉；陈茶色泽较暗，光泽发暗甚至发乌，白毫损耗多，香气低闷，无新鲜口感。

茶汤：新茶汤色新鲜淡绿明亮，香气鲜爽持久，滋味鲜浓长久，叶底鲜绿清亮；陈茶汤色较淡，香气较低欠爽，滋味较淡，叶底不鲜绿而发乌，欠明亮，泛黄。

2. 真都匀毛尖与假都匀毛尖

真都匀毛尖茶叶嫩绿匀齐，细小短薄，一芽一叶初展，形似雀舌，长 2～2.5 厘米，外形条索紧细卷曲，毫毛显露。叶底嫩绿匀齐。汤色嫩绿或黄绿，明亮，香气高爽清新，滋味鲜浓，醇香回甘。芽叶着生部位为互生，嫩茎圆形，叶缘有细小锯齿，叶片肥厚绿亮。

假都匀毛尖汤色深绿、混暗，无茶香，叶底不匀，滋味苦涩、异味重或淡薄。芽叶着生部位一般为对生，嫩茎多为方形，叶缘一般无锯齿，叶片暗绿薄亮。

（二）遵义红茶

遵义红茶是贵州省遵义市特产。1940 年，湄潭县成功试制出黔红基础茶产品，遵义红茶是黔红中最具代表性的茶产品。

从外形上看，遵义红茶紧细秀丽，金毫特显，色泽褐黄，香气馥郁，甜香高，持久，带果香。汤色红亮透明，滋味鲜爽醇厚。叶底匀嫩，鲜红带黄。

十二、台湾名茶

台湾茶源自福建，有 200 多年历史。台湾地区有诸多名茶，如冻顶乌龙、文山包种、高山茶、东方美人、白毫乌龙等。

（一）冻顶乌龙

冻顶乌龙被誉为“茶中圣品”，其产地为台湾南投鹿谷乡，茶区海拔 600～1000 米。

关于冻顶乌龙的来历还有两个传说。一说清咸丰年间，一位叫林凤池的台湾人赴福建应试，后高中举人，还乡时，自武夷山带回 36 株青心乌龙茶苗，其中 12 株种在麒麟潭边的冻顶山上。冻顶乌龙由此得名。另一说是世居鹿谷乡彰雅村冻顶巷的苏姓家族，其祖先于清康熙年间移居台湾地区，自乾隆年间已在冻顶山开垦种茶。

冻顶乌龙呈半球形，条索紧结，外观颜色墨绿带油光，清香扑鼻，滋味浓厚新鲜，入口生津，落喉甘滑韵味强，而水色蜜黄、澄清、明亮、水底光为其特征。

（二）白毫乌龙

白毫乌龙是台湾地区独有的名茶，主产于台湾新竹县之北埔乡、峨眉乡、竹东镇及苗栗县之头份镇、头屋乡、三湾乡、南庄乡、狮潭乡等地，品质优异。

白毫乌龙因其茶芽白毫显著而得名，又名膨风茶、东方美人茶。在半发酵青茶中，白毫乌龙是发酵程度最高的茶品，一般发酵度至60％，有些则多达75％～85％，故不会产生任何生青臭味，且不苦不涩。

早在19世纪时，台湾新竹县出产的茶叶即受到英国与日本皇室的钟爱。相传百余年前，英商将膨风茶呈献英国女皇品尝，女皇因其独特茶香惊叹不已，又欣赏其外貌鲜艳可爱，宛如绝色佳人，乃将它命名为东方美人茶。在清代，本区的茶产业仅次于稻米，是当地居民重要的经济来源。19世纪末20世纪初，东方美人茶更是台北大稻埕茶商抢购的目标，北埔乡还曾举办盛大的高级茶品评会，使东方美人茶的醇美名扬国际。

白毫乌龙茶芽肥壮，白毫显，茶条较短，含红、黄、白、青、褐五色，鲜艳绚丽。汤色呈琥珀色般的橙红色，叶底淡褐，叶面泛红，叶基部呈淡绿色，叶片完整，芽叶连枝。

任务四　茶叶的鉴别

一、不同种类茶的鉴别

茶叶种类繁多，名称纷乱。对大多数同学而言，想要认识或鉴别不同茶类的名称和差别都是相当困难的，更别提鉴别出同一种茶类的品质差异。一般来说，只有经过专业训练的评茶专家才能评鉴出同一种茶类的品质差异，这也是茶叶分级包装的工作必须由专业人员胜任的原因。然而，分辨不同茶类，即辨别出是红茶抑或绿茶，或包种茶、乌龙茶，相对于同一种茶类的品质分级与鉴定要容易得多，只要用心学习，大部分同学都能成功地辨别不同茶类的名称和差异。

1. 观外形

茶叶有散茶、压制成型的茶之分，成型的茶叶多为白茶和黑茶，其他茶类多为散茶。再根据茶叶外形和色泽，基本可以判别茶叶类型，如绿茶大多为黄绿带翠，红茶多为红褐色。

2. 看汤色

如果根据干茶无法判别，可通过茶汤颜色来判别，将3克茶叶用审评杯冲泡5分钟后开汤，观察茶汤的颜色，红茶多为红色，绿茶多为黄绿色，黄茶多为黄色，白茶多为淡黄色，看茶汤需要一定的审评基础。

3. 闻香气

看完茶汤色泽，可以闻香气。闻香气又可分为冷嗅、热嗅、温嗅，可根据茶汤香气来判别，绿茶多为栗香、清香，红茶多为甜香、红薯香或蜜香，而白茶的鲜爽味是其最重要的特征。

4. 尝滋味

茶叶种类不同，则茶汤滋味也不同，或醇厚，或浓烈，或平和，绿茶滋味大多鲜爽，黑茶大多醇厚，白茶大多以鲜味为主。

5. 看叶底

将叶底倒入叶底盘中，观察叶底的大小、老嫩、色泽、整碎等特征。不同的茶叶叶底也有所不同，叶底的软硬也能反映出茶叶的加工工艺。

以上是辨别不同茶类的方法，也是审评茶叶的基本步骤，根据以上因素综合评价，可以分辨出不同的茶类。

二、高山茶与平地茶

高山茶是对产自海拔较高的山区的茶的通称。一般认为生长于海拔1000米以上的茶园所产制的茶叶为高山茶。高山出好茶，是高山的气候与土壤综合作用的结果。如果在制作时工艺精湛，那就更是“锦上添花”。

（一）高山茶与平地茶的区别

1. 内含成分及耐泡度不同

高山茶的茶多酚、氨基酸、茶多糖、葡萄糖及微量元素和芳香物质比较多，生长于海拔600米以下的茶则普遍较少，约为前者的三分之一。这也是高山云雾茶泡10至20次有余香余味，而生长海拔600米以下的茶只能泡5至10次的主要原因。

2. 持嫩性不同

高山茶一般持续半个月仍很柔软，有嫩度、厚度，春茶持嫩性可达一个月。而海拔600米以下的茶一个星期就会衰老硬化，叶片也比较薄，这个可以从湿热叶底区分。

3. 预防病虫害能力不同

高山茶区昼夜温差大，不利病虫害繁殖生长，尤其是冬天霜冻天长，病虫难以存活。而低山茶区昼夜温差小，不进行药物防治是不可能的。

4. 土壤不同

自古以来就有“高山有土，平地有好田”的说法，高山烂石砂壤黑土多且酸碱度合适，有机质含量高，低山、丘陵黄土居多，有机质含量少。

5. 茶叶变化空间不同

高山生产的茶品质变化空间大，醇甜度高，耐泡且香气好。而低山、丘陵平地茶生产变化空间小，苦涩度高，内含物少，不耐泡，生津度差。

（二）高山茶与平地茶的鉴别

在众多的品质因子中，高山茶与平地茶较明显的差异是香气和滋味两项。

高山茶新梢肥壮，色泽翠绿，茸毛多，节间长，鲜嫩度好。由此加工而成的茶叶，往往具有特殊的花香，而且香气高，滋味浓，耐冲泡，且条索肥硕紧结，白毫显露。

平地茶的新梢短小，叶底硬薄，叶张平展，叶色黄绿少光。由其加工而成的茶叶，香气稍低，滋味较淡，条索细瘦，身骨较轻。

三、真茶和假茶的鉴别

真茶与假茶既有形态特征上的区别，又有生化特征上的差异。据《茶经》记载：“茶者，南方之嘉木也……其树如瓜芦，叶如栀子，花如白蔷薇，实如栟榈，茎如丁香，根如胡桃。”茶叶由茶树幼嫩芽叶经采摘、加工而成，有其独特的功用。如元代忽思慧的《饮膳正要》所称：“凡诸茶，味甘苦，微寒，无毒，去痰热，止渴，利小便，消食下气，清神少睡。”决定茶叶功用的是其内含的生化成分，这是近代借助化学方法所证明的。假茶乃是形似茶树芽叶的其他植物的嫩叶，如柳树叶、冬青树叶、女贞树叶、槭树叶等，做成类似茶叶的样子，再冒充真茶出售，对身体无益。

鉴别真假茶叶，主要从以下几方面入手。

一是看茶叶的轻重。一般来说，嫩度好的茶，品质较好，分量较重。

二是看茶叶是否均匀，包括色泽、大小是否均匀。色泽、大小不均匀的茶往往是掺和而成的。

三是看茶叶的干燥程度。这关系到茶叶是否受潮变质和日后如何保存的问题。购买散装茶时，可先用两个手指研磨茶条，如能研磨成粉末，说明茶较干燥，如不能研磨成粉末，只能研磨成细片状，说明茶叶已吸湿受潮，这种茶叶质量欠佳。

四是茶叶的新鲜程度。俗话说："酒越陈越好，茶越新越好。"故茶叶应选新鲜的。

四、新茶和陈茶的鉴别

新茶与陈茶是相比较而言的，人们习惯将当年春季从茶树上采摘的头几批鲜叶加工而成的茶叶称为新茶。茶叶收购部门的"抢新"，茶叶销售部门的"新茶上市"，茶叶消费者的"尝新"，指的都是每年最早采制加工而成的几批茶叶。但也有人将当年采制加工而成的茶叶称为新茶，而将上一年甚至更久以前采制加工而成的茶叶(即使保管严妥，茶性良好)称为陈茶。

在现实生活中，虽然大多数茶叶品种的新茶品质比陈茶好，但也有一些陈茶品质不亚于新茶，甚至比新茶还要好。

鉴别新茶与陈茶，主要掌握以下四点。

一是看。首先从茶叶外观看，新茶新鲜，干硬疏松，陈茶紧缩色暗、柔软，似受潮状。从茶叶叶片看，新茶泡开，叶上边缘为锯齿状，齿上有腺毛，茶叶背肌有茸毛，老嫩均匀，整碎的程度相当。但放置一两年的陈茶则紧缩暗软，叶片形状不清晰。其次从茶叶的光泽度看，新茶的干茶叶一般外表有油光并且新鲜，颜色较好的为佳品，杂而不均为次品。伪劣的陈茶则色泽灰暗。再就是从茶汤的颜色看，新茶冲泡的茶汤清澈，陈茶茶汤则色泽灰暗淡浊，或暗淡不明成为褐色。

二是摸。优质的新茶干燥，用手一捏，叶片即碎，如果软而湿重，一般不易捏碎，则为陈茶。优质新茶含水量一般在5.0%～8.0%之间。

三是闻。新茶清香扑鼻，经冲泡后芽叶舒展，陈茶则香气低沉，芽叶萎缩。取一点茶叶放在手心上，用口呵气，使茶叶受潮而散发出香气，如果散发出纸香味、霉味、酸味、馊味等，则说明是陈茶或劣质茶叶。

四是尝。味道是茶叶成分的综合反映。新茶茶汤有强劲的、浓郁的醇和口感，久久不淡的鲜浓纯正香味，而陈茶茶汤饮后不仅没有清香醇和的感觉，甚至还有轻微的草味、苦涩味、酸味等异味。

另外，可看包装日期。如遇盒装或密封包装的小包装茶叶时，要特别注意包装上的日期，一般6个月以内品质为正常，超过1年的，往往容易变质。

五、春茶、夏茶和秋茶的鉴别

春茶、夏茶与秋茶的划分，主要是依据季节变化和茶树新梢生长的间歇而定的。

我国绝大部分产茶地区，茶树生长和茶叶采制是有季节性的。通常按采制时间，划分为春、夏、秋三季茶，但划分标准并不一致。有的以节气分，清明至小满为春茶，小满至小暑为夏茶。有的以时间分，5月底以前采制的为春茶，6月初至7月上旬采制的为夏茶，7月以后采制的当年茶叶，就算是秋茶了。由于茶季不同，采制而成的茶叶，其外形和内质有很明显的差异。

不同茶季的茶叶，无论是外形和内质都有较大的差异。比如绿茶，春季气温适中，雨量充沛，色泽翠绿，叶质柔软，而且氨基酸和多种维生素含量丰富，使得春茶滋味鲜爽，香气浓馥，保健作用明显。而且，春茶一般无病虫危害，无须使用农药，茶叶无污染，因此春茶特别是早期的春茶，往往是一年中品质最佳的。夏茶新梢生长迅速，但很容易老化。茶叶中的氨基酸、维生素的含量明显减少，花青素、咖啡碱、茶多酚含量明显增加，味略显苦涩。

春茶、夏茶、秋茶还可以从以下两个方面去鉴别。

1. 干看

主要从茶叶的外形、色泽、香气上加以判断。凡红茶色泽乌润、绿茶色泽绿润，均条索紧结，珠茶颗粒圆紧，茶叶肥壮重实，或有较多毫毛，且又香气馥郁者，乃春茶的品质特征。凡红茶色泽红润，绿茶色泽灰暗或乌黑，均条索松散，珠茶颗粒松泡，香气略带粗老者，乃是夏茶的品质特征。凡绿茶色泽黄绿，红茶色泽暗红，茶叶大小不一，叶片轻薄瘦小，且茶叶香气平和者，乃是秋茶的品质特征。另外，还可以结合偶尔夹杂在茶叶中的花、果来判断。如果发现有茶树幼果，鲜果大小近似绿豆，那么可以判断为夏茶。到秋茶时，茶树鲜果已差不多有桂圆大小了，一般不易混杂在茶叶中。但7—8月间茶树花蕾已经开始开花，9月已进入开花盛期，因此，凡茶叶中夹杂有花蕾、花朵者，为秋茶。但通常在茶叶加工过程中，经过筛分、拣剔，是很少混杂花、果的，因此必须进行综合分析，方可避免片面性。

2. 湿看

通过闻香、尝味、看叶底来进一步做出判断。冲泡时绿茶汤色绿中透黄，红茶汤色红艳显金圈，茶叶下沉较快，香气浓烈持久，滋味醇厚，茶底柔软厚实，正常芽叶多，叶张脉络细密，叶缘锯齿不明显为春茶。冲泡时绿茶滋味苦涩，汤色青绿，叶底中夹有铜绿色芽叶，红茶滋味欠厚带涩，汤色红暗，叶底较红亮，茶叶均下沉较慢，香气欠高，叶底薄而较硬，夹叶较多，叶脉较粗，叶缘锯齿明显，此为夏茶。凡香气不高，滋味淡薄，叶底夹有铜绿色叶芽，叶片大小不一，夹叶多，叶缘锯齿明显的，当属秋茶。

实操课程一　不同种类的识别

一、实操目的

通过本实操课程的学习，使学生能认清不同茶类，并辨识出不同茶类的差异，以达到理论知识和实践知识的融会贯通。

二、基本要求

(1)学生尽量统一着装,如果不能统一着装,应着装整洁,注重仪容仪表,穿戴合乎标准。

(2)学生应遵循操作规范。

(3)学生应注意各种礼仪规范,要使用礼貌用语。

(4)学生应注意认真领会实操目的和实操内容。

(5)遵守纪律,爱护公物。

三、实操项目

序　　号	实 操 项 目	学　　时	实操项目类型
1	不同茶类的识别	4	应用型

四、实操内容

(1)选择一款知名绿茶,例如选择西湖龙井,通过外观形状和色泽、香气、汤色、滋味、冲饮和叶底等特征进行辨别。

(2)选择一款知名红茶,例如选择祁门红茶,通过外观形状和色泽、香气、汤色、滋味、冲次、叶底等特征进行辨别。

(3)选择一款知名乌龙茶,例如选择武夷岩茶,通过外观形状和色泽、香气、汤色、滋味、冲次、叶底等特征进行辨别。

(4)选择一款知名黄茶,例如选择君山银针,通过外观形状和色泽、香气、汤色、滋味、冲次、叶底等特征进行辨别。

(5)选择一款知名白茶,例如选择白毫银针,通过外观形状和色泽、香气、汤色、滋味、冲次、叶底等特征进行辨别。

(6)选择一款知名黑茶,例如选择普洱茶,通过外观形状和色泽、香气、汤色、滋味、冲次、叶底等特征进行辨别。

五、考核内容及办法

1. 考核内容

（1）撰写实操报告：报告中写明通过本次实操掌握了哪些知识，收获了什么，等等，要求写得合理、全面、真实。

（2）实操记录的完整性、完成实操的质量及熟练程度、实操态度等。

2. 考核方法

（1）达到实操管理规定基本要求者，成绩可记合格。

（2）较好地完成实操任务者，成绩可记良好。

（3）圆满完成实操任务，有突出成绩者，成绩记为优秀。

（4）实操不合格认定：实操练习时长未达到标准练习时长90%以上者；未提交实操报告者。

实操课程二　不同种类好坏茶的鉴别

一、实操目的

通过本实操课程的学习，使学生了解茶叶好坏的九项指标，初步学会从色、香、味、形四个方面来评价、评定茶叶质量的优劣，以达到理论知识和实践知识的融会贯通。

二、基本要求

（1）学生尽量统一着装，如果不能统一着装，应着装整洁，注重仪容仪表，穿戴合乎标准。

（2）学生应注意操作规范。

（3）学生应注意各种礼仪规范，要使用礼貌用语。

（4）学生应注意认真领会实操目的和实操内容。

(5)遵守纪律,爱护公物。

三、实操项目

序　　号	实 操 项 目	学　　时	实操项目类型
1	初步鉴定茶叶的好坏	2	应用型

四、实操内容

在没有科学仪器和方法鉴定的时候,可以通过什么来判断茶叶品质的好坏呢?一般来说,茶叶品质好坏的九项指标,即外形五项(整碎、色泽、嫩度、条形、净度)、内质四项(汤色、香气、滋味、叶底)。实际操作中,可以从色、香、味、形四个方面来评价、评定茶叶质量的优劣,通常采用看、闻、摸、品的方法进行鉴别,即看外形、色泽,闻香气,摸身骨,开汤品评。

具体操作中,指导老师可选择绿茶、红茶、乌龙茶、黄茶、白茶、黑茶中一种茶类,例如选择一款普通绿茶和一款名优绿茶进行对比分析。

五、考核内容及办法

1. 考核内容

(1)撰写实操报告:报告中写明通过本次实操掌握了哪些知识,收获了什么,等等,要求写得合理、全面、真实。

(2)实操记录的完整性、完成实操的质量及熟练程度、实操态度等。

2. 考核方法

(1)达到实操管理规定基本要求者,成绩可记合格。

(2)较好地完成实操任务者,成绩可记良好。

(3)圆满完成实操任务,有突出成绩者,成绩记为优秀。

(4)实操不合格认定:实操练习时长未达到标准练习时长90%以上者;未提交实操报告者。

实操课程三 真茶和假茶的鉴别

一、实操目的

通过本实操课程的学习，使学生初步学会真假茶叶的辨别，以达到理论知识和实践知识的融会贯通。

二、基本要求

(1)学生尽量统一着装，如果不能统一着装，应着装整洁，注重仪容仪表，穿戴合乎标准。
(2)学生应注意操作规范。
(3)学生应注意各种礼仪规范，要使用礼貌用语。
(4)学生应注意认真领会实操目的和实操内容。
(5)遵守纪律，爱护公物。

三、实操项目

序号	实操项目	学时	实操项目类型
1	真茶和假茶的鉴别	2	应用型

四、实操内容

凡是从茶树上采下的鲜叶经过加工而成的毛茶，以及精茶和再加工茶，均为真茶。用非茶树叶子为原料，按茶叶的加工方法制成的茶，如柳树叶、榆树叶等，均称为假茶。真茶与假茶，一般可用感官审评的方法进行鉴定，即运用视觉、味觉等，对茶叶固有的色、香、味、形特征，用看、闻、摸、尝的方法，判断茶叶的真假。

具体操作中，指导老师可选择绿茶、红茶、乌龙茶、黄茶、白茶、黑茶中一种茶类，例如选择一款真名优绿茶和一款非茶类的茶，如藤茶，进行对比分析。

五、考核内容及办法

1. 考核内容

(1)撰写实操报告：报告中写明通过本次实操掌握了哪些知识，收获了什么，等等，要求写得合理、全面、真实。

(2)实操记录的完整性、完成实操的质量及熟练程度、实操态度等。

2. 考核方法

(1)达到实操管理规定基本要求者，成绩可记合格。

(2)较好地完成实操任务者，成绩可记良好。

(3)圆满完成实操任务，有突出成绩者，成绩记为优秀。

(4)实操不合格认定：实操练习时长未达到标准练习时长 90%以上者；未提交实操报告者。

实操课程四　新茶和陈茶的鉴别

一、实操目的

通过本实操课程的学习，使学生初步学会从看、摸、闻和尝四个方面来评价、评定新茶和陈茶的区别，以达到理论知识和实践知识的融会贯通。

二、基本要求

(1)学生尽量统一着装，如果不能统一着装，应着装整洁，注重仪容仪表，穿戴合乎标准。

(2)学生应注意操作规范。

(3)学生应注意各种礼仪规范，要使用礼貌用语。

(4)学生应注意认真领会实操目的和实操内容。

(5)遵守纪律，爱护公物。

三、实操项目

序　　号	实 操 项 目	学　　时	实操项目类型
1	新茶和陈茶的鉴别	2	应用型

四、实操内容

饮茶讲究"茶要新，水要活"，一般认为用新茶、活水才能泡出好茶。中国茶品种繁多，大多数茶类都是新茶比陈茶好，但并非所有的茶叶都是新茶比陈茶好。有的茶叶品种适当贮存一段时间，反而品质更好。例如，一些新炒制的名茶，如西湖龙井、洞庭碧螺春、黄山毛峰、莫干黄芽等，在经过高温烘炒后，立即饮用容易上火。如果能贮存1～2个月，那么，不仅汤色清澈晶莹，叶底青翠润绿，且滋味鲜醇可口，有清香纯洁之感，而未经贮存的闻起来略带青草气。鉴别新茶与陈茶，一是看，二是摸，三是闻，四是尝。

具体操作中，指导老师可选择绿茶、红茶、乌龙茶、黄茶、白茶、黑茶中一种茶类，例如选择一款新名优绿茶和一款陈名优绿茶进行对比分析。

五、考核内容及办法

1. 考核内容

(1)撰写实操报告：报告中写明通过本次实操掌握了哪些知识，收获了什么，等等，要求写得合理、全面、真实。

(2)实操记录的完整性、完成实操的质量及熟练程度、实操态度等。

2. 考核方法

(1)达到实操管理规定基本要求者，成绩可记合格。

(2)较好地完成实操任务者，成绩可记良好。

(3)圆满完成实操任务，有突出成绩者，成绩记为优秀。

(4)实操不合格认定：实操练习时长未达到标准练习时长90%以上者；未提交实操报告者。

实操课程五 春茶、夏茶和秋茶的鉴别

一、实操目的

通过本实操课程的学习，使学生初步学会从干看和湿看两个方面来识别春茶、夏茶和秋茶，以达到理论知识和实践知识的融会贯通。

二、基本要求

(1)学生尽量统一着装，如果不能统一着装，应着装整洁，注重仪容仪表，穿戴合乎标准。
(2)学生应注意操作规范。
(3)学生应注意各种礼仪规范，要使用礼貌用语。
(4)学生应注意认真领会实操目的和实操内容。
(5)遵守纪律，爱护公物。

三、实操项目

序　号	实操项目	学　时	实操项目类型
1	春茶、夏茶和秋茶的鉴别	2	应用型

四、实操内容

“春茶苦，夏茶涩，要好喝，秋白露，冬茶甘”，这是人们对季节茶自然品质的概括。春茶、夏茶和秋茶的鉴别，一是干看，主要从茶叶的外形、色泽、香气上加以判断。二是湿看，就是通过闻香、尝味、看叶底来进一步做出判断。

具体操作中，指导老师可选择绿茶进行识别，例如可分别选择一款绿茶中春茶、夏茶和秋茶进行对比分析。

五、考核内容及办法

1. 考核内容

(1)撰写实操报告：报告中写明通过本次实操掌握了哪些知识，收获了什么，等等，要求写得合理、全面、真实。

(2)实操记录的完整性、完成实操的质量及熟练程度、实操态度等。

2. 考核方法

(1)达到实操管理规定基本要求者，成绩可记合格。

(2)较好地完成实操任务者，成绩可记良好。

(3)圆满完成实操任务，有突出成绩者，成绩记为优秀。

(4)实操不合格认定：实操练习时长未达到标准练习时长90%以上者；未提交实操报告者。

◇知识活页

二维码 5-1

选择茶的五种方法

◇练习与思考

(1)茶叶的种类主要有哪些？

(2)请描述一下武夷岩茶的品质特征。

(3)请描述一下闽南乌龙的品质特征。

(4)简述我国六大茶类的基本制作工艺。

(5)请列举几种我国历代贡茶和名茶。

(6)简述鉴定茶叶的指标。

二维码 5-2
练习与思考答案

◇知识延展

[1] 陈椽.茶叶通史[M].2版.北京：中国农业出版社，2008.

[2] 刘枫.新茶经[M].北京：中央文献出版社，2015.

［3］　周重林,李乐骏.茶叶江山［M］.北京:北京大学出版社,2014.
［4］　张星海,方芳.绿茶加工与审评检验［M］.北京:化学工业出版社,2015.
［5］　陈丽敏.茶与茶文化［M］.重庆:重庆大学出版社,2012.
［6］　江用文,童启达.茶艺师培训教材［M］.北京:金盾出版社,2008.
［7］　艺美生活.寻茶记——中国茶叶地理［M］.北京:中国轻工业出版社,2018.

项目六　走近茶艺

学习目标

1. 知识目标

(1)掌握茶的一般冲泡要领。

(2)掌握茶的几种冲泡方式。

(3)掌握六大茶类及花茶的冲泡方法。

2. 技能目标

(1)掌握泡茶的基本技法和技艺。

(2)掌握六大茶类中名优茶的冲泡技术。

3. 情感目标

(1)通过冲泡茶的过程,体验泡茶的艺术之美,感悟生活的真谛。

(2)通过不同茶类的冲泡,培养认真、细心、严谨的做事态度,并形成独特的个人风格。

学习重难点

(1)盖碗和紫砂壶冲泡茶的技术。

(2)六大茶类中名优茶的冲泡技术。

任务导入

许多茶叶公司、茶艺馆或茶文化传播单位都要求茶艺师在为宾客泡茶时,既要姿态优雅,动作优美,神清气朗,又要泡出色、香、味俱佳的茶汤,让宾客在观赏和品饮时都获得美的体验。茶艺师要做好茶艺工作,必须掌握泡茶的基本技法和技艺,用心去泡好每一杯茶,让宾客去品味唇齿间的余香。同时,茶艺师要根据茶类的特点、茶艺的美学思想和表现法则来科学地编排茶艺程序,做好茶艺表演,让宾客获得美的享受。

◇导入案例

一个茶艺师的故事

日本江户时期有一个贵族，家里养了一位茶艺师。这位茶艺师泡茶技艺精湛，贵族一天都离不开他泡的茶。一次，茶艺师穿上武士服随主人前往京都，到了京都，主人去办事，茶艺师无事可干，便独自一人在池塘边散步，结果碰上一位浪人，一言不合便起了争执，两人约好四个小时后在此比武。

茶艺师直奔京都最大的武馆，见到大武师，磕头便拜，恳切地说："求你教我一种武士最体面的死法吧。"大武师很惊讶："来我这里学武的人都是求生的，还是第一次看到求死的。这是为什么？"茶艺师便把刚才的遭遇如实讲述了一遍。大武师说："原来你是一个茶艺师啊！能不能先给我泡一杯茶呢？"说到泡茶，茶艺师有些感伤，心想，这也许是自己这辈子最后一次泡茶了。如此一想，反倒变得从容，心也就静下来了。他让人取来最好的山泉水，用文火一点点煮开，取茶，洗茶，篦茶，滤茶，一丝不苟。茶泡好后，他恭敬地双手捧给大武师。大武师喝了一口说："这是我一生中喝到的最好喝的茶了。我可以告诉你，你不必死了。"茶艺师说："你要教给我什么绝招吗？"大武师回答："我什么都不教你，只送你一句话：用你刚才泡茶的心，去面对你的对手。"茶艺师不明就里，一边琢磨一边往回走。

四个小时后，茶艺师回到池塘边，见那个浪人正在等他。他双手取下帽子，端端正正放在池塘边，又脱下外套，拎起领口袖口，一折一折叠好，压在帽子下面，然后从容不迫地拿出绑带，将袖口裤脚一一扎好，最后紧了紧腰带，整束停当。整个过程，茶艺师一丝不苟，有条不紊，心中想着自己泡茶时的那份从容，一直面带微笑看着对方。而浪人早已拔剑，但现在被对方这样看着，心里越来越没底，而茶艺师最后一个动作，就是拔出剑来，双手举过头顶，棒喝一声，停在半空中。就在此时，浪人扑通一声跪下了，说："求你饶命，你是我这辈子见过的武艺最高强的武士。"

请问：泡茶中最重要的因素是什么？

【案例分析】

从日本这位茶艺师身上，我们看到只有从容的内心，才有真正的勇敢。在一个过于浮躁的时代里，泡茶、喝茶也许是不可多得的医心良方，因为泡茶、喝茶都急不得。体会着水与茶相逢的过程，心智如同茶香，慢慢地舒展、弥漫开来。就像那位日本茶艺师，以泡茶、品茶之心去面对世事，便能获得一份比匹夫之勇更悠远博大的力量。

任务一　茶的冲泡技术

说到泡茶，人们一般认为简单地将茶放入茶杯，冲入开水，就算是沏好了一杯茶。殊不知中国茶品种繁多，茶的原料选取与制作工艺迥异，茶具各式各样，冲泡方法不同，味道也不同。如果不论品种，一律开水闷泡，好茶也会泡成粗茶，粗茶更是只剩苦涩的味道了。茶艺的迷人之处，正是在于以精妙的冲泡方式，将茶的味道发挥得淋漓尽致，各得其趣。

一、冲泡要领

关于冲泡要领，人们总结为冲泡六要素，即投茶量、水温、冲泡时间、温润泡、冲泡次数和注水方式（表现手法），其中前面三项较为重要。一般来说，掌握了泡茶前面三项，距离泡出一杯或一壶好茶也就不远了。

（一）投茶量

泡好一杯茶或一壶茶，首先要掌握投茶量（见图 6-1）。每次的投茶量并没有统一标准，主要根据茶叶种类、茶具容量、茶形以及消费者的饮用习惯而定。

图 6-1　投茶

茶叶种类繁多，茶类不同，用量各异。

六大茶类使用的茶具不同，投茶量不同，茶水比也不同（茶与水的比例称为茶水比）。不同的茶水比，沏出的茶汤香气高低、滋味浓淡各异。茶水比过低（沏茶的用水量过多），茶叶在水中的浸出物绝对量小，茶汤就味淡香低；茶水比过高（沏茶的用水量过少），茶汤则过浓，而滋味苦涩，且不能充分利用茶叶浸出物的有效成分。故沏茶的茶水比应适当。

由于茶叶的香味、成分含量及其溶出比例不同，以及各人饮茶习惯的不同，对香味、浓度的要求不同等因素，对茶水比的要求也不同。不同的茶类有不同的沏茶方法。一般认为，冲泡绿茶、红茶、花茶的茶水比采用 1∶50 为宜（即用普通玻璃杯、瓷杯沏茶，每杯约置 3 克茶叶，可冲入约 150 毫升的沸水）。品饮铁观音、武夷岩茶等乌龙茶类，因对茶汤的香味、浓度要求高，茶水比可适当放大，以 1∶20 为宜（即 3 克茶叶，冲入约 60 毫升的水）。

考虑到茶叶的外形与粗细的程度，投茶量也应不同。一般常见的茶叶外形，就泡茶角度言之，可分为下列三类。

特密级：如剑片状的龙井、煎茶，剑状的龙井、煎茶，针状的工夫红茶、玉露、眉茶，球状的珠茶，碎角状的熏花香片等。

次密级：如揉成球状的乌龙茶、肥大带茸毛的白毫银针、纤细蓬松的绿茶等。

蓬松级：如包种茶、白毫乌龙，叶形粗大的碧螺春、瓜片等。

假设第一泡欲浸泡 1 分钟得到适当浓度茶汤，那特密级只要放五分之一壶量即可，次密级要放四分之一壶，蓬松级要放六七分满。

用茶量多少与消费者的饮用习惯也有密切关系。在西藏、新疆、青海和内蒙古等地区，人们以肉食为主，当地又缺少蔬菜，因此茶叶成为生理上的必需品。他们普遍喜饮浓茶，并在茶中加糖、加乳或加盐，故每次茶叶用量较多。华北和东北广大地区的人们喜饮花茶，通常用较大的茶壶泡茶，茶叶用量较少。长江中下游地区的人们主要饮用绿茶或龙井、毛峰等名优茶，一般用较小的瓷杯或玻璃杯，每次茶叶用量也不多。福建、广东、台湾等省，人们喜饮工夫茶，茶具虽小，但茶叶用量较多。

茶叶用量还同消费者的年龄结构与饮茶历史有关。中老年人往往饮茶年限长，喜喝较浓的茶，故茶叶用量较多；年轻人初学饮茶的多，普遍喜饮较淡的茶，故用量宜少。总之，泡茶用量的多少，关键是掌握茶与水的比例，茶多水少，则味浓；茶少水多，则味淡。有人曾做过这样一个试验：取四只茶杯，各等量放入 3 克相同的茶叶，再分别倒入沸水 50 毫升、100 毫升、150 毫升和 200 毫升。5 分钟后审评茶汤滋味，结果是，加水 50 毫升的滋味过浓，加水 100 毫升的滋味较浓，加水 150 毫升的滋味正常，加水 200 毫升的滋味较淡。

（二）水温

古人对泡茶的水温十分讲究。宋代蔡襄在《茶录》中说："候汤（即指烧开水煮茶）最难，未熟则沫浮，过熟则茶沉。前世谓之蟹眼者，过熟汤也。沉瓶中煮之不可辨，故曰候汤最难。"明代许次纾在《茶疏》中说得更为具体："水一入铫，便需急煮，候有松声，即去盖，以消息其老嫩。蟹眼之后，水有微涛，是为当时；大涛鼎沸，旋至无声，是为过时；过则汤老而香散，决不堪用。"以上说明，泡茶烧水，要大火急沸，不要文火慢煮。以刚煮沸起泡为宜，用这样的水泡茶，茶汤香味皆佳。如水沸腾过久，即古人所说的"水老"，此时，溶于水中的二氧化碳挥发殆尽，泡茶鲜爽味便大为逊色。未煮到沸滚的水，古人称为“水嫩”，也不适宜泡茶，因水温低，茶中有效成分不易泡出，使香味低淡，而且茶浮于水面，不便饮用。

现今，泡茶水温的掌握，则视茶叶种类而定。冲泡嫩度较高的名优绿茶，水温一般控制在80～85℃之间，这样泡出来的茶汤明亮嫩绿，滋味鲜爽，水温太高，茶叶很容易被烫熟。泡饮乌龙茶、普洱茶、花茶、红茶和中低档绿茶时，适宜用100℃的开水冲泡，如果水温过低，茶叶中的内含物质溶出较少，导致茶汤滋味寡淡。

一般说来，泡茶水温与茶叶中有效物质在水中的溶解度呈正相关，水温越高，溶解度越高，茶汤就越浓；反之，水温越低，溶解度越低，茶汤就愈淡。一般60℃温水的浸出量只相当于100℃沸水浸出量的45%～65%。

这里必须说明一点，高级绿茶适宜用80℃的水冲泡，通常是指将水烧开之后（水温达100℃），再冷却至所要求的温度。如果是无菌生水，则只要烧到所需的温度即可。

（三）冲泡时间

茶叶的冲泡时间与茶叶种类、投茶量、水温和饮茶习惯等都有关系，不可一概而论。冲泡时间影响茶汤的色泽、滋味的浓淡爽涩。冲泡时间过短，茶汤的香气和滋味欠佳；冲泡时间过长，茶汤过浓，会偏苦或偏涩。

据测定，一般茶叶泡第一次时，其可溶性物质能浸出50%～55%；泡第二次，能浸出30%左右；泡第三次，能浸出10%左右，泡第四次，则所剩无几了。所以，通常以冲泡三次为宜。冲泡时间过久，茶叶中的茶多酚、芳香物质等会自动氧化，降低茶汤的色、香、味，茶中的维生素C、氨基酸等也会因氧化而减少，而降低茶汤的营养价值。而且茶汤搁置时间过久，还易受环境的污染。茶叶的浸泡时间过长，茶叶中的碳水化合物与蛋白质易滋生细菌而引起霉变，会对人体健康造成危害。

茶类不同，冲泡时间不等。一般来说，第一道大约冲泡1分钟就可以得到适当的浓度，第二道以后要根据茶叶舒展状况与品质特性增减时间，以下是几项需要考虑的因素。

（1）揉捻成卷曲状的茶，第二三道才能完全舒展开来，所以冲泡时间往往需要缩短，第四道以后才逐渐增加冲泡的时间。

（2）揉捻轻、发酵时间短的，茶可溶物释出的速度很快，所以第三道以后浓度增加已趋缓慢，必须增加冲泡的时间。

（3）重萎凋、轻发酵的白茶类，如白毫银针、白牡丹等，可溶物释出缓慢，冲泡时间应延长一些。

（4）碎茶叶可溶物释出很快，前面数道时间宜短，往后各道的时间应逐渐增加。

（5）重焙火茶可溶物释出的速度较同类型茶之轻焙火者为快，故前面数道时间宜短，往后越多道应增加越多的时间。

普洱茶、沱茶等紧压茶视剥碎程度与压紧程度调整时间。细碎多者参考第四条，紧结程度低者参考第一条，紧结程度高者需要慢慢泡，让茶叶慢慢舒展，时间宜长，并依舒展速度调整。

为了使冲泡时间较为精确，可以使用定时器辅助，同时训练对出茶点的掌握，培养靠感觉掌握时间的能力。

总之，冲泡时间的总体原则为：茶量放得多，浸泡时间要短；茶量放得少，浸泡时间要长。水温高，浸泡时间宜短；水温低，浸泡时间要加长。

（四）温润泡

冲泡茶叶时，第一次注水入壶随即倒掉的动作称为温润泡，也称洗茶。

温润泡有以下三个作用。

(1)揉捻过的茶叶稍微舒展，以利于第一次泡茶发挥出应有的色、香、味，即“醒茶”。由于温润泡时间短，茶叶本身的可溶物还来不及溶出，但揉成半球形或球形的茶叶却可借热水的冲力与热量慢慢舒展。注水冲泡第一道时，茶叶与水的接触面积增加，可溶解适量的成分，让第一泡茶有完美的味道。

(2)对于陈年老茶或渥堆发酵的普洱茶，可以清洗表面细微的游离颗粒，这些颗粒可能是浮尘，也可能是从茶叶中脱离出来的。洗去了这些颗粒，茶汤才不会浑浊，而且卫生。有些发酵特别重的老茶头，通常需要连洗两遍，茶汤才会清亮，口感才会滑腻纯净。

(3)温润泡的茶汤一般用于漂洗茶杯：一是可以温烫茶杯，不然热茶汤入冷杯，温度便降下来了；二是清除茶杯中可能留存的其余茶味，保证茶汤味道纯正。

并非所有的茶都必须温润泡，需区别对待。部分绿茶和乌龙茶，在制造茶叶的揉捻过程中，茶叶细胞被破坏，流出的茶汁黏附在茶叶表面，这也是茶叶的精华，弃之可惜。

（五）冲泡次数

茶叶的耐泡程度除与嫩度有关外，还取决于茶叶加工的方法。初制过程中把茶叶切碎，茶叶本身的可溶物就容易冲泡出来；粗、老、完整的茶叶，其本身的可溶物冲泡出来的速度就慢。

一般情况下，第一次冲泡浸出的量占可溶物总量的50%～55%，第二次冲泡一般约占30%，第三次为10%左右；第四次只有1%～3%了。从其营养成分(茶叶中的维生素和氨基酸等)来看，第一次冲泡就有80%的量被浸出，第二次冲泡时约15%，第三次冲泡后，基本全部浸出。从茶香气和滋味来看，一泡茶香气浓郁，滋味鲜爽；二泡茶虽浓郁，但不如前一泡滋味鲜爽；三泡茶香气和滋味均已淡乏，若再经冲泡则无滋味。

红茶、绿茶和花茶，冲泡以三次为宜。乌龙茶在冲泡时投叶量大，茶叶粗老，可以多冲泡几次。以红碎茶为原料加工成的袋泡茶，通常适宜于一次性冲泡。一杯茶从早泡到晚的做法不可取。茶叶经过多次冲泡，能使一些难溶的有害物质(如某些极微量的残留农药)逐渐浸出，对人体有害。理想的泡饮方法是，每天上午一杯茶，下午一杯茶，既有新鲜感，又有茶香味。

如饮用颗粒细小、揉捻充分的红碎茶与绿碎茶，用沸水冲泡3～5分钟后，其有效成分大部分浸出，便可一次快速饮用。饮用速溶茶，也是采用一次冲泡法。

将茶汤倒出后，若相隔时间长(如10分钟以上)，下一道浸泡的时间应斟量缩短，因为纵使将茶汤倒干，茶叶表层仍旧存有一层水膜，所以还是在冲泡状态，只不过萃取速度比较缓慢。若属第二、三道的茶，可溶物释出量正旺，更要缩短时间。例如紧揉成球状的高级乌龙茶，若第一次浸泡1分钟即得所需浓度，放置10分钟后冲泡第二道，几乎无须等待，冲完水，盖上壶盖，就可以将茶汤倒出。前一道茶汤未完全倒干，留下来的茶汤也会影响下一道茶的浓度。不耐久浸的茶叶，应尽量将茶汤倒干，但动作不宜过于粗鲁。需要久浸的茶叶，通常需要在茶壶内留一点水，例如发酵度较高的普洱茶。

(六)注水方式(表现手法)

泡茶时茶叶的投茶量、浸泡时间与水温是决定茶汤浓度的三大要素。在冲泡三要素相同的情况下，尝试用不同手法冲泡同一款茶，可感受茶汤香气滋味的不同变化。

1. 定点高冲与定点低斟

1)定点高冲

煮水壶的出水口，如果在冲泡茶具上沿的高处注水，称作“定点高冲”(见图6-2)。

图6-2 定点高冲注水

定点高冲适合冲泡重香气的茶，如铁观音，剧烈的水流可以大幅提升香气，并且让茶叶与水充分交融，快出茶汤。水流高冲，使茶叶上下翻滚，叶片舒展，茶的内质快速释放，有利于激发茶香，提升茶汤饱满度和丰富度，避免直接对冲茶叶。定点高冲适合高香型的茶，如球型乌龙。

2)定点低斟

煮水壶的出水口靠近茶具上沿徐徐注水，称作“定点低斟”。在无茶叶处，定点注水，细流慢冲，使茶的内质舒缓、协调释放，能更好地表现茶汤的润滑度和细腻度。定点低斟适合重发酵的茶，如紧压茶的润茶，冲泡普洱茶、黑茶。这些茶叶的叶肉经由发酵，已经如同泥膏状了，冲泡时轻入轻出，可以保持茶汤明亮。若用剧烈的水流搅扰，会使茶汤浑浊，非常影响口感。

2. 定点注水与定点旋冲

1）定点注水

包括定点高冲和定点低斟，能表现茶汤的甜润，避免涩口。

2）定点旋冲

借力发力，让水呈涡流般旋转，用水流带动条索型茶叶有秩序地排列和均匀释放内质，让角度和力度完美结合，呈现出汤感的协调性、层次感、饱满度，可涤浮尘，祛苦底。定点旋冲适合条索型的岩茶、乌龙茶、红茶。

3. 静态浸润与动态冲泡

1）静态浸润

定点注水，使茶叶缓缓上升浮在水面，让茶叶通过水的热气浸润慢慢苏醒过来，可呈现茶汤的甘润，提升滋味的鲜活度。静态浸润适合温润级别高、品质特征偏鲜爽的叶型茶，例如年份较短的高级白茶（白毫银针、白牡丹等）、高级别花茶等。

2）动态冲泡

例如，以 N 字形水流覆盖式注水，使茶叶不漂浮在水面，全部得以浸润，以实现茶汤的协调感和饱满度。动态冲泡适合温润叶型较大且轻的茶叶，还有紧实的块型茶等。

二、冲泡方式

（一）冲泡方式的演变

我国有数千年的饮茶史，人们的冲泡方式随着制茶技术和饮茶实践的发展进步，有过四次较大的演变。

1. 第一个阶段：煎饮法

我们的祖先处于原始部落时期时，由于生产力低下，人们常常食不果腹。当他们发现茶树的叶子无毒能食的时候，当时采食茶叶纯粹是为了填饱肚子，而不是去享受茶叶的色、香、味，所以还不能算作饮茶。而当人们发现，茶不仅能祛热解渴，而且能兴奋精神，甚至能医治多种疾病时，茶开始从粮食中分离出来。煎茶汁治病，是饮茶的第一个阶段。这个阶段里，茶是药。当时茶叶产量少，也常作为祭祀用品。

2. 第二个阶段：羹饮法

从先秦至两汉，茶从药物转变为饮料。当时的饮用方法，如《尔雅注疏》中所载：“叶可煮作羹饮。”且当时煮茶时，还要加粟米及调味的佐料，煮作粥状。至唐代，还多用这种饮用方法。我国边远地区的少数民族至今仍有在茶汁中加入其他食品混合而食的习惯。

3. 第三个阶段：研碎冲饮法

此法早在三国时代就已出现了，于唐代开始流行，盛于宋。三国时代魏国的张揖在《广雅》中记载：“荆、巴间采叶作饼。叶老者，饼成以米膏出之。欲煮茗饮，先炙令赤色，捣末置瓷器中，以汤浇覆之，用葱、姜、橘子芼之。其饮醒酒，令人不眠。”这里说得很明确，当时采下的茶叶，要先制饼，饮时再捣末、冲沸水。这同今天饮砖茶的方法是一样的，应该说是冲饮法的“祖宗”。但这时以汤冲制的茶，仍要加葱、姜、橘子之类拌和，可以看到从羹饮法向冲饮法过渡的痕迹。唐代中叶以前，陆羽已明确反对在茶中加其他香料，强调品茶应品茶的本味，说明当时的饮茶方法也正处在变革之中。纯用茶叶冲泡，被唐人称为“清茗”。饮过清茗，再咀嚼茶叶，细品其味，能获得极大的享受。宋人以饮冲泡的清茗为主，羹饮法除边远地区之外，已很少见到。

4. 第四个阶段：全叶冲泡法

饮茶的第四个阶段，可称作全叶冲泡法。此法始于唐代，盛行于明清。唐代发明蒸青制茶法，专采春天的嫩芽，经过蒸焙之后，制成散茶，饮用时用全叶冲泡，这是茶在饮用方法上的又一进步。散茶品质极佳，饮之宜人。为了辨别茶叶品质的优劣，当时已形成了审评茶叶色、香、味的一整套方法。宋代研碎冲饮法和全叶冲泡法并存。至明代，制茶方法以制散茶为主，饮用方法也以全叶冲泡法为主。

（二）几种典型的泡饮法

茶具种类繁多，不同茶具适合冲泡的茶叶种类和冲泡的基本方法也不尽相同。以下介绍用常见的玻璃杯、盖碗、紫砂壶和瓷壶泡茶的基本方法。

1. 玻璃杯泡法

图 6-3　玻璃杯泡法

玻璃杯外形晶莹透明，用于泡茶可以充分观赏茶叶在水中变化的优美姿态以及茶汤的色泽变化，且玻璃不会吸收茶叶的味道，可使茶汤的味道更香浓。高档名优绿茶，如西湖龙井、洞庭碧螺春等，因外形秀丽、色泽翠绿，多用玻璃杯冲泡。此外，玻璃杯也可用于黄茶、白茶、花茶等的冲泡（见图 6-3）。

1）准备茶具

玻璃杯、茶盘、茶荷、茶匙、茶巾、煮水器等。

2）基本冲泡步骤

（1）温杯。待水煮沸后，将热水倒入玻璃杯中至三分之一处。左手托杯底，右手握杯口，倾斜杯身，使水沿杯口转动一周，再将温杯的水倒掉。

(2)置茶。用茶匙把茶荷中的茶轻轻拨入玻璃杯中,投茶量约为3克。

(3)温润。待水温降至80℃时倒入杯中,至杯子容量的四分之一处,接着右手握杯,左手中指抵住杯底,轻轻旋转杯身,让茶叶浸润10秒,促使茶芽舒展,之后倒掉茶汤。

(4)冲茶。利用手腕的力量,以“凤凰三点头”式手法冲水,即冲泡时由低向高将水壶上下连拉三次,茶叶在杯中翻转,加水至七分满时断流停冲。

(5)奉茶。将泡好的茶用双手端给客人,伸出右手示意,请客人品饮。

精细化杯泡法可以分解为十二个步骤:①干茶鉴赏;②冷闻茶香;③温杯洁具;④投茶入杯;⑤热闻茶香;⑥注水浸润;⑦湿闻茶香;⑧满注浸润;⑨赏茶之舞;⑩品饮回味;⑪饮半续杯;⑫循环往复。

2. 盖碗泡法

盖碗泡法是在茶水分离泡法中运用最广泛的泡茶法,也是最便捷的泡茶法,属于中国工夫茶泡法的一种。盖碗泡法还有一个重要好处,就是方便观看茶叶与茶汤在冲泡状态下的表现,同时可以赏闻茶香,也有利于快速出汤。盖碗泡法可以用于任何茶类,既可单杯独饮,亦可以做主泡器冲泡后分汤品饮(见图6-4)。出汤时间的掌握是盖碗泡法的重要秘诀,部分地区也以盖碗直接品饮花茶或绿茶,这是特殊的茶水不分离泡法。

图6-4　盖碗泡法

用盖碗冲泡乌龙茶、花茶时尤能凸显香气,冲泡黑茶、白茶、红茶、黄茶亦十分利于酝酿出茶味。冲泡绿茶时,一般不加盖闷泡,以免闷黄茶叶。

1)准备茶具

盖碗、公道杯、过滤网、品茗杯、茶盘、茶夹、茶荷、茶匙、茶巾、煮水器等。

2)基本冲泡步骤

(1)温杯。往盖碗中注入开水,然后将开水倒入公道杯,旋转烫洗后,将水倒入品茗杯中,用茶夹洗杯。如果品茗杯较大,也可直接用手拿杯旋转,再将洗杯的水倒入茶盘。

(2)置茶。用茶匙把茶荷中的茶轻轻拨入盖碗中,投茶量应根据茶类及品饮者的喜好调整。

(3)润茶。需要润洗的茶叶，如黑茶，往盖碗中冲水至八分满，盖上盖子，将茶汤滤入公道杯中。拿盖碗时，大拇指和中指放在盖碗口沿，食指按在盖纽上，其他的手指尽量不要碰碗身和盖子。拿起后让茶水沿着拇指方向倒进公道杯中。只需浸润的茶叶，如细嫩绿茶，则只需向杯中注入三分之一的水，轻轻摇动杯身即可倒出茶水。

(4)冲水。再次冲水至八分满，盖上盖子，闷泡1分钟。

(5)斟茶和奉茶。将茶汤滤入公道杯中，再将茶汤倒入各品茗杯中至七分满，双手端给宾客品饮。

精细化盖碗泡法可以分解为十个步骤：①赏茶；②温杯；③置茶；④注水；⑤浸泡；⑥倒茶；⑦分茶；⑧奉茶；⑨品茶；⑩收具。

3. 紫砂壶泡法

紫砂壶气孔微细、气密度高，具有良好的透气性和吐纳的特性，用之泡茶能充分显示茶叶的香气和滋味，而且泡茶的效果还会随紫砂壶的久用越来越好。紫砂壶提携抚握均不易烫手，置于火上烧炖也不会因温度急变而炸裂，是非常适合泡茶的壶具。紫砂壶的保温性能很强，适合冲泡对水温要求较高的黑茶、铁观音、大红袍等(见图6-5)。

图6-5 紫砂壶泡法

1)准备茶具

紫砂壶、公道杯、过滤网、品茗杯、杯托、茶船、茶夹、茶荷、茶匙、茶巾、煮水器等。

2)基本冲泡步骤

(1)温壶。把紫砂壶放在茶船上，用沸水冲淋茶壶内外，温热壶里、壶壁、壶盖。

(2)置茶。用茶匙把茶荷中的茶轻轻拨入茶壶中，使茶叶均匀散落在壶底，投茶量占茶壶容量的三分之一至二分之一。

(3)润茶。往壶中注入沸水，定点高冲入壶，至溢出壶盖沿为宜，用壶盖轻轻旋转刮去浮沫。

(4)温杯。将壶中的水滤入公道杯中，再把公道杯里的水倒入各品茗杯中温杯。

(5)冲茶。再次往壶中注入沸水，定点高冲水至溢出壶盖沿。盖上壶盖，用热水浇灌整个茶壶，让泡茶的温度保持恒定，浸泡2分钟后，把茶汤滤入公道杯中，尽量倒干净。

(6)斟茶。将温热品茗杯的水倒入茶船中，把公道杯中的茶汤倒入各品茗杯至七分满。

(7)奉茶。将品茗杯放在杯托上，双手端给宾客品饮。

4. 瓷壶泡法

瓷壶色泽莹润、质地坚密，用之泡茶不仅能衬托出茶汤的清澈透亮，而且能使泡出的茶香味清扬，可用小瓷壶冲泡高档红茶、乌龙茶等。又因瓷壶的保温性能好，故在人数较多的聚会时，可用大容量的瓷壶冲泡大宗红茶、大宗绿茶、中档花茶等(见图6-6)。

1)准备茶具

小壶、公道杯、过滤网、品茗杯、茶盘、茶夹、茶荷、茶巾、煮水器等。

2)基本冲泡步骤

(1)温杯。向壶内注入沸水，温壶后将水倒入公道杯中，再从公道杯中倒入品茗杯中温杯。

(2)置茶。用茶匙将茶荷中的茶叶轻轻拨入茶壶中。若为红茶，投茶量约3克；若是乌龙茶，投茶量可占壶容量的四分之一至三分之一。

(3)冲茶。以定点旋冲的手法向壶中注水至满，盖上壶盖，泡1～2分钟。

图6-6　瓷壶泡法

(4)备杯。借助茶夹将温热品茗杯的水倒入茶盘中，用茶巾拭净水渍。

(5)斟茶和奉茶。将茶壶中泡好的茶汤倒入公道杯中，尽量倒干净。再将公道杯中的茶汤分倒入各品茗杯中至七分满，双手端给宾客品饮。

任务二　绿茶茶艺

一、冲泡技艺

(一)茶具的选用

绿茶通常用玻璃杯、瓷杯或茶碗冲泡。玻璃杯透明度高，瓷质杯碗素雅洁白，便于衬托碧绿的茶叶和茶汤。

（二）水质的选择

泡绿茶的水水质要好。通常选用洁净的优质矿泉水，也可以用经过净化处理的自来水。水的酸碱度为中性或微酸性，切勿用碱性水，以免茶汤深沉。

（三）水温的选择

水煮至初沸即可，这样泡出的茶水鲜爽度较好。沏茶的水温在80℃左右最为适宜。因为优质绿茶的叶绿素在过高的温度下易被破坏而变黄，同时茶叶中的茶多酚类物质也会在高温下氧化，使茶汤变黄，很多芳香物质在高温下也会很快挥发散失，使茶汤失去香味。

（四）茶与水的比例

通常茶水比为1∶50至1∶60（即1克茶叶用50毫升至60毫升的水），这样冲泡出来的茶汤浓淡适中，口感鲜醇。

二、冲泡方法

绿茶在色、香、味上，讲求嫩绿明亮、清香、醇爽。在六大茶类中，绿茶的冲泡看似简单，其实极考验功夫。因绿茶不经发酵以保持茶叶本身的鲜嫩，冲泡时略有偏差，就会使茶叶泡老闷熟，茶汤黯淡，香气钝浊。此外，又因绿茶品种丰富，每种茶由于形状、紧结程度和鲜叶老嫩程度不同，冲泡的水温、时间和方法都有差异。绿茶必须用适当的茶具搭配，才能衬托出绿茶曼妙的身姿，其主要茶具一般选用透明的玻璃杯。

（一）绿茶的冲泡方法

根据绿茶条索的紧结程度，可分为三种泡法。无论使用何种方法，第一步均需烫杯，以利于茶叶色、香、味的发挥。

1. 上投法

主要用来冲泡细嫩绿茶。细嫩的茶叶是茶树上刚刚生长出来的新生命，犹如刚出生的婴孩，珍贵且几乎没有防御力。冲泡这样的茶，不能用刚烧开的水，那样会烫伤它，一般使用80～85℃的水，有热度且安全。采用上投法也是为了避免水直接冲击茶叶对其带来伤害。

上投法操作很简单，即“先水后茶”（见图6-7）。

图 6-7　上投法冲泡

烫杯之后，先将合适温度的水倒入杯中，杯内注水至七分满，然后取茶投入，不加盖，倾斜杯身缓缓旋转两圈，让茶和水充分融合。此时茶叶徐徐下沉，干茶吸收水分，叶片展开，现出芽叶的生叶本色，芽似枪，叶如旗，汤面水汽夹着茶香缕缕上升，如云蒸霞蔚。譬如洞庭碧螺春，此时形似雪花飞舞，叶底成朵，鲜嫩如生，叶落之美，有“春染海底”之誉。最后静待 1～2 分钟，出汤即可饮用。第一泡的茶汤，尚余三分之一，则可续水，此乃二泡。如若茶叶肥壮，二泡茶汤正浓，饮后口腔回甘，齿颊生香，余味无穷。饮至三泡，一般茶味已淡。

此种冲泡方法，适宜洞庭碧螺春、平水珠茶、涌溪火青、都匀毛尖、庐山云雾等较紧结的茶。

2. 中投法

主要用来冲泡较细嫩且高香、茶形紧结、扁形或嫩度为一芽一叶或一芽二叶的绿茶。细嫩且高香的茶叶，经不得高温热力和水冲击的伤害，但是又需要温度来激发茶中的香气，所以采用“水—茶—水”的投茶顺序。先水后茶，保护茶叶不受热力的伤害，二次高冲注水，激发茶香。

中投法操作也很简单，即“先水后茶，再添水”（见图 6-8）。

图 6-8　中投法冲泡

烫杯之后，杯内注水至三分满，拨入茶叶，然后倾斜杯身缓缓旋转两圈，使茶叶充分浸润。此时茶香高郁，不能品饮，但恰是闻香的最好时候。茶浸入水后，定点高冲注水至七分满，此时茶叶随水翻腾起舞，茶香开始弥漫。最后静待1～2分钟，出汤即可饮用。

此种冲泡方法，适宜西湖龙井、安吉白茶、黄山毛峰等。

3. 下投法

下投法是平时最容易接触的一种冲泡方法。主要冲泡茶形较松及嫩度较低，粗壮、粗老茶叶，通常一芽二三叶或者更低等级的绿茶。粗壮的茶，等级不高，身板强健，营养物质内敛。这样的茶要用略高温（但不要超过85℃）的水来浸出它的内含物，同时利用热水注入时的冲击力激发内含物的扩散。

下投法操作简单，即“先茶后水”（见图6-9）。

图6-9　下投法冲泡

烫杯之后，茶先投入杯，定点高冲注入水，茶叶随着水柱翻滚并舒展，然后倾斜杯身缓缓旋转两圈，最后静置1～2分钟，出汤即可饮用。

此种冲泡方法，适宜太平猴魁、六安瓜片茶等。

（二）知名绿茶的冲泡程序

以西湖龙井为例，西湖龙井是绿茶中极有特色的茶品之一，西湖龙井主要出产在杭州西湖沿岸，以狮峰山、龙井村、云栖村、虎跑村、梅家坞所产为最佳。早在宋朝年间，这种茶叶就已经闻名天下，它汤色碧绿，香气淡雅，营养丰富，保健功效出色，直到现在，依然是许多茶人的最爱。

主要用具：透明玻璃杯、水壶、清水罐、水勺、赏泉杯、赏茶盘、茶匙、干净的茶巾等。

具体冲泡程序如下。

1. 初识仙姿

龙井茶外形扁平光滑，享有色绿、香郁、味醇、形美“四绝佳茗”之盛誉。优质的龙井茶，通常以清明前采制的为最好，称为明前茶，谷雨前采制的稍逊，称为雨前茶，而谷雨之后的就非上品了。明人田艺衡曾有“烹煎黄金芽，不取谷雨后”之语。

2. 再赏甘霖

“龙井茶”“虎跑水”是杭州西湖双绝，冲泡龙井茶必用虎跑泉的水，如此才能茶水交融，相得益彰。虎跑泉的泉水是从砂岩、石英砂中渗出的，将硬币轻轻置于盛满虎跑泉水的赏泉杯中，硬币置于水上而不沉，水面高于杯口而不外溢，表明该泉水分子密度高，表面张力大，碳酸钙含量低。

3. 静心备具

冲泡高档绿茶要用透明无花的玻璃杯，以便更好地欣赏茶叶在水中上下翻飞、翩翩起舞的仙姿，观赏碧绿的汤色、细嫩的茸毫，领略清新的茶香。冲泡龙井茶更是如此。将水注入玻璃杯，一来清洁杯子，二来为杯子增温。

4. 悉心置茶

“茶滋于水，水借于器。”茶与水的比例适宜，冲泡出来的茶才能既不失茶性，又能充分展示茶的特色。一般来说，茶叶与水的比例为 1∶50 或 1∶60，即 1 克茶叶用 50 至 60 毫升的水。现将茶叶用茶则从茶仓中轻轻取出，置茶时要心态平静，茶叶勿掉落在杯外。敬茶惜茶，是茶人应有的修养。

5. 温润茶芽

采用回旋斟水法向杯中注水少许，以四分之一杯为宜，温润的目的是浸润茶芽，使干茶吸水舒展，为将要进行的冲泡打好基础。

6. 悬壶高冲

温润的茶芽已经散发出一缕清香，这时高提水壶，让水直泻而下，接着利用手腕的力量，上下提拉注水，反复三次，让茶叶在水中翻动。这一冲泡手法，雅称“凤凰三点头”。“凤凰三点头”不仅出于泡茶本身的需要，而且显示出冲泡者的优美姿态，更是中国传统礼仪的体现。三点头像是对客人鞠躬行礼，是对客人表示敬意，同时也表达了对茶的敬意。

7. 甘露敬宾

客来敬茶是中国的传统习俗，也是茶人所遵从的茶训。将自己精心泡制的清茶与新朋老友共赏，别是一番欢愉。

8. 辨香识韵

评定一杯茶的优劣，必从色、香、味、形入手。龙井是茶中珍品，其色澄清碧绿，其形一旗一枪，交错相映，上下沉浮。通常采摘茶叶时，只采嫩芽称“莲心”；一芽一叶，叶似旗，芽似枪，则称为“旗枪”；一芽两叶，叶形卷曲，形似雀舌，故称“雀舌”。闻其香，香气清新醇厚，无浓烈之感，细品慢啜，可体会齿颊留芳、甘泽润喉的感觉。

9. 再悟茶语

绿茶大多冲泡三次，以第二泡的色、香、味最佳。因此，当客人杯中的茶水见少时，要及时为客人添注热水。龙井茶初品时口感清淡，需细细体会，慢慢领悟。正如清代茶人陆次之所说：“龙井茶，真者甘香而不冽，啜之淡然，似乎无味，饮过之后，觉有一种太和之气，弥沦于齿颊之间，此无味之味，乃至味也。为益于人不浅，故能疗疾，其贵如珍，不可多得。”品赏龙井茶，像是观赏一件艺术品。人们透过玻璃杯，看着上下沉浮的茸毫，看着碧绿的清汤和娇嫩的茶芽，顿觉龙井茶仿佛是一曲春天的歌、一幅春天的画、一首春天的诗，让人置身于一派浓浓的春色里，生机盎然，心旷神怡。

任务三　红茶茶艺

一、冲泡技艺

（一）茶具的选用

红茶所具有的芬芳的味道，必须用适当的茶具搭配，来衬托出红茶独特的美。按使用的茶具不同，可分为杯饮法和壶饮法。一般情况下，小种红茶、袋泡红茶等大多采用杯饮法，即置茶于白瓷杯中，用沸水冲泡后饮用。红碎茶和片末红茶则多采用壶饮法，即把茶叶放入壶中，冲泡后将茶渣和茶汤分离，从壶中慢慢倒出茶汤，分置于各小茶杯中，便于饮用。冲泡红茶时可选用紫砂茶具、白瓷茶具或白底红花瓷茶具。

（二）水质的选择

一般而言，无色无味且含氧量高的水最适宜泡茶，其中又以泉水、井水及溪水为最佳，市售的矿泉水若是纯水或天然水亦可代替。家中的自来水由于多添加有氯气，宜在大容器中静置一夜，待氯气散尽再煮沸用来泡茶。

（三）温度的把握

红茶属全发酵茶，适合以较高的温度冲出茶香，冲泡秘诀在于，水煮开后直接冲茶，水入茶壶之际约 95℃高温，这是最适合红茶的温度。

具体做法为将适量的茶加入茶壶中，再立刻注入沸腾的开水。水温宜维持在 90～100℃，与此同时，将茶杯用热水烫过，俗称温杯。若温度太高，可使用定点高冲法，即将热水壶高举注水，如此热水注入壶中时会有一段缓冲，亦有降温效果。

（四）茶水比

泡一般的红茶，对嗜茶者而言，红茶与水的比例应在 1∶50 至 1∶80 之间，即红茶若放 3 克，可冲沸水 150～240 毫升。对于普通饮茶者，红茶与水的比例应在 1∶80 至 1∶100 之间。

放入茶叶，注入热水，将壶盖盖上，使红茶的香气与味道充分地在热水中释放出来。叶片细小者浸泡 2～3 分钟，叶片较大则宜闷置 3～5 分钟，当茶叶绽开，沉在壶底，并不再翻滚时，即可享用。

二、冲泡方法

红茶饮用人群广泛，这与红茶的品质特性有关。红茶色泽黑褐油润，香气浓郁带甜，滋味醇厚鲜甜，汤色红艳透黄，叶底嫩匀红亮。红茶之所以迷人，不仅仅在于它色艳味醇，而且在于其收敛性差，性情温和，广交能容。人们常以红茶调饮，不论是酸如柠檬、辛如肉桂，还是甜如砂糖、润如奶酪，无不交互融合，相得益彰。也许这就是红茶最可爱之处。

（一）红茶的品饮方法

至于红茶的品饮方法，因人因事因茶而异，粗略统计有百余种，现择要简介如下。

1. 按花色品种分

从红茶的花色品种分，大体可分为工夫饮法和快速饮法两种。

1）工夫饮法

工夫饮法是中国传统的工夫红茶的品饮方法。工夫红茶中著名的品种如正山小种、坦洋工夫、祁门工夫、云南工夫、政和工夫等，都属条状茶类，重视外形条索紧细纤秀，内质香高色艳味醇。品饮工夫红茶重在领略它的清香和醇味，所以多用冲泡法，即将 3～5 克红茶放入白瓷杯中，然后冲入沸水，几分钟后，先闻其香，再观其色，然后品味。一杯茶叶通常可冲泡2～3次。这种饮法，需要饮茶人在“品”上下功夫，缓缓斟饮，细细品啜，在徐徐体味和欣赏之中，吃出茶的醇味，领会饮茶真趣，使自己心情欢愉、超然自得，获得精神上的升华。但欲享这种清福，须如鲁迅先生所说：“首先必须有工夫，其次是练出来的特别感觉。”这话是很中肯的，评茶经验越丰富的人，在品赏工夫茶中所获的美感也越强烈，而鉴评经验的积累，就在于下功夫，多实践。

2)快速饮法

快速饮法是21世纪发展起来的饮用方法，主要是对红碎茶、袋泡红茶、速溶红茶和红茶乳品、奶茶汁等花色而言。红碎茶是颗粒状的一种红茶，体型小，细胞破碎率高，茶叶内含物易溶于水，适宜快速泡饮。一般冲泡一次，多则两次，茶汁就很淡了。袋泡红茶饮用更为方便，一杯一袋，冲水后轻轻抖动茶袋，待茶汁溶出即可取出茶袋弃去，茶汤清澈无片末残留，是既方便又清洁卫生的一种饮用方法。至于速溶红茶、红茶乳品，只需用开水调冲即可，随调随饮，冷热皆宜。奶茶汁是种液体茶，有罐装和盒装之分，饮用最为方便。此外，西方国家也盛行冰茶。随着现今社会生活节奏的加快，商品茶已由单纯固体型向固体型和液体型发展。红茶的快速饮用法，也由西方向东方辐射。

2. 按调味分

按茶汤的调味与否，可分为清饮法和调饮法。

1)清饮法

清饮法是中国大多数地方饮用红茶的方法，工夫饮法就属于清饮，即在茶汤中不加任何调味品，使茶叶发挥原本的香味。清饮时，一杯好茶在手，静品默赏，细评慢饮，最能使人进入一种忘我的精神境界，欢愉、轻快、激动、舒畅之情油然而生，正如苏东坡所言“从来佳茗似佳人”，黄庭坚则咏茶是“味浓香永。醉乡路，成佳境。恰如灯下，故人万里，归来对影。口不能言，心下快活自省”。而卢仝的《七碗茶》，欣然欲仙的饮茶乐趣更是跃然纸上。所以中国人多喜欢清饮，特别是名优茶，一定要清饮才能领略其独特风味，享受到饮茶奇趣。

2)调饮法

调饮法是指在茶汤中加入调料以佐汤味的一种方法。

红茶性情温和，收敛性差，易于交融，因此通常用之调饮。中国古时，团茶、饼茶都是碾碎加调味品烹煮后饮用，随着制茶工艺的革新，散茶的创制，饮茶方法也逐渐改为泡饮，并在泡好的茶汤中加入糖、牛奶、芝麻、松子仁等佐料。这种方法之后逐渐传往各少数民族地区和欧美各国。现在的调饮法，比较常见的是在红茶茶汤中加入糖、牛奶、柠檬片、蜂蜜或香槟酒等，所加调料的种类和数量，则随饮用者的口味而异。也有的在茶汤中同时加入糖和柠檬、蜂蜜和酒同饮，或置冰箱中制作不同滋味的清凉饮料。

这里还值得一提的是茶酒，即在茶汤中加入各种美酒，形成茶酒饮料。这种饮料酒精度低，不伤脾胃，茶味酒香，酬宾宴客颇为相宜，已成为颇受人民群众青睐的新饮法。

3. 按茶具分

按使用的茶具不同，又可分为杯饮法和壶饮法。

一般情况下，工夫红茶、小种红茶、袋泡红茶、速溶红茶等大多采用杯饮法，即置茶于白瓷杯或玻璃杯中，用沸水冲泡后饮用。红碎茶和片末红茶则多采用壶饮法，即把茶叶放入壶中，冲泡后将茶渣和茶汤分离，从壶中慢慢倒出茶汤，分置各小茶杯中，便于饮用。茶叶残渣仍留壶内，或再次冲泡，或弃去重泡都很方便。这种方法适宜于茶馆酒肆招待客人，或三五友人共聚议事时用。对于采取何种饮法，在接待宾客时，要慎加研究，因为同一饮法，有些地方认为"同饮一壶茶"是亲热的表现，但在另一些地方用壶斟茶招待客人，则会被认为不合礼节。《清稗类钞》载："湘人于茶，不惟饮其汁，辄并茶叶而咀嚼之。人家有客至，必烹茶，若就壶斟之以奉客，为不敬。客去，启茶碗之盖，中无所有，盖茶叶已入腹矣。"也许不用壶饮法的原因就在于此。

4. 按茶汤浸出方法分

按茶汤浸出方法分，可分为冲泡法和煮饮法。

1)冲泡法

即前面谈到的将茶叶置于茶杯或茶壶中，然后冲入沸水，静置几分钟后，待茶叶内含物溶入水中，即可饮用。这种方法简便易行，为广大群众所乐用。

2)煮饮法

多在客人餐前饭后饮茶时用，特别是少数民族地区，多喜欢用长嘴铜壶煮茶，或用咖啡壶煮早茶。壶内放茶数量视喝茶人数多少或壶身大小而定。红茶入壶后加入清水煮沸，然后冲入预先放好奶、糖的茶杯中，分给大家享用。也有的在桌上放一壶奶、一盆糖，各人根据自己需要自行在茶中加奶、加糖。至于婚丧喜庆或大型集会时，往往把茶放入保暖桶中，冲入足量沸水，轻轻搅拌使茶汁溶出然后备饮，或用大茶壶煮好浓茶，然后倒入保暖桶中备饮。前者方便，但出水口易被茶渣堵塞，清洗也较麻烦，后者较为清洁卫生，也易于加水和清理。

(二)知名红茶的冲泡

以祁门红茶为例，祁门红茶产于安徽省祁门县，与闽红、宁红齐名，国外也有学者将祁门红茶与印度大吉岭茶、斯里兰卡乌伐茶并称为世界三大高香茶。祁门红茶的香气被称为"祁门香"，通过祁门红茶的行茶程序可领略其明艳的汤色、独特的内质，隽永的回味。

主要用具：瓷质茶壶、茶杯、赏茶盘或茶荷、茶巾、茶匙、奉茶盘、热水壶及风炉(电炉或酒精炉皆可)。

具体冲泡程序如下。

1. 宝光初现

祁门红茶条索紧秀，锋苗好，色泽并非人们常说的红色，而是乌黑润泽。国际通用红茶的名称为"black tea"，即因红茶干茶呈乌黑色泽而来，这种色泽俗称"宝光"。

2. 清泉初沸

热水壶中用来冲泡的泉水经加热，微沸，壶中上浮的水泡仿佛"蟹眼"。

3. 温热壶盏

用初沸之水，注入瓷壶及杯中，为壶杯升温。

4. 王子入宫

用茶匙将茶荷或赏茶盘中的红茶轻轻拨入壶中。祁门红茶也被誉为“王子茶”，所以这一步骤称为“王子入宫”。

5. 悬壶高冲

高冲可以让茶叶在水的激荡下充分浸润，以利于色、香、味的充分发挥。

6. 分杯敬客

用循环斟茶法，将壶中之茶均匀地分入每一杯中，使杯中之茶的色、味一致。

7. 喜闻幽香

一杯茶到手，先要闻香。祁门红茶是世界公认的高香茶之一，其香浓郁高长，又有“茶中英豪”“群芳最”之誉，更是蕴藏着一股兰花之香。

8. 观赏汤色

红茶的红色，表现在冲泡好的茶汤中。茶汤的明亮度和颜色，表明红茶的发酵程度和茶汤的鲜爽度。祁门红茶的汤色红艳，杯沿有一道明显的“金圈”，再观叶底，嫩软红亮。

9. 品味鲜爽

闻香观色后即可缓啜品饮。祁门红茶与红碎茶浓强的刺激性口感有所不同，以鲜爽、浓醇为主，滋味醇厚，回味绵长。

10. 再赏余韵

冲泡第一次之后，可再将茶冲泡第二次。

11. 三品得趣

红茶通常可冲泡三次，三次的口感各不相同，细饮慢品，徐徐体味茶之真味，方得茶之真趣。

12. 收杯谢客

客人品饮完毕，茶艺师收回茶杯，整理台面，感谢客人本次光临。

任务四　乌龙茶茶艺

一、冲泡要点

（一）茶具的选用

要领略乌龙茶的真香和妙韵，就要有考究而配套的茶具，最好选用宜兴紫砂壶或小盖碗（即三才杯），其杯具应选择精巧的白瓷小杯或由闻香杯和品茗杯组成的对杯。

（二）水质的选择

最好使用山泉水、纯净水。

（三）水温的选择

泡茶的水温为 95～100℃。陆羽谓水有三沸："其沸，如鱼目，微有声，为一沸；缘边如涌泉连珠，为二沸；腾波鼓浪，为三沸。"滚开的水，有老嫩之分。一沸之水太嫩，劲不足，泡出的茶香味不足。三沸的水又太老，因水中的氧气、二氧化碳气体已挥发殆尽，所泡出的茶汤既不鲜也不爽口。唯有二沸的水称为"得一汤"。

（四）茶水比

一般来说，乌龙茶的茶水比大致为 1∶20 至 1∶30，比如茶具容量为 150 毫升，投茶量最少为 5 克。具体要根据自己或客人的饮用习惯、对茶的浓淡喜好、茶具的大小等因素适度调整。

二、冲泡技艺

乌龙茶以浓郁高长的香气，醇厚滑爽、回味甘甜的滋味赢得了众多的爱好者，同时也演化出许多种冲泡方法，下面介绍几种各具特色的乌龙茶冲泡方法。

(一)冲泡方法

1. 乌龙茶小壶泡茶法

传统上，小壶茶多用来冲泡半发酵乌龙茶。

1)备具

准备全套泡茶用具，茶壶、茶盅、盖置、奉茶盘等主茶器，茶荷、茶巾、渣匙、茶拂、茶叶罐、计时器等辅茶器，以及煮水器等。

2)备水

(1) 双手将茶壶(连同茶船)移到左前方，腾出正前方的空间。

(2)左手将水壶放到正前方。

(3)打开水壶盖，放于茶巾上，右手取出热水瓶加满热水。

(4)水壶归位，打开热源开关(若水温已够，则免去加热的步骤)。

(5)若是茶道表演场合，起立向大家鞠一躬；若是平时待客可调整一下坐姿，关注一下在场的客人，表示你就要开始泡茶了。

3)温壶

(1)打开壶盖，放于盖置上。

(2)左手提起水壶冲入八分满的热水，归位后右手盖上壶盖。

4)备茶

(1)右手取出茶罐，打开盖子，将罐盖与罐身放于辅茶器组的下方。

(2)左手持茶荷，右手拿茶罐，将所需茶叶倒入茶荷内。

(3)若是蓬松的茶叶，不容易倒出，则将茶荷置于面前，使荷口朝右，左手拿茶罐，右手拿茶匙，以茶匙的尾端将茶拨入茶荷内。

(4)茶罐依原状放置于辅茶器组的下方。

5)识茶

双手捧茶荷，观看茶叶的发酵、焙火、揉捻、粗细等茶况，借以决定茶量、水温、浸泡时间等。

6)赏茶

持茶荷请客人赏茶，主人也借此机会介绍一下所要冲泡的茶叶，以便于客人的品饮。

7)温盅

最后一位客人赏完茶，将茶荷放回面前，将温壶的水倒入盅内温盅，也借此机会了解茶盅是否可以一次性盛装壶内的茶汤。如果不行，则泡茶时少冲一点水。若不温壶，温盅亦略。

8)置茶

往紫砂壶中放置茶叶，茶叶的多少按照茶叶的种类、茶具的大小和个人的喜好放置，想喝淡茶就少放一点，想喝浓茶就多放一些，但别放太多，会发涩发苦。

9）闻香

在正式闻干茶香前，轻轻上下摇晃盖碗，2～3 次即可。轻摇盖碗的目的，是让条索之间相互碰撞，从而更好地让芳香物质释放，方便我们闻香。闻香的正确做法是端起盖碗，将盖子揭开一个缝隙，让盖子和碗口的夹角控制在 45 度左右，而后凑到鼻尖下方闻香即可。这种方法能将香气聚拢，香气最浓郁。

10）润茶

将开水注入壶中，将茶叶完全浸泡，之后倒掉开水，这样的作用是更好地促发茶香和析出茶味，也能过滤茶叶中的杂质。

11）冲泡

将合适温度的水倒入壶中，水不要倒太满，八分满为佳，以免茶叶卡在壶口盖间隙，影响紫砂壶气密性，以致泡的茶不到火候。

12）倒茶

冲泡好的茶，应先倒进公道杯中，再依次倒入口杯中，但要注意的是，俗语有“七分茶三分情，茶满欺客”的说法，因此不要倒茶倒得太满。此时，也可端起盖碗，闻叶底所散发出的香气。

13）奉茶

倒好的茶应按照长幼尊卑顺序，双手端给客人，并伸出手掌行礼，邀请客人品茶。

14）品茶

茶在手中不要急于饮用，要学会闻香、观茶，小口细细品茶，感受茶汤在口腔中回甘的滋味。

2. 乌龙茶盖碗泡茶法

盖碗泡茶法，又叫盖碗品茗法，这是闽北乌龙茶产区的茶厂、茶行、茶庄、茶店常用的评茶品茗的方法，也是我国传统的品茗方法。由于茶杯呈碗形，反边敞口，茶叶泡在杯中，揭盖闻香、尝味、观色都很方便，不仅可以观赏茶汤，而且茶叶叶底也清澈可见。加上盖杯造型美观、题词配画都很别致，以盖杯泡茶奉客，人奉一杯，品饮随意，添加自由，能体现出中国人好客的传统和大方的待客之道。

盖碗泡茶法分为温杯、置茶、温润泡、冲泡、静待备饮五个环节。

1）温杯

温杯是由宋代点茶时的熁盏演化而来的，熁盏即在点茶（用开水冲调）前，先用火烘茶碗，使之温热，以助茶末融于茶汤。温杯就是在投茶入杯前，先以开水注入空杯中，荡洗杯身及杯盖后倒出。其作用是清洁茶杯，温热茶杯和杯盖。

2）置茶

温杯后，置入适量的茶叶，一般每杯置茶 3 克，也可征询宾客意见加以调整。

3）温润泡

冲入开水，盖好杯盖，随即将茶汤倒出，即为温润泡。其目的是将茶叶中的杂质或附于表面的杂味冲掉，使茶更加纯净，并让茶叶吸收水分和热量，助茶叶伸展，以发挥香气和滋味。

4)冲泡

茶叶经温润泡以后，即可冲泡，冲泡所需要的水的温度，应按茶类来调整，乌龙茶所需水温在95℃以上。

5)静待备饮

冲泡后静置一定时间，即可请宾客品尝。静置的时间因茶类和制茶过程中的火候而异，焙重火茶(俗称熟茶)时间短，焙轻火茶(俗称生茶)时间稍长。同时要考虑冲泡次数，若预备再冲第二泡，第一泡静置的时间宜短，以免影响第二泡的浓度。

(二)知名乌龙茶的冲泡

1. 闽北武夷茶艺

以大红袍为例，风景秀丽的武夷山是乌龙茶的故乡，大红袍是中国极具盛名的武夷岩茶品种，其品质最突出之处是香气馥郁、有兰花香，香高而持久，岩韵明显。宋代大文豪范仲淹曾写诗赞美武夷岩茶："年年春自东南来，建溪先暖冰微开。溪边奇茗冠天下，武夷仙人从古栽。"武夷山人不但擅长种茶、制茶，也精于茶艺，下面让我们一起欣赏大红袍茶艺。

主要用具：木制茶盘一个，宜兴紫砂母子壶一对，龙凤变色杯若干对，茶具组合一套，茶巾二条，开水壶一个，酒精炉一套，香炉一个，茶荷一个。

主要冲泡程序有二十七道。

(1)恭请上座：客人上座，侍茶者沏茶前备器到位。

(2)焚香静气：焚点檀香，造就幽静、平和气氛。

(3)丝竹和鸣：播放古典音乐，使品茶者进入品茶的精神境界。

(4)叶嘉酬宾：出示武夷岩茶让客人观赏。叶嘉即宋苏东坡用拟人笔法撰写《叶嘉传》时以茶叶嘉美之意赞誉福建茶叶。

(5)活煮山泉：泡茶用山溪泉水为上，用活火煮到初沸为宜。

(6)孟臣沐霖：烫洗茶壶。孟臣是明代紫砂壶制作家，后人把名茶壶喻为孟臣。

(7)乌龙入宫：把乌龙茶放入紫砂壶内。

(8)悬壶高冲：把盛开水的长嘴壶提高冲水，高冲可使茶叶翻动。

(9)春风拂面：用壶盖轻轻刮去表面白泡沫，使茶叶清新洁净。

(10)重洗仙颜：用开水浇淋茶壶，既洗净壶外表，又提高壶温。此步骤名借用了武夷山摩崖石刻上的"重洗仙颜"题字。

(11)若琛出浴：烫茶杯。若琛为清初人，以善制茶杯而出名，后人把名贵茶杯喻为若琛。

(12)游山玩水：将茶壶底靠茶盘沿旋转一圈，在餐巾布上吸干壶底茶水，防止滴入杯中。

(13)关公巡城：保持了原闽南、粤东工夫茶之程序名目，即依次来回往各杯斟茶水。

(14)韩信点兵：保持了原工夫茶之程序名目，即壶中茶水只剩少许时，往各杯点斟茶水。

(15)三龙护鼎：即用拇指、食指扶杯，中指顶杯，此法持杯既稳当又雅观。

(16)鉴赏三色：认真观看茶水在杯里的上中下三种颜色。

(17)喜闻幽香：嗅闻武夷岩茶的香味。

(18)初品奇茗：观色、闻香后，开始品茶。

(19)再斟兰芷：斟第二道茶。“兰芷”泛指岩茶，宋范仲淹诗有“斗茶香兮薄兰芷”之句。

(20)品啜甘露：细致地品尝岩茶，“甘露”为岩茶佳品之喻。

(21)三斟石乳：斟三道茶。

(22)领略岩韵：慢慢地领悟岩茶的韵味。

(23)敬献茶点：奉上品茶之点心，一般以咸味为佳，因其不易掩盖茶味。

(24)自斟慢饮：任客人自斟自饮，品尝茶点，进一步领略情趣。

(25)欣赏歌舞：茶歌舞大多取材于武夷山民间的题材，三五朋友亦可品茶兼吟诗唱和。

(26)游龙戏水：选条索紧致的乌龙干茶放入杯中，斟满茶水，茶叶伸展浮动，仿若乌龙在戏水。

(27)尽杯谢茶：起身喝尽杯中之茶，以谢茶农栽种、制作佳茗和感谢主人的招待。

2. 闽南工夫茶艺

以安溪铁观音为例。铁观音产自福建安溪，属于乌龙茶类，素有“绿叶红镶边，七泡有余香”之美誉。它不仅有绿茶的清香甘爽，红茶的鲜和醇厚，还具有花茶的芬芳幽香，是中国茶叶百花园中的一朵奇葩。有诗云：“烹来勺水浅杯斟，不尽余香舌本寻，七碗漫夸能畅饮，可曾品过铁观音。”

主要用具：号称“茶房四宝”的炉、壶、瓯杯以及托盘，由于安溪盛产竹子，所以茶匙、茶斗、茶夹、茶通等茶具多用竹器工艺制成的。

主要程序如下。

(1)丝竹共鸣：演奏南曲《梅花操》，让品茶者在格调高雅、旋律优美的古乐声中进入品茶的意境。

(2)焚香静气：主泡手举香柱，面对观众，仰天礼拜，后插进香炉。

(3)烹煮泉水：助泡将泉水倒入壶中，递给主泡烹煮。

(4)沐霖瓯杯：烫洗盖碗和茶杯，用竹夹把茶杯按序排入茶盘。

(5)观音上轿：打开茶罐，用茶匙把茶叶慢慢拨入茶荷。

(6)观音入宫：用茶匙把茶叶慢慢送入盖碗中。

(7)悬壶高冲：高提水壶，冲入盖碗。

(8)春风拂面：用瓯盖轻轻刮去漂浮在上层的白泡沫，并用水冲去，使茶叶清新洁净。

(9)三龙护鼎：用拇指、中指夹紧碗沿，食指按住盖心。

(10)游山玩水：提起盖碗，在托盘边缘旋转一周，刮去碗底的水珠。

(11)关公巡城：端起盖碗，按顺序低斟入杯。

(12)韩信点兵：把碗中的甘露点斟各杯。

(13)敬奉香茗：敬献品茗嘉宾。

(14)鉴赏汤色：端起香茗，聚精会神地观赏汤色。

(15)细闻幽香：茶杯举至鼻端，慢慢地由远及近，再由近及远，来回细闻。

(16)品啜甘霖：把茶杯从鼻端慢慢移到嘴唇，细寻韵味。

任务五 黄茶茶艺

一、冲泡要点

(一)茶具的选用

黄茶和绿茶相似，形态也比较优美，所以适宜冲泡的茶具也是玻璃杯。尤其是那些品质比较好的黄茶，如君山银针等，在冲泡时可以透过玻璃杯欣赏黄茶"三起三落"的景象。当然，瓷杯、盖碗也是不错的选择。

(二)水质的选择

冲泡黄茶以泉水、溪水、纯净水等软水为佳，一般采用纯净水，因为水中的氯离子、钙离子和镁离子对茶汤的品质有很大的影响，最好不采用自来水或钙离子和镁离子含量高的矿泉水泡茶。若用自来水，最好先静置24小时，再煮沸。

如果水质好，烧开即可泡茶，过沸则会损失水中对人体有益的微量元素，使茶汤失去香味；若水质不佳，就要多煮一会儿，使杂质沉淀。

(三)水温的把握

黄茶为微发酵茶，特色鲜明，黄汤黄叶，且滋味甜爽。由于黄茶原材料细嫩，冲泡黄茶适宜用85～90℃的水。一般而言，茶水的温度越高，茶叶的浸出物溶解得也越多。冲泡黄茶的水温不宜过高，沸水冲泡容易烫熟茶叶，使茶汤失去香气。

（四）茶水比

茶水比不同，茶汤香气的高低和滋味的浓淡也各有不同。一般冲泡黄茶的茶水比可以控制在1∶50至1∶60，即每杯放3克左右的干茶，加入150～180毫升的水即可。

二、冲泡技艺

（一）冲泡方法

黄茶是我国的特产名茶，具有黄叶黄汤的品质特点。黄茶的冲泡方法有两种，分别是传统的方法和简易的方法。

1. 传统的黄茶冲泡方法

（1）准备茶具，冲泡黄茶，建议选用透明玻璃杯或盖碗。用温水清洗茶具，同时起到温杯的作用。

（2）根据1∶50的比例，量取适量的黄茶，放到茶杯里。

（3）往茶杯里倒入少许85～90℃的水，以没过茶叶为宜，浸润一下黄茶叶。

（4）继续往茶杯里注入85～90℃的水，至杯子的七八分满即可。浸泡大约30秒即可品饮。

2. 简易的黄茶冲泡方法

简易的冲泡方法有两种。

其一：取5～8克的黄茶，放到茶壶里，加入少许85～90℃的水，浸泡大约30秒。然后再注入适量沸水，闷泡大约2分钟即可饮用。饮用后留茶壶三分之一的水量，续水进行第二泡。

其二：用水壶将85～90℃的水以先快后慢的方式冲入盛茶的杯子，至二分之一处，使茶芽湿透。稍后，再冲至七分满为止。约5分钟后，去掉玻璃盖片。例如黄茶中的君山银针在经冲泡后，可看见茶芽渐次直立，上下沉浮，并且在芽尖上有晶莹的气泡。

（二）知名黄茶的冲泡

以君山银针为例。君山银针是一种较为特殊的茶，它作为茶，有幽香，有醇味，具有茶的所有特性。但从品茗的角度而言，这是一种重在观赏的特种茶，因此，特别强调茶的冲泡技术和程序。

主要用具：茶具宜用透明的玻璃杯和玻璃杯盖，并准备公道杯、赏茶盘或茶荷、茶巾、茶匙、奉茶盘、水盂、滤网、热水壶及风炉(电炉或酒精炉皆可)等。

冲泡程序如下。

1. 赏茶

用茶匙摄取少量君山银针，置于洁净的赏茶盘中，供宾客观赏。

2. 洁具

用开水预热茶杯，清洁茶具，并擦干杯中水珠，避免因茶芽吸水而降低茶芽的竖立率。

3. 置茶

用茶匙轻轻地从茶叶罐中取出约 3 克君山银针，放入茶杯待泡。

4. 高冲

用水壶将 85～90℃的水，以先快后慢的方式冲入茶杯，至二分之一处，使茶芽湿透。稍后，再冲至七分杯满为止。为使茶芽均匀吸水，加速下沉，这时可用玻璃片盖在茶杯上，5 分钟后，去掉玻璃盖片。在水和热的作用下，就能看到茶姿的形态、茶芽的沉浮、气泡的发生等，这些是其他茶在冲泡时所罕见的，也是君山银针的特有氛围。

5. 奉茶

大约浸泡 10 分钟后，就可开始品饮。这时茶艺师须双手端杯，奉给宾客。

任务六　白茶茶艺

一、冲泡要点

(一)茶具的选用

冲泡白茶一般选用透明玻璃杯或透明玻璃盖碗，通过玻璃杯可以尽情地欣赏白茶在水中的千姿百态。

（二）水质的选择

选用纯净水、蒸馏水冲泡白茶，因这两种水的水质含矿物质较少，能够完整地保留茶汤的清爽鲜甜。有条件的可以去山上取些泉水，泉水杂质少，污染少，用泉水泡茶，茶香可以发挥得淋漓尽致。

矿泉水如果矿化度太高则不宜泡茶，因为过高的矿物质含量会与茶叶的内质物发生反应，影响茶汤的香气、口感。自来水冲泡的白茶，花香寡淡，口感淡薄。

（三）水温的把握

对水温的控制，要求在90～100℃。不同的白茶品种适合的水温不同，例如白毫银针、白牡丹这类芽头白茶，适合90℃左右的水，因为芽头嫩，细胞壁不成熟，水温过高会破坏叶内的营养物质。而寿眉、贡眉、老白茶可以使用100℃左右的水，这类茶叶的叶肉细胞、细胞壁生长完整，陈化时间长，高温有助于刺激茶叶全面析出内含物质。

（四）茶水比

关于茶水比的控制，白茶以清淡为宜，一般150毫升的水用3～5克的茶叶。而投茶量有“1、3、5、7、9”的说法，即冷泡法用1克，飘逸杯和玻璃杯泡法用3克，盖碗和小壶泡用5克，大壶泡用7克，煮白茶用9克。

（五）冲泡时间

白茶第一泡时间约5分钟，经过滤后将茶汤倒入茶盅，即可饮用。第二泡3分钟即可，也就是要做到随饮随泡。一般情况下，一杯白茶可冲泡四五次。

二、冲泡技艺

白茶具有外形芽毫完整、满身披毫，毫香清鲜，汤色黄绿清澈，滋味清淡回甘的品质特点，属轻微发酵茶，是我国茶类中的特殊珍品。优质的白茶色、香、味、形俱佳，在冲泡过程中必须掌握一定的技巧。

（一）冲泡方法

为便于观赏，冲泡的茶具通常以无色无图案的直筒形透明玻璃杯为好，这样可使品茶者从各个角度欣赏到杯中的形和色。

白茶冲泡方法与绿茶基本相同，但因其未经揉捻且白毫披身，茶汁不易浸出，冲泡时间宜较长，冲水后一般过五六分钟茶芽才会慢慢沉底，过 10 分钟左右饮用才能尝到白茶的本色、真香、全味。

1. 玻璃杯泡法

玻璃杯泡法需要先准备若干容量为 300 毫升左右的透明玻璃杯，将杯子洗净后，往杯子内投入 2～3 克白茶，之后注入 90～100℃的水。茶汤变凉后，就可以享受茶汤的风味。

2. 壶泡法

壶泡法冲泡白茶需要准备一个大容量玻璃壶，将玻璃壶洗净后，往里面放入适量茶叶，之后注入 90～100℃的水，等茶汤变凉就可以饮用。壶泡法冲泡白茶的好处是可以避免茶叶因长时间浸泡而出现苦涩味。

3. 煮茶法

煮茶法适合有一定年份的白茶，往煮茶壶里面倒入适量水并煮开后，把白茶叶放入煮茶壶内。投茶后，水沸腾 10 秒左右就可以关火，之后利用余温加热茶叶即可。

（二）知名白茶的冲泡

以白毫银针为例。白毫茶是白茶品种中的极品，以福鼎生产的白毫银针品质最佳。它同君山银针齐名，为历代皇家贡品，素有茶中“美女”“茶王”之美称。

主要茶具：玻璃杯、茶叶罐、茶荷、随手泡、水盂等。

主要冲泡程序如下。

1. 焚香礼圣，静心凝神

茶艺开始之前，通常要点燃一炷香，以示对茶圣陆羽的尊崇与怀念。

2. 白毫银针，芳华初展

作为福鼎白茶中的极品，白毫银针一直是极有代表性的存在，它将白茶的美味与花香巧妙地融为一体，更是因为满披白毫、纤纤芬芳的外表，惹人喜爱。

3. 清风拂月，洁具净尘

白茶冲泡的妙处，在于使用玻璃杯或盖碗。玻璃杯或盖碗能够有效地保留白茶的原汁原味，也能清晰地看到茶叶在冲泡过程中发生的微妙变化。沸水温杯的作用有二，一是清洁，二是让茶内含物更快浸出。

4. 精心置茶，素手传芳

用心，方能置茶。譬如北方人，普遍更喜欢香高浓醇的白茶，所以可在大杯中投入7～8克白茶。而南方人多喜欢茶之清醇，可适当减少置茶量。

5. 雨润白毫，匀香解芳

因白毫银针外表披满白毫，所以在冲泡时称作“雨润白毫”。向茶杯注入适量沸水，温润茶芽，轻轻摇晃，称为“匀香”，让香气迅速地释放出来。

6. 乳泉引水，甘露源清

好茶当用好水。茶圣陆羽曾言山间乳泉是泡茶最好的水源，江中清流次之，最后才是井水。乳泉最好，可能是因其含有有益的微量物质。温润茶芽后，悬壶高冲，此时可见茶叶在杯中翩翩起舞，上下纷飞，不仅加快有效成分的浸出，而且茶叶美态，尽收眼底。

7. 捧杯奉茶，献珍香茗

白毫银针来自云雾山中，得天地灵气，一杯白茶，可解万千忧愁。茶艺师怀着虔诚的心，精心泡制一杯香茗，捧给客人，仿佛把稀世珍宝献给最尊贵的客人。

8. 清风袭面，白茶品香

饮白毫银针，不宜大口豪饮，当小口啜饮，让茶汤在舌间滚动，充分与味蕾接触，顿觉甘甜清爽、唇齿清香，与其他茶类有明显不同，正如山间自然的一袭微风，让人感受到不可言状的自然之美。

任务七　黑茶茶艺

一、冲泡要点

(一)茶具的选用

泡黑茶常用的茶具有紫砂壶、竹制器具、铁壶、飘逸杯、盖碗、建水紫陶等。以普洱茶为例，因普洱茶存放时间较久，茶气较足，味浓而醇厚，所以选用的茶壶，宜大不宜小，且要深圆、砂粗、壁厚，出水流畅者为上佳。泡普洱熟茶，以紫砂壶为宜。由于普洱茶适宜用高温来唤醒茶叶及浸出水溶物，而紫砂壶的透气性好且保温性好，故选用紫砂壶冲泡普洱熟茶为最佳。泡普洱生茶，选盖碗更为适宜，因为便于控制水温。盖碗清雅的风格能够体现出普洱茶色彩的美，可以供人观赏普洱茶汤色的变化。如果是具有一定陈期的普洱生茶（根据仓储状况，至少 5 年以上），则更为适且使用紫砂壶，随着年份的增加，紫砂壶与普洱生茶的适配程度（相对于盖碗）逐渐增加，到一定年份的生茶宜使用高密度、高煅烧的紫砂壶，方可充分发挥茶性。

（二）水质的选择

采用多层过滤和超滤、反渗透技术，可以将一般的饮用水变成不含有任何杂质的纯净水，并使水的酸碱度达到中性。用这种纯净水泡的茶，不仅净度好、透明度高，沏出的茶汤晶莹透澈，而且香气滋味纯正，无异杂味，鲜醇爽口。市面上纯净水的品牌很多，只要品质符合国家标准，大多数都宜泡茶。

（三）水温的把握

合适的水温对茶性的展现有着重要的作用。古人认为，煮水候汤，泉分三沸，一沸太稚，三沸太老，二沸最宜，如若随手泡内声若松涛，水面浮珠，视为二沸，用于泡茶最佳。

高温有利于发散香味，使茶内含物快速浸出，但同时也容易冲出苦涩味，并容易烫伤一部分高档茶。确定水温的高低，一定要因茶而异。例如，用料较粗的饼砖茶、紧茶和陈茶等适宜沸水冲泡，用料较嫩的高档芽茶（如较新的宫廷普洱）、高档青饼宜适当降温冲泡，避免高温将细嫩茶烫熟成为“菜茶”。

一般沿海、平原地区，泡黑茶时的适宜温度为 100℃左右，但大部分高原地区，沸水温度低于沿海、平原地区，如昆明的沸水温度在 94℃左右，适合直接冲泡绝大多数熟茶。

（四）茶水比

冲泡普洱茶时，投茶量的多少与饮茶习惯、冲泡方法、茶叶的特性有着密切的关系。就饮茶习惯而言，港台、福建、两广等地习惯饮酽茶，云南也以浓饮为主，只是投茶量略低，而江浙一带以及北方地区喜欢淡饮。

如果采用留根闷泡法冲泡品质正常的茶叶时，投茶量与水的质量比一般为 1∶40 或 1∶45，不同地区的人们可通过增减投茶量来调节茶汤的浓度。

如果采用工夫泡法，投茶量可适当增加，通过控制冲泡节奏的快慢来调节茶汤的浓度。就茶性而言，投茶量的多少也有不同。例如，熟茶、陈茶可适当增加投茶量，生茶、新茶适当减少投茶量等，切忌一成不变。

（五）冲泡时间

对冲泡时间长短的控制，是为了让茶叶的香气、滋味充分展现。如前所述，云南普洱茶的制作工艺和原料选择的特殊性，决定了其冲泡的方法和冲泡时间的长短。一般而言，陈茶、粗茶冲泡时间长，新茶、细嫩茶冲泡时间短；手工揉捻茶冲泡时间长，机械揉捻茶冲泡时间短；紧压茶冲泡时间长，散茶冲泡时间短。具体操作时，要根据茶叶的特性来调整时长。

例如，用350毫升的紫砂壶以宽壶留根闷泡法冲泡20世纪80年代生产的中档七子熟饼7572（勐海产）时，投茶量6～8克，经洗茶后注入沸水，闷泡5分钟后，倾出二分之一即可饮用。用同一方法冲泡同时期的中档青饼时，投茶5～7克，经洗茶后注入沸水，闷泡5分钟左右即可饮用。如用此法冲泡民国时期的紧茶，投茶量需适当增加，闷泡时间可延长到5～7分钟。对一些苦涩味偏重的新茶，冲泡时要控制好投茶量，缩短冲泡时间，以减少苦涩味的析出。

二、冲泡技艺

（一）冲泡方法

云南普洱茶有散紧、新旧、生熟之分；发酵茶有轻发酵、适度发酵、重发酵等，茶性各不相同。每种普洱茶都有其独特的个性，只有熟悉所泡茶叶的个性，再通过娴熟的冲泡技巧，才能展现出茶的个性美。茶性决定了茶具的选择、投茶量的多少、水温的高低、冲泡节奏的快慢，甚至于选用什么水等。茶性与冲泡方法之间有着微妙的关系。就云南普洱茶的冲泡技巧而言，粗老茶不同于细嫩茶，生饼不同于熟饼，陈茶不同于新茶，轻发酵茶不同于较重发酵茶，“苦涩底”茶（苦涩味偏重）不同于“甜底”茶等。因此，对不同品类的普洱茶要进行必要的试泡，通过试泡熟悉茶性，确定冲泡要领。

1. 宽壶留根闷泡法

对于品质较好的普洱茶可采取宽壶留根闷泡法。留根就是经洗茶后，将泡开的茶汤留一部分在茶壶里，不把茶汤倒干，一般采取“留四出六”或“留半出半”的做法。每次出茶后再以开水添满茶壶，直到最后茶味变淡。

闷泡是指时间相对较长，节奏讲究一个“慢”字。留根和闷泡道出了云南普洱茶的茶性。留根和闷泡既能调节茶汤滋味，又能为普洱茶的滋味形成留下充分的时间和余地，达到“茶熟香温”的最佳境界。

2. 中壶工夫茶泡法

此法就是现冲现饮，每次倒干，不留茶根。茶壶的容积因饮茶者的数量而定。对部分比较新的普洱茶或有轻微异味的茶，使用中型壶现冲现饮，头几泡去除新异味，提高后几泡的纯度。对于部分重发酵茶，采取快冲倒干的方法可避免茶汤发黑。对于苦涩味较重的茶叶，中壶快冲的方法能减轻其苦涩味。而有一部分采用机械揉捻制作晒青的普洱茶品，因茶内含物浸出较快，冲泡时也以此法为宜。

现实中常常会见一部分品质很好，却因储藏不当而轻度受潮或串味儿的普洱茶，这种茶叶开汤时茶味不够纯正，但浓甜度和厚度尚可。对于这类茶叶，冲泡时也采用宽壶闷泡法，只是头两泡不留根，三泡起再留根闷泡。

3. 盖碗冲泡法

此法有利于提高冲泡温度，增加茶叶的香气，比较适宜冲泡粗老的普洱茶。但对于一些细嫩茶，要求冲泡者手艺娴熟，否则会出现水闷气或烫熟茶叶的现象。盖碗冲泡法一定程度上减少了器皿对茶汤醇度的影响，比较适合评茶。

（二）知名黑茶的冲泡

以普洱茶为例。几千年来，勤劳勇敢的中国人民利用并驯化了茶树，人们为茶而歌，为茶而舞，仰茶如生，茶文化已深深地渗入各民族的血脉中，成为人们生命中的重要元素。同时，人们在漫长的茶叶生产发展历史中创造出了灿烂的普洱茶文化，使之成为“香飘十里外，味酽一杯中”的享誉全球的名茶。

主要用具：茶盘、茶通、茶夹、茶则、茶针、干茶漏、茶匙、紫砂壶、公道杯、品茗杯、过滤网、茶荷、杯托、随手泡等。

普洱茶的茶艺表演一般定点冲泡的十个步骤。

（1）孔雀开屏，即向客人展示茶具。

（2）温壶涤器，即以沸水冲洗茶具。

（3）普洱入宫，即撮茶入碗，投茶量为茶碗的五分之一。

（4）游龙戏水，即以铜壶之沸水呈 45 度角快速冲入盖碗，令茶叶随水流翻滚，充分释放其真味。

（5）淋杯增温，即以碗中茶汤淋洗公道杯。

（6）祥龙行雨，沸水由低至高冲入盖碗。

（7）出汤入杯，即将碗中茶汤拂去浮沫后倒入公道杯（第一泡至第三泡，1～3 分钟）。

（8）凤凰点水，即将茶汤以“凤凰三点头”之势倒入公道杯中。

（9）普降甘霖，即将壶中茶汤均匀地依次倒入品茗杯中（以七分满为度）。

（10）齐眉敬奉，即举杯齐眉一一奉敬，然后将品茗杯放置于托盘中向客人敬茶。

任务八　花茶的冲泡

花茶是诗一般的茶叶，是融茶味之美、鲜花之香于一体的茶中艺术品。在花茶中，茶叶滋味为茶汤的本味，花香为茶汤滋味之精神。茶味与花香巧妙地融合，构成茶汤适口、芬芳的韵味，两者珠联璧合、相得益彰。

我国各地区有许多人都喜饮花茶，尤其是三北——华北、东北、西北地区的人们，花茶为其日常必备饮料。南方的花茶运到北方后，在干燥、低温的气候下，更显得香气浓郁。北方冬季时间长，天寒地冻，花木萧疏，室内烤火取暖时泡饮一杯花茶，可增添居室芬芳，如临春暖花开之境，令人精神振奋。

花茶的品种很多，其中以茉莉花茶最为常见。茉莉花茶融茶叶之味、鲜花之香于一体，饮茉莉花茶犹如品赏一件茶的艺术品。也有人喜饮玫瑰红茶，玫瑰的花色花香与红茶相近，玫瑰花瓣富有甜蜜香，与红茶的香味交融，令人齿颊留芳、精神愉悦。

泡饮花茶，首先欣赏花茶的外观形态，取泡一杯的茶量，放在洁净无味的白纸上，干嗅花茶香气，察看茶胚的质量(烘青、炒青、晒青及嫩度等)，取得对花茶质量的初步印象。例如，茉莉花茶有一些显眼的花干，这是为了“锦上添花”，人为加入的茉莉花干是没有香气的，因此不能以花干多少而论花茶香气和质量的高低。但花干色泽白净明亮，为好花干的标志，而黄褐深暗，则为花干质差的表象。

花茶中蕴含的香气如何是非常重要的，它有三项质量指标：一是香气的鲜灵度，即香气的新鲜灵活程度，与香气的陈、闷、不爽相对立；二是香气的浓度，即香气的浓厚深浅程度，与香气淡薄浮浅相对立，一般经过三次窨花，花香才能充分吸入茶叶内部，香气较为浓厚耐久；三是香气的纯度，即香气纯正不杂，与茶味融合协调的程度，与杂味、怪气、香气闷浊相对立。

不同等级的花茶，泡法也不同，一般以能维护香气不致无效散失和显示茶胚特质美为原则。

1. 茶胚特别细嫩的花茶冲泡

如茉莉毛峰、茉莉银毫这类特高级名茶，茶胚本身具有艺术欣赏价值，宜用透明玻璃茶杯，冲泡时置杯于茶盘内，取花茶2～3克入杯，用初沸开水稍凉至90℃左右冲泡，随即加上杯盖，以防香气散失，手托茶盘对着光线，透过玻璃杯壁观察茶在水中上下飘舞沉浮，以及茶叶徐徐开展、复原叶形、渗出茶汁汤色的变幻过程，称为“目品”，正所谓“一杯小世界，山川花木情”，堪称艺术享受。冲泡3分钟后，揭开杯盖一侧，鼻闻汤中氤氲上升的香气，顿觉芬芳扑鼻而来，精神为之一振，正如诗句所言“香于九畹芳兰气”“草木英华信有神”，有兴趣者，还可凑近做深呼吸，充分领略愉悦香气，称为“鼻品”。茶汤稍凉适口时，小口喝入，在口中稍事停留，以口吸气、鼻呼气相配合的动作，使茶汤在舌面上往返流动一两次，与味蕾充分接触，品尝茶味和汤中香气后再咽下，如是一两次，才能尝到名贵花茶的真香实味。正如宋人范仲淹《斗茶歌》中所说的“斗茶味兮轻醍醐，斗茶香兮薄兰芷”，此味令人神醉。综合欣赏花茶特有的茶味香韵，谓之“口品”。民间有“一口为喝，三口为品”之说，细细品啜，才能出味。

2. 中档花茶的冲泡

泡饮中档花茶，不强调观赏茶胚形态，可用洁白瓷器盖杯，注入100℃沸水后盖上杯盖，5分钟后闻香气，品茶味。此类花茶香气芬芳，茶味醇正。三道后仍有茶味，耐冲泡。

四川茶馆泡饮花茶很有地方特色，茶具采用一套三件头（茶碗、茶盖、茶托），敞口式茶碗便于注水和观察碗中茶景，反碟式的茶盖既可保持茶汤香气，又可用以拨动碗中浮面茶叶、花干，避免饮入口中，茶托用于托放茶碗，使饮茶时不致烫手。顾客边呷饮花茶，边摆“龙门阵”，悠然自得。

3. 中低档花茶或花茶末的冲泡

花茶末，北方叫作“高末”，一般采用白瓷茶壶冲泡，因壶中水多，保温性较好，有利于充分泡出茶味。视茶壶大小和饮茶人数、口味浓淡，取适量茶叶入壶，将100℃初沸水冲入壶中，加壶盖，待5分钟即可斟入茶杯饮用。这种茶泡分饮法，一则方便卫生，二则家人团聚或三五亲朋好友相叙，围坐品茶，互谈家常，较为融洽，可添增友爱和睦的气氛。

下面以茉莉花茶的冲泡为例，介绍花茶的冲泡方法。

特种工艺造型茉莉花茶和高档茉莉花茶的冲泡宜用玻璃杯，水温80～90℃为宜。中档茉莉花茶，如银毫、特级、一级等，宜选用瓷盖碗茶杯，水温宜高，以接近100℃为佳。通常茶水的比例为1∶50，每一泡冲泡的时间为3—5分钟。

主要冲泡程序如下。

1）备具

一般品饮茉莉花茶的茶具，选用的是白色的有盖瓷杯或盖碗，如冲泡特种工艺造型茉莉花茶和高级茉莉花茶，为提高艺术欣赏价值，应选用透明玻璃杯。

2）烫盏

将茶盏置于茶盘，用沸水高冲茶盏、茶托，再将盖浸入盛沸水的茶盏转动，然后去水，这个过程的主要目的在于清洁茶具。

3）置茶

用竹匙轻轻将茉莉花茶从贮茶罐中取出，分别置入茶盏。用量结合各人的口味按需增减。

4）冲泡

冲泡茉莉花茶时，头泡采用定点低注法，冲泡壶口紧靠茶杯，将水直接注于茶叶上，使香味缓缓浸出；二泡采用中斟法，壶口稍离杯口注入沸水，使茶水交融；三泡采用定点高冲法，壶口离茶杯口稍远冲入沸水，使茶叶翻滚，茶汤回荡，花香飘溢。一般冲水至八分满即可，冲后立即加盖，以保茶香。

5）闻香

茉莉花茶经冲泡静置片刻后，即可提起茶盏，揭开杯盖一侧，用鼻闻香，顿觉芬芳扑鼻而来。

6)品饮

经闻香后,待茶汤稍凉适口时,小口喝入,并将茶汤在口中稍做停留,与味蕾充分接触,细细品尝茶汤和香气,方可咽下。

7)欣赏

茉莉花茶泡在玻璃杯中时,品茶者可欣赏其在杯中优美的舞姿,或上下沉浮、翩翩起舞,或如春笋出土、银枪林立,或如菊花绽放,令人心旷神怡。

实操课程一 绿茶的冲泡程序

一、实操目的

通过本实操课程的学习,让学生掌握绿茶冲泡的基本流程,掌握绿茶冲泡的三种投茶方法,根据绿茶品质选择冲泡用具,学会冲泡方法,并学会控制泡茶水温,体会绿茶冲泡的艺术之美。

二、基本要求

(1)学生尽量统一着装,如果不能统一着装,应着装整洁,注重仪容仪表,穿戴合乎标准。

(2)学生应注意泡茶的操作规范。

(3)学生应注意各种礼仪规范,要使用礼貌用语。

(4)学生应注意认真领会实操目的和实操内容。

(5)遵守纪律,爱护公物。

三、实操项目

序　　号	实 操 项 目	学　　时	实操项目类型
1	冲泡绿茶的茶具选择	0.5	应用型

续表

序　　号	实 操 项 目	学　　时	实操项目类型
2	上投法、中投法和下投法冲泡绿茶	1	应用型
3	三种茶具冲泡同一种绿茶并品鉴	1	应用型

四、实操内容

(1)指导老师展示三种泡茶用具。

①玻璃杯：玻璃杯泡饮法用于品饮细嫩的名贵绿茶，以便于充分观察茶叶在水中的舒展变化过程，欣赏茶叶的品质特色。

②壶泡法：低级茶叶及绿茶末多适用壶泡法，便于茶汤与茶渣分离，且饮用方便。此外，饮茶人数较多时，用壶泡法较好，因为目的不在于欣赏茶趣，而在于解渴和增强和谐气氛。

③盖碗泡饮法：适用于泡饮高档绿茶，重在适口、品味或解渴。瓷杯保温性能比玻璃杯强，对于较粗老的茶叶，持久的高温能使茶叶中的有效成分更容易浸出，从而得到滋味浓厚的茶汤。

(2)指导老师演示绿茶的冲泡方法。

取三个玻璃杯，指导老师分别演示上投法、中投法和下投法，让学生掌握三种投茶方法。

(3)指导学生分组练习绿茶的冲泡方法，掌握绿茶的基本冲泡顺序。

(4)指导老师演示三种茶具的冲泡方法，带领学生用玻璃杯、白瓷壶和盖碗冲泡同一种绿茶，分别品评香气、茶汤并观察叶底。

五、考核内容及办法

1. 考核内容

(1)撰写实操报告：报告中写明通过本次实操掌握了哪些知识，收获了什么，等等，要求写得合理、全面、真实。

(2)实操记录的完整性、完成实操的质量及熟练程度、实操态度等。

2. 考核方法

(1)达到实操管理规定基本要求者，成绩可记合格。

(2)较好地完成实操任务者，成绩可记良好。

(3)圆满完成实操任务，有突出成绩者，成绩记为优秀。

(4)实操不合格认定：实操练习时长未达到标准练习时长90%以上者；未提交实操报告者。

实操课程二 红茶的冲泡程序

一、实操目的

通过本实操课程的学习，让学生掌握红茶冲泡的基本流程，以及红茶的清饮冲泡和调饮冲泡方法，学会根据红茶不同的饮用方法控制茶汤的浓淡程度。可根据红茶品质自创一种调饮红茶，体会红茶冲泡的艺术之美。

二、基本要求

(1)学生尽量统一着装，如果不能统一着装，应着装整洁，注重仪容仪表，穿戴合乎标准。
(2)学生应注意泡茶的操作规范。
(3)学生应注意各种礼仪规范，要使用礼貌用语。
(4)学生应注意认真领会实操目的和实操内容。
(5)遵守纪律，爱护公物。

三、实操项目

序　号	实 操 项 目	学　时	实操项目类型
1	冲泡红茶的茶具选择	0.5	应用型
2	红茶的清饮冲泡	1	应用型
3	红茶的调饮冲泡	1	应用型

四、实操内容

1. 实操材料

(1)实操用具：茶盘、随手泡、茶杯、茶荷、茶叶筒、茶巾、过滤网、过滤网架、水晶壶、公道杯、品茗杯等。

(2)消耗材料：祁门红茶、柠檬、牛奶、冰糖等。

2. 实操步骤

(1)指导老师展示冲泡红茶的各种用具。

冲泡红茶可以选择紫砂壶、瓷壶或盖碗，器形选择圆弧形的壶，可使红茶更充分地舒张，有利于茶香的散发。

(2)指导老师演示红茶的清饮冲泡方法。

①选择两款红茶进行冲泡。

②了解红茶清饮的基本冲泡顺序。

③掌握红茶的特征。

(3)指导老师演示红茶的调饮方法。

泡好的红茶汤中可加入牛奶、冰糖或柠檬，进行奶茶和柠檬红茶的调饮冲泡。因调饮红茶要在茶汤中加入一些辅料，会掩盖一些茶味，因此做红茶调饮时，红茶的茶汤可冲泡得浓厚些。

(4)指导学生分组练习红茶清饮和调饮的冲泡方法，让学生根据红茶品质自创一种调饮红茶。

(5)讨论红茶清饮冲泡和调饮冲泡的特点。

五、实操考核

1. 考核内容

(1)撰写实操报告：报告中写明通过本次实操掌握了哪些知识，收获了什么，等等，要求写得合理、全面、真实。

(2)实操记录的完整性、完成实操的质量及熟练程度、实操态度等。

2. 考核方法

(1)达到实操管理规定基本要求者，成绩可记合格。

(2)较好地完成实操任务者,成绩可记良好。

(3)圆满完成实操任务,有突出成绩者,成绩记为优秀。

(4)实操不合格认定:实操练习时长未达到标准续习时长90%以上者;未提交实操报告者。

实操课程三　乌龙茶的冲泡程序

一、实操目的

通过本实操课程的学习,让学生学会根据不同种类的乌龙茶的品质选择冲泡用具,掌握基本冲泡流程,了解习茶方法,了解主泡茶具在冲泡乌龙茶时所发挥的作用,体会乌龙茶冲泡的艺术之美。

二、基本要求

(1)学生尽量统一着装,如果不能统一着装,应着装整洁,注重仪容仪表,穿戴合乎标准。

(2)学生应注意泡茶的操作规范。

(3)学生应注意各种礼仪规范,要使用礼貌用语。

(4)学生应注意认真领会实操目的和实操内容。

(5)遵守纪律,爱护公物。

三、实操项目

序　号	实操项目	学　时	实操项目类型
1	冲泡乌龙茶的茶具选择	0.5	应用型
2	演示乌龙茶冲泡方法	1	应用型
3	盖碗冲泡乌龙茶	1	应用型
4	紫砂壶冲泡乌龙茶	1	应用型

四、实操内容

1. 实操材料

(1)实操用具：茶盘、随手泡、茶荷、茶叶筒、茶巾、过滤网、过滤网架、紫砂壶、公道杯、闻香杯、盖碗、茶杯等。

(2)消耗材料：铁观音、大红袍、凤凰单丛茶、冻顶乌龙等。

2. 实操步骤

(1)指导老师展示冲泡用具。

冲泡乌龙茶主茶具，主选紫砂壶和盖碗。

(2)指导老师演示冲泡的不同流派。

乌龙茶的冲泡可以分为很多流派，在工夫茶的总体原则下，每种泡法的侧重点均不相同，操作程序也各有特色。指导老师演示乌龙茶的潮州式泡法、安溪式泡法和台湾式泡法。

(3)指导学生分组练习乌龙茶的冲泡方法，让学生掌握乌龙茶的基本冲泡顺序。

①使用紫砂壶冲泡安溪铁观音。

②使用盖碗冲泡大红袍。

(4)指导老师带领学生用盖碗和紫砂壶冲泡同一种乌龙茶，分别品评香气、茶汤并观察叶底，引导学生思考主泡茶具对冲泡乌龙茶的影响。

五、实操考核

1. 考核内容

(1)撰写实操报告：报告中写明通过本次实操掌握了哪些知识，收获了什么，等等，要求写得合理、全面、真实。

(2)实操记录的完整性、完成实操的质量及熟练程度、实操态度等。

2. 考核方法

(1)达到实操管理规定基本要求者，成绩可记合格。

(2)较好地完成实操任务者，成绩可记良好。

(3)圆满完成实操任务，有突出成绩者，成绩记为优秀。

(4)实操不合格认定：实操练习时长未达到标准练习时长 90%以上者；未提交实操报告者。

实操课程四　普洱茶的冲泡程序

一、实操目的

通过本实操课程的学习，让学生掌握普洱茶的基本冲泡流程，掌握普洱新茶和陈茶冲泡的不同方法，初步学会品鉴普洱茶，感受其新茶和陈茶的不同，体会普洱茶冲泡的艺术之美。

二、基本要求

(1)学生尽量统一着装，如果不能统一着装，应着装整洁，注重仪容仪表，穿戴合乎标准。

(2)学生应注意泡茶的操作规范。

(3)学生应注意各种礼仪规范，要使用礼貌用语。

(4)学生应注意认真领会实操目的和实操内容。

(5)遵守纪律，爱护公物。

三、实操项目

序　号	实 操 项 目	学　时	实操项目类型
1	冲泡普洱茶的茶具选择	0.5	应用型
2	盖碗冲泡普洱茶	1	应用型
3	紫砂壶冲泡普洱茶	1	应用型
4	普洱茶的新茶和陈茶的冲泡与比较	1	应用型

四、实操内容

1. 实操材料

(1)实操用具:茶盘、随手泡、茶杯、茶荷、茶叶筒、茶巾、过滤网、过滤网架、紫砂壶、盖碗、公道杯、品茗杯等。

(2)消耗材料:宫廷普洱、七子饼茶等。

2. 实操步骤

(1)指导老师展示冲泡普洱茶的各种用具。

(2)指导老师演示普洱茶的两种冲泡方法。

①紫砂壶:紫砂壶良好的透气性和吸附作用有利于提高普洱茶的醇度及茶汤的亮度。陈年普洱茶和熟普洱茶宜使用紫砂壶冲泡,以减少陈茶中的杂味。

②盖碗:适合用来冲泡酸涩度不高、苦味不重的普洱茶。

(3)指导学生分组练习普洱茶的冲泡方法,让学生掌握普洱茶的基本冲泡顺序。

(4)讨论新茶和陈茶的特点,以及茶具的选择。

五、实操考核

1. 考核内容

(1)撰写实操报告:报告中写明通过本次实操掌握了哪些知识,收获了什么,等等,要求写得合理、全面、真实。

(2)实操记录的完整性、完成实操的质量及熟练程度、实操态度等。

2. 考核方法

(1)达到实操管理规定基本要求者,成绩可记合格。

(2)较好地完成实操任务者,成绩可记良好。

(3)圆满完成实操任务,有突出成绩者,成绩记为优秀。

(4)实操不合格认定:实操练习时长未达到标准练习时长90%以上者;未提交实操报告者。

知识活页

二维码 6-1

茶的冲泡方法

二维码 6-2

绿茶的冲泡方法

二维码 6-3

红茶的冲泡方法

二维码 6-4

武夷工夫茶的冲泡方法

练习与思考

(1)简述泡茶的要领。

(2)泡茶必须经过温润泡吗？温润泡有什么作用？

(3)简述泡茶方式的演变历程。

(4)简述六大茶类冲泡时的茶水比。

(5)为什么冲泡绿茶时要选用不同的投茶方法？有哪几种投茶方法？

(6)冲泡绿茶时，水温过高或过低会对茶叶产生什么影响？

(7)冲泡第一道绿茶时需要降低水温，可采用什么方法给沸水降温？

(8)冲泡红茶时，可选用哪些茶具进行搭配？

(9)自创一种红茶的调饮配方，并说明此款调饮红茶的搭配理由和特点。

(10)乌龙茶冲泡时的“高冲低斟”是指什么？分别有什么作用？

(11)冲泡普洱茶时，适宜选择哪些茶具？

二维码 6-5
练习与
思考答案

◇知识延展

[1] 蔡荣章.茶道入门三篇:制茶、识茶、泡茶[M].北京:中华书局,2006.
[2] 柴奇彤.实用茶艺[M].修订版.北京:华龄出版社,2006.
[3] 南国嘉木.茶艺品赏[M].北京:中国市场出版社,2006.
[4] 何厚余.用心学泡茶[M].北京:中华书局,2010.
[5] 张金霞,陈汉湘.茶艺指导教程[M].北京:清华大学出版社,2011.
[6] 王绍梅,宋文明.茶道与茶艺 [M].2 版.重庆:重庆大学出版社,2014.
[7] 江用文,童启庆.茶艺师培训教材[M].北京:金盾出版社,2008.

项目七　茶艺服务

◇学习目标

1. **知识目标**

(1)理解茶艺服务的要求与流程。

(2)掌握茶艺服务中的茶艺师之美。

(3)掌握茶艺服务的基本礼仪。

(4)了解各种茶艺礼仪的名称和用途。

(5)掌握六类茶的茶艺表演程序的编排。

2. **能力目标**

(1)学会茶艺服务的基本技能。

(2)掌握服务过程中各种礼仪礼节的运用,能做到自然流露与传神达意。

(3)学会六类茶的茶艺表演。

3. **情感目标**

(1)通过本项目学习,提升动手能力与礼仪修养,培养职业技能、职业态度和职业习惯。

(2)通过本项目学习,感受茶艺表演的快乐与美感,加深相互之间的了解,协调配合,培养团队合作精神。

◇学习重难点

(1)茶艺服务的工作流程。

(2)茶艺服务中各项礼仪的名称、方法和用途。

(3)茶艺表演程序的编排。

◇任务导入

近年来,喜欢茶艺的人日渐增多,茶艺逐渐流行起来,人们对茶艺的要求也越来越高。为了更好地体现茶艺的专业与美感,更好地服务宾客,在进行茶艺服务时,茶艺师要掌握茶艺服务的基本要求、工作流程和相关礼仪礼节,体现出茶艺师的礼、雅、柔、美、静。

◇导入案例

王小姐热爱茶文化，在有了一定的资金积累后，终于如愿开了一家茶艺馆。她招聘了几位年轻漂亮的女孩做茶艺师，稍加培训就让她们上岗为客人进行服务。由于没有经过正规的专业训练，这些女孩每天都浓妆艳抹，在泡茶过程中与客人交流也不顺畅，经常闹得客人很不愉快，茶艺馆基本很少有回头客，生意惨淡。王小姐十分头疼，请教了专业人士，整顿了茶艺服务工作，辞退了原来的服务员，重新招聘了几位气质温婉且经过专业训练的茶艺师，她们不但茶泡得好，而且服务周到、礼仪到位，很受客人欢迎，王小姐的茶艺馆生意终于慢慢好起来了。

【案例分析】

有一些人认为，茶艺师是看“脸”或者说是吃“青春饭”的行业。其实不然，茶艺服务行业对茶艺师的素质要求比较高，既要有专业素养又要有职业能力，外表并非必要条件。一个好的茶艺师，需要经过专业的培训和经验的积累，还需要岁月的沉淀。

任务一　茶艺服务的要求与流程

一、茶艺服务的基本要求

（一）茶艺服务的标准化

所谓标准化是指在经济、技术、科学、管理等社会实践中，对重复性事物和概念，通过制定、发布和实施标准达到统一，以获得最佳秩序和社会效益。

在茶艺服务过程中，面对客人基本的共同的需求，茶艺馆存在着大量重复性的劳动，所以很有必要推行标准化服务。实施标准化服务有利于解决茶艺服务工作中重复、交叉、错乱的问题，建立最佳秩序，提高茶艺服务质量和员工素质，实现科学管理，提高管理效率，控制茶艺馆成本，并提高经济效益和竞争能力。茶艺服务标准主要包括：迎宾服务标准；仪容仪表、言谈举止、礼仪礼节的标准;茶艺表演的动作标准;有关的时间标准,如点茶、泡茶、结账的时间要求;茶叶、茶具、茶点等的质量控制标准;茶艺师的考核标准等。

(二)茶艺服务的个性化

标准化服务能够满足大多数客人的一般要求,但无法满足部分客人的特殊要求。现在的客人顾客意识越来越强,人们越来越追求能够突显自己的个性化、彰显自己与众不同的产品或服务,这就需要茶艺馆在大力推行标准化服务的同时,积极提供多样化、个性化服务,这对档次较高的茶艺馆尤其重要。

茶艺个性化服务可从三个方面实施。第一,茶艺馆空间和设施的布置要充分体现人性化的特点,给客人以自由、温馨的感觉,其设置要具有灵活性,可根据客人需求进行调整或重新布置。第二,实物产品的个性化服务主要在于细节上的变化,比如茶食的制作方式、口味、用料与用量等。第三,服务态度是非常灵活又最能和客人的需求贴切吻合的部分,故在个性化服务中有重要作用。要实现茶艺服务的个性化,一是要重视员工价值,培养员工的工作热情和自律性,提高员工服务的技巧性、艺术性和应变能力;二是可参照高档茶艺馆的做法,设置专门的个性化服务机构和岗位,如大堂经理、客户服务中心、私人管家等,为客人提供个性化服务。

(三)茶艺服务的情感化

客人希望茶艺馆为他们提供的优质服务中包括亲切、温馨的感情体验。客人不仅仅想要听到员工殷勤的招呼,看到员工面部的微笑,而且希望感受到真诚的友情和亲人般的关怀,真正实现宾至如归。这就要求茶艺馆员工在对客户服务过程中有充分的情感投入,与客人进行感情交流,用“心”去为客人服务,为客人送去茶艺馆的热情和温馨。情感化服务所取得的效果是其他服务所无法替代的。

(四)茶艺服务的艺术化

为了更好地展示茶艺之美,演绎茶文化的丰富内涵,在进行茶艺服务时就要体现出礼、雅、柔、美、静的基本要求。

1. 礼

茶艺师在服务过程中,要注意礼貌、礼仪、礼节,以礼待人,以礼待茶,以礼待器,以礼待己。

2. 雅

茶乃大雅之物,尤其在茶艺馆这样的氛围中,服务人员的语言、动作、表情、姿势、手势等要符合雅的要求,努力做到言谈文雅、举止优雅,尽可能地与外在环境相协调,给客人一种高雅的享受。

3. 柔

茶艺师在服务时，动作要柔和，讲话时语调要轻柔温和，展现出一种柔和之美。

4. 美

主要体现在茶美、器美、境美、人美等方面。茶美，要求茶叶的品质要好，货真价实，并且要通过高超的茶艺把茶叶的各种美感表现出来。器美，要求茶具的选择要与冲泡的茶叶、客人的心理、品茗环境相适应。境美，要求茶室的布置、装饰要协调、清新、干净、整洁，台面、茶具应干净、整洁且无破损等。茶、器、境的美，还要通过人美来带动和升华。人美体现在服装、言谈举止、礼仪礼节、品行、职业道德、服务技能和技巧等方面。

5. 静

主要体现在境静、器静、心静等方面。茶艺馆最忌喧闹、嘈杂之声，音乐要柔和，交谈声音不能太大。茶艺师在使用茶具时，动作要娴熟、自如、柔和、轻拿轻放，尽可能不使其发出声音，做到动中有静、静中有动，高低起伏，错落有致。心静，就是要求心态平和。茶艺师的心态在泡茶时能够表现出来并传递给客人，其心态不好，就会影响服务质量，引起客人的不满。因此，管理人员要注意观察茶艺师的情绪，及时调整他们的心态，情绪确实不好且短时间内难以调整的，最好不要让其为客人服务，以免影响茶艺馆的形象和声誉。

二、茶艺服务的工作流程

（一）服务前的准备工作

1. 卫生清扫

每天营业前要进行卫生清扫。室内清扫包括清扫墙壁、窗帘和室内用具，擦拭家具、茶具，清扫地面和吸尘等。对于玻璃窗的清洁与擦拭视情况而定，每周至少一次。室外清扫包括大门外面、橱窗区、停车区，应特别注意对碎纸、石块、金属片和其他路面障碍的清理。

2. 检查设施设备

检查设施设备的目的是保证设施设备的正常工作和及时发现某些不安全的因素，如松动的楼梯扶手和有脱落风险的墙壁装饰物。为了帮助并提醒员工注意这些问题，可以使用安全检查一览表，要求员工逐项检查。

3. 准备服务用品

准备服务用的茶单、茶具、冲泡用具、茶叶、台料(在台面上出现的烛台、牙签、烟灰缸、纸巾、糖包、放小毛巾的竹编)等。收银员准备好零钞、结账用的单据等。

4. 仪表仪容

按季节规定统一着装,做到干净、整洁、笔挺,服装应得体,衣着端庄大方,符合审美要求。保持口腔清洁,勤理发、洗头,勤剪指甲,指甲内不得有污垢,不染颜色过于鲜艳的指甲油。保持自然发型,不得染发,不能留怪异发型。淡妆上岗,不得使用带有较明显刺激性味道的化妆品。手部不能涂抹化妆品。

(二)迎宾服务

1. 热情迎宾

客人进入茶艺馆时,要有专人拉门,迎宾须面带笑容,礼貌问候,热情接待。

2. 引宾入座

服务员应面带微笑,引领客人入座。当客人对茶座有特殊要求时,服务员有责任为客人提供最满意的茶座。

3. 点茶服务

客人坐下后,应将茶点菜单送上,征求客人需要什么茶点。客人点菜时,服务员应站立在左侧,与客人保持适当的距离,腰部微弯,手持菜单,认真倾听客人选定的茶点名称,并伺机向客人介绍、推销茶点。当客人点完茶点后,要将记录下的茶点名称复述核对一遍。如准确无误,将点菜单一联送茶点制作间,一联送收银处制作账单。

(三)台面服务

1. 摆台

用托盘把茶具托上茶桌,按客人用茶顺序摆放。摆台前先用敬语向客人招呼,如“对不起”“打扰一下”等。

2. 上茶点

按客人用茶顺序上茶点,上茶点时应注意轻拿轻放。

3. 值台

观察客人用茶时是否还需增加一些茶点，如客人需要，及时补充。

（四）茶后结束工作

1. 结账收款

客人用茶结束后，及时送上账单。送账单和找零钱都应用小托盘托送。结账要核算准确，收款要看清票面，点清数字。

2. 送客服务

客人用茶点完毕欲起身离开时，服务人员应热情送客，视情况目送或随送至门口，对离去的客人说“欢迎下次光临”“希望您用得满意”等。送客过程也是了解客人对本茶艺馆提供的服务是否满意的好时机，服务人员应视时机征求客人意见。

3. 收台检查

收台时应先检查有无客人遗留的物品，如有，应及时送还客人，无法追送时，应交主管人员处理。随后清洁整理台面，分类收拾毛巾、茶具、茶水单等，台面整理完毕后，重新摆放花瓶。

任务二　茶艺服务的礼仪

一、茶艺师的形象礼仪

良好的形象礼仪，是对茶艺师的基本要求，反映在茶艺服务中就是茶艺师之美，它包括茶艺师的心灵美、外表美、仪态美和语言美四个方面。茶艺师只有真正做到这四美，才能树立良好的职业形象，才能创造出和谐、舒适的品茶氛围。

（一）茶人艺师的心灵美

心灵美是茶艺中对人的最高要求，因为它是其他美的真正依托，是人的思想、情操、意志、道德和行为综合美的体现,是人的深层的美。这种美与外表美、仪态美、语言美等表层的美相和谐,才可造就茶艺师完整的美。人的心灵美的核心是善,孟子认为善心包括仁、义、礼、智,它是指人的恻隐之心、羞恶之心、辞让之心和是非之心,即为心灵美的"四心",另外还应有爱国之心。其中恻隐之心的"仁"是人们应追求的最高境界。《荀子》中记载了孔子与三个门生子路、子贡、颜渊的故事,讲述了儒家对"仁"的三重理解,即"人爱""爱人""爱己"。"爱己"不是自私、狭隘地爱自己,而是对自己人格的自信、自尊、自爱,拥有这种胸怀的人必然旷达自若,能以爱己之心爱人,以宽广的胸怀处理事务,这正是茶艺师所追求的心灵美的最高境界。以"爱己"之心出发的"爱人"才是最能打动人的心灵美。

高尚的情操和浓厚的文化素养是心灵美的基础。茶艺师要通过加强思想品德修养,提高茶文化艺术素养,来美化自己的心灵。

(二)茶艺师的外表美

茶艺师仅有心灵美是不够的,其外表美也是非常重要的。茶艺师的外表美主要包括仪容美和仪表美,外表美的基本要求就是美观、清洁、卫生、得体。

仪容指人的外观、外貌。在社交场合中,仪容主要是指头部、面部、手脚等部位的外在形象。在日常生活中,讲究仪容可以对外表进行一定的修饰,即美容化妆。化妆是生活中的一门艺术,适度而得体的化妆,可以体现女性端庄、美丽、温柔、大方的独特气质,美好的仪容既是对宾客的尊重,也是对自我形象的尊重。

仪表是指人的外表,包括服饰、形体容貌、发型、卫生习惯等内容。一个人的仪表不但可以体现出他的文化修养,也可以反映他的审美趣味。穿着得体,不仅能赢得他人的信赖,给人留下良好的印象,而且能够提高与人交往的能力。相反,穿着不当,举止不雅,往往会有损自身形象。仪表与个人的生活情趣、文化素质、修养程度、道德品质等有密切联系。

1. 仪容

1)整齐的发型

茶艺师的发型与流行发型有比较明显的区别。由于茶道和茶艺具有传统文化因素,表现在茶艺师的发型上一般为传统、自然的造型,如中国人绝大多数是黑发少卷曲,女长发,男短发。若染发、烫发,或女士头发长度过短等则缺少了传统意韵。

发型原则上要适合自己的脸型和气质,要按泡茶时的要求进行梳理。总的要求是干净整洁,长发要束起或盘起,短发要梳理整齐,进行操作时头发不要散落到面前遮挡视线,尤其注意不要让头发掉落到茶具或桌面上,引起客人对于卫生条件的不满。

2)干净的面容

每个人的容貌非自己可以选择,天生丽质是可遇而不可求的。即使相貌平平,茶艺师也可以因为有较高的文化修养和得体的行为举止,以神、情、技动人,同样显得非常自信,灵气逼人。

茶艺师对于容貌的修饰,总的要求是适度、美观。平时要注意面部护理、保养。女性茶艺师应该以恬静素雅为基调，着淡妆，以表示对客人的尊重，切忌浓妆艳抹，尤其注意不得使用香水或气味过浓的化妆品，否则会破坏茶叶自然的香气。男性茶艺师不得留胡须，面部应修饰干净，以整洁的仪态面对客人。

在参加茶艺活动，特别是进行表演型茶艺活动时，人们的注意力集中于表演者，适当的化妆有助于改善仪容，也是形成表演美的手段。化妆的目的是突出容貌的优点，掩饰缺陷。在化妆时一般以自然为原则，要求不过分地化妆，宜化淡妆，使五官比例匀称协调，恰到好处。需要特别注意的是手上不能残存化妆品的气味，以免影响茶叶的香气。

3)优美的手型

作为茶艺师，拥有一双白净、细嫩的手是十分必要的。因为在泡茶过程中，双手处于主角地位，客人的目光会自始至终地停留在茶艺师的双手上，茶艺师平时要注意对手部的保养和护理。首先要做到手的洁净，不要残留肥皂水或化妆品的味道，以免污染茶叶或茶具，也不得留长指甲或染带颜色的指甲油。其次手上不要佩戴过多饰物，因为佩戴过于“出色”的饰物，会有喧宾夺主的感觉，同时显得不够礼貌。而且体积过大的饰物也容易敲击到茶具，发出不和谐的声音，甚至会打破茶具，影响正常的茶叶冲泡服务。

2. 仪表

仪表主要表现在服饰方面。服饰是首先映入人们眼帘的，特别是与人初次相识时，由于双方不了解，服饰在人们心目中占有很大分量，且对人的仪表起到一定的修饰作用。服饰在某种程度上能反映人们的地位、文化水平、个人品位、审美意识、文化修养和生活态度等。服饰主要是通过色彩、形状、款式、线条、图案的修饰，以达到改变或影响人体仪表的目的，使人体仪表趋向完美。服饰要实现服装形式美法则，讲究对称、对比、参差、和谐、节奏、比例、多样、统一、平衡等。

穿衣要得体，这是最基本的要求。人们可以通过服饰判断出别人的审美观和性格特征。如果服饰式样过时，人们会认为对方刻板守旧，而如果太过超前，会让人觉得轻率固执、我行我素，这两种情况都可能让人得出“此人不好接近”的结论，自然会影响社交中的形象。所以茶艺师得体的着装不仅可以体现自身的文化修养，反映其审美趣味，而且还能给客人留下良好的印象，赢得客人的好感，也可以提高茶艺服务的质量。

茶艺师服饰除了要与茶馆的环境及着装人的身份、年龄、身材相协调外，还要与茶具相协调。此外服装最好备两套，以便换洗。

茶艺师的服饰，以民族的特色服装为基础，一般以中式为宜，袖口不宜太宽，颜色不宜太鲜艳。这是由茶艺的传统性、民族性决定的，要体现东方风雅的文化内涵和历史渊源，因而运动衣、西装、衬衫、牛仔服、T 恤衫、夹克衫、休闲服等比较休闲、随意的服饰则很少穿着。

鞋袜与服饰要配合协调，厚重的袜子应配低跟鞋，鞋跟宜低，符合茶艺端庄、典雅与稳重的感觉。

另外，在茶艺活动中选用某些相宜的饰品可以美化茶艺师的仪表。饰品的选用往往反映出一个人的审美观、文化品位、修养程度等，因此茶艺师佩戴饰品应根据年龄、性格、性别、相貌、肤色、发型、服装、体型及环境等的不同进行合理选用，要与茶道的类型所体现的风格相符合。

（三）茶艺师的仪态美

英国哲学家培根说过："在美的方面，相貌的美，高于色泽的美，而秀雅合适的动作的美又高于相貌的美。"这概括了动作美即仪态美的重要性。言为心声，行为心表，美好的仪态也是美丽心灵的表现。茶艺师追求真善美，希望给客人带来美的享受，就应该使自己的仪态符合行为规范，以展现出茶艺师美好的形象。

仪态指人的行为中的姿势与风度，可分为静态与动态过程中的仪态。姿势包括站立、行走、就座、手势和面部表情等，风度是内在气质的外部表现。仪态可通过适当的训练进行改善，在礼仪动作的训练中达到改善个人仪态、风度的目的。

茶艺师的仪态要求大方、得体、高雅、注重礼节。举止是一种无声的语言，它反映了一个人的文化修养、素质水平。泡茶时，茶的味道固然重要，但茶艺师优雅的举止也会给人一种赏心悦目的感觉，使品茶真正成为一种享受。

1. 静态过程中的仪态美

1）站姿

茶艺活动中的仪态美，是由优美的形体姿态来体现的，而优美的形体姿态又以正确的站姿为基础。站立是人们日常生活、交往、工作中基本的举止，正确优美的站姿会给人以精力充沛、气质高雅、庄重大方、礼貌亲切的印象。

茶艺活动中的站姿要求身体重心自然下垂，从头至脚有一线直的感觉，取重心于两脚之间，不向左、右方向偏移。头虚顶，眼睛平视，嘴微闭，面带笑容，腋似夹球，呼吸自然。双臂自然下垂于体前交叉，右手虎口架在左手虎口之上。女服务员两脚呈"V"字形，两脚尖开度为50度左右，膝盖及脚跟均靠拢；男服务员则双脚微呈外八字分开。如果是在茶艺表演中，女服务员可以呈"丁"字步站立。

2）坐姿

正确的坐姿给人以端庄、优美的印象。对坐姿的基本要求是端庄稳重、娴雅自如，注意四肢协调配合，即头、胸、髋三轴与四肢的开、合、曲、直对比得当，便会形成优美的坐姿。

坐姿要求端坐于椅子中央，臀部占据椅子三分之二的面积，不可全部坐满，上身挺直，体现出形体的挺拔与修长，双腿并拢，双肩放松，头端正，下颌微敛。女茶艺师右手虎口在上，交握双手置放胸前或面前桌沿，男茶艺师双手分开与肩宽，半握拳轻搭于前方桌沿。作为来宾，女士可正坐，或双腿并拢偏向一边侧坐，脚踝可以交叉，双手交握搭于腿部，男士可双手搭于扶手。

姿态优美需要身体、四肢的自然协调配合，茶艺对坐姿形态上的处理以对称美为宜，它具有稳定、端庄的美学特性。

茶艺师在工作中经常要坐着为客人进行茶叶冲泡服务，所以端正的坐姿也显得格外重要。坐姿的基本要求是挺胸收腹，头正肩平，双腿并拢。双手不操作时应平放于操作台上，面部表情轻松愉悦，自始至终面带微笑。坐姿根据泡茶时的具体要求，可分为正式坐姿、侧点坐姿、跪式坐姿和盘腿坐姿四种方式。

（1）正式坐姿。入座时，走到座位前转身，右脚后退半步，左脚跟上，轻稳地坐下。但要注意不要将椅子坐满，一般只坐椅子的二分之一或三分之一。坐下后，上身正直，双肩放松，头正目平，下颌微收，双眼可平视或略垂视，面部表情自然。两膝间的距离，男茶艺师以松开一拳为宜，女茶艺师则双腿并拢，与身体垂直放置，或左脚在前、右脚在后，脚踝可以交叉。女性右手在上，双手虎口交握，置放胸前或面前桌沿；男性双手分开与肩宽，半握拳轻搭于前方桌沿。全身放松，调匀呼吸，集中思想。

（2）侧点坐姿。如果茶椅、茶桌的造型不允许采用正式坐姿，可采用侧点坐姿的方法。具体方法为：双腿并拢偏向一侧侧坐，脚踝可以交叉，双手交握轻搭于腿部。

（3）跪式坐姿。日本人所称的“正坐”。具体要求为：坐下时将衣裙放在膝盖下，手臂腋下留有品茗杯大小的余地，两臂似抱圆木，五指并拢，手背朝上，重叠放在膝盖上，双脚的大拇指重叠，臀部坐在其上似有一纸之隔之感，上身如站立姿势，头顶有上拔之感，坐姿安稳。

（4）盘腿坐姿。一般适合于穿长衫的男性或表演宗教茶道的人员。坐时用双手将衣服撩起（佛教中称“提半把”），徐徐坐下。衣服后层下端铺平，右脚置于左脚下，用双手将前面衣服下摆稍稍提起，不可露膝，再将左脚置于右腿下，最后将右脚置于左腿下。

3）跪姿

这是日本、韩国茶艺师的习惯，跪姿可分为跪坐、盘腿坐。

（1）跪坐。要求两腿并拢屈膝跪坐在坐垫上，足背相搭着地，臀部坐在双足上，挺腰放松双肩，头正下颌微敛，双手搭于大腿上。

（2）盘腿坐。只限于男性，要求双腿向内屈伸相盘，挺腰放松双肩，头正，下颌微敛，双手分搭于两膝。

4）表情

茶艺活动中应保持恬淡、宁静、端庄的表情。一个人的眼睛、眉毛、嘴巴和面部表情肌肉的变化，能体现出一个人的内心，对人的语言起着解释、澄清、纠正和强化的作用，茶艺师要求表情自然、典雅、庄重，眼睑与眉毛要保持自然的舒展。

（1）认真的眼神。眼神是脸部表情的核心，能表达最细微的表情差异。在社交活动中，用眼睛看着对方脸部的三角部位，这个三角也就是双眼和嘴之间。当你看着对方这个部位时，会营造出一种社交气氛。在表演型茶艺中更要求表演者神光内敛，眼观鼻，鼻观心，或目视虚空，目光笼罩全场。忌表情紧张、左顾右盼、眼神不定。

（2）真诚的微笑。有魅力的微笑，发自内心的得体的微笑，对于体现茶艺师的真诚十分重要。茶艺师每天可以对着镜子练习微笑，但真诚的微笑发自内心，只有把客人当成心中的“上帝”，微笑才会更加光彩照人。

微笑可以传达温馨、亲切的感情，能有效地缩短双方之间的距离，给对方留下美好的心理感受，从而营造融洽的交往氛围，也可以反映出茶艺师高雅的修养、待人的至诚。微笑有一种魅力，在社交场合，轻轻地微笑可以吸引别人的注意，也可使自己及他人心情放松，但要注意，微笑要发自内心，不要刻意假装。

2. 动态过程中的仪态美

风雅类茶艺、表演型茶艺特别重视人体动态的美感。优美的动作在于身体平衡，优雅地坐、行、动是良好行为举止的具体表现。茶艺活动中动态美具有十分丰富的雅艺内容，下面进行简单介绍。

1）走姿

稳健优美的走姿使人看起来气度不凡，有一种动态美。标准的走姿是以站姿为基础，以大关节带动小关节，排除多余的肌肉紧张，以轻柔、大方和优雅为目的，要求姿态自然，上身正直，目光平视，面带微笑，肩部放松，手臂自然前后摆动，手指自然弯曲。行走时，身体的重心可稍向前，落在前脚的大脚趾上，以利于挺胸收腹。身体要保持平衡，不可上身扭动摇摆，不可弯腰驼背，不可脚尖呈内八字或外八字。向右转弯时应右足先行，反之亦然。到达客人面前时应为侧身状态，需转成正身面对；离开时应先退后两步再侧身转弯，切忌当着客人面掉头就走，这样显得非常不礼貌。此外，茶艺师在行走时应注意保持一定的步速，不宜过急，步幅不宜过大，否则会使客人感觉急躁且不舒服。茶艺师在工作中经常处于行走的状态中，其行云流水般的走姿，可以充分展现茶艺师的温柔端庄、大方得体，轻盈的步态也可以给客人以丰富的动态美感。所以，茶人应通过正规训练，熟练掌握正确优美的走姿，并运用到工作中。

茶艺活动中，走姿还需与服装相协调。根据服装不同，有不同的走姿。男士穿长衫时，要注意身姿挺拔，保持后背平整，尽量突出直线；女士穿旗袍时也要求身体挺拔，胸微挺，下颌微收，不要塌腰撅臀。走路的幅度不宜过大，脚尖略外开，两手臂摆动幅度不宜太大，尽量体现柔和、含蓄、妩媚、典雅的风格；穿长裙时，行走要平稳，步幅可稍大些，转动时要注意头和身体的协调配合，尽量不使头快速转动，要注意保持整体的造型美，显现出飘逸潇洒的风姿。

2）转身

在走动过程中，向右转弯时右足先行，反之亦然。在客人面前，先由侧身状态转成正身面对，离开转身时，应先退后两步再侧身转弯，不要当着客人面掉头就走。回应别人的呼唤时，要先转动腰部，再将脖子转回并身体随转，上身侧面，而头部完全正对着后方，眼睛是正视的，微笑着注视客人。这种回头的姿态，身体显得灵活，态度也礼貌周到。

3）落座

入座讲究动作的轻、缓、紧，即入座时要轻稳，走到座位前自然转身后退，轻稳地坐下，落座声音要轻，动作要协调柔和，腰部、腿部肌肉需有紧张感。女士穿裙装落座时，应将裙子向前收拢一下再坐下。起身时，右脚抽后收半步，而后站起。

4）蹲姿

正确的方法应该弯下膝盖，两个膝盖并拢，臀部向下蹲，上体保持直线。

茶艺馆服务中，茶艺师经常处于动态状况，因此身体各躯干的动作都要讲究端庄优雅，灵活得体。在取拿低处物品或为客人奉茶时，应注意不要弯身翘臀，这是极不雅观和极不礼貌的动作。正确的姿势应为：将双脚略微分开，屈膝蹲下，不要低头，更不要弯背，应慢慢低下腰部进行拿取。为客人奉茶时，可采取交叉式蹲姿或高低式蹲姿的方法以示优雅。

(1)交叉式蹲姿。下蹲时右脚在前，左脚在后，右小腿垂直于地面，全脚着地，左腿在后与右腿交叉重叠，左膝由后面伸向右侧，左脚跟抬起脚掌着地。两腿前后靠紧，合力支撑身体。臀部向下，上身稍向前倾。

(2)高低式蹲姿。下蹲时左脚在前，右脚稍后(不重叠)，两腿靠紧下蹲。左脚全脚着地，小腿基本垂直于地面，右脚脚跟提起，脚掌着地。右膝低于左膝，右膝内侧靠于左小腿内侧，形成左膝高右膝低的姿态，臀部向下，基本上以右腿支撑身体。茶艺师多选用此种姿态。

5)递物和接物

递物的一方要使物品的正面对着接物的一方。递笔、刀剪之类尖利的物品，须将尖头朝向自己，握在手中，而不要指向对方。接物时除用双手外，应同时点头示意或道谢。

(四)茶艺师的语言美

俗话说："良言一句三冬暖，恶语伤人六月寒。"茶艺馆是现代文明社会中高雅的社交场所，它要求茶艺师在日常服务中谈吐文雅、语调轻柔、语气亲切、态度诚恳、讲究语言艺术。茶艺师的语言艺术特征主要有以下几点。

1. 用语礼貌

待客宜用敬语(如尊重语、谦让语和郑重语等)，杜绝使用蔑视语、烦躁语、不文明的口头语、自以为是或是刁难他人的斗气语。礼貌用语的具体要求为：请字当先，谢字随后，您好不离口，以及服务五声，即迎客声、致谢声、致歉声、应答声、送客声。

茶艺师常用的文明用语有以下几种，

(1)迎接用语，如"欢迎光临""欢迎您来这里品茶""请进""请往这边走""请坐"等。

(2)问候用语，如"您好""下午好""晚上好""多日不见，您近来可好"等。

(3)征询用语，如"我能为您做些什么吗""对不起，您现在可以点茶了吗""请问您是需要甜口味的茶点还是咸口味的茶点""如果您不介意，现在我可以为您泡茶了吗"等。

(4)应答用语，如"好的，没关系""请稍等，马上就来""谢谢您的好意""非常感谢"等。

(5)道歉用语，如"非常抱歉，打扰您了""对不起，让您久等了""请再等几分钟，好吗"等。

(6)送别用语，如"感谢您的光临，希望下次再见到您""欢迎下次光临""请您慢走"等。

2. 语气委婉

当客人处于尴尬境地时，茶艺师对客人可采用暗示提醒、委婉询问的方式，使客人自己(或协助客人)摆脱困境。这样既不伤客人体面，又帮其解决了实际困难。对客人提出的问题要明确、简洁地予以肯定回答，不能采用反诘、训诫和命令的语气。

3. 应答及时

语言是交流的工具，如果客人的问询得不到及时的应答，就无法及时沟通，这就意味着客人受到了冷遇，因此应答及时是茶艺师热情、周到服务的具体体现。无论客人的询问有多少次，要求有多么难，茶艺师都要恳切聆听，及时应答，尽可能满足其要求，解决其困难，使主客间的交流畅通无阻。客人讲话时，茶艺师应认真倾听，平和地注视着客人，视线间歇地与客人接触，对听到的内容，可用微笑、点头应对等做出反应，不能面无表情，心不在焉，也不能似听非听，表示厌倦，更不能摆手或敲台面来打断客人。遇到客人某些不满或刁难行为，要冷静处理，巧妙应对，不得与客人发生直接冲突，必要时可请领班或经理出面解决。

4. 音量适度

语音音量的适度与否，既是语言的修养问题，也是茶艺师的态度问题。音量过大显得粗俗无礼，音量过小又会显得小气懈怠，两者都会引起客人的误解和不满。因此茶艺师的语言在任何情况下都应做到自然流畅、音量适中，给人以亲切、舒适的美感。

5. 语速适宜

茶艺师说话时应该轻声细语，但对不同的客人，茶艺师应主动调整语言表达的速度：如对善于言谈的客人，可以加快语速，或随声附和，或点头示意；对内敛寡言的客人，可以放慢语速，增加一些微笑和身体语言，如手势、点头。总之与客人品性一致，才会受到欢迎。对客人要热情礼貌，有问必答。客人多时，要分清主次，恰当地进行交谈，说话声音要柔和悦耳，控制好语调、语速，不得大声说话或大笑。

此外，在茶艺操作过程中，茶艺师讲茶艺时不要讲得太满，从头到尾都是自己一个人在说，这会使场面气氛紧张。应该留出空间，引导客人参与进来，除了请客人品茶外，还要让客人开口说话。引导客人话题的方法很多，如赞美客人，评价客人的服饰、气色、优点等，这样可以迅速缩短茶艺师和客人之间的距离。

二、茶艺服务中的基本礼仪

（一）茶前要准备

茶艺师上岗前要对自己的仪容、仪表等做好充分准备，其基本要求如下。

头发——头发要梳紧，不能散落到面前。

上妆——妆饰以淡雅为原则，避免使用气味太重的香水或化妆品。

首饰——不宜佩戴太多或太抢眼的首饰。

服装——最好着茶服，不要穿宽袖口的衣服。

双手——双手要保持整洁，不能有异味，不能沾上化妆品的味道。

健康——患有疾病时不宜泡茶招待客人。

姿势——泡茶时身体坐正，腰杆挺直，两臂与肩膀不要抬得太高。泡茶时全身肌肉与心情要放松，泡茶动作优美，一气呵成。

时间——全部流程一般不要超过一小时，多人团体茶会不要超过两小时。

（二）茶具要清洁

客人进茶室后，先让座，后备茶。冲茶之前，一定要把茶具洗干净，尤其是久置未用的茶具，难免沾上灰尘、污垢，更要细心地用清水洗刷一遍。在冲茶、倒茶之前最好用开水烫一下茶壶、茶杯，这样既讲究卫生，又显得彬彬有礼，同时也是温杯的过程，让茶汤有更好的表现，给客人更好的品饮体验。如果不管茶具干不干净，胡乱给客人倒茶，就是不礼貌的表现。

（三）取茶要得法

选好要泡的茶之后，应用茶匙取适量茶叶，或者直接将茶叶袋倾斜对准盖碗轻轻抖出，切不可直接徒手去抓茶叶。徒手抓时，手汗会使茶叶受潮，且手上的一些气味也容易沾染到茶叶上，不仅会影响茶的品质，也会给客人不卫生的感觉。

（四）茶水要适量

放置的茶叶不宜过多，也不宜太少。茶叶过多，茶味过浓；茶叶太少，泡出的茶没什么味道。假如客人主动介绍自己的饮茶习惯，如喜欢喝浓茶或淡茶等，那就按照客人的口味泡茶。倒茶时，无论是大杯小杯，都不宜倒得太满，太满了容易溢出，也不宜倒得太少，显得缺少诚意。

（五）奉茶要谦恭

按照我国人民的传统习惯，应用双手给客人奉茶（见图 7-1）。

图 7-1　双手奉茶

1. 奉茶之人

以茶待客时，由何人为来宾奉茶，往往涉及对客人的重视程度。在家中待客时，通常可由家中的晚辈奉茶。接待重要的客人时，则应由主人亲自奉茶。

在工作单位待客时，一般应由秘书、接待人员、专职人员为客人奉茶。接待重要的客人时，则应由本单位在场的职位最高者亲自为之奉茶。

2. 奉茶顺序

若来访的客人较多时，奉茶的先后顺序一定要慎重对待，切不可肆意而为。

合乎礼仪的做法应当是：先为客人，后为主人；先为主宾，后为次宾；先为女士，后为男士；先为长辈，后为晚辈。

如果客人甚多，且其彼此之间差别不大时，可采取下列四种顺序奉茶。

(1)以奉茶者为起点，由近而远依次奉茶。

(2)以进入客厅之门为起点，按顺时针方向依次奉茶。

(3)以客人的先来后到为先后顺序奉茶。

(4)不讲顺序，或是由饮用者自己取用。

奉茶时，用双手捧住茶托或茶盘，举至胸前，面带笑容，送到客人面前。奉茶时应以右手端茶，从客人的右方奉上，眼睛注视对方轻轻地说“请用茶”。奉茶时应先端给职位高的客人或长辈。奉茶时手拿茶杯只能拿杯柄，无柄茶杯要握其中底部，切忌手触杯口。放置杯盖或壶盖时必须将盖沿朝上，切忌将杯盖或壶盖口沿朝下放在桌子上。

要注意的是，奉茶时在左边的人用右手敬茶，在右边的人用左手敬茶，切记不能手背对着客人，给人造成拒绝和不受欢迎之感。

(六)添茶要及时

如果客人杯里水只剩三分之一，要及时添茶，添茶时添至三分之二即可，不可添满或洒出，也不可让客人杯中的茶汤见底。当然，添茶的时候要按奉茶顺序，如先尊后卑，先老后少，或自左往右等给客人添茶，最后再给自己添。这样也体现出自己对客人的尊重。如果发现茶汤茶味变淡薄，应及时换茶。

(七)喝茶要品饮

喝茶是非常讲究的，此时的喝茶不是为了解渴，要小口喝，一般三口喝完，谓之“品茶”。客人要认真品尝，如遇杯子有茶叶可用杯盖拂去，切不可用嘴吹走或用手捞出。喝茶品茶时，主人要和客人聊聊天，不然气氛会沉闷尴尬，应让客人在温馨的交谈中细细品尝茶的滋味与芳香。

三、茶艺服务中的常用礼节

（一）鞠躬礼

鞠躬礼分为站式鞠躬礼、坐式鞠躬礼和跪式鞠躬礼三种（见表 7-1）。根据行礼的对象分成真礼（用于主客之间）、行礼（用于客人之间）与草礼（用于说话前后）。站式鞠躬礼（见图 7-2）与坐式鞠躬礼比较常用，其动作要领是：上半身平直弯腰，两手平贴大腿徐徐下滑，弯腰时吐气，直身时吸气。弯腰到位后略做停顿，再慢慢直起上身。行礼的速度宜与他人保持一致，以免出现不协调感。真礼要求行 90 度礼，行礼与草礼的弯腰程度较低。在参加茶会时会用到跪式鞠躬礼。真礼以跪坐姿势为预备，背颈部保持平直，上半身向前倾斜，同时双手从膝上渐渐滑下，全手掌着地，两手指尖斜对，身体倾至胸部与膝盖间只留一拳空当（切忌低头不弯腰或弯腰不低头）。稍做停顿，慢慢直起上身，弯腰时吐气，直身时吸气。行礼两手仅前半掌着地，草礼仅手指第二指节以上着地。

表 7-1　鞠躬礼的种类

种类	站式鞠躬礼	坐式鞠躬礼	跪式鞠躬礼
真礼	90 度	90 度	45 度
行礼	120 度	120 度	55 度
草礼	150 度	150 度	65 度

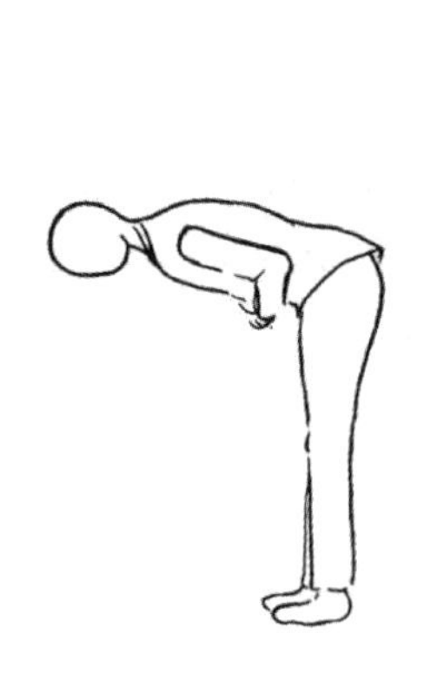
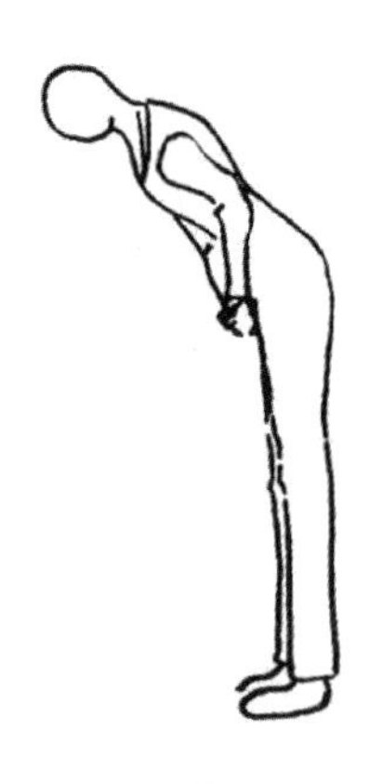

图 7-2　鞠躬礼

（二）伸掌礼

这是品茗过程中使用频率最高的礼节，表示“请”与“谢谢”，主客双方都可采用。两人面

对面时，均伸右掌行礼对答。两人并坐时，右侧一方伸右掌行礼，左侧方伸左掌行礼。伸掌姿势为：将手斜伸在所敬奉的物品旁边，四指自然并拢，虎口稍分开，手掌略向内凹，手心中仿佛含着一个小气团的感觉，手腕要含蓄用力，不至显得轻浮。行伸掌礼同时应欠身点头微笑，讲究一气呵成。

（三）叩指礼

此礼是从古时中国的叩头礼演化而来的，叩指即代表叩头。早先的叩指礼是比较讲究的，必须屈腕握空拳，叩指关节。随着时间的推移，逐渐演化为将手弯曲，用几个指头轻叩桌面，以示谢忱。叩手礼有三种。

1. 晚辈向长辈、下级向上级行的礼

行礼者将五个手指并拢成拳，拳心向下，五个手指同时敲击桌面，相当于五体投地跪拜礼。一般情况下，敲三下就可以了，相当于三拜。

2. 平辈之间行的礼

行礼者将食指和中指并拢，同时敲击桌面，相当于双手抱拳作揖。敲三下，表示对对方的尊重。

3. 长辈对晚辈或上级对下级行的礼

行礼者用食指或中指敲击桌面，相当于点头。一般只需敲一下，表示点一下头，如果特别欣赏、喜爱对方，可以敲三下。

（四）寓意礼

寓意礼是在长期的茶事活动中形成的带有特殊意味的礼节，是通过各种动作表示对客人的敬意。常见的有以下几种。

1. 凤凰三点头

用手提壶把，高冲低斟反复三次，寓意向来宾鞠躬三次，以示欢迎。高冲低斟是指右手提壶靠近茶杯口注水，再提腕使开水壶提升，此时水流如酿泉泄出于两峰之间，接着仍压腕将开水壶靠近茶杯口继续注水。如此反复三次，恰好注入所需水量，即提腕断流收水。

2. 关公巡城

潮州工夫茶艺多用。循环斟茶，茶壶似巡城之关羽。这个动作是巡回的运动，目的是把茶水的分量和香味均匀地分配给三只茶杯，以免厚此薄彼。

3. 韩信点兵

潮州工夫茶艺多用。将留在茶壶中的最后一些茶，一杯一滴，分别滴入每个茶杯中，人称“韩信点兵”。最后几滴茶往往是最浓的，是茶汤的最精华醇厚部分，所以要均匀分配，平等待客。

4. 壶嘴不能正对客人

沏茶时放置茶壶要注意，壶嘴不能正对客人，否则就表示请客人离开。

5. 回转斟水、斟茶、烫壶动作

右手操作时必须逆时针方向回转，左手则顺时针方向回转，表示“来、来、来”的意思，招手欢迎客人观看、品尝，若相反方向操作，则表示挥手“去、去、去”的意思。

6. 茶倒七分满

斟茶时只斟七分满即可，暗寓“七分茶三分情”之意。俗话说“茶满欺客”，茶满不便于客人握杯啜饮。

7. 不要反复地劝人喝茶

敬茶要自然，喝茶也自然，不要反复地劝人喝茶，感觉是提醒到时间了，要送客人走的意思。

任务三 茶艺表演

一、茶艺表演的概念及艺术特征

（一）茶艺表演的概念

平时人们喝茶的主要目的是解渴、提神、保健，是为了满足人们生理需求的一种日常生活行为。为了满足人们精神上的需要，将喝茶提升到品饮的层次，从而对泡茶的方式、器具、环境以及参与者本身都有一定的审美要求时，就具备了一定的艺术品位。而艺术天然就具有观赏性、娱乐性和表演性。

茶艺表演是在茶艺的基础上产生的一门生活艺术，它是通过各种茶叶冲泡和品饮技艺的形象演示，反映一定的生活现象，表达一定的主题思想，使人们在精心营造的幽雅环境氛围中得到美的享受和情操的熏陶。

纵观各种茶艺表演，大体可分为三类。一是民俗茶艺表演。它取材于特定的民风、民俗、饮茶习惯，经过艺术的提炼与加工，反映民俗文化等方面的内容，如西湖茶礼、台湾乌龙茶茶艺表演、赣南擂茶、白族三道茶、青豆茶等。二是仿古茶艺表演。它取材于历史资料，经过艺术的提炼与加工，大致反映历史原貌，如公刘子朱权茶道表演、韩国仿古茶艺表演等。三是其他茶艺表演。它取材于特定的文化内容，经过艺术的提炼与加工，反映特定文化内涵，如禅茶表演、火塘茶情、新娘茶等。

（二）茶艺表演的艺术特征

茶艺表演在我国自古有之，随着现代茶艺的蓬勃发展，茶艺表演也逐渐成为一种全新的艺术表现形式。与一般的艺术表演相比，茶艺表演既具有一般艺术表演的共性特征，也存在着一些个性特征，具体包括以下几点。

1. 茶之性——静

茶树默默生长在大自然中，禀山川之灵气，得日月之精华，天然具有谦谦君子之风。自然条件决定了茶性微寒、味醇而不烈的特性，与一般饮料不同，饮茶后可使人清醒但不过度兴奋，更加宁静、平静。茶的这种特性与人性中的平静、淡泊的品性相近，因此茶事活动一般都具有静的特点。茶艺表演和舞蹈、戏剧、杂技等动的艺术形式不同，它是以静为中心的艺术形式，因此在茶艺表演过程中，动作不宜过于夸张，节奏不宜太快，音乐不宜太激昂，灯光也不宜太强烈。

2. 茶之魂——和

和既是中国茶道的核心，也是中国茶艺的灵魂。历代茶人在茶事活动中总结出茶叶具有中和的品性。唐代的裴汶在《茶述》说“其性精清，其味浩浩，其用涤烦，其功致和”，《大观茶论》中也说茶“祛襟涤滞，致清导和”。同时，和一直是中国儒家思想的核心内容之一，历代茶人常常将儒家思想的这一精髓融入茶事活动中，将品茶活动与修身养性、锤炼人格相联系。因此在茶艺编创和表演活动中都要体现端庄儒雅的中和风韵，选择的主题不宜太过对立、冲突、争斗、尖锐。

3. 茶之韵——雅

雅也是中国茶艺的主要特征之一，它是在和、静的基础上形成的一种气质和神韵。雅的本意包括高尚、文明、美好、规范等，历代茶人也将雅作为个人修身养性的目标之一，唐代刘贞亮在《饮茶十德》中就曾说过“以茶可雅志”。因此，在茶艺编创和表演过程中也要体现这一特征。

二、茶艺表演程序编排

（一）主题思想

主题思想是茶艺表演的灵魂。无论是取材于古代文献记载还是现实生活，茶艺表演都要有一个主题。如“禅茶”是根据佛门喝茶方式及用茶来招待客人的习惯进行的编创，以体现“禅茶一味”的思想；婺源的“文士茶”是根据明清徽州地区文人雅士的品茗方式进行的编创，反映的是明清茶文化的高雅风韵；“白族三道茶”则是取材于少数民族茶俗，通过“一苦、二甜、三回味”的三道茶，来告诫人们人生要先吃苦而后才能享受幸福。有了明确的主题，才能根据主题思想来构思节目风格，编创表演程序和动作，选择人员、茶具、服装、布景和音乐等进行排练。

（二）人物

根据主题要求，确定表演人数。茶艺表演的组合有一人、二人、三人和多人。一人型茶艺表演多数是生活型茶艺表演或是给客人表演冲泡技艺。二人型茶艺表演一般是一个为主泡，另一个为助泡。主泡负责泡茶，助泡负责端茶具、奉茶等，配合主泡进行泡茶工作。表演时主泡在中间位置，助泡站在主泡的右边。三人型茶艺表演则由一人担任主泡，另外两人为助泡，配合主泡进行泡茶工作。一般主泡位居中间，助泡分立左右。多人型茶艺表演一般也是选择一个为主泡，主泡位居中间，其余的人为助泡，各人分工会有所不同。多人型的还有一种表演方式，可以每个人都是主泡，如集体工夫茶表演，每个人的服装、道具、动作都完全统一，没有主次之分。

确定表演人数之后，接下来就要挑选表演者了。茶艺是一门高雅的艺术，表演者的文化修养与气质将直接影响茶艺表演的舞台效果，因此必须仔细挑选。除了茶艺表演者的形象要符合大众的审美标准之外，还要综合考虑表演者的文化素质和艺术修养，尽可能挑选有一定文化修养又懂茶艺的表演者。目前我国茶艺表演者以年轻女性为多，但也可以根据节目的主题选择男士或年长一些的人。如“仿唐宫廷茶艺”表演中就选用了男表演者参与泡茶表演。此外，茶艺表演反映的主体与内容不同，选择的表演者形象也要有所不同。例如“仿唐宫廷茶艺”表演，因为唐代以胖为美，所以选择的表演者就丰满一些；宋代是以瘦为美，故“仿宋点茶茶艺”中的表演者就应以清瘦为主；“新娘茶”等民俗茶艺则应选那些表情活泼的女孩。主泡和助泡相比，主泡表演地位应略高于助泡，其形象、气质更好一些。由于在整个茶叶冲泡过程中，观众的注意力都集中在表演者的双手动作上，手相如何会影响到表演的美感，所以在挑选表演者时，不管主泡还是助泡，手都应该纤细、匀称、白皙。

（三）动作

主要是指表演者的肢体语言，包括眼神、表情、走（坐）姿等。总的要求是动作轻盈、舒缓，如行云流水般，可以运用一些舞蹈动作，但动作幅度不宜太大，也不能过于夸张，以免给人做作之感。泡茶时动作要熟练、连贯、圆润，避免茶具碰撞，放在左边的茶具应用左手拿，最好不要使双手交叉。茶汤不能洒在桌上。表情要自然，既不能板着面孔，也不能嬉皮笑脸。眼神要专注、柔和，不能飘移，更不能东张西望或窥视，给人以不庄重感，但也不能埋头苦干，要适当与观众交流。此外，编排者还应注意整个程序的紧凑性、变化性，要使其能吸引人。

（四）服饰

服饰包括服装、发型、头饰和化妆。

（1）服饰要根据主题来设计，以中国传统服饰为主，一般是旗袍、对襟衫或长裙。裙子不宜太短，不能太暴露。手上不宜佩戴手表、首饰，更不能涂过于鲜艳的指甲油，也不能染发。妆容以淡妆为好，不宜过于浓艳，以免显得俗气。

（2）服饰选择应与历史相符合，如表演“仿唐宫廷茶艺”就应选用具有唐代典型特点的服饰，表演“仿宋点茶茶艺”就应选择宋代服饰，“禅茶”“道茶”中就要选择特定的僧、道服饰。

（3）在选择服饰时最好还能与所泡的茶相契合，如泡的是绿茶，其特点是叶绿汤清，那就最好不要穿红色、紫色等色泽太深的服饰，可选择白色、绿色等素雅的颜色。

（五）道具

道具主要是指泡茶的器具，包括茶具、桌椅等，道具是茶艺表演的重要组成部分。道具的选择主要根据茶艺表演的题材来确定，如反映现代生活题材的就可选用紫砂壶、盖碗、玻璃杯等茶具，如果是古代题材就不能选用玻璃器具。如成熟的青花瓷是在元代才出现的，那么元代以前的茶艺表演就不能选用过于精美的青花瓷；紫砂茶具是在明清时期才开始逐渐流行，那么在宋代点茶中就不应出现紫砂壶。茶艺表演中应避免出现明显的败笔。选用的茶具色彩还应呼应主题，最好能与服饰色彩相互映衬，那样效果会更好。如南昌某女子学校表演的《文士茶》节目中，选用了青花瓷茶具，着青色镶蓝边的罗裙，这些都与所泡的绿茶相吻合，而且青花瓷又是江西景德镇的特色，这样使得整个茶艺表演显得十分协调。至于民俗茶艺则要选用当地的茶具，但也不能太过乡土，需要适当的艺术化，避免给人一种难登大雅之堂的感觉。

（六）音乐

音乐可以营造浓郁的艺术氛围，吸引观众的注意力，带引观众进入诗意的境界。茶艺表演过程中，表演者不宜开口说话，更不能唱歌，所以选用的音乐对氛围的营造十分重要。一般来说，民俗类的茶艺表演多选用当地的民间曲调，如江西的“擂茶”就选用当地名歌《斑鸠调》和《江西是个好地方》，广西的“茉莉花茶艺”则选用民歌《茉莉花》。历史题材的茶艺表演应注意不要时空错乱，如“仿唐宫廷茶艺”就要用唐代音乐，“仿宋点茶茶艺”就要选用宋代音乐，总之要与主题相符，并能帮助营造氛围。

（七）背景

茶艺表演多在舞台上进行，因此要根据表演主题来布置背景。茶艺表演的背景不宜过于复杂，应力求简单雅致，以衬托表演者的表演为主，让观众的注意力集中在泡茶者身上，不能喧宾夺主。如果没有条件可选择屏风作为背景，在屏风上可挂些与主题相关的字画。如“禅茶”表演在背景屏风上挂有“煎茶留静者，禅心夜更闲”的对联，既点明了主题，又突出了禅意，十分巧妙。当然背景布置也可以是动态的，如茶艺才女袁勤迹在茶艺表演时，场景布置中片片枫叶从舞台上空飘落下来，意境十分美妙。

（八）灯光

茶艺表演中一般要求灯光柔和，不宜太暗也不能太亮、太刺眼，太暗会看不清茶汤的颜色，太亮又会难以营造恰当的氛围。南昌白鹭原茶艺馆在表演“禅茶”时，将灯光打暗，只留下照在主泡身上的一盏聚光灯，将所有观众的注意力都集中在泡茶者身上，既吸引了观众的目光，又营造了庄严肃穆的氛围，达到了很好的效果。

（九）讲解

茶艺表演时一般不能过多地开口说话，但若仅仅通过冲泡技艺来表现主题，观众又不易理解，所以需要对表演内容进行适当的解说，这样可以引导观众欣赏茶艺表演，帮助观众理解表演的主题和相关内容，使其更好地达到艺术效果。

一般在表演前，表演者首先要简要介绍节目的名称、主题、艺术特色及表演者单位、姓名等。如江西的“客家擂茶”茶艺表演在演出前有一段这样的介绍：“客家擂茶是流行于江西赣南地区客家人的饮茶习俗。客家人为了躲避战乱，举族迁居到南方的山区，他们保留了一种古老的饮茶习俗，就是将花生、芝麻、陈皮等原料放在特制的擂钵中擂烂，然后冲入开水调制成一种既芳香可口，又具有药用疗效的饮料，民间称为擂茶。”这段解说词简明扼要地概括了擂茶产生的地点、制作的方法及疗效等，让人对擂茶有一定的了解，又会增添兴趣。表演者在表演过程中也可以做适当讲解，主要是向初次观赏茶艺的客人做必要的介绍。

茶艺表演有着非常强的艺术性，故解说词编创也一定要有文采，如果解说词太过直白浅显，就会降低整个茶艺表演的质量，显得俗气。江西婺源的"文士茶"茶艺表演前是这样介绍的："文士茶是流行于江西婺源地区民间传统品茶艺术之一。婺源自古文风鼎盛，名人辈出，文人学士讲究品茶，追求雅趣，因此文士茶以儒雅风流为特征，讲究三雅：饮茶人士之儒雅、饮茶环境之清雅、饮茶器具之高雅；追求三清：汤色清、气韵清、心境清，以达到物我合一、天人合一的境界。"话虽不多，但却将茶艺所具有静、和、雅的特征一一点出，具有很强的艺术感染力。当然，解说词的艺术性并不代表在其创作中一定要用一些晦涩难懂、过于专业或过于艺术化的词语。

以上这些都是单个茶艺节目编创中应注意的地方，如果是整台茶艺表演晚会则还应考虑演出效果。由于茶艺表演普遍偏静，看久了会稍显枯燥，中间还可以加入一些活泼热闹的民间茶俗表演，来调节观众的情绪。同时还要注意整场节目形式、风格和色彩的调换，避免雷同感。

三、茶艺表演举例

（一）碧螺春的茶艺表演

1. 茶具选择

通常用到的茶具有玻璃杯四只，随手泡一套，木茶盘一个，茶荷一个，茶道具一套，茶海一个，茶巾一条等。

2. 相关准备

音乐：选择古筝等传统乐器演奏的中国民族音乐。
焚香：香炉一个，香一支。
挂画：可以选用具有淡泊、雅致风格的中国水墨画。
茶艺师：做好仪态、妆容、服饰等准备。

3. 解说词

"洞庭无处不飞翠，碧螺春香万里醉。"烟波浩渺的太湖包孕吴越，太湖洞庭山所产的碧螺春集吴越山水的灵气和精华于一身，是我国历史上著名的贡茶。新中国成立之后，碧螺春位列我国十大名茶之一，现在就请各位嘉宾来欣赏碧螺春茶艺。这套茶艺共十二道程序。

4. 表演程序

第一道：焚香通灵。

“茶须静品，香能通灵。”在品茶之前，首先点燃一支香，让客人的心平静下来，以便用空明虚静之心，去体悟碧螺春中所蕴含的大自然的信息。

第二道：仙子沐浴。

选用玻璃杯来泡茶。晶莹剔透的玻璃杯好比冰清玉洁的仙子，仙子沐浴即清洗一次茶杯，以表示茶艺师对客人的尊敬之心。

第三道：玉壶含烟。

冲泡碧螺春一般用80℃左右的水，在烫洗了茶杯之后，不用盖上壶盖，而是敞着壶口，让壶中的水随着水汽的蒸发而自然降温。壶口蒸汽氤氲，所以这道程序称为玉壶含烟。

第四道：碧螺亮相。

即请大家传看鉴赏干茶。碧螺春有“四绝”——形美、色艳、香浓、味醇。赏茶是欣赏它的第一绝——形美。生产一斤特级碧螺春约需采摘七万个嫩芽，嫩芽条索纤细、卷曲成螺、满身披毫、银白隐翠，极像民间故事中娇巧可爱且羞答答的田螺姑娘。

第五道：雨涨秋池。

唐代李商隐的名句“巴山夜雨涨秋池”营造了很美的意境，雨涨秋池即向玻璃杯中注水，水宜注到七分满，留下三分装情。

第六道：飞雪沉江。

即用茶匙将茶荷里的碧螺春依次拨到已盛了水的玻璃杯中。满身披毫、银白隐翠的碧螺春如雪花纷纷扬扬飘落到杯中，吸收水分后即向下沉，瞬时白云翻滚，雪花翻飞，煞是好看。

第七道：春染碧水。

碧螺春沉入水中后，杯中的热水溶解了茶中的营养物质，逐渐变为绿色，整个茶杯好像盛满了春天的气息。

第八道：绿云飘香。

碧绿的茶芽，碧绿的茶水，在杯中如绿云翻滚，氤氲的蒸气使得茶香四溢，清香袭人。这道程序便是闻香。

第九道：初尝玉液。

品饮碧螺春应趁热连续细品。头一口如尝玄玉之膏，云华之液，感到色淡、香幽、汤味鲜雅。

第十道：再啜琼浆。

这是品第二口茶。二啜感到茶汤更绿，茶香更浓，滋味更醇，并开始感到舌本回甘，满口生津。

第十一道：三品醍醐。

在佛教典籍中，用“醍醐”来形容最玄妙的“法味”。品第三口茶时，我们已不再仅仅是品茶，而且在品太湖春天的气息，在品洞庭山盎然的生机，在品人生的百味。

第十二道：神游三山。

古人讲茶要静品、慢品、细品，唐代诗人卢仝在品了七道茶之后写下了传颂千古的《七碗茶歌》，里面有言："五碗肌骨清，六碗通仙灵。七碗吃不得也，唯觉两腋习习清风生。"在品了三口茶之后，客人继续慢慢地自斟细品，静心去体会碧螺春那种"清风生两腋，飘然几欲仙。神游三山去，何似在人间"的绝妙感受。

（二）西湖龙井的茶艺表演

1. 茶具选择

通常用到的茶具有玻璃杯四只，白瓷壶一把，随手泡一套，锡茶叶罐一个，茶道具一套，脱胎漆器茶盘一个，陶茶池一个，香炉一个，香一支，茶巾一条，特级狮峰龙井 12 克。

2. 相关准备

焚香：香炉一个，香一支。

挂画：可以选用具有淡泊、雅致风格的中国水墨画。

音乐：选择古筝等传统乐器演奏的中国民族音乐。

茶艺师：做好仪态、妆容、服饰等准备。

3. 解说词

在这个大千世界里，我们因茶结缘，因茶相识、相知，它让我们品味人生的苦与甘，使我们滤去浮躁，感觉到身心被净化，沉淀下来一种深思、一种情调、一种欲语还休的情愁，它让我们看到一杯清茶背后蕴含着如此深远的意义。西湖龙井是绿茶中极有特色的茶品之一，以狮峰山、龙井村、云栖村、虎跑村、梅家坞所产为佳。现在就请各位嘉宾来欣赏西湖龙井茶艺。这套茶艺共十二道程序。

4. 表演程序

第一道：点香——焚香除妄念。

即通过点香来营造祥和肃穆的气氛，并达到驱除妄念、心平气和的目的。

第二道：洗杯——冰心去凡尘。

当着各位客人的面，把本来就干净的玻璃杯再烫洗一遍，以示对客人的尊敬。

第三道：凉汤——玉壶养太和。

龙井茶芽极细嫩，若直接用开水冲泡，会因烫熟了茶芽而造成熟汤失味，所以要先把开水注入瓷壶中养一会儿，待水温降到 80℃左右时再用来冲茶。

第四道：投茶——清宫迎佳人。

即用茶匙把茶叶投入干净的玻璃杯中。

第五道：润茶——甘露润莲心。

即向杯中注入约三分之一容量的热水，起到润茶的作用。

第六道：冲水——凤凰三点头。

冲泡龙井也讲究高难度冲水。在冲水时使水壶有节奏地三起三落而水流不间断，这种冲水的技法称为“凤凰三点头”，意为凤凰再三向客人点头致意。

第七道：泡茶——碧玉沉清江。

冲水后龙井茶吸收了水分，逐渐舒展开来，并慢慢沉入杯底，故称为“碧玉沉清江”。

第八道：奉茶——观音捧玉瓶。

茶艺师向客人奉茶，意在为客人送上祝福，愿其一生平安。

第九道：赏茶——春波展旗枪。

杯中的热水如春波荡漾，在热水的浸泡下，龙井茶的茶芽慢慢地舒展开来，尖尖的茶芽如枪，展开的叶片如旗。一芽一叶称为“旗枪”，一芽两叶称为“雀舌”，展开的茶芽簇立在杯底，在清碧澄静的水中或上下浮沉，或左右晃动，栩栩如生，宛如春兰初绽，又似有生命的精灵在舞蹈。

第十道：闻茶——慧心悟茶香。

龙井茶“四绝”是色绿、形美、香郁、味醇，所以品饮龙井要一看、二闻、三品味。这一步骤是闻茶香。

第十一道：品茶——淡中回至味。

品饮龙井也极有讲究，清代茶人陆次之曾说：“龙井茶，真者甘香而不洌，啜之淡然，似乎无味，饮过之后，觉有一种太和之气，弥沦于齿颊之间，此无味之味，乃至味也。”此道程序要慢慢啜，细细品，让龙井茶的太和之气沁人肺腑。

第十二道：谢茶——自斟乐无穷。

请客人自斟自酌，通过亲自动手，在茶事活动中修身养性，品味人生的无穷乐趣。

（三）武夷山工夫茶的茶艺表演

1. 茶具选择

通常用到的茶具主要有紫砂壶、闻香杯、品茗杯、公道杯、随手泡、茶叶罐、茶艺六君子、茶盘、茶巾等。

2. 相关准备

焚香：香炉一个，香一支。

挂画：可以选用具有淡泊、雅致风格的中国水墨画。

音乐：选择古筝等传统乐器演奏的中国民族音乐。

茶艺师：做好仪态、妆容、服饰等准备。

3. 解说词

各位嘉宾，大家好，欢迎你们到武夷山来品茗赏艺。风景秀甲东南的武夷山是乌龙茶的故乡，宋代大文豪范仲淹曾写诗赞美武夷茶说："年年春自东南来，建溪先暖冰微开。溪边奇茗冠天下，武夷仙人从古栽。"自古以来，武夷山人不但善于种茶、制茶，而且精于品茶。现在由我来为各位嘉宾表演武夷山的工夫茶茶艺，请大家静下心来，和我共享茶艺的温馨和愉悦。工夫茶茶艺共有十八道程序，前九道由我来操作表演，后九道则请各位嘉宾和我密切配合，共同完成。

4. 表演程序

第一道：焚香静气，活煮甘泉。

焚香静气，通过点燃一支香，来营造祥和、肃穆、温馨的气氛。希望这淡淡的幽香，能使客人心旷神怡，同时伴随着这悠悠袅袅的香味，升华到高雅而神奇的境界。

宋代大文豪苏东坡是一个精通茶道的茶人，他总结泡茶的经验时说："活水还须活火烹。"活煮甘泉，即用旺火来煮沸壶中的山泉水。

第二道：孔雀开屏，叶嘉酬宾。

孔雀开屏是向同伴展示自己美丽的羽毛，孔雀开屏这道程序，即向客人介绍今天泡茶所用的精美的工夫茶茶具。"叶嘉"是苏东坡对茶叶的美称。叶嘉酬宾，就是鉴赏乌龙茶的外观形状。

第三道：大彬沐淋，乌龙入宫。

大彬是明代一位制作紫砂壶的大师，他所制作的紫砂壶被后代茶人视为至宝，后来大家把名贵的紫砂壶称为"大彬壶"。大彬沐淋，就是用开水浇烫茶壶，其目的是洗壶并提高壶温。乌龙入宫就是把乌龙茶放入紫砂壶内。

第四道：高山流水，春风拂面。

武夷茶艺讲究"高冲水，低斟茶"。高山流水即将开水壶提高，向紫砂壶内冲水，使壶内的茶叶随水浪翻滚，起到用开水洗茶的作用。

春风拂面是用壶盖轻轻地刮去茶汤表面泛起的白色泡沫，使壶内的茶汤更清澈洁净。

第五道：乌龙入海，重洗仙颜。

品饮武夷岩茶有句俗语"头泡汤，二泡茶，三泡、四泡是精华"。头一泡冲出的茶汤一般不喝，直接注入茶海。因为茶汤呈琥珀色，从壶口流向茶海好像蛟龙入海，所以称为乌龙入海。重洗仙颜意喻第二次冲水。第二次冲水不仅要将开水注满紫砂壶，而且在加盖后还要用开水浇淋壶的外部，这样内外加温，有利于茶香的散发。

第六道：母子相哺，再注甘露。

冲泡武夷岩茶时要备两把壶，一把紫砂壶专门用于泡茶，称为泡壶或母壶；另一把容积相等的壶用于储存泡好的茶汤，称为海壶或子壶。现代也有人用公道杯代替海壶来储备茶水。把母壶中泡好的茶水注入子壶，称为母子相哺。母壶中的茶水倒干净后，趁着壶热再冲开水，称为再注甘露。

第七道：祥龙行雨，凤凰点头。

将子壶中的茶汤快速而均匀地依次注入闻香杯，称为祥龙行雨，取其甘霖普降的吉祥之意。当子壶的茶汤所剩不多时，则应将巡回快速斟茶改为点斟，这时茶艺师的手势一高一低有节奏地点斟茶水，形象地称为凤凰点头，象征着向嘉宾行礼致敬。

第八道：夫妻和合，鲤鱼翻身。

闻香杯中斟满茶后，将描有龙的品茗杯倒扣过来，盖在描有凤的闻香杯上，称为夫妻和合，也可称为龙凤呈祥。把扣合的杯子翻转过来，称为鲤鱼翻身。中国古代神话中传说鲤鱼翻身跃过龙门后，可化龙升天而去。茶艺师可借助这道程序祝福在座的客人家庭和睦，事业发达。

第九道：捧杯敬茶，众手传盅。

捧杯敬茶是茶艺师用双手把龙凤杯捧到齐眉高，然后恭恭敬敬地向右侧的第一位客人行注目点头礼后把茶传给他，客人接到茶后不能独自先品为快，应当也向茶艺师点头致谢，并按照茶艺师的姿势将茶传给下一位客人，依次传到坐在离茶艺师最远的一位客人为止。然后再从左侧同样依次传茶。通过捧杯敬茶，众手传盅，可使在座的宾主们心贴得更紧，感情更亲近，气氛更融洽。

第十道：鉴赏双色，喜闻高香。

鉴赏双色是指请客人用左手把描有龙图案的品茗杯端稳，用右手将闻香杯慢慢地提起来，这时闻香杯中热茶全部注入品茗杯，随着品茗杯温度的升高，由热敏陶瓷制的乌龙图案会从黑色变为五彩。这时还要注意观察杯中的茶汤是否呈清亮艳丽的琥珀色。喜闻高香是武夷品茶“三闻”中的头一闻，即请客人闻一闻杯底留香。第一闻是闻茶香的纯度，看是否香高、辛锐、无异味。

第十一道：三龙护鼎，初品奇茗。

品茶人用拇指、食指扶杯，用中指托住杯底，这样拿杯既稳当又雅观。三根手指头喻为三龙，茶杯如鼎，故这样的端杯姿势称为三龙护鼎。初品奇茗是武夷山品茶中的头一品。茶汤入口后不要马上咽下，而是让茶汤在口腔中翻滚流动，使茶汤与舌根、舌尖、舌面、舌侧的味蕾都充分接触，以便能更精确地品悟出奇妙的茶味。初品奇茗主要是品这泡茶的火功水平，看有没有“老火”或“生青”。

第十二道：再斟流霞，二探兰芷。

再斟流霞是指为客人斟第二道茶。二探兰芷是请客人第二次闻香，宋代范仲淹有诗云：“斗茶味兮轻醍醐，斗茶香兮薄兰芷。”请客人细细地对比，感受这清幽、淡雅、甜润、悠远，而又捉摸不透的茶香是否比单纯的兰花之香更胜一筹。

第十三道：二品云腴，喉底留甘。

“云腴”是宋代文学家黄庭坚对茶叶的美称。二品云腴即请客人品第二道茶。二品主要品茶的滋味，看茶汤过喉是鲜爽甘醇，还是生涩平淡。

第十四道：三斟石乳，荡气回肠。

“石乳”是元代武夷山贡茶中的珍品，后人常用其代表武夷茶。三斟石乳即斟第三道茶。荡气回肠是指第三次闻香。品啜武夷岩茶，闻香讲究“三口气”，即不仅用鼻子闻，而且可用嘴大口地吸入茶香，然后从鼻腔呼出，连续三次，这样可以全身感受茶香，更细腻地辨别茶叶的香型特征。茶人称这种闻香方法为“荡气回肠”。第三次闻香还在于鉴定茶香的持久性。

第十五道:含英咀华,领悟岩韵。

“含英咀华”是品第三道茶。清代大才子袁枚在品饮武夷岩茶时曾说:“品茶应含英咀华并徐徐咀嚼而体贴之。”其中的英和华都是花的意思。含英咀华即品茶时就像在嘴里含着一朵小花一样,慢慢地咀嚼,细细地玩味,只有这样才能领悟到武夷岩茶所特有的香、清、甘、活,如此美妙的岩韵。

第十六道:君子之交,水清味美。

古人讲“君子之交淡如水”,而那淡中之味恰似在品饮了三道浓茶之后,再喝一口白开水。喝这口白开水千万不可急急咽下,而应当如含英咀华一样细细玩味,直到含不住时再吞下去。咽下白开水后,再张嘴吸一口气,会感到满口生津,回味甘甜,无比舒畅,产生“此时无茶胜有茶”的感觉。

第十七道:名茶探趣,游龙戏水。

好的武夷岩茶七泡有余香,九泡仍不失茶真味。名茶探趣是请客人自己动手泡茶。看一看壶中的茶泡到第几次还能保持茶的色香味。

游龙戏水是把泡好的茶叶放到清水杯中,让客人观赏泡后的茶叶,行话称为“看叶底”。武夷岩茶是半发酵茶,叶底三分红,七分绿。叶片的周边呈暗红色,叶片的内部呈绿色,称为“绿叶红镶边”。在茶艺表演时,乌龙茶的叶片在清水中晃动的姿态很像龙在戏水,故名游龙戏水。

第十八道:宾主起身,尽杯谢茶。

孙中山先生曾倡导以茶为国饮。鲁迅先生曾说:“有好茶喝,会喝好茶是一种清福。”饮茶之乐,其乐无穷。自古以来,人们视茶为强身的良药、生活的享受、修身的途径、友谊的纽带,在茶艺表演结束时,请宾主起身,同干了杯中的茶,以相互祝福来结束这次茶会。

实操课程一 茶艺师的礼仪展示

一、实操目的

茶艺活动中对礼仪的要求是规范、适度。通过一定的礼仪和礼节表达对宾客的尊敬,同时体现出茶艺师的修养。通过本实操课程的学习,使学生掌握茶艺师应具备的礼仪和要求。

二、基本要求

(1)学生尽量统一着装，如果不能统一着装，应着装整洁，注重仪容仪表，穿戴合乎标准。
(2)学生应注意茶艺服务的操作规范。
(3)学生应注意各种礼仪规范，要使用礼貌用语。
(4)学生应注意认真领会实操目的和实操内容。
(5)遵守纪律，爱护公物。

三、实操项目

序　号	实 操 项 目	学　时	实操项目类型
1	泡茶的基本礼仪	1	应用型
2	泡茶的常用礼节	1	应用型

四、实操内容

(1)指导学生进行泡茶基本礼仪的训练。
①头发的要求。
②上妆的要求。
③首饰的要求。
④服装的要求。
⑤双手的要求。
⑥健康的要求。
⑦姿势的要求。
⑧时间的要求。
⑨方法的要求。
(2)向学生演示并指导学生进行泡茶常见的几种礼节的训练。
①鞠躬礼。
②伸掌礼。
③叩指礼。
④寓意礼。

五、考核内容及办法

1. 考核内容

(1)撰写实操报告:报告中写明通过本次实操掌握了哪些知识,收获了什么,等等,要求写得合理、全面、真实。

(2)实操记录的完整性、完成实操的质量及熟练程度、实操态度等。

2. 考核方法

(1)达到实操管理规定基本要求者,成绩可记合格。

(2)较好地完成实操任务者,成绩可记良好。

(3)圆满完成实操任务,有突出成绩者,成绩记为优秀。

(4)实操不合格认定:实操练习时长未达到标准练习时长90%以上者;未提交实操报告者。

实操课程二　茶艺表演

一、实操目的

通过本实操课程的学习,使学生熟悉茶艺表演环境的营造;掌握茶艺表演节目的编排程序;掌握乌龙茶和绿茶的泡茶方法和操作程序,能进行茶艺表演,让学生感受茶艺表演的美感与快乐。

二、基本要求

(1)学生尽量统一着装,如果不能统一着装,应着装整洁,注重仪容仪表,穿戴合乎标准。

(2)学生应注意茶艺表演的操作规范。

(3)学生应注意各种礼仪规范,要使用礼貌用语。

(4)学生应注意认真领会实操目的和实操内容。

(5)遵守纪律,爱护公物。

三、实操项目

序　号	实操项目	学　时	实操项目类型
1	乌龙茶茶艺表演	2	设计型
2	绿茶茶艺表演	2	设计型

四、实操内容

(1)指导老师指导学生做好茶艺表演的准备工作,包括环境的布置、氛围的营造、茶具和茶叶的准备等。

(2)指导老师指导学生进行乌龙茶茶艺表演(以武夷山工夫茶为例)的十八道程序并进行配乐、解说,最后请客人品尝。

(3)指导老师指导学生进行绿茶茶艺表演(以西湖龙井为例)的十二道程序,并进行配乐、解说,最后请客人品尝。

五、考核内容及办法

1. 考核内容

(1)提交一份茶艺表演的心得体会。

(2)实操记录的完整性、完成实操的工作质量及熟练程度、实操态度等。

2. 考核方法

(1)达到实操管理规定基本要求者,成绩可记合格。

(2)较好地完成实操任务者,成绩可记良好。

(3)圆满完成实操任务,有突出成绩者,成绩记为优秀。

(4)实操不合格认定:实操练习时长未达到标准练习时长90%者以上;未提交实操报告者。

◇知识活页

二维码 7-1

茶人

二维码 7-2

现代茶艺表演

◇练习与思考

二维码 7-3
练习与
思考答案

(1)茶艺师的外表美表现在哪些方面?
(2)茶艺师的仪态美表现在哪些方面?
(3)茶艺师的语言美表现在哪些方面?
(4)茶艺师如何把握奉茶的顺序?
(5)茶艺师常见的礼节有哪些?
(6)茶艺表演主要考虑哪些因素?
(7)茶艺表演追求的个性特征是什么?

◇知识延展

[1] 胡付照.中华茶文化与礼仪[M].北京:中国财富出版社,2019.
[2] 朱海燕.中国茶道·礼仪之道[M].北京:中国农业出版社,2019.
[3] 陈力群.茶艺表演教程[M].武汉:武汉大学出版社,2016.

拓　展　篇

项目八　科学饮茶

学习目标

1. 知识目标

(1)了解茶的主要营养成分与主要功效。

(2)了解不同茶类的保健功能。

(3)掌握科学饮茶的方法与要求。

(4)了解茶食与茶点的制作方法与功效。

(5)了解特色茶的制作方法与功效。

2. 能力目标

(1)学会选择科学的饮茶方法。

(2)学会不同茶类与茶食、茶点的搭配。

(3)学会自主调配几种保健茶方。

3. 情感目标

(1)通过本项目学习,了解各类茶的保健功能,提升健康水平。

(2)通过本项目学习,体会科学饮茶的重要性,了解健康的真谛,感受生活的喜乐。

(3)通过本项目学习,培养廉、美、和、静的价值观和人生态度。

学习重难点

(1)茶的主要营养成分。

(2)六大茶类的保健功能。

(3)饮茶的方法。

(4)策划保健茶方,并进行调配。

任务导入

在生活中,很多人喜欢茶,但却不会正确品饮,常常用一个保温杯泡一杯茶喝一天。而在工作中,茶艺师们经常会碰到前来喝茶或买茶的客人询问茶叶的成分和功效,要求茶艺师推荐茶叶产品。同时,茶艺师也经常听到一些客人抱怨某种茶喝了导致失眠或身体不舒服。因此茶艺师必须熟悉各种茶叶的主要营养成分和保健功效,帮助客人选择合适的茶品,指导客人正确地品饮,并能够向宾客传授一些保健茶方的基本知识。

◇ 导入案例 1

喝茶会伤牙吗?

茶小妹推荐闺蜜莉莉喝茶时，莉莉一脸嫌弃："喝茶会让牙齿变黄，伤牙！我才不喝呢！"对此，茶小妹只能摇头感叹一句："茶叶真冤枉啊！"

确实，茶汤里含有多酚类氧化物，它们会附着在牙齿间缝隙与口腔内其他隐秘部位，导致牙齿变黄。但人们平时吃东西的时候，其实也会在牙齿间缝隙留下残渣，滋生细菌。那是否可以一棍子打死，说这些食物都会伤牙呢？

请问：喝茶到底会不会伤牙？

【案例分析】

喝茶不是牙齿变黄的主要原因，牙齿变黄的原因是人们清理口腔不到位、不及时。只要大家及时刷牙漱口，保持口腔与牙齿清洁，清除掉这些多酚类氧化物，就算经常喝茶也不会使牙齿变黄。茶叶不但不会伤牙，相反，其营养成分对牙齿还有很好的保护作用。

◇ 导入案例 2

小李的第一次品茶经历

小李是一个饮茶"小白"。有一次，身着漂亮茶服的茶艺师把小李带到茶桌前坐好，这时旁边已有一位老伯，一看就是一位资深的茶客。这时，茶艺师开始烹茶了，她取来茶罐，把茶叶放到茶荷里，之后把茶荷递给小李闻香，茶叶有股淡淡的香气。接着茶艺师把茶叶放进茶壶中，加入开水，盖好盖子。然后，把茶滤放在公道杯上，将茶倒进公道杯和另外三个小巧的茶杯中，随之把杯中的茶全部倒进水盂，如此反复几次，水便渗透了茶叶的香气。茶艺师打开壶盖，让小李闻香，此时茶叶的香气变得浓郁，芳香袭人。然后，茶艺师提起茶壶，把最终泡好的茶倒入公道杯，并拿起公道杯，轻抖手腕，淡黄色半透明的茶水就倒进了每个人的杯子里。

小李满怀期待地喝下一口茶，却失望无比，茶除了有轻微的苦涩之外，其他口感和水无异。茶艺师看出了小李的心思，抿嘴笑了："这茶啊，要细细地品才行。"旁边的老伯也端起茶杯，喝下一口茶，凝神看了看小李说："茶品的不是味道，而是意境，只有品者心静，才能品出茶的真谛。"听了这句话，小李心中有了小小的感悟，这一次，小李啜一口茶，含在口中，细细品味，却不再是索然无味的清水味，透过微微的苦涩，能感受到丝丝清冽的香甜。小李的心境，一下子因茶而打开。

请问：怎么品一杯茶？

【案例分析】

“茶品的不是味道，而是意境，只有品者心静，才能品出茶的真谛。”本案例告诉我们，品茶不仅需要好的环境、好的氛围，以及正确的品饮方法，而且需要好的心境。正所谓：“茶之境，才能带给人心之静。”

任务一 茶的保健功能

古时茶被誉为“万病之药”，饮茶是保健之术中重要的一种，饮茶保健在中国有悠久的历史，现代科学技术更是为茶的保健功效提供了科学依据。茶的许多种成分、效果、作用机理不仅被人们深入、广泛地认识，更被人们广泛地利用，不仅推陈出新创造了许多保健茶方，茶叶提取物还被制作成各种茶产品，造福人类。因此，全面认识茶的主要营养成分和功效，是更充分、更深入开发、利用茶的保健功能的重要基础。

一、茶的营养成分

运用现代科学技术，人们已从茶叶中分离、鉴定出500多种化学成分，其中具有较高营养价值或药效价值的成分有维生素、蛋白质、氨基酸、脂类、碳水化合物及矿物质元素等。在这些成分中，已证明对人体有保健和药用价值的成分主要有茶多酚、咖啡碱、茶多糖、茶氨酸、茶黄素、茶红素、ß-胡萝卜素、叶绿素、茶皂素、γ-氨基丁酸、氟和硒等无机元素以及多种维生素等(见表8-1)。

现代科学方法验证了茶的一些医疗保健功效，如抗肿瘤和抗突变作用、抗衰老及美容作用、抗疲劳作用、抗辐射及重金属毒害作用、代谢调节和生理调节作用、对有害微生物的抑制作用、抗龋齿作用等。茶和茶的提取物已临床运用或实验性应用于许多疾病的治疗或辅助治疗，如各类肿瘤、糖尿病、肾病、高脂血症、心血管疾病、辐射伤害、肝病、龋齿、皮肤病等。

表 8-1　茶叶部分营养成分及其保健功效

主要营养成分	主要保健功效	备注
茶多酚（包括茶黄素等茶色素）	抗氧化、清除自由基、抗癌、杀菌、抗病毒、抗衰老、美容、调节血压、抗辐射、降血脂、降血糖、增强免疫功能	主要包括儿茶素及其氧化产物，可用作医药保健品、食品添加物等
茶多糖	降血糖、降血脂、抗辐射、调节血压、抗凝血及血栓、增强免疫功能、抗衰老	一类组成复杂且变化较大的混合物，可用作医药、保健品等。富含茶多糖的粗老茶可用作中药配料
茶氨酸	增强记忆力、消除疲劳、放松和镇静神经、抗癌、提高免疫力、抗衰老、抗辐射、降血脂、调节血压等	可用作食品添加物、医药、保健品等
γ-氨基丁酸	降血压、改善大脑血液循环及代谢功能、抗焦虑、改善视觉、降低胆固醇、调节激素、解氨毒、增强肝功能和肾功能等	可用作食品添加物、药品、保健品
咖啡碱	抗癌、降血脂、兴奋大脑中枢神经、强心、利尿等	咖啡碱的作用因人因时而异，注意合理饮茶
氟元素	预防龋齿、防治老年骨质疏松等	大量饮用粗老茶有可能导致氟元素摄入过度，从而引起氟中毒症状，如氟斑牙、氟骨病等
硒元素	提高免疫力、预防癌症和克山病等	天然富硒茶或富硒栽培的茶含硒量高，具有补硒的实际应用价值
维生素	维持人体新陈代谢，是人体营养及保健的必需成分	茶叶中含有维生素 A、维生素 C、B 族维生素、肌醇等，其中以维生素 C 和 B 族维生素的含量较高
茶皂素	降胆固醇作用、抗菌作用、杀软体动物活性、抗炎活性、镇静活性（抑制中枢神经、镇咳、镇痛等）、抗癌、降血压	有一定毒性，须慎用。茶根中含量最多

（一）茶多酚

茶叶中的多酚类物质及其衍生物统称为茶多酚，是茶叶中含量最多的一类水溶性成分，也是主要的有效成分之一，它所包含的化学成分很复杂，其中儿茶素类是茶多酚类物质的主体成分。

茶多酚是茶叶的特征性生化成分之一，也是茶叶医药价值的主要物质基础。茶多酚在鲜叶中的含量一般在 15%～36%，甚至可高达 40%。鲜叶加工成干茶后，茶多酚会发生不同程度的变化，其变化程度取决于加工方法。绿茶的加工方法能最大限度地保留茶多酚，所以绿茶的茶多酚含量在所有茶类中是最高的。红茶加工方法则使茶多酚尽可能多地被氧化成茶黄素和茶红素等产物，所以红茶中的茶多酚含量在所有茶类中是最低的，但红茶中含有大量茶多酚的氧化产物，它们也有很好的保健功效。乌龙茶则介于绿茶与红茶之间，它保留了一定数量的茶多酚，同时也含有一些茶多酚的氧化产物。

茶多酚具有抗生物氧化和清除机体自由基的作用，因而它能促进细胞修复。它还具有杀菌、抗病毒、降血脂、增强免疫功能、抗衰老、抗辐射损伤等功效。茶叶的许多保健功能都直接或间接地归功于茶多酚。

（二）蛋白质与氨基酸

茶叶中的蛋白质和氨基酸营养成分使茶叶有重要的药理和保健功能。

茶叶中一般含有鲜叶干重20%左右的蛋白质，其中清蛋白、球蛋白、醇溶蛋白和谷蛋白的含量较高。但是茶叶蛋白质营养对饮茶的意义不大，因为蛋白质较难溶于水，泡茶时大部分蛋白质都留在了茶渣中。蛋白质的含量随茶叶组织的老化而下降，所以高档茶的蛋白质一般较多，而低档的粗老茶中的蛋白质含量显著降低。

氨基酸是构成茶叶品质的主要因素，因为氨基酸在茶汤中的浸出率可达80%，对茶汤的鲜爽滋味、香气形色起到了重要的作用。目前已经发现茶叶中含有26种氨基酸，其中20种氨基酸是组成蛋白质的氨基酸，还有6种是非蛋白质组成的游离氨基酸。茶叶中游离氨基酸含量一般占干重物质总量的1%～4%。在游离氨基酸中，茶氨酸是茶叶的特征性氨基酸，它与茶叶品质和生理功效关系最大，其含量占游离氨基酸总量的一半以上。

茶氨酸是茶树所特有的游离氨基酸，它具有焦糖香及类似味精的鲜爽味，是茶叶的重要品质成分。茶氨酸还具有多方面的保健功效：增强人体免疫机能；改善肾功能、延缓衰老；促进神经生长和提高大脑功能，从而增进记忆力；防癌抗癌作用；降压安神，能明显抑制由咖啡碱引起的神经兴奋，可改善睡眠；增加肠道有益菌群和降低胆固醇等。目前茶氨酸已用作医药原料、食品营养添加剂和保健食品。

茶叶中γ-氨基丁酸的含量一般不高，但具有显著的医疗保健功效。在茶鲜叶加工时采用一定的技术方法，可使谷氨酸转化为γ-氨基丁酸，从而生产出富含γ-氨基丁酸的茶叶。研究证明，γ-氨基丁酸具有显著的降血压效果，它主要通过扩张血管，维持血管正常功能，从而使血压下降，故可用于高血压的辅助治疗。它还能改善大脑血液循环，增加氧气供给，改善大脑细胞代谢的功能，可辅助治疗脑中风、脑动脉硬化后遗症等。γ-氨基丁酸还有改善脑机能、增强记忆力的功效，其机理是提高葡萄糖磷脂酶的活性，从而促进大脑的能量代谢，活化脑血流，增加氧供给量，最终恢复脑细胞功能，改善神经机能。还有报道指出，γ-氨基丁酸能改善视力、降低胆固醇、调节激素分泌、解除氨毒、增进肝功能、活化肾功能、改善更年期综合征等。

（三）茶色素

许多人把茶多酚的氧化产物（茶黄素、茶红素等）、叶绿素、ß-胡萝卜素等归为茶色素的范围。

茶多酚及其衍生物经过氧化可以形成茶黄素和茶红素。它们是使红茶呈现黄红色的主要显色成分，同时也是红茶的主要品质成分，并且具有很高的医疗保健价值。茶黄素在红茶中含量一般为0.1%～0.4%，在黑茶、乌龙茶、黄茶中也有少量存在。茶红素含量一般为茶叶干重的6%～15%，茶黄素是一种有效的自由基清除剂和抗氧化剂，具有抗癌、抗突变、抑菌、抗病毒、治疗糖尿病、改善和治疗心脑血管疾病等多种生理和药理功能。

叶绿素是使茶叶显示为绿色的主要色素，它占茶叶干重的0.6%左右。鲜叶中的叶绿素在茶叶加工过程中会逐步遭到破坏，不同加工方法所导致的叶绿素破坏程度差异较大，其中绿茶保留较多的叶绿素，红茶和黑茶保留的叶绿素则较少。作为天然的生物资源，茶叶叶绿素是一种优异的食用色素，同时它还具有消炎、抗菌、抗氧化等多方面的药用和保健功效。

ß一胡萝卜素在茶叶中含量也较丰富，它具有抗氧化、清除自由基、增强免疫力等功效。

（四）维生素

茶叶富含维生素A、维生素C、B族维生素等多种维生素，其中维生素C和B族维生素含量较高。在不同茶类中，绿茶的维生素含量显著高于红茶，高级绿茶中维生素C的含量更是高达0.5%。维生素C在体内除了具有抗细胞物质氧化、解毒等功能，还具有增加机体抵抗力、促进创口愈合等作用。茶叶中的维生素C与茶多酚之间存在协同作用，使两者的生理效应都得到提高。在正常饮食情况下，每天饮高档绿茶三四杯便可基本上满足人体对维生素C的需求。

B族维生素对癞皮病、消化系统疾病、眼病等具有显著疗效。

虽然茶叶中的脂溶性维生素（如维生素A、E、K等）含量也较高，但由于这些脂溶性维生素在水中的溶解度很低，所以饮茶时对它们的利用率并不高。

茶叶中维生素A原（类胡萝卜素）的含量比胡萝卜还要高。维生素A能维持人体正常发育，维持上皮细胞正常机能，防止角化，并参与视网膜内视紫质的合成。

（五）生物碱

植物中的生物碱一般都具有较强的生理和药理作用。茶叶中含有的生物碱有咖啡碱、可可碱和茶碱，其中咖啡碱占大部分，为鲜叶干重的2%～4%。咖啡碱、可可碱、茶碱均属于甲基嘌呤类化合物，是一类重要的生理活性物质，也是茶叶的特征性化学成分之一。它们的药理作用也非常相似，均具有兴奋中枢神经的功效。

大量的研究表明，茶叶中的咖啡碱有抗癌、兴奋大脑中枢神经、强心、利尿等多种药理作用。饮茶的许多功效都与茶叶中的咖啡碱有关，例如消除疲劳、提高工作效率、抵抗酒精和尼古丁等毒害、减轻支气管和胆管痉挛、调节体温、兴奋呼吸中枢等。

（六）茶多糖

茶多糖是一类组成复杂的混合物，它是一种结合了大量矿质元素的酸性糖蛋白，其蛋白质部分约由20种常见氨基酸组成，糖的部分主要是由4～7种单糖组成。茶多糖的含量会随茶叶原料的老化而增多，一般六级茶中茶多糖含量是一级茶的2倍左右。不同茶类的茶多糖含量也有差异，以乌龙茶含量最多，是红茶和绿茶的1～2倍，这种差异的原因主要在于茶叶原料的老嫩。茶叶加工方法对茶多糖含量也有影响，同样嫩度的鲜叶加工成红茶、绿茶和乌龙茶后，茶多糖含量以乌龙茶最高，绿茶次之，红茶最低。

在民间治疗糖尿病实践中，常采用泡饮粗老茶的方法。现代研究结果证明，这主要是茶多糖在发挥作用，茶多糖具有降血糖、降血脂、防辐射、抗凝血及血栓、增强机体免疫功能、抗氧化、抗动脉粥样硬化，降血压等药理功效。

（七）矿物质

茶叶中含有20多种无机矿质元素，其中磷、钾、钙、镁、铁、锰、铝等含量较高，微量成分有铜、锌、钠、硫、氟、硒等。这些矿质元素多数能溶于热水，人们可以通过饮茶吸收和利用这些矿质元素。在通过饮茶摄取的矿物质中，氟和硒作用较大。

茶叶中氟的含量在所有植物体中是最高的，其中老叶的含氟量是嫩叶的几十倍，泡茶时水温越高，氟的浸出率也越高。氟对预防龋齿和防治老年骨质疏松有明显效果，但大量饮用粗老茶也不利于身体健康。

硒能刺激人体免疫蛋白及抗体的产生，增强人体抗病能力。茶树从土壤吸收的硒主要集中于叶子上，尤其是老叶。有些地方如湖北恩施、陕西紫阳地区所产茶叶硒含量远远高于普通茶叶，较普通茶叶有更好的保健功效。

（八）茶皂素

茶皂素主要存在于茶树的种子和根中，茶叶中也有少量存在。茶皂素主要的特性是它的表面活性剂特性，同时它还具有溶血作用、降胆固醇作用、抗菌作用、杀软体动物活性、抗炎活性、镇静活性（抑制中枢神经、镇咳、镇痛等）等生物活性。最新研究发现它可能还具有抗癌和降血压的功能。

二、茶的主要功效

中国人一直在运用茶的药理保健功效，并为中国传统医学所验证和系统总结。现代科学技术研究表明，茶的生理和药理功效主要可以概括为以下十二个方面。

（一）防癌抗癌

20世纪六七十年代，有人对饮茶与癌症发生之间的关系进行了流行病学调查，结果初步证实饮茶能够降低多种癌症的发生概率。例如日本在对胃癌发生率与饮食的相关性调查中发现，经常饮茶可以降低胃癌发生率。还有学者对日本静冈县75个镇及村的癌症死亡率的调查结果也证实，习惯饮用绿茶的城镇居民癌症死亡率较其他城镇低。

通过大量的流行病学调查、体外试验、动物试验、人体临床试验研究等，至今茶的防癌抗癌作用已在世界范围内得到公认。研究还公布了茶叶抗癌的有效成分，主要是茶多酚、茶色素、茶氨酸、生物碱、β-胡萝卜素、茶多糖、维生素及硒元素等，其中以茶多酚最为重要。当然，这些有效成分的相互协调和综合作用也能增强茶叶的抗癌及保健功能。

茶能抗癌的主要原因在于茶叶中的多酚类物质能清除体内的自由基，抵抗因自由基引起的生物细胞氧化损伤。诱导和致使机体癌变的重要原因之一就是自由基的存在，自由基在癌症的诱导阶段和促进阶段均起到了推进作用。自由基可与DNA形成加合物，进而引起基因突变而致癌。因此，具有减少自由基形成和清除自由基作用的抗氧化剂就具有一定的抗肿瘤作用。茶叶中的多酚类物质就是高效的抗氧化剂。

（二）增强免疫力

人体的免疫功能可分为血液免疫和肠道免疫两方面。所谓血液免疫，通俗而言就是指血液所具备的抵抗致病因素的功能；肠道免疫就是依赖肠黏膜的屏障功能（包括机械屏障、生物屏障、化学屏障及免疫屏障）使致病生物不能通过肠道进入人体的其他器官，从而避免致病。

生活实践和科学研究都证明茶叶具有增强机体免疫功能的作用。饮茶可以增加血液中白细胞和淋巴细胞的数量，从而提高血液免疫力。美国的一项研究表明，茶叶中的茶氨酸可使人体免疫力提高5～8倍。饮茶还可以减少肠道中有害细菌的数量，同时增加有益细菌（如双歧杆菌）的数量，从而提高肠道免疫力。茶叶中能增强机体免疫功能的成分有许多，重要的有茶多酚、茶色素、茶氨酸、茶多糖等成分。例如，茶氨酸在肝脏中被分解为乙胺，而乙胺能增强免疫系统中γδT细胞的反应。γδT细胞是身体抵御多种细菌、病毒、真菌和寄生虫感染的第一道防线。茶多糖在提高机体免疫功能方面也发挥了重要作用。研究证实，饮茶可以预防动脉管壁的胆固醇沉积。唐代医学家陈藏器在其《本草拾遗》中赞叹道："诸药为各病之药，茶为万病之药。"以免疫功能为本的保健，才是保健的最高境界。

（三）抗衰老

生物机体由核酸、蛋白质、脂类等多种生物分子组成，这些分子易遭受自由基等因素的攻击而发生氧化、交联、聚合等反应，使其丧失正常功能，进而危及细胞功能和机体健康，同时也导致生物的衰老。

茶叶中的许多成分都被证明具有清除自由基和抗细胞氧化的功能，因而具有明显的抗衰老效果。研究证明，茶叶中的一些成分（例如儿茶素、茶多酚等）的抗氧化活性远高于维生素 C 和维生素 E。瑞典科学家曾经比较了红茶、绿茶，以及 21 种蔬菜、水果的抗氧化活性，结果表明绿茶和红茶的抗氧化活性比蔬菜和水果要高出数倍。一杯茶中含有的茶多酚，相当于 1.5～2 杯橙汁或 10 杯苹果汁的抗氧化活性。

大量研究结果表明，茶叶中的茶多酚、茶多糖、茶氨酸、各种维生素等都具有优异的抗氧化活性，它们能保护生物细胞免受自由基的攻击和氧化损伤，从而延缓细胞的衰老速度。它们就是茶叶抗衰老功效的主要物质基础。

（四）降脂、降糖、降血压

1. 降脂作用

临床试验表明，茶叶能降低血液中甘油三酯（即高脂血症）和有害胆固醇的含量，同时增加有益胆固醇含量，还可以降低血液的黏度，抗血小板凝集，所以饮茶具有显著的降血脂和减肥的功效。茶叶中存在大量的茶多糖，它具有显著的降脂作用，其降脂作用表现在升高高密度脂蛋白（HDL）含量、调节动脉粥样硬化指标、加强胆固醇通过肝脏的排泄。茶多酚对降低血液黏度和预防脑血栓的效果也很好，甚至优于阿司匹林。

2. 降糖作用

中国民间一直有泡饮粗老茶治疗糖尿病的做法，现代研究证实了这一功效，并且发现其主要物质基础是茶多糖。茶多糖不仅能降低正常血糖浓度，而且能增加肝糖原的含量，这说明茶多糖对糖代谢的影响与胰岛素类似。近年来的一些研究表明，茶多酚和茶色素也具备降血糖和治疗糖尿病并发症的作用。

3. 降血压作用

中医认为，高血压是肾阴亏虚、虚火内积所致。中老年人体质常常偏阴虚、内热，所以易患高血压。茶叶有清热的功效，故能降低血压。从现代医学的角度看，高血压的形成是受血管紧张素类物质所调节的，能抑制血管紧张素转换酶（ACE）活性的成分就能实现降压的效果。茶叶中多种化合物具有降压的功能，如茶多酚、儿茶素、咖啡碱、茶多糖、γ-氨基丁酸等。已有研究证实，儿茶素和 γ-氨基丁酸降血压的作用机制正是通过抑制血管紧张素转换酶活性来实现的。用高浓度的茶叶提取物——儿茶素作为降低血压的药物，很多年前就已经得到临床应用。

γ-氨基丁酸的降血压效果很好，但一般茶叶中该成分的含量并不高。研究发现，将茶树鲜叶放在氮气等厌氧条件下 6 小时，可使 1 千克茶叶中 γ-氨基丁酸的含量由 30 毫克左右增至 200 毫克。这种富含 γ-氨基丁酸的茶，降血压效果就更加明显了。

最近的研究发现，茶氨酸和茶皂素也有一定的降压作用。可见饮茶可降血压是茶叶中多种成分协同作用的结果。

（五）调节体重

有关人士所做的“饮茶与体重”的相关调查发现，在不饮茶的调查对象中，肥胖人数占51.6％，偏瘦的人数占12.1％，正常体重的人数只占36.3％；在过量（＞5克/天）饮茶的调查对象中，肥胖、偏瘦及正常体重的人数分别为36.0％、6.0％和58.0％；在适量（≤5克/天）饮茶的调查对象中，偏瘦、正常、肥胖人数的比重均介于不饮茶组和过量饮茶组之间。这一结果充分说明，茶叶不仅有减肥作用，而且也有使偏瘦者体重增加并维持正常体重的双向调节功能。

茶叶对体重的双向调节作用，可能与茶叶中调节人体脂肪代谢的物质有关。乌龙茶提高能量消耗的主要物质是茶多酚类物质的氧化聚合产物。儿茶素、咖啡碱和茶氨酸是绿茶中起减肥作用的重要物质，儿茶素与咖啡碱之间还存在着协同增效作用。

（六）抑制有害微生物

中国民间有用浓茶水杀菌消毒的做法，现代的大量试验结果也证实了茶叶具有一定的杀菌功能。有人对国内外大量关于茶叶抑制肠道有害微生物生长的试验结果进行了系统的总结，得出茶叶中的儿茶素类化合物和茶黄素类化合物对肠道中许多有害细菌有很强的抑制作用的结论。茶叶还对肠道中的一些有益微生物（例如双歧杆菌）的生长和繁殖具有促进作用。日本科学家曾以8名年龄在22～48岁身体健康的志愿者为对象进行试验。志愿者每天服用1.2克茶多酚，连续服用28天，在试验前和试验进行中以及试验结束后连续取粪便进行分析。试验结果表明，服用茶多酚后，有害细菌数量有明显下降，有益细菌数量有所上升。同时还发现试验人群的排便也较对照组人群更正常。这说明茶叶可以有效改善肠道微生物群组的构成，提高肠道免疫功能。

从众多的国内外研究报道看，茶叶还具有抗致龋细菌、肠杆菌、金黄色葡萄球菌、产气荚膜杆菌、蜡样芽孢杆菌、流感病毒、艾滋病毒等多种有害微生物的作用。

（七）抗龋齿

饮茶能够防龋齿早已为中国民众所认识，但用现代科学证实其功效及作用机理，则是最近几十年的事。有关研究者在对某地区居民的龋齿病例的调查研究中发现，该地区居民的龋齿病发病率达72.1％，人均龋齿数为4.2颗。但其中1820名有饮茶习惯的居民中，龋齿病发病率为65.1％，人均龋齿数为3.8颗，而在无饮茶习惯的1444名居民中，龋齿病发病率则为80.9％，人均龋齿数为4.6颗。这一调查结果说明，饮茶确实能够降低龋齿病发病率，其作用机理主要是补偿了饮水源含氟量的不足。英国的牙科医生也发现，儿童坚持每天清晨和每次饭后喝一杯茶，可使蛀牙率降低60%左右。

大量研究揭示了茶叶防龋的各种机理：茶叶中丰富的氟元素能补充人体氟元素摄取的不足，茶多酚等成分有对致龋细菌的抑制作用，对口腔中多种酶类活性也有调节作用等。

（八）调节大脑及神经系统功能

茶叶中含有一些能促进大脑和神经系统活力的成分，其中包括茶氨酸、咖啡碱、茶色素等。

研究表明，茶氨酸具有促进神经生长和改善大脑功能的作用，从而预防帕金森氏症、阿尔茨海默病及传导性神经功能紊乱等疾病，它还有增加肠道有益菌群、降低胆固醇、降压安神、改善睡眠等效果，这些效果也有助于防治大脑和神经系统方面的疾病。

茶色素具有防止血小板黏附和聚集的作用，能降低血液黏度、改善血液流变学特性、改善微循环、保障组织血液和氧的供应，从而提高机体的免疫力和组织代谢水平等。这些功效也有助于提高大脑及神经系统的功能。目前，茶色素已开始应用于治疗血管性阿尔茨海默病。

茶叶中含有较多的咖啡碱，它具有兴奋中枢神经系统的功能，这是饮茶能快速提高思维敏捷性、提高工作效率的直接作用机制。所以，在合理饮茶的前提下，茶叶中的咖啡碱可以起到提神益思的功效。

总之，茶叶中的多种成分，通过多种作用机理，能起到保护大脑及神经系统的功效，通过饮茶，人们能综合地、全方位地保护和促进大脑及神经系统的功能。

（九）美容

茶的美容功效主要表现在减肥、保护皮肤、防治粉刺、延缓机体衰老等方面。

一杯茶所含有的热量极低，多数碳酸饮料、果汁饮料和酒精饮料的热量远远超过茶饮料。所以，仅仅从预防肥胖的角度看，无疑饮茶是非常好的选择。由于茶在其他方面的保健功效，如饮茶能降低血液中甘油三酯的含量，这是饮茶减肥的主要机理之一，茶还具有使肥胖者减轻超标体重的功效。

茶叶中多酚类成分可直接阻止紫外线对皮肤的损伤，故有“紫外线过滤器”之美称。研究表明，茶多酚对紫外线诱导的皮肤损伤有很强的保护作用，抗紫外线的作用强于维生素E。茶多酚还能抑制黑色素的形成，因而具有美白皮肤的作用。

此外，茶叶中的儿茶素还可以抑制皮脂的产生，从而减轻或消除粉刺的产生。用凉茶水洗脸有助于减少粉刺，用浓茶水洗头可以使头发变得柔软、有光泽。

（十）防治心脑血管疾病

国内外的众多研究表明，经常饮茶能有效改善动脉功能，降低心脑血管疾病的风险。相关研究表明，每天饮茶1～2杯的受试者出现严重动脉粥样硬化的危险性降低了46%，其中每天饮茶4杯的受试者的患病风险更是降低了69%。饮用绿茶与冠心病的发生概率呈明显的负相关，且饮茶还能有效预防高血压。

（十一）抗辐射

相关研究发现，某些癌症患者因采用放射治疗而引起轻度放射病症，如食欲不振、恶心、腹泻等，而这些接受放射治疗的患者在遵医嘱饮茶后，有90%的人放射病症状明显减轻。日本科学家曾对二战期间广岛原子弹受害幸存者的状况进行长期的调查，结果发现长期饮茶的人受辐射损伤的程度较轻，存活率较高。茶叶中起抗辐射作用的主要成分是茶多酚、茶多糖、茶氨酸等。

（十二）抗重金属毒害

重金属进入人体后，人体内会产生自由基和过氧化物，导致细胞损伤，茶多酚则具有抗氧化的性质，它通过氧化还原作用能将有毒的高价态金属离子还原为无毒或毒性较小的低价态离子，所以它能够抑制由重金属如铜、铅、镉等导致的过氧化损伤。

三、不同茶类的保健功能

茶的保健功能既有共性，又有个性。不同茶类存在着不同的保健功能。

（一）绿茶的保健功能

绿茶中茶多酚、氨基酸、咖啡碱、维生素C等成分含量较高，因此其抗氧化、抗衰老、抗辐射、抗癌、降血压、抑菌消炎等保健作用比较突出。

绿茶主要有以下几种功效：①抗衰老；②抑菌；③抗癌；④防治心脑血管疾病；⑤预防阿尔茨海默病；⑥抗病毒。

（二）白茶的保健功能

传统中医学认为白茶性寒，具有清热、解毒、降火、治牙痛等功效，尤其是陈年白毫银针可用作患麻疹幼儿的退烧药，其退烧效果甚至比抗生素更好。

传统用途中常将白茶作为抗菌食物，以对抗葡萄球菌、链球菌、肺炎和龋齿的细菌、青霉菌和酵母菌等。最近美国的研究发现，白茶还有防癌、抗癌的作用。

白茶主要有以下几种功效：①抗氧化；②抗癌、防癌与抗突变；③抗菌与抗病毒；④抗疲劳；⑤降血糖；⑥抗辐射；⑦保肝护肝。

（三）黄茶的保健功能

黄茶富含茶多酚、氨基酸、可溶性糖、维生素等丰富的营养物质，鲜叶中天然物质保留达85%，这些物质对消食化滞、防癌抗癌、杀菌消炎等均有特殊效果，亦可提神醒脑、消除疲劳。

黄茶有以下几种功效：①助消化；②防癌抗癌；③杀菌消炎。

（四）乌龙茶的保健功能

传统经验认为隔年的陈乌龙茶具有治感冒、助消化的作用，现代医学证明乌龙茶有降血脂、减肥、抗炎症、抗过敏、防蛀牙、防癌、延缓衰老等作用。

乌龙茶主要有以下几种功效：①抗氧化；②减脂；③防治心脑血管疾病；④防癌、抗癌与抗突变；⑤预防糖尿病。

（五）红茶的保健功能

红茶一直受世界各地人民的欢迎，除了其茶性温和，属中性茶，老少妇孺咸宜之外，更重要的是红茶独特的保健功能。

红茶主要有以下几种功效：①预防帕金森病；②预防心脏病；③抗流感与杀菌消炎；④养胃护胃。

（六）黑茶的保健功能

由于黑茶在渥堆过程中微生物的生长繁殖，可能产生了一些具有更高活性的物质，黑茶有其特殊的药理活性。

黑茶主要有以下几种功效：①减脂；②降血脂；③促消化；④降血糖。

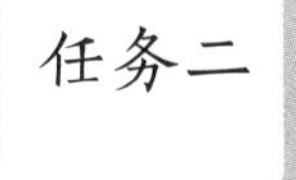

任务二 茶叶的科学饮用

一、饮茶的方法

饮茶，既出于物质需要和生理需要，又出于对精神和艺术的追求。同时，茶类不同，饮法不同，人们从中汲取的内涵也不同。如品饮花茶，人们追求的是花香和茶味；品饮红茶，人们追求的是茶汤中的浓、强、鲜；品饮乌龙茶，人们追求的是茶汤的甘滑；品饮高档名优绿茶，人们追求的是茶的色、香、味、形。

如何饮茶？一般来说，可从茶汤的色、香、味、形，以及茶叶的姿和形来细细品味。

（一）观形

茶树品种各异，季节生长有别，各类茶的采摘标准不同，再加上加工制作方法多样，因此茶叶的形也是形态各异的，令人赏心悦目。

（二）察色

可以从汤色和底色两个方面来欣赏。绿茶的茶汤以嫩黄、翠绿为上，红茶的汤色是以乌黑油润为佳，乌龙茶汤色以青褐色为宜，白茶则以浅黄显微绿为好。

至于茶汤底色，主要是看茶叶随着内含物质的浸出，汤色会发生缓慢的变化，干茶的色泽由原来的或绿，或红，或白，或黄，或黑，而慢慢地演变成另一种新的色彩。

（三）赏姿

主要是欣赏干茶的固有形态，即干茶随着水冲泡湿润后而展示出的一种新的姿态。“从来佳茗似佳人”，这种水映茶、茶映水的情景，掩映于杯水之中，自然使人有视觉上的享受。

（四）闻香

茶一经冲泡就会随着氤氲的热气，或发出清香，或散发花香，或溢出果香，人们还可以识别茶香的高与低、纯与浊、雅与俗。闻香的方法很多，可采用湿闻法，即闻茶汤散发出的茶香，还可以根据茶汤温度的变化，采用热闻法、温闻法和冷闻法。不同的茶香，能使人有不同的感受。

（五）尝味

茶是一种风味饮料，不同的茶有不同的风味，即使是同一种茶，也会因其产地、季节、品种的不同，而有不同的味道。一般来说，绿茶滋味鲜醇爽口，红茶的滋味浓厚强烈，乌龙茶的滋味酽醇回甘。

二、饮茶的要求

（一）不同的季节饮不同的茶

一年分四季，因每个季节的气温、降雨量及日照时间的长短各异，所以饮茶也有一定的讲究。从中医的角度看，按季节不同，选择不同的茶叶类型，对人体大有益处。中医认为，温性和凉性，一与药的色泽有关，二与药的滋味有关。色绿的属凉性，色红的属温性；味苦的属凉性，味甜的属温性。绿茶由于含较多的多酚类物质，且干茶和茶汤都呈绿色，故其认定绿茶是凉性的；红茶的叶底和茶汤呈红色，且多酚类物质含量相对较少，而糖分却比绿茶高，因此被认定为温性；乌龙茶属于半发酵茶，具有红茶和绿茶的双重特性，因此被认定为性平。

一般来说，春季气温回升，大地生机盎然，这时饮用清香四溢的花茶，可驱寒祛邪，利于理郁，去除胸中浊气，促进人体阳刚之气回升。夏季，天气炎热，火气旺盛，这时饮用清莹碧绿的绿茶，可给人以清凉之感，收到降温解暑之功效。秋季，秋高气爽，饮用属性平和的乌龙茶，不凉不热，既能清除盛夏灼热，又能恢复神气。冬季，天气寒冷，饮用味甘性的红茶，可收到生热暖胃之功效。所以，人们要依不同的季节饮不同的茶。

（二）选择适合自己的茶

每人的体质不同，爱好和习惯不同，因此适合喝什么茶，应因人而异。

如果体质畏寒，应选择红茶，因为红茶性温，喝了有祛寒暖胃之功效；如果体质畏热，应选择绿茶，因为绿茶性寒，喝了有使人清凉之感。

如果是初始饮茶之人，或平时不大饮茶之人，最好品尝清香醇和的高级名优绿茶，如黄山毛峰、庐山云雾、西湖龙井和都匀毛尖等；有饮茶习惯、嗜好清淡口味者，可选择高档烘青和一些地方优质茶；如果平时要求茶味浓醇者，则应选择炒青类茶叶。

如果是身体肥胖之人，去腻消脂力强的福建乌龙茶，以及云南和四川的沱茶则更为适宜。

（三）掌握饮茶的时机

时机喝茶应因人、因环境和工作性质而定。

一般来说，以解渴为目的的饮茶，渴了就喝，有随意性；如果是看电视时，喝茶可帮助舒缓视力；脑力劳动者边思考边饮茶，可保持头脑清醒，有利于提高工作效率。早晨喝茶，可帮助洗涤肠胃，醒脑提神，全身心地投入工作；饭后饮茶，可促进脂肪分解，解除酒精毒害，缓解肚子饱胀不适。有口臭和爱吃辛辣食品的人，喝茶有利于消除口臭、清热护胃；嗜烟之人，喝茶可减轻尼古丁对人体的毒害。

（四）不宜空腹饮茶

古人云："早时一杯茶，胜似强盗入穷家；饭后一杯茶，闲了医药家。"这是有一定科学道理的。一般人经过一夜的休息，精力充沛，没有必要再饮早茶以驱除疲劳，再加上空腹饮茶，冲淡了胃液，而茶汤中有些碱性物质，也会降低胃酸的功能，妨碍消化。同时，茶里的咖啡碱和氟等物质容易被人体过量吸收，造成心慌、头昏、手脚无力、心神恍惚等症状，医学上称之为"茶醉"现象。

患有胃十二指肠溃疡的中老年人，更不宜清晨空腹饮绿茶，茶叶中的多酚类化合物会刺激胃肠黏膜，导致病情加重，还可能引起消化不良或便秘。当然，清晨饮淡茶的话，则问题不大。

（五）不宜过量饮用浓茶

古今中外之人，都反对饮浓茶或过量饮茶。根据分析，茶叶中含有不少化学成分，其中，有些化学成分吸收过多，对人体健康有害无益。饮用浓茶，既浪费茶叶，又会使茶碱积累过多，刺激性过强，导致神经功能失调，引起不良反应。一般来说，每天喝 5～10 克茶叶为宜，细茶可多些，粗茶可少些，分 2 次泡饮，每次茶水饮用量约在 100 毫升为宜。

（六）不宜饮用隔夜茶

隔夜茶含有亚硝酸盐，亚硝酸盐本身并不致癌，它需要一定的条件，即存在二级胺，并与之合成为亚硝胺，才有可能致癌。茶中含有的多酚类化合物和维生素 C 对合成亚硝胺有抑制作用。另外，根据化学定量分析测定，并不是所有的隔夜茶中都含有亚硝酸盐，即便有也含量极少，比起其他食物中的含量，简直是小巫见大巫。

但任何饮品食品，都是以新鲜者为好，茶叶也不例外。随泡随饮，不仅香气浓郁，营养物质更加丰富，而且可以减少杂质和细菌的污染，特别是在肠道传染性疾病多发的季节，隔夜茶会给病原菌的传播制造机会。所以，茶最好现泡现饮，不宜喝隔夜茶。

（七）不宜睡前饮茶

科学研究表明，茶中有许多生物碱，如咖啡碱、茶碱等物质，人体吸收后对中枢神经系统有明显的兴奋作用，而晚上饮茶，则会提高神经系统的兴奋度，从而导致失眠，并增加排尿次数。因此不提倡在晚上喝茶，特别是喝新采的绿茶、喝浓茶，或喝过量的茶，尤其是患有神经衰弱、消化性溃疡、冠心病、高血压病的老人更应注意。

（八）不宜用茶水服药

因为茶叶中含有大量的鞣酸，如果用茶水服药，鞣酸会同药物中的蛋白质、生物碱及金属盐等发生化学作用而产生沉淀，影响药物疗效，甚至失去药效。如患贫血之人需常服铁剂，但茶叶中的鞣酸，在遇到药物中的铁时，便会产生成另一种新的沉淀叫鞣酸铁，使药物失效，并刺激胃肠引起不适，甚至会引起腹痛、腹泻等。一般而言，饮茶时不能同小苏打、安眠药、奎宁、铁剂等药物同时服用。所有药物在服用后经过 15～20 分钟，再饮茶就没有损害了。

但是，因茶叶本身含有多种维生素，尤其是维生素 C 和 B 含量较为丰富，而茶叶中含有茶多酚等物质有利于促进人体对维生素的吸收，所以服用维生素类药物时，可用茶水服用。

（九）妇女“四期”少饮茶

妇女“四期”主要指经期、孕期、临产期和哺乳期。妇女若经期饮浓茶，由于茶叶中咖啡碱对神经和心脑血管有一定刺激作用，会使经期基础代谢增高，引起痛经，导致经血过多，甚至经期加长等现象。而经血中含有比较高的血红蛋白、血浆蛋白和血色素，所以女性经期会流失大量铁质，而茶叶中含有的鞣酸在肠道中易同铁离子结合，产生沉淀，妨碍肠黏膜对于铁离子的吸收。妇女孕期饮浓茶，由于咖啡碱的作用，会使孕妇的心跳加速，增加肾血流量，加重孕妇的心肾负担。不仅如此，孕妇在吸收咖啡碱时，胎儿也会被动吸收，而胎儿对咖啡碱的代谢速度要比成人慢得多，且时间相对较长，这对胎儿的生长发育不利。妇女临产期饮茶，会因咖啡碱引起的心悸、失眠而导致产妇体质下降、精神疲惫，甚至造成难产。妇女哺乳期饮浓茶，也有可能产生副作用，因为浓茶中茶多酚含量较高，一旦被女性吸收进入血液，便会收敛乃至抑制乳腺分泌，最终影响哺乳期奶水的分泌。另外，浓茶中的咖啡碱含量相对较高，被母亲吸收后，会通过奶水进入婴儿体内，对婴儿起到兴奋作用，或使婴儿发生肠痉挛。

因此，由于生理需求不同，妇女“四期”时，可适当饮用一些清淡的茶叶，不宜多饮，特别忌饮浓茶。

（十）饮茶的其他禁忌

除了上文谈到的饮茶的要求，饮茶还要注意六忌。

一是忌饮烫茶。因为烫茶对人的咽喉、食管等会产生强烈的刺激。

二是忌饮冷茶。冷茶同样会对人的口腔、咽喉、肠胃产生副作用。

三是忌饭前大量饮茶。饭前大量饮茶不仅容易冲淡胃液，而且影响胃分泌物，从而使食物的消化与吸收受到影响。

四是忌饭后立即饮茶。饭后立即饮茶，茶中含有的鞣酸容易与食物中的铁质、蛋白质等发生凝固作用，从而影响人体对铁质和蛋白质的吸收。

五是忌饮冲泡次数过多的茶。一般的绿茶在三四泡后，基本上没有什么可以利用的物质了，如果继续冲泡，茶叶中的一些微量有害元素可能会被浸泡出来，多饮不利于身体健康。

六是忌饮冲泡时间过久的茶。冲泡时间过久的茶，茶中的茶多酚、维生素和蛋白质会被氧化且变质变性，而且茶汤中也会滋生细菌。

三、饮茶的注意事项

（一）饮绿茶的注意事项

绿茶不耐贮藏，易氧化变质，因此，贮藏绿茶时要低温、避光、防潮、避氧、避异味。夏季贮藏绿茶时，最好将茶叶装在密封容器内，放入冰箱低温保存。绿茶性微寒，容易刺激肠胃，属于寒凉性体质的人或疾病患者（虚寒、内寒、胃寒）应少饮或不饮绿茶，患有胃溃疡、慢性胃炎等消化道疾病的患者也要尽量少饮或不饮绿茶。然而，患有肠炎、痢疾等消化道疾病的患者较宜饮用绿茶。

女性在经期、孕期、临产期和哺乳期等特殊时期也要尽量少饮绿茶。

（二）饮白茶的注意事项

一般情况下，白茶对胃壁没有刺激作用，但其性寒凉，胃寒者不宜空腹饮用，胃热者可在空腹时可适量饮用。白茶不宜饮太浓，太浓则会对胃产生刺激，老年人更不宜饮太多。

（三）饮黄茶的注意事项

黄茶属于轻发酵茶，制作工艺与绿茶相似，也含有大量的咖啡碱、茶多酚等成分，会刺激胃部的蠕动，因此胃部有炎症或不适者不宜饮用黄茶。

（四）饮乌龙茶的注意事项

乌龙茶不宜空腹饮用，因为冲泡乌龙茶用水相对较少，茶汤较浓，空腹饮用可能会导致肠胃吸收大量的咖啡碱而使人感到饥肠辘辘，甚至会头晕目眩，即俗称的“茶醉”。

乌龙茶也不宜冷饮，冷的乌龙茶寒性重，易使脾胃受寒，脾胃较弱的人空腹喝冷的乌龙茶后可能出现腹痛、腹泻等状况。睡前最好也不要饮乌龙茶，尤其是神经衰弱患者，以免影响睡眠。

（五）喝红茶注意事项

以下人群不宜饮红茶。

（1）结石病人和肿瘤患者。

（2）有贫血、精神衰弱、失眠状况的人。红茶的提神醒脑功效会使他们的失眠症状加重。

（3）平时情绪容易激动或比较敏感、睡眠状况欠佳和身体较弱的人。因为红茶具有很好的提神作用。

（4）胃热的人。因为红茶是温性茶，起到暖胃的作用。

（5）舌苔厚、口臭、易生痘、双目赤红的人。红茶属于热性茶，怕上火的人不宜喝红茶。

（6）正在服药的人。红茶可能会降低药效。

（7）经期的女性。因为经期体内铁质会大量流失，红茶中的鞣酸会妨碍人体对食物中铁的吸收。

（8）孕期女性。因为红茶中的咖啡碱会增加孕妇心肾的负荷，可能造成孕妇的不适。

（9）哺乳期女性。因为红茶中的鞣酸影响乳腺的血液循环，抑制乳汁的分泌，影响哺乳质量。

（10）更年期女性。因为红茶中的咖啡碱可能会使更年期出现心跳加快、睡眠质量差等状况。

（六）饮黑茶的注意事项

黑茶中氟的含量较高，长期大量饮用黑茶可能导致人体氟中毒，形成氟斑牙和氟骨症。黑茶具有良好的降脂减肥效果，但会阻碍人体对蛋白质的吸收，因此，太瘦、营养不良及蛋白质缺乏的人，饮黑茶要有所节制。黑茶所含成分可阻碍人体对 B 族维生素、铁、钙等营养成分的吸收，故素食者饮黑茶要适量。此外，黑茶能在很短的时间内迅速降低人体血糖，空腹及低血糖患者应慎饮黑茶。

任务三　特色茶

人们适当饮用特色茶，既能获得物质和精神上的愉悦，又能预防疾病和强身健体。本书所指特色茶是以茶为主要原料，根据时令或体质等特殊因素，配合不同食材或药材制作的茶饮品，以饮茶的方式达到保健与愉悦的目的。其中包括保健茶、美容茶、美体茶、美发茶、功能茶等。

一、保健茶

（一）桂圆茶

配方：桂圆肉 10～25 克，绿茶 1～1.5 克。

制法：桂圆肉蒸熟，取 10～25 克，加绿茶 1～1.5 克，沸水冲泡饮服。

功效：补血气、抗癌。

（二）甘草茶

配方：甘草 5～10 克，绿茶 1～1.5 克。

制法：将甘草注入沸水至杯中二分之一处，2～3 分钟后把绿茶投入玻璃杯中，随后注水至杯满，焖泡 3～5 分钟后品饮。

功效：具有清热解毒、抗癌功效。

（三）杏仁蜜茶

配方：甜杏仁 5～9 克，绿茶 1～2 克，蜂蜜 25 克。

制法：甜杏仁水煎后加入绿茶和蜂蜜，调服。

功效：具有清热解毒、祛痰、抗癌功效。

（四）无花果绿茶

配方：无花果 2 枚，绿茶 10 克。

制法：无花果洗净，与绿茶同入砂锅，加水共煎 15 分钟即成。

功效：可润肺清肠，抑制癌细胞生长。

（五）青果乌龙茶

配方：青果（即橄榄）10 克，乌龙茶 5 克。

制法：青果洗净，拍碎，与乌龙茶同入砂锅，加水煎煮 20 分钟即成。

功效：可生津利咽，解毒抗癌。可用于咽喉癌、食管癌、胃癌等患者的辅助性治疗。

二、美容茶

（一）香蕉蜂蜜茶

配方：香蕉1根，绿茶3克，蜂蜜适量。

制法：香蕉去皮，切成丁入杯备用。另取杯子放入茶叶，沸水冲泡，焖5分钟后取汁，并兑入放香蕉的杯中。10分钟后，调入蜂蜜即成。

功效：软化血管、滑肠通便、养颜润肤。适用于便秘、皮肤干燥者。

（二）牛奶红茶

配方：鲜牛奶100克，红茶3克，食盐适量。

制法：将红茶熬成浓汁，去渣取汁，牛奶煮沸后，加入茶汁，同时加入适量的盐，调匀即成。

功效：营养滋补、润泽皮肤、红润容颜。适用于面色不华、气血不足、皮肤干燥者。

（三）芝麻糖茶

配方：芝麻3～5克，绿茶0.5～1克，红糖25克。

制法：芝麻炒熟研末，与红糖、绿茶一起，用沸水冲泡5分钟即可。

功效：滋润五脏、滋养肝肾、延缓衰老。适用于肝阴虚头晕、肾阴虚耳鸣、四肢无力、皮肤干燥、头发干枯、妇女乳少者。

（四）特色美肤茶

配方：绿茶末适量、软骨素1克。

制法：先用沸水冲泡浓绿茶一杯，然后将软骨素与茶水调和，可经常饮用。

功效：美艳肌肤，使皮肤富有弹性。

（五）慈禧珍珠茶

配方：珍珠2～3克，茶叶适量。

制法：珍珠研成细粉，用沸水冲泡后的茶水候温送服。

功效：葆青春，美容颜，润肌泽肤。适用于面部皮肤衰老者。

（六）护眉隔夜茶

配方：隔夜茶适量，蜂蜜少许。
制法：隔夜茶中加入少许蜂蜜调匀，洗濯眉面。
功效：润眉。长期使用可使眉毛浓密，富有光泽。

（七）驻颜残茶

配方：残茶水适量。
制法：用喝剩的残茶水洗脸，养成习惯。
功效：润泽肌肤，坚持一段时间即可显出功效。

三、美体茶

（一）消脂茶之一

配方：茶叶、生姜、诃子皮各等份。
制法：先将茶叶、诃子皮加水 1 碗，煮至沸热后，再加生姜煎服。
功效：治积食，减肥。

（二）消脂茶之二

配方：茶叶、绞股蓝、决明子、番泻叶各等份。
制法：将各等份原材料精制为冲剂，每日两包冲饮。
功效：具有降脂、减肥作用。适用于肥胖病、高血压者。

（三）消脂茶之三

配方：乌龙茶、荷叶、人参叶、决明子、玫瑰各等份。
制法：各取等份沸水冲调后饮用，每日 1～2 次。
功效：具有减肥、降脂、降压、降糖等作用。适用于肥胖病、高血脂、高血压、糖尿病者。

（四）消脂茶之四

配方：乌龙茶 3 克，槐角 18 克，何首乌 30 克，冬瓜皮 18 克，山楂肉 15 克。

制法：先将槐角、何首乌、冬瓜皮、山楂肉四味加水煎沸 20 分钟，再取药汁冲泡乌龙茶，不拘时饮服。

功效：消脂减肥，健身益寿。适用于肥胖病及高脂血症者。

四、美发茶

(一)乌发茶

配方：黑芝麻 500 克，核桃仁 200 克，白糖 200 克，茶适量。

制法：黑芝麻、核桃仁拍碎，加糖研为细末，贮瓶备用，饮时用茶冲服。

功效：乌发美容。常用可保持头发光滑、滋润。

(二)返老还童茶

配方：槐角 18 克，何首乌 30 克，冬瓜皮 18 克，山楂肉 15 克，乌龙茶 3 克。

制法：槐角、何首乌、冬瓜皮、山楂肉加水煎沸 20 分钟，去渣取汁，趁水沸加入乌龙茶拌匀，经 5 分钟即成。每日 1 剂，温服。

功效：润须乌发，消脂减肥，滋补肝肾。适用于毛发枯黄或早白、肥胖、高血脂、动脉硬化者。

(二)芝麻润发茶

配方：芝麻 500 克，茶叶 750 克。

制法：将芝麻焙黄，每次取 2 克，加茶叶 3 克，加水煎沸 3 分钟，每日 1 剂，25 天为一疗程。

功效：主治皮肤粗糙、毛发干枯。

五、功能茶

(一)核桃茶

配方：核桃仁 5～15 克，白糖 25 克，绿茶 0.5～1 克。

制法：核桃仁碾成粉，与绿茶、白糖一起，用沸水冲泡 5 分钟。

功效：补肾强腰、敛肺定喘。适用于腰肌劳损、虚弱、气喘、产后手脚软弱、慢性气管炎者。

（二）党参茶

配方：蜜炙党参10～25克，红茶1～1.5克。

制法：混合后用沸水冲泡5分钟即成。每日1剂，分3次温饮。

功效：健胃袪痰，益气补血。适用于营养不良性贫血者。

（三）红枣桂花茶

配方：红枣100克，桂花3克，茶叶10克，白糖30克。

制法：先将红枣洗净，入锅后加水1000毫升，煮至红枣熟烂，再加入茶叶、白糖、桂花，沸后即成。

功效：养血顺气、健脾和胃。适用于血虚所致之头晕目花、面色萎黄者。

（四）自制梨茶

配方：梨1～2个，茶叶适量。

制法：去皮去核，切成小块，和茶叶一起泡饮，可放少许冰糖。另外，还可在梨茶中加入蜂蜜。

功效：健体、润燥功效。偏热体质的人更加适宜。

（五）萝卜茶

配方：白萝卜100克，茶叶5克，少量食盐。

制法：先将白萝卜洗净切片煮烂，略加食盐调味（勿放味精），再将茶叶用水冲泡5分钟后倒入萝卜汁内服用。

功效：有清热化痰、理气开胃之功效。适用于咳嗽痰多、纳食不香者。

（六）荔枝绿茶

配方：荔枝干6枚，绿茶3克。

制法：将荔枝干去壳后，与茶叶一起入杯，沸水冲泡，焖5分钟即成。

功效：益肾养颜、壮阳温中。适用于性欲减退、面色萎黄患者。

（七）大枣生姜茶

配方：大枣 25～30 克，生姜 10 克，红茶 0.5～1.5 克，蜂蜜适量。

制法：大枣加水煮熟晾干。生姜切片炒干，加入蜂蜜炒至微黄。再将大枣、生姜和茶叶用沸水冲泡 5 分钟即成。每日 1 剂，分 3 次温饮食枣。

功效：健脾补血、和胃、助消化。适用于食欲不振、贫血、反胃吐食者。

（八）祛风解表茶

配方：茉莉花茶 5 克，辛夷花 5 克，菊花 10 克。

制法：加入茉莉花茶、辛夷花和菊花，以开水冲泡，加盖浸泡 5 分钟，代茶服饮。在饮茶前先以茶水之热蒸气熏鼻窍。

功效：祛风清热，辛凉解表。适用于鼻渊风热蕴结证，外感风热，有恶寒发热、流脓涕较多、鼻塞加重者，可伴有鼻部疼痛，脉浮数。

（九）消炎止痛茶

配方：茶叶 3 克，陈醋 1～2 毫升。

制法：以沸水泡茶 5 分钟，加入陈醋调匀，先含漱，然后服饮。每日 3 次。

功效：消炎、止牙痛。适用于牙痛者。

（十）足癣茶方

配方：绿茶适量

制法：加水煎沸 10 分钟。用所得浓茶汁浸洗患脚，每日 1～2 次。

功效：杀菌，止痒。适用于轻度足癣患者。

任务四　茶食与茶点

古时喝茶并不叫作喝茶，而是叫作吃茶。既称为吃，那自然就是以茶为食材，所制作的食品即为茶食。随着茶馆文化的兴起，茶食文化自然而然地被广为接受，所以无论是茶叶所制的茶食还是伴茶的茶食，都是茶文化中的重要符号，也是中华民族源远流长文化中不可或缺的重要元素。

茶食的概念很宽泛，既指用于佐茶的糕点和糖果类的总称，又指掺茶做食做饮，或指用于佐茶的一切供馔食品，本书主要指后者，即用于佐茶的一切供馔食品，也就是常说的茶点。它们不但形小、质优，而且精细美观。看似简单的茶食与茶点，在选择上也要遵从食味与茶味相配合的原则。

一、茶食

茶食是茶文化中不可或缺的组成部分，它在茶的品饮过程中发展起来，口味、样式多样，不仅可以果腹，也为茶叶主要的呈味物质的载体。在与茶类、时代、地域、人文环境的搭配上极富艺术性，不仅讲究色、味、香、形等感官享受，而且注重文化内涵。因此茶食的存在是为了让品茶之人更充分地享受茶的美好，烘托品茶的氛围。

（一）茶食的分类

茶食主要分为食、肴、汤、点、饮五类。

1. 食

即主食，是以茶叶做辅料制成的主食，如茶米饭、茶饺、碧螺春卷等。

2. 肴

即菜肴，主要指炒菜，如红茶鸡丁、茶香猪排、龙井虾仁、樟茶鸭等。

3. 汤

即食物加水煮熟后的汁液，主要有汤与粥。肉、菜加水，水多物少为汤；粮食加水加肉、菜，水多粮少为粥。茶汤与茶粥都是以茶为料的汤和粥，如茶汤有绿茶番茄汤、乌鱼茶汤等，茶粥有红茶紫米粥、糯米绿茶粥等。

4. 点

是指小点和冷盘，是主食和主菜的辅食，既是小菜又是点心。著名的茶点有茶元宵、茶叶羊羹、茶叶冰激凌等。

5. 饮

指茶饮料，是除了传统方式的茶汤外的各种茶饮料，如蜂蜜绿茶、柠檬红茶、梅子乌龙等。

（二）茶食开发的要点

茶食是一种特殊的膳食，同时也是保健食品，它在开发时应注意以下几点。

1. 精巧清淡

茶食应不油腻，不要过甜或过咸，口味多酥脆、清爽。

2. 合理搭配，有益健康

茶叶本身具有很多对人体有益的元素，如茶叶中的谷氨酸能使大脑的机能活跃，维生素E可以防止大脑衰老。另外茶叶中所含的磷脂、甘油酯等都是大脑所需要的，这些都说明茶叶可以健脑益思，提高人的思维能力。所以在开发茶食时，可以考虑配合其他的健脑食品，如核桃、芝麻、人参、枸杞等，它们同茶叶一起制成茶食，可以增强健脑的功能。

3. 注重个性特色

茶食在开发时应从色香味形、餐具、服务等各个方面表现出自己的特色，以提高茶食的价值，同时塑造茶艺馆的形象。

（三）茶与茶食的搭配

品茶时需要搭配品尝一些茶食，既可佐味，又可增加情趣。茶食要与不同的茶搭配。古人云："甜配绿，酸配红，瓜子配乌龙。"即糕点、凤梨酥等甜食可搭配绿茶食用，蜜饯、柠檬片等酸食可搭配红茶食用，瓜子、开心果、杏仁等咸食宜搭配乌龙茶食用。

1. 清淡型茶配清淡的甜点

如果茶的香气和滋味都比较含蓄，那么与之相配的茶点不宜味道太浓重。一般来说，清淡的糕点适合与绿茶、白茶等不发酵或轻发酵的茶搭配。

2. 乌龙茶配咸辣的茶食

很多广东人喜欢喝早茶吃点心，例如叉烧包、虾饺、烧卖等，有些点心口味较重，搭配特色乌龙茶，可以去除口中的辛香气，解辣去咸。

3. 铁观音配油腻、油炸类茶食

吃油腻、油炸类茶食，可以适当地饮用铁观音，不仅促进分泌消化酶，而且能分解脂肪、消热解腻。

4. 红茶配西式甜点

西式甜点包括小蛋糕、蛋挞之类。喝红茶与西式甜点搭配，不仅能去甜解腻，还能暖胃顺气。除了红茶，也可配普洱茶类黑茶。

5. 龙井配干果

干果、杏仁、核桃等于健康有益，带点咸脆，而龙井入口清香、茶性清淡，不仅解渴，还能消脂去腻。

（四）各国茶食风格

茶食有中式、西式、日式三种风格。

西式茶食以糕为主，讲究自家烘烤，基本上都是由淀粉、糖、奶油、牛油、巧克力等为原料，再点缀或浇淋各种水果或酱汁制成，点心在欧美人的茶艺中占据重要地位。在英国，烤制糕点是检验一位主妇的手艺和家庭幸福是否的大事，因为茶都是从商家买来的，品牌、包装和价位随行就市，没有什么可比性，所以主妇手艺的高低主要看茶点的成色。日式茶食分量少，但很精致。中国茶食最为丰富，传统正宗的中式茶食，以带壳干果为主。在过去的老式茶馆，花生、瓜子是必备的茶食。现今的中式茶食品种十分丰富，从广义上说，几乎什么都可以包括进去。江南地区最为出名的当属“茶食四珍”，即玫瑰酥糖、椒盐桃片、牛皮糖，加上用现代工艺开发出来的合桃糕。福建人喝工夫茶，要佐以点心，比如豆茸饼、椰饼、绿豆糕等。岭南人酷爱早茶和晚茶，当地茶馆配备的茶食可以是糕点，也可以是小吃或肉食，所谓“一盅二件”，就是一杯茶配两样糕点，或其他两样吃食，如蒸凤爪、肠粉、牛河、烧卖、叉烧包等，但大部分茶馆的茶食还是点心和干果。

二、茶点

茶点应当包含在茶食之内，但严格地说，茶食和茶点是有区别的，茶食大多是干果或现成的糖果糕点，而茶点则是现场制作的点心。

现介绍几种主要的点心和干果。

（一）点心

1. 金糕

主要成分：鲜山楂、白砂糖、桂花、明矾、清水适量。

特点：呈鲜红色，富有弹性，软硬适度，酸甜适口，具有桂花香味。

2. 果丹皮

主要成分：同金糕。

特点：本品是京式风味，呈浅红色或浅棕色，具有山楂固有的风味，酸甜适口，具有生津止渴、帮助消化的功能。久食可降低胆固醇，使血管扩张，冠状动脉血流增加，血压下降。

3. 酸梅糕

主要成分：乌梅肉、绵白糖、山楂粉等。

特点：色泽鲜丽，层次分明，酸甜可口，别有风味。

4. 金橘饼

主要成分：金橘、白砂糖、明矾适量。

特点：本品色泽黄红，皮质细紧，果肉结实，甜酸适口，开胃通气，具有天然橘香味。

5. 茶酥

主要成分：小麦粉、白砂糖、小苏打、食用碱、芝麻仁、食用油、清水适量。

特点：呈深棕色，松酥爽口，味道甜美，并具有芝麻香味，是传统的佐茶茶食。

6. 茶米糖

主要成分：糯米、绵白糖、饴糖或蜂糖、咸桂花、猪油、清水适量。

特点：色白，酥脆化渣，香甜可口，是民间一种十分流行的传统茶食。

（二）干果

1. 花生

花生有五香花生、奶油花生、卤花生、怪味花生等。以五香花生为例。

主要成分：花生米、食盐、大蒜、茴香、花椒等。

特点：咸香酥脆，美味可口。

2. 瓜子

瓜子有玫瑰瓜子、椒盐瓜子、五香葵瓜子等。以玫瑰瓜子为例。

主要成分：黑瓜子、食盐、糖精、五香粉、丁香粉、玫瑰香精、食用红色素等。

特点：咸甜、味美、可口。

3. 核桃

核桃主要有香酥核桃仁、桂花核桃糖等。以香酥核桃仁为例。

主要成分：优质核桃仁、食盐、香精、白糖适量。

特点：甜、咸、香、酥，风味独特。

4. 蚕豆

蚕豆主要有怪味蚕豆、奶油五香豆等。以奶油五香豆为例。

主要成分：蚕豆、精盐、桂皮、茴香、白砂糖、奶油、清水等。

特点：呈淡棕色，外层裹有白粉，蚕豆硬韧而富有芳香味，十分可口。

此外，干果类还有栗子、松子、香蕉片、菠萝干、杏仁、开心果、腰果、榛子、白果等。

实操课程一　水与茶的品鉴

一、实操目的

水是茶的载体，离开水，所谓茶色、茶香、茶味便无从体现。本实操课程的目的就是通过识别不同的水对不同茶的影响，让学生正确选择好水、合适的水，真正泡好一杯茶。通过品鉴不同的水泡出的茶的色泽、茶的芳香与滋味，让学生真正感受“水为茶之母”的真谛，进而更加热爱茶文化。

二、基本要求

(1)学生尽量统一着装，如果不能统一着装，应着装整洁，注重仪容仪表，穿戴合乎标准。

(2)学生应注意相关操作规范。

(3)学生应注意各种礼仪规范，要使用礼貌用语。

(4)学生应注意认真体会实操目的和实操内容。

(5)遵守纪律，爱护公物。

三、实操项目

序　号	实操项目	学　时	实操项目类型
1	水的品鉴	0.5	应用型

续表

序　　号	实 操 项 目	学　　时	实操项目类型
2	绿茶的品鉴	1	应用型
3	红茶的品鉴	1	应用型

四、实操内容

1. 实操材料

(1)实操用具:茶盘、随手泡、盖碗、公道杯、品茗杯。

(2)消耗材料:水三种,即农夫山泉、怡宝纯净水、自来水;茶两款,即绿茶(可选恩施玉露)、红茶(可选正山小种)。

2. 实操步骤

(1)指导老师展示各种水、茶类和冲泡所需要的各种用具。

(2)指导老师把三款水烧开让学生品鉴。

选择农夫山泉、怡宝纯净水、自来水三款水,让学生品鉴不同水的口感。

(3)指导老师用三款不同的水分别泡两种不同的茶让学生品鉴。

①绿茶的冲泡与品鉴:分别用农夫山泉、怡宝纯净水、自来水冲泡绿茶后品鉴,冲泡后,通过让学生看绿茶的汤色、叶底,嗅香气,尝滋味,并写出品鉴心得。

②红茶的冲泡与品鉴:分别用农夫山泉、怡宝纯净水、自来水冲泡红茶后品鉴,冲泡后,通过让学生看红茶的汤色、叶底,嗅香气,尝滋味,并写出品鉴心得。

(4)学生畅谈品鉴水与茶的体会与收获。

五、实操考核

1. 考核内容

(1)撰写模拟实操报告:报告中写明通过本次实操掌握了哪些知识,收获了什么,等等,要求写得合理、全面、真实。

(2)实操记录的完整性、完成实操的质量及熟练程度、实操态度等。

2. 考核方法

(1)达到实操管理规定基本要求者,成绩可记合格。

(2)较好地完成实操任务者,成绩可记良好。

(3)圆满完成实操任务,有突出成绩者,成绩记为优秀。

(4)实操不合格认定:实操练习时长未达到标准练习时长90%以上者;未提交实操报告者。

实操课程二　特色茶的制作与体验

一、实操目的

通过本实操课程的学习,使学生了解茶的保健功能的发展历史,掌握茶的主要营养成分和保健功效,掌握重要特色茶茶方的配制、用途、功效,能在教师的指导下查阅相关资料,自主调配几款养生茶方。

二、基本要求

(1)学生尽量统一着装,如果不能统一着装,应着装整洁,注重仪容仪表,穿戴合乎标准。

(2)学生应注意相关操作规范。

(3)学生应注意各种礼仪规范,要使用礼貌用语。

(4)学生应注意认真体会实操目的和实操内容。

(5)遵守纪律,爱护公物。

三、实操项目

序　　号	实 操 项 目	学　　时	实操项目类型
1	常见特色茶茶方的调配与鉴赏	4	应用型
2	自创特色茶茶方综合实验	4	设计型

四、实操内容

(1)常见特色茶茶方的调配与鉴赏：

分别选择一款保健茶、美容茶、美体茶、美发茶、功能茶进行调配，搞清其配方、用法、功效、主治功能。

(2)自创特色茶茶方

指导学生调配1～2款特色茶茶方，并说明配方、制法、功效。

五、考核内容及办法

1. 考核内容

(1)撰写模拟实操报告：报告中写明通过本次实操掌握了哪些知识，收获了什么，等等，要求写得合理、全面、真实。

(2)实操记录的完整性、完成实操的质量及熟练程度、实操态度等。

2. 考核方法

(1)达到实操管理规定基本要求者，成绩可记合格。

(2)较好地完成实操任务者，成绩可记良好。

(3)圆满完成实操任务，有突出成绩者，成绩记为优秀。

(4)实操不合格认定：实操练习时长未达到标准练习时长90%以上者；未提交实操报告者。

◇知识活页

二维码 8-1

有关茶的知识

◇练习与思考

二维码 8-2
练习与
思考答案

(1)简述茶的主要营养成分。

(2)简述茶的主要功效。

(3)查阅相关资料，调配 1～2 款保健茶茶方，说明配方、用法、功效。

(4)简述饮茶的方法。

(5)饮茶时应注意哪些问题?

◇知识延展

[1] 杨晓萍.茶叶营养与功能[M]. 北京：中国轻工业出版社，2017.

[2] 姚国坤，陈佩芳.饮茶健身全典[M].上海：上海文化出版社，1995.

[3] 吴树良.茶疗药膳[M].北京：中国医药科技出版社，1999.

[4] 吴鸿南.中国茶食[M].北京：中国商业出版社，2002.

[5] 舒惠国，陈志勇，刘梅.茶享[M].北京：中国农业出版社，2004.

项目九　茶艺馆与茶席设计

◇学习目标

1. 知识目标

(1)了解茶艺馆设计与布置的要求。

(2)了解茶艺馆等级评定的要求和意义。

(3)了解茶席设计的构成要素。

(4)掌握茶席设计的结构方式、题材选择、表现手法和设计技巧。

(5)掌握茶席设计展示的相关要求。

2. 能力目标

(1)了解茶席设计的技巧。

(2)掌握茶席设计展示的基本技能。

3. 情感目标

通过本项目学习,感受茶室之美与茶席之美,进一步提高鉴赏能力和审美情趣。

◇学习重难点

(1)茶艺馆设计与布置的要求。

(2)茶席设计的结构方式、题材选择、表现手法和设计技巧。

◇任务导入

现今,茶艺馆发展进入了一个黄金时期,各地茶艺馆如雨后春笋般发展起来,但各地茶艺馆服务水平良莠不齐。为此,布置一个优雅的茶艺馆,设计一个独特的茶席,做好相应的茶艺服务工作就显得十分重要。对于高级茶艺师来说,茶席设计更是必须掌握的知识和技能,要能够独立设计出有思想内涵、有新意、有个性、有美感的茶席,让客人获得深层次的审美感受。

◇导入案例

共享茶室:一种新型的茶艺馆

如今,一家坐落在成都市高新区的共享茶室展现在人们眼前。共享茶室在门店管理系统的支持下,融合自助服务的模式,消费者只需要线上预订包间,选择消费时间,线下用手机就可以开门消费。成都这家茶室设有7个包间,功能、设计各有不同,顾客自助浏览、自助预订,消费结束可以选择续费或者结束消费,整个过程没有人打扰、没有人推销,安静、私密、舒适,给人带来全新的体验。茶室商家还可以远程管理,包间使用状态、预订情况、售货柜商品库存、消费明细等,一键登录即可查看。

请问:共享茶室值得推荐吗?

【案例分析】

在共享经济和大数据时代,成都这家共享茶室配备完善,功能齐全,为商务会客、生意洽谈、朋友聚会等提供了一个全新的私密空间和一个安静的环境,为品茗人士提供了一个舒适的场所。这家共享茶室包间功能可自由选择,让人们有更多自主性。

与此同时,共享茶室的出现,让茶室空间的利用更加完善,让人力成本得以降低,这是一种新型的茶艺馆,也是一种值得推荐的茶空间。

任务一　茶艺馆的设计与布置

中国人把饮茶看作一种艺术,将品茶视为一种雅事,认为品茶要区分场合,要有适宜的环境和条件相配。品茶场所,既有商业性的场所,又有非商业性的场所。商业性的场所就是通常所说的茶艺馆,非商业性的场所主要是个人住宅。这里主要介绍茶艺馆相关知识。

一、茶艺馆的定义与分类

(一)茶艺馆的定义

茶艺馆,又名茶肆、茶坊、茶店、茶铺、茶楼等,是对提供品茶服务为主的商业场所的统

称。中国的茶艺馆史可追溯到唐宋，中国茶艺馆数量之多，堪称世界之最。茶艺馆文化丰富多彩，是中华茶文化的重要组成部分。

（二）茶艺馆的分类

不同类型、别具风格的茶艺馆给予人们不同的心灵感受，丰富了人们的精神体验。总体来讲，依据不同的风格，即在装潢布局、陈列摆设及所在地区的特性等的不同，茶艺馆主要有以下五种类型。

1. 园林式

该布置讲究人与自然的和谐之美。它以中国江南园林建筑为蓝本，有小桥流水、亭台、楼阁、曲径花丛、拱门回廊，颇有“庭院深深深几许”的意境。室内陈设以民艺、木雕、文物、字画等为主，营造出清静悠闲的气氛，有一种返璞归真、回归大自然的感觉，“庭有山林趣，胸无尘俗思”，身处此境可领略中国文人的心境及精神。

2. 古典式

该布置以传统的家居厅堂为蓝本，摆设古色古香的家具，张挂名人字画，陈列古董、工艺品等，布置典雅清幽。所用的茶桌、茶椅、茶几等，古朴、讲究，或红木材质，或明制风格，或摆上八仙桌、太师椅等，是典型的中国文人阶级较为推崇的厅堂陈设，富有历史底蕴。

3. 乡土式

该布置强调乡土特色，追求质朴气息，大都以农耕背景作为布置的基调，如竹木家具、牛车、蓑衣、斗笠、石门、花轿等，充分展示乡村田园风格。有的直接将废置的古屋加以整修变成茶艺馆，有的特别设计成野趣十足的客栈门面，户外放置花轿、牛车；屋内装饰有古井、大灶，店里的工作人员穿凤仙装、店小二装来接待客人，更增添一番情趣。

4. 日本和式

该布置以拉门隔间，内置矮桌、坐垫，以木板、榻榻米为地，入内往往需脱鞋，席地而坐，以竹帘、屏风或矮墙等做象征性的间隔，顶上大都以圆形灯笼为照明器，有一种浓厚的东洋风味。

5. 综合式

该布置是将古今设备结合，东西形式合璧，室内室外相衬，多种形式融为一体的茶艺馆，以现代的科技设备创造传统的情境，以西方的实用主义结合东方的情调氛围，这类茶艺馆颇受年轻朋友的欢迎。

二、茶馆的等级评定[①]

（一）评定单位

商业饮食服务业发展中心茶馆行业办公室为贯彻中华人民共和国商务部公告发布的2014年第23号《茶馆等级划分与评定》国家行业标准（SB/T 11072－2013），在商务部的指导下，邀请相关机构、专家、学者成立茶馆等级评审委员会，全面负责全国茶馆等级评审工作。其职责为统筹全国茶馆等级评审工作；负责茶馆等级评定的受理、审查、评定、复核、管理、监督及标识牌和证书的制作与颁发；授权并监督各地方茶馆星级评审机构开展工作。

例如，商业饮食服务业发展中心茶馆行业办公室湖北秘书处是在湖北地区专门负责茶馆星级评审工作的机构，在武汉茶艺馆行业协会的具体领导下，开展整个湖北地区中国星级茶馆的推荐与评审工作。

（二）星级茶馆的标准与内容

1. 评定标准

（1）2012年3月中华人民共和国商务部发布《茶馆经营服务规范》（SB/T10654－2012）。

（2）2012年8月中华人民共和国商务部发布《茶艺师岗位技能要求》（SB/T10733－2012）。

（3）2014年4月中华人民共和国商务部发布《茶馆等级划分与评定》（SB/T11072－2013）。

2. 评定内容与茶馆等级

评定内容包括四个方面：建筑设备与设施、环境与安全、服务内容、从业人员要求及服务水平。

茶馆等共分五个等级，其中一星级、二星级茶馆不做要求，三星级、四星级、五星级茶馆规定最低得分线：三星级600分，四星级750分，五星级850分。

（三）星级茶馆评选的意义

对行业来说，将推动行业标准化进程，引领行业发展趋势，带动茶馆文化产业向前发展。

---

① 注：本书所指茶馆等同于茶艺馆。

对企业来说，可督促、规范茶馆企业参照此项国家行业标准规范本企业经营管理方式，对经营产品与服务等方面的管理更加标准化。利用强大的星级招牌和品牌优势，打破地域茶馆的局限，摆脱同质化竞争，开创个性化、主体化服务，提高从业人员荣誉感，大幅提升商业价值，提升企业竞争力。

对消费者来说，可让顾客在了解茶馆标准后，对于茶馆的等级有所判断，选择星级茶馆可彰显顾客身份价值。

（四）部分优秀茶馆展示（武汉地区）

楚韵茶馆是中国五星级茶馆、湖北省十佳茶馆、全国百佳茶馆，位于武昌黄鹂路，武汉传统文化汇聚地——湖北省博物馆对面，毗邻湖北省美术馆。风格是以徽派建筑搭配苏州园林庭院的古典中式茶馆（见图 9-1）。

图 9-1　中国五星级茶馆——楚韵茶馆

武汉观全庄企业管理有限公司成立于 2015 年，定位于推广茶文化、传播优秀国学文化，是销售优质茶产品、提供舒适优雅饮茶空间和茶艺服务的中高端茶文化企业（见图 9-2）。

贵缘堂是湖北儒释道文化发展有限公司倾力打造的国学文化生活交流平台，主要经营茶饮、餐饮、文玩字画、传统服饰、国学文化讲座、琴棋书画、诗香花茶等传统文化项目的体验和培训（见图 9-3）。

瓦库茶馆的命名来源于设计师余平老师的经历：十几年前，出于对古镇的喜爱，他组织了“中国古镇发现小组”。在行走中国古民居的过程中，他记录、思考、发掘当地的文化内涵，被土木砖瓦石头中的瓦所感动。瓦在百姓心目中，有独特的象征意义，人们栖居的家园，都离不开瓦的使用。瓦库茶馆（16 号店）自 2013 年开业至今，生意火爆，店内环境简约明快、温馨和谐，是武汉品茗、用餐的好去处（见图 9-4）。

图 9-2　中国五星级茶馆——观全庄

图 9-3　中国五星级茶馆——贵缘堂

图 9-4　中国五星级茶馆——瓦库茶馆(16 号店)

三、茶艺馆设计与布置

(一)茶艺馆外观设计与布置

茶艺馆外观设计与布置是茶艺馆装饰的重要部分,和内部设计一样,也要求美观实用,但外观设计与布置要更注重于吸引顾客、招徕生意。因此在进行外观设计与布置时,要综合考虑店前面积大小、门窗、标志图案、招牌等因素,要使茶艺馆外观的总体形象与其所提供茶艺的产品相关联,使宾客通过外观即可知道茶馆的类型,甚至能从店面判断茶艺馆的消费水平。具体设计要点有以下几点。

1. 外部造型

外部造型一定要突出茶的素雅、清心的特点。在外部造型设计中,可借鉴名楼、名园、传统民居的建筑艺术,有助于营造文化艺术氛围,也是加深人们印象、提高档次、扩大知名度的有效方法。

2. 招牌

招牌是永久性的广告,招牌要激发消费者的好奇心,引起消费者的注意,便于消费者记忆,同时也要体现出茶艺馆的格调。茶艺馆大都采取传统风格,招牌多为长方形匾额,用黑色大漆做底色,镏金大字做点名,请名人书写,雕刻而成,庄重堂皇;或用清漆涂成木质本色,用名人题的字,雕刻后,涂成绿色,古朴典雅;再者可以用现代装饰材料做成大的内装通明灯光,外面用醒目大字,构成现代气息的招牌。具体风格则根据茶艺馆所处的地段和茶艺馆的整体格调而定。

3. 店门

茶艺馆大门要高、宽比例合适,采光要好,透明度要高等。关键是要具有文化艺术意蕴和浓郁的个性特征。

4. 窗

窗的大小、形状、造型、材质、色彩有许多种类,窗的设计应与内外部环境布置相协调。按照中国传统审美观念,一般多用几何长方形、木质、花格窗,对窗进行独具匠心的设计,可给人以深刻的印象。

（二）茶艺馆内部设计与布置

1. 茶艺馆的内部布局

茶艺馆的内部主要划分为饮茶区、表演区和工作区三个部分。

1）饮茶区

饮茶区是茶客品茗的场所，根据茶艺馆规模的大小，可分为大型茶艺馆和小型茶室两类。

（1）大型茶艺馆。

品茶室可由大厅和若干个小室构成。视茶室占地面积大小，可分设散座、厅座、卡座及房座（包厢），或选设其中一二种，合理布局。

散座：在大堂内摆设圆桌或方桌若干，每张桌视其大小配 4～8 把椅子。桌子之间的间距为两张椅子的侧面宽度加上 60 厘米通道的宽度，使客人进出自由，无拥挤的感觉。

厅座：在一间厅内摆放数张桌子，间距同上。厅四壁饰以书画条幅，墙角地上或茶几上可放置绿色植物或鲜花，最好各个厅室能布置出各自的风格，配以相应的饮茶风俗，并赋予厅名，令茶客有身临其境之感。

卡座：类似西式的咖啡座。每个卡座设一张小型长方桌，两边各设长形高背椅，以椅背作为座位之间的间隔。每一卡座可坐 4 人，两两相对，品茶聊天。墙面以壁灯或壁挂，或精致的框画，或装饰画，或书法作品等作为点缀。

房座：又称包厢，四壁装饰简洁典雅，相对封闭，可供商务洽谈或亲友聚会。可为其取一个典雅的室名。

（2）小型茶室。

品茶室中混设散座、卡座和茶艺表演台，注意适度、合理地利用空间，要讲究错落有致。

2）表演区

茶艺馆在大堂中适当的部位必须设置茶艺表演台，力求使大堂内每一处茶座的客人都能观赏到茶艺表演。小型茶室中也可不设表演台，采用桌上服务表演。

3）工作区

工作区包括茶水房、茶点房和其他工作用房。

（1）茶水房。

茶水房应分隔成内外两间。外间为供应间，墙上可开设大窗，面对茶室，放置茶叶柜、茶具柜、消毒柜、电冰箱等。内间安装煮水器（如小型锅炉、电热开水箱、电茶壶）、热水瓶、水槽、自来水龙头、净水器、贮水缸、洗涤工作台、晾具架及晾具盘等。

（2）茶点房。

茶点房也同样隔成内外两间。外间为供应间，面向茶室，放置干燥型及冷藏保鲜型两种食品柜和茶点盘、碗、碟、筷、匙等专用柜。内间为特色茶点制作处或热点制作处。如果不供应此类茶点，可以省略，只需设立水槽、自来水龙头、洗涤工作台、晾具架及晾具盘等。

(3) 其他工作用房。

在小型茶室(馆)里,可不设立专门的开水房和茶点房。在品茶室中设柜台代替,保持清洁、整齐即可。根据茶艺馆规模大小,可设立经理办公室、员工更衣休息室、食品贮藏室等。

2. 茶艺馆的装饰布置

茶艺馆的布置目的就是要营造一个高雅的、富有文化品位的品茗环境,使茶客得以在此修身养性。茶艺馆的布置既要合理实用,又要符合审美情趣。

1)字画、壁饰

在浓郁的茶香中让茶客静静地欣赏一幅幅怡情悦目的名家字画,可以使其获得一种超凡脱俗的精神享受。字画的悬挂通常采用卷轴和画框两种形式,壁饰则有壁毯、陶瓷壁挂、砖雕等。如采用挂盘壁饰,要注意其材质、色彩对墙面的衬托效果,又要注意与室内装饰风格相协调,力求简洁完美。字画、壁饰一般可以在茶艺馆的门厅、走廊、楼梯侧壁、柱子及品茶区布置悬挂,既具装饰作用,又有欣赏价值。

2)饰品陈列

为了烘托茶艺馆的文化韵味以及彰显茶艺馆的个性特征,茶艺馆常做一些饰品陈列。

(1)工艺美术作品。如奇石、木雕、玉雕、根雕、陶艺作品、文房用具、竹木工艺品等。

(2) 乡土气息的陈列品。多用于地域性、乡土式茶艺馆,如斗笠、草帽、水车、石磨、葫芦、麦穗、红辣椒等。

(3) 具有自然特色的陈列品。多用于自然环境型的茶艺馆,把大自然的美景融入茶艺馆的环境中,顺应了人们回归自然的心理需求,如装饰峭壁耸立的山崖、荷塘春色、修竹茂林、枫叶数枝、溪水卵石、飞瀑清流等。有些甚至把整个茶艺馆布置成某一自然环境,如热带雨林、东南亚风情等,令人耳目一新,如置身异域之中。

3)茶叶、茶具展示

茶艺馆可以在厅堂的透明保鲜柜或玻璃橱内陈列展示造型别致、形态各异的各类名茶、新茶,这样可以为茶客传递茶叶信息,推动茶品销售。茶艺馆也可以在茶厅中摆设各种茶具的展示柜,展示瓷制、陶制等各种材质的茶具。这样既可以供客人参观欣赏,满足客人的好奇心,又可以烘托茶艺馆的文化氛围。

4)观赏植物的布置

绿色植物在茶室中具有净化空气、美化环境、陶冶情操的作用,茶艺馆里恰当地点缀一些观赏植物,可使茶室显得更加幽静典雅、情趣盎然,营造出赏心悦目、舒适整洁的品茗环境。观赏植物的基本形式主要有三种:盆景、盆栽和插花。

(1)盆景。盆景是我国独特的观赏植物陈设艺术,主要特点是采用小中见大、缩龙成寸的艺术手法,效仿大自然,把大自然的四时景色、秀丽山水浓缩于小盆之中,给人"以咫尺之内,而瞻万里之遥,方寸之中,乃辨千筑云峰"的艺术感受。盆景陈设时,要注意用足够的空间、适宜的尺度和适当的光照来显示其艺术效果。

(2) 盆栽。盆栽是一种室内装饰性观赏植物,盆栽的表现形式随花木本身特点而定,一般分为观花、观叶和观果三个类型。观花要求花色艳丽、花形奇特、花味芬芳。观叶要求枝繁叶茂、叶片青翠、叶形奇特。观果要求叶茂果盛、丰硕肥满。

(3) 插花。在茶艺馆较多采用的插花形式是桌花和花篮。桌花一般用盘花，但不宜插得过大、过高，过大、过高会挡住茶客的视线，妨碍其谈话交流，影响茶具和茶点的摆设。桌花的大小应考虑台面面积、茶厅布置、围坐人数等因素。花篮的规格一般有大、中、小三种，可根据具体环境条件选用。花材主要有菊花、月季、蜈蚣草、天冬草等。花器主要是柳编花篮、花泥。制作方法：先将花泥置于篮中，插入花材定型，然后插入衬叶和外围花卉，最后插摆花卉并修饰。

5)灯光

茶艺馆灯饰布置及光线设计，应不用或少用直射光源，而用漫射光线，光源灯罩多用磨砂玻璃、丝纱灯罩等，形式可以多样。光照度相对于大多数场合的光照度要暗一些。对于茶艺馆的内部来说，散座的光线要暗一些，但光线应能让聚在一起品茶的人相互辨认出各自的面部表情，雅座的光线则要亮一些。在茶艺馆中具有观赏性的地方和需要观察清楚的地方，光线可适当亮一些，如表演处、迎宾处、服务台、物品陈列处、茶食茶点处、门厅等。

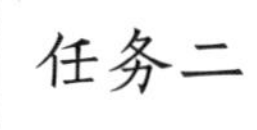

任务二 茶席的设计

茶席，是泡茶、喝茶的地方，包括泡茶的操作场所、客人的座席以及所需氛围的环境布置。

茶席始于我国唐代，当时一群诗僧与遁世山水间的雅士开始讲究喝茶环境，茶席便出现了。宋代文人喜欢把茶席置于自然山水之中，还喜欢把一些取形捉意于自然的艺术品摆设在茶席上。

一、茶席设计的构成要素

茶席之美，是视觉和心灵的碰撞；是用心的“布”，而不是刻意的“摆”，是为表现茶道精神而规划的一个场所(见图 9-5)。想要设计一方赏心悦目的茶席，必须了解茶席设计的构成要素。

(一)茶

茶是茶席的根本，是茶席设计的灵魂，是茶席设计的物质基础和思想基础。茶在一切茶文化以及相关的艺术表现形式中，是源头，也是目标。因茶而产生的设计理念，是构成茶席

图 9-5 茶席之美

设计的主要线索。

一个好的茶席，首先便是能体现杯中之茶的特性，通过茶的汤色、香气、滋味，呈现出茶本身的特性带给我们的身心感受。所以，好的茶席，能让人一靠近就体会到茶的意味。

（二）茶具

茶具是茶席设计的基础，茶席构成要素的主体，也是茶席的重要组成部分。茶具的组合要考虑其实用性和艺术性的融合。茶具的组合既可按传统样式配置，也可进行创意配置。

（三）铺垫

铺垫是指茶席整体或局部物件摆放下的铺垫物，也是铺垫在茶席之下的布艺类和其他物品的统称。铺垫的色彩和花式是表达情感的重要手段。茶席的铺垫会潜移默化地影响着人们的精神、情绪和行为。

铺垫的作用表现为：使茶席中的器物不直接触及桌面或地面，以保持器物的清洁；以自身的特征和特性，辅助器物共同实现茶席设计的主题。

铺垫的材质通常奠定了整个茶席的主基调，布置时常用到的有各类桌布，如布、丝、绸、缎、葛等，以及竹草编织垫和布艺垫等；也有直接采用自然风光的设计，如荷叶铺垫、沙石铺垫、落英铺垫等；还有不加铺垫，直接利用特殊台面自身的肌理，如原木台的拙趣、红木台的高贵、大理石台面的纹理等。

（四）插花

插花，即以自然的鲜花、叶草为材料，通过艺术加工，在不同的线条和造型变化中，融入一定的思想和情感而完成的花卉的再造形象。

茶席中的插花，重在体现茶的精神，要追求崇尚自然、朴实秀雅的风格，其基本特征是简洁、淡雅、小巧、精致。

茶席插花的形式，一般可分为直立式、倾斜式、悬挂式和平卧式四种。鲜花不求繁多，只插一两枝便能起到画龙点睛的效果。但插花要注重线条、构图的美和变化，以达到朴素大方、清雅绝俗的艺术效果。

（五）焚香

焚香，在茶席中一直占据着十分重要的地位。香料的种类繁多，在茶席中使用的香料，一般以自然香料为主。而香炉在茶席中的摆置，应遵循不夺香、不抢风、不挡眼这三个原则。在茶席环境中进行焚香，可以让席中之人获得嗅觉上的美好享受。它美好的气味弥漫于茶席四周，使品茶的内涵变得更加丰富多彩。

（六）挂画

挂画，又称挂轴。茶席中的挂画，是以挂轴的形式，悬挂在茶席背景中的书与画的统称。茶席挂画中的挂画内容，可以是字，也可以是画。一般以字为多，也可字画结合，我国历来有字画合一的传统。

（七）茶食

茶食，即佐茶的食物。在茶席中，茶食的主要特征是：分量少、体积小、制作精细、样式清雅。要遵循“甜配绿，酸配红，瓜子配乌龙”的规律。

在茶食盛器的选择上，其形状、色彩要与茶席的主器物相吻合，一般摆置在茶席的前中位或前边位。

（八）相关工艺品

工艺品是人们某个阶段生活经历的物象标志。当人们看到某个工艺品，脑海里就会浮现与之相关的人和物。因此，茶席中不同的相关工艺品与主器具的巧妙配合，往往会唤起人们的某种记忆，使茶席获得意想不到的艺术效果。

相关工艺品不仅能有效地陪衬、烘托茶席的主题，还能在一定条件下，对茶席的主题起

到深化的作用。

（九）背景

背景在茶席中也发挥着重要的作用，背景的设立，在某种程度上起着视觉阻隔作用，使人在心理上获得某种程度的安全感。背景的形式丰富多样，竹子、假山、窗等都可以是茶席的背景。

二、茶席设计的题材

茶席设计的题材常见的有如下几大类。

（一）以茶品为题材

茶，因产地、形状、特性不同而具有不同的品类和名称，并通过冲泡、品饮而体现其最终的价值。以茶品为题材，可以从以下三个方面体现出来。

1. 茶品特征的表现

茶，就其名称而言，已经包含了许多题材的内容。它有众多不同的产地，不同的地域茶文化有不同的风情。比如竹叶青，给人以清幽的感觉；东方美人，给人以典雅恬静的感觉。茶席的设计可以围绕茶叶的风格、特征来展开，如果茶席设计的风格背离了茶叶的风格、特征，茶席整体设计就会大打折扣。

2. 茶品特性的体现

不同的茶叶展现不同的茶性，如绿茶性苦，红茶性甘，普洱性陈。不同的特性，不同的冲泡方式，不同的器具展示，都会给人不同的艺术感受。茶叶的品饮，可从纯粹的品饮上升到精神享受，以满足人的精神需求。所以，通过茶席设计，可展示不同的自然景观、时令季节、饮茶心境，从而实现某种心理慰藉。

在自然景观方面，常以茶的自然属性来反映连绵的群山、无垠的大地、奔腾的江河、流淌的小溪等，或直接将石、木、花草、树叶置于茶席，体现出人、茶与自然的和谐亲近。比如武夷肉桂，其茶席就可以以奇石、假山来展现武夷山的独特地貌。

在表现时令季节方面，常通过茶叶所展现的不同季节特点，来展示茶与季节的关联。在这样的茶席展示中，茶的季节性不宜与实际相差太远。一般来说，绿茶可用于展示春天，铁观音可用于展示秋天，红茶、普洱可用于展示冬天。当然，茶叶也可以反季节展示，但这种茶席设计对设计者各方面的能力素质要求较高，需要谨慎选择。

3. 茶品特色的表现

茶有许多种颜色，将茶色和器具、材料结合起来，以器色衬托茶色，可以完美展示茶席设计元素。例如绿茶之色，碧绿如玉，在茶席设计中，所用器具、背景、装饰物，最好能与“绿”和“晶莹剔透”这两个元素完美地结合起来。

（二）以茶事为题材

中国几千年博大精深的传统文化，为我们提供了丰富的茶席题材。陆羽在《茶经》中，也用一个章节描述了“茶之事”。设计者可以从中选取自己喜爱的茶事作为设计题材，进行艺术的展示。

1. 重大的茶文化历史事件

几千年的茶文化历史中，重大的茶文化历史事件数不胜数。我们可以选取一些重大时期的事件，从某个角度在茶席中进行精心的刻画，来展现这一文化现象，比如神农尝百草、废团改散、宋代斗茶、供春制壶等。

2. 特别有影响力的茶文化事件

特别有影响力的茶文化事件，是指在茶史中虽不具有重大转折意义，但也在某个时期极有代表性甚至影响至今的茶事、比如焚琴煮茶、武阳买茶、七碗茶歌、披红大红袍等。

3. 个人喜欢的事件

个人喜欢的茶事不一定具有代表性，也不一定有较大的影响力，但胜在亲切、生动、活泼，投入了一定的情感，个人也熟知事件的细枝末节，将其作为茶席的题材，往往更能从新的角度发掘出一定的内涵，使茶席的思想内容更加丰富而深刻。

（三）以茶人为题材

凡爱茶之人、事茶之人、对茶业发展有重大贡献之人，均可称为茶人。以茶人作为茶席设计的题材，在选择茶人时，可以是古代茶人，也可以是当代茶人，比如神农氏、陆羽、吴理真、陈毅、老舍……还可以是身边一个名不见经传的茶人，对茶人选择方面不应苛求。古代茶人，与我们这个时代要求的茶人标准可能有一定的距离，但在那个年代，他们不计功名利禄而事茶，是我们应该学习的。总之，以茶人为题材的茶席可以从细小的场景来展现这一题材。

三、茶席设计的表现方法

以物、事、人为题材的茶席，一般采用具象的物态语言和抽象的感觉语言两种方式来表现。

具象的物态语言，是指通过对物态形式的准确把握来体现茶席设计。比如朱元璋，其对茶事的重大贡献在于"罢造龙团，唯采茶芽以进"。所以要展现这一历史人物，就要选择他那个时期的特殊物品及象征物，不能牵强附会。

抽象的感觉语言，是指通过器物的摆设，让观赏者以视、听等感官系统，由具体的事物联想到自身的知识、文化、经历，从而触及心理。抽象感觉的表达，虽然也要通过一定的物态形式，但此时的物态已经脱离物体本身，而具有抽象的形态。比如一本佛经，在茶席中应该表达的是"茶禅一味"，而不仅仅是佛经本身。抽象表达和设计者自身的素质相关，观赏者如果达不到某种境界，可能无法理解这一表达方式。

四、茶席设计的结构方式

（一）中心结构式

所谓中心结构式，是指在茶席有限的铺垫或表现空间内，以空间中心为结构核心点，其他各因素均围绕该结构核心点来表现相互关系的结构方式（见图 9-6）。中心结构式属于传统结构方式，是茶席设计中使用较多的一种结构方式。

图 9-6 中心结构式

中心结构的核心点，往往以主器物来表现。在茶席的诸种器物中，主器物一般都是茶具。茶具是茶席的主要构成因素，而茶具中又以茶杯（茶碗）为主。

1. 中心结构式的大小关照

中国古代传统茶席，历来采取“炉不上席”的做法，即茶炉一般都放置在席下，或直接放在地上。现代茶炉以随手泡、酒精炉取代了炭炉。随手泡、酒精炉清洁、安全，造型也较精致、小巧，因此，大多与其他茶具一起置于茶席铺垫之上。如此，茶席中最大的器物即为茶炉。但茶炉一般不作为茶席中心结构的核心点，只是在特殊茶席题材中才被置于中心。

通常，茶炉都被置于铺垫的右后位，这是为了便于右手提用。而处于结构核心点的主器物，无论是茶杯（碗）还是茶罐，都比茶炉要小得多。由于同属于一个结构比例形式，这样的结构方式并不会让人感到比例失调，主小次大，或主大次小。如果想要突出小的一方，可在色彩等因素中抑大扬小，或在大的对角点上也放置相对大的器物，如滓方等，这样便可基本实现大小结构比例的和谐。

2. 中心结构式的高低关照

高低比例是针对茶席铺垫上的器物而言的。背景、插花、焚香、相关工艺品等只有在特殊情况下，才具有高低比例的结构差异。

中心结构式的高低比例原则是：高不遮后，前不挡中。

3. 中心结构式的远近关照

远近比例是针对结构核心物与其他器物、铺垫空间与茶席的其他构成因素之间的距离而言的。器物之间的距离，以保持茶席的构图协调为目标，远与近的把握，只要总体协调即可。但相同器物，如数个茶碗，还是应该注意茶碗之间距离的对称。不能两三个茶碗挤在一起，留一个茶碗丢在一边，这样会给人不好的印象。

4. 中心结构式的前后左右关照

茶席器物前后左右的方向，也是设计茶席时需要注意的。前后器物要以单体获得全视为前提，左右器物要以整体平衡为前提。

（二）多元结构式

多元结构式又称为非中心结构式。在多元结构式茶席中，结构核心可以在空间距离中心，也可以不在空间距离中心，但要符合茶席的结构规律并使茶席呈现出一定程度的结构美（见图 9-7）。多元结构式类型繁多，其中比较有代表性的有流线式、散落式、桌地组合式等。

1. 流线式

流线式是一种极富个性的结构方式，以地面结构多见。一般为地面铺垫的自由倾斜状

图 9-7　多元结构式

态，有强烈的流动感。若是用织品类铺垫，多使织品的平面及边线轮廓呈不规则状。若是采用树叶铺、荷叶铺、石铺，更可随意摆放，只要整体铺垫呈流线状即可。

流线式在器物摆置上无结构中心，不分大小、不分高低、不分前后左右，仅是从头到尾，信手摆来。

2. 散落式

散落式的主要特征一般表现为铺垫平整，器物基本规则，其他装饰品自由散落于铺垫之上。如将花瓣或富有个性的树叶、卵石等不经意地散落在器物之间；或铺垫不规则，器物也不规则，再将花瓣、树叶类自由散落其间；还有的直接将散落的花瓣、树叶作为铺垫，而器物则呈规则结构方式摆放。

散落式重在表现人身处自然中的闲适心情。

3. 桌地组合式

桌地组合式是一种部分器物置于地上，部分器物置于桌上的结构方式，属于改良的传统结构方式。

五、茶席设计展示

（一）作品解说一：《幽篁里》

何以变真性，幽篁茶中绿。心随幽篁而去，身与风云悠闲。静静独坐在幽篁里，竹下却忘记了语言，唯以祭蓝描金盖碗，试点着茶中三昧，在银制水壶中煮出安吉竹海的味道。寂静时光，一卷闲书，诸尘不染，更作茶瓯清绝梦。深色底席，丝竹承香，渐渐舒开芽叶，轻轻转身，风来衣飘，雨至润心，好一番竹画江南绕茶香的悠悠禅意（见图 9-8）。

图 9-8 《幽篁里》

（二）作品解说二：《黔红风采》

洁白的酒壶式茶组剔透如玉，婀娜多姿，以优雅之姿满载芬芳，阳光在透亮的茶面上聚焦，辉映着耀眼的金色，满满的幸福洋溢在幽静的茶席间，席间的那一抹最本色的红、绿，轻盈鲜活，仿佛让我们回到了梦里高高的茶山，在那片绿海里采摘着大自然的恩赐——那新绿的嫩蕊。茶席意在表现真我的本色精神，品味大自然浓浓的清香气息，展现出黔红多彩多姿的独特风采（见图 9-9）。

图 9-9 《黔红风采》

（三）作品解说三：《淡泊之境》

茶席散发出一种朴拙、自然、清雅之气，有一种清淡、悠闲之意。小白瓷壶组洁白如雪，轻盈如白云，潇洒如一缕笛音，每一粒音符都轻盈洁净得像自己的那一颗脱离了世俗的心，透明洁净如天上那一轮明月般皎洁，如山涧的那一汪泉水般晶亮透明，像高空的那一片云般悠闲舒散，像林中的一茎草般自然忘我。在这不经意间，怀着洁净淡泊的情怀把山居的日子过得自由散漫（见图 9-10）。

图 9-10　《淡泊之境》

实操课程一　茶室的布置

一、实操目的

通过本实操课程的学习，让学生了解茶室的环境，包括建筑风格、装饰格调、空间意境、陈列物品、壁面布置等，学会茶室的基本布置，这既是对课堂理论教学的重要补充，也有利于提高学生的鉴赏能力和审美情趣。

二、基本要求

(1)学生尽量统一着装,如果不能统一着装,应着装整洁,注重仪容仪表,穿戴合乎标准。

(2)学生应注意各种操作规范和礼仪规范。

(3)学生应注意在日常服务时接待宾客的礼貌用语。

(4)学生应注意培养自己的基本素质,比如爱岗敬业精神、交际能力、语言水平、服务技能技巧、服务态度、服务意识、应变能力等。

(5)遵守纪律,爱护公物。

三、实操项目

序　号	实 操 项 目	学　时	实操项目类型
1	观摩茶室的布置	1	应用型
2	拟订一份茶室布置说明或设计一份茶室设计图	2	设计型

四、实操内容

茶室的布置是茶人文化修养的综合反映。为了能充分显示茶室陶冶情操、修身养性的作用,在茶室布置上须下一番功夫,使之既合理实用,又有不同的审美情趣。

1. 中国古典式茶室的布置

要求:茶室装潢和桌椅陈设追求典雅别致,四壁或柱上悬挂书画,在适当的位置摆放盆景、插花以及古玩和工艺品,还可以摆设书籍、文房四宝以及乐器和音响等。有的还点香以增添幽雅平和的气氛。

2. 中国乡土式茶室的布置

要求:茶室的布置着重在渲染山野之趣,室内家具多用木、竹、藤制成,式样简朴而不粗俗,不施漆或只施以清漆。壁上一般不用多余饰物,为衬托气氛,墙上可以挂一些蓑衣、渔具或玉米棒、红干辣椒串等,以宝葫芦等点缀,让人仿佛置身于山间野外、渔村水乡。

3. 欧式与和式茶室的布置

要求：茶室的布置是仿国外茶室的装饰，力图营造异国情调。欧式茶室以卡座设置居多。和式茶室指日本的茶室布置，即室内铺榻榻米，客人须脱鞋入内，席地而坐，整体布置简洁明快，或张挂一画，或摆设一花。

学生可在三种风格中选择一种，以团队的形式进行茶室布置。

五、考核内容及办法

1. 考核内容

(1)提交一份茶室设计说明(或设计图)。

(2)实操记录的完整性、完成实操的质量及熟练程度、实操态度等。

2. 考核方法

(1)达到实操管理规定基本要求者，成绩可记合格。

(2)较好地完成实操任务者，成绩可记良好。

(3)圆满完成实操任务，有突出成绩者，成绩记为优秀。

(4)实操不合格认定：实操练习时长未达到标准练习时长90%以上者；未提交实操报告者。

实操课程二　茶席的设计

一、实操目的

通过本实操课程的学习，使学生掌握茶具组合、茶席结构、背景及相关工艺品的设计与选配、茶席的插花制作、焚香、挂画、茶食的配置、音乐及服装的选择等基本技能，可进行茶席设计与展示，并能进行茶席文案编写，这既是课堂理论教学的重要补充，也有利于提高学生的鉴赏能力和审美情趣。

二、基本要求

(1)学生根据茶席的主题选择茶品、茶具、工艺品、插花、挂画、音乐、服装等。

(2)学生应注意茶席设计的操作规范。

(3)学生应注意各种礼仪规范,要使用礼貌用语。

(4)学生应注意认真体会实操目的和实操内容。

(5)遵守纪律,爱护公物。

三、实操项目

序　　号	实 操 项 目	学　　时	实操项目类型
1	初步设计并展示一个茶席设计作品	1	设计型
2	茶席文案编写	2	设计型

四、实操内容

1. 教师讲解示范

(1)确定主题。

(2)选择茶品。

(3)配置茶具。

(4)选择背景与挂画。

(5)选择铺垫。

(6)制作插花。

(7)焚香。

(8)选择相关工艺品。

(9)配置茶食。

(10)选择音乐。

(11)进行命题。

(12)进行文案编写。

(13)进行茶席展示。

2. 学生分组实操

学生分组完成一个茶席设计作品，并由教师点评学生作品。

五、考核内容及办法

1. 考核内容

（1）提交一份茶席设计说明。

（2）实操记录的完整性、完成实操的质量及熟练程度、实操态度等。

2. 考核方法

（1）达到实操管理规定基本要求者，成绩可记合格。

（2）较好地完成实操任务者，成绩可记良好。

（3）圆满完成实操任务，有突出成绩者，成绩记为优秀。

（4）实操不合格认定：实操练习时长未达到标准练习时长 90%以上者；未提交实操报告者。

知识活页

二维码 9-1

有关茶的知识

练习与思考

二维码 9-2 练习与思考答案

（1）简述星级茶馆评选的意义。

（2）简述茶艺馆的类别。

（3）简述如何进行茶室的布置。

（4）简述茶席设计的构成要素。

（5）以小组为单位设计一个有特色的茶席。

知识延展

[1]　范增平．生活茶艺馆[M]．长春：吉林科学技术出版社，2004．

[2] 陈文华.中国茶艺馆学[M].南昌:江西教育出版社,2010.
[3] 黄滢,马勇,贾方.茶空间[M]. 南京:江苏人民出版社,2012.
[4] 周新华.茶席设计[M].杭州:浙江大学出版社,2016.
[5] 静清和.茶席窥美[M].北京:九州出版社,2015.

参 考 文 献

[1] [日]千玄室.茶之心[M].张建立,译.北京:文化艺术出版社,2003.
[2] 范增平.生活茶艺馆[M]. 长春:吉林科学技术出版社,2004.
[3] 康乃.中国茶文化趣谈[M].北京:中国旅游出版社,2006.
[4] 蔡荣章.茶道入门三篇——制茶、识茶、泡茶[M].北京:中华书局,2006.
[5] 张忠良,毛先颉.中国世界茶文化[M].北京:时事出版社,2006.
[6] 柴奇彤.实用茶艺[M].北京:华龄出版社,2005.
[7] 曹鹏.闲闲堂茶话[M].北京:中国广播电视出版社,2007.
[8] 南国嘉木.茶道人生[M].北京:中国市场出版社,2006.
[9] 南国嘉木.茶艺品赏[M].北京:中国市场出版社,2006.
[10] 韩其楼.紫砂壶全书[M]. 北京:华龄出版社,2006.
[11] (唐)陆羽,(清)陆廷灿.茶经[M].北京:蓝天出版社,2007.
[12] 丁以寿.中华茶道[M].合肥:安徽教育出版社,2007.
[13] 刘勤晋.茶文化学 [M]. 2版.北京:中国农业出版社,2010.
[14] 陈椽.茶叶通史 [M]. 2版.北京:中国农业出版社,2008.
[15] 夏涛.中华茶史[M].合肥:安徽教育出版社,2008.
[16] 王玲.中国茶文化[M].北京:九州出版社,2009.
[17] 何厚余.用心学泡茶[M].北京:中华书局,2010.
[18] 陈文华.中国茶艺馆学[M].南昌:江西教育出版社.2010.
[19] 黄滢,马勇,贾方.茶空间[M]. 南京:江苏人民出版社,2012.
[20] 周新华.茶席设计[M].杭州:浙江大学出版社,2016.
[21] 静清和.茶席窥美[M].北京:九州出版社,2015.
[22] 张金霞,陈汉湘.茶艺指导教程[M].北京:清华大学出版社,2011.
[23] 刘枫.新茶经[M].北京:中央文献出版社,2015.
[24] 周重林,李乐骏.茶叶江山[M].北京:北京大学出版社,2014.
[25] 王绍梅,宋文明.茶道与茶艺 [M].2版.重庆:重庆大学出版社,2014.
[26] 张星海,方芳.绿茶加工与审评检验[M].北京:化学工业出版社,2015.
[27] 陈丽敏.茶与茶文化[M].重庆:重庆大学出版社,2012.
[28] [美]萨拉·罗斯.茶叶大盗[M].孟驰,译.北京:社会科学文献出版社,2015.

[29] 陈力群.茶艺表演教程[M].武汉：武汉大学出版社，2016.
[30] 江用文，童启庆.茶艺师培训教材[M].北京：金盾出版社，2017.
[31] 廖宝秀.历代茶器与茶事[M].北京：故宫出版社，2017.
[32] 杨晓萍.茶叶营养与功能[M].北京：中国轻工业出版社，2017.
[33] 周重林，太俊林.茶叶战争：茶叶与天朝的兴衰[M].武汉：华中科技大学出版社，2012.
[34] 戎新宇.茶的国度：改变世界进程的中国茶[M].上海：上海交通大学出版社，2019.
[35] 胡付照.中华茶文化与礼仪[M].北京：中国财富出版社，2018.
[36] 朱海燕.中国茶道·礼仪之道[M].北京：中国农业出版社，2019.
[37] 罗龙新.帝国茶园——茶的印度史[M].武汉：华中科技大学出版社，2020.
[38] 艺美生活.寻茶记——中国茶叶地理[M].北京：中国轻工业出版社，2018.
[39] 路国权、蒋建荣，王青等.山东邹城邾国故城西岗墓地一号战国墓茶叶遗存分析[J].考古与文物，2021(5)：118-122.

阅读推荐

1.陈椽《茶叶通史(第二版)》

本书是国内外第一部茶史专著，对茶业的历史发展进行了全新的梳理。书中阐明了茶的起源、茶叶生产的演变、制茶技术的发展与传播、中外茶学、茶与医药、茶与文化、茶叶经济政策、茶叶对外贸易、中国茶叶今昔对比等。对茶业历史做了全方位的研究，填补了茶史研究中的空缺。

2.艺美生活《寻茶记——中国茶叶地理》

本书是一群热爱茶的年轻人所写，他们以茶为主题，深入走访了中国13个著名茶区，让人们了解到各个茶区的地理环境和植物系统，学习各类茶的制作技艺、冲泡技巧等。

3.周重林、李乐骏《茶叶江山》

本书从茶叶的历史、文化入手，描述茶叶的起源，以及茶马古道等民俗风情，并介绍了茶叶在近代中华民族复兴中的处境及其作用，同时描摹出这一时期人们的生活和情感状况。

4.戎新宇《茶的国度：改变世界进程的中国茶》

本书是一部茶的文明史，以中国茶的诞生、流行、传播、发展为脉络，通过茶的诞生和流行书写了中华文明的发展历程，并通过茶的传播反映出世界格局的变化和全球化进程的推进。

5.廖宝秀《历代茶器与茶事》

本书精选200余件历代茶器、茶画，力图呈现出一部中国茶事的恢宏历史，书中如实地还原了唐宋至明清的饮茶风尚。

6.萨拉·罗斯《茶叶大盗》

本书以冒险小说的笔触记述了在维多利亚时代，一个在世界茶史上赫赫有名的茶叶大盗的故事，内容反映了一个时代特有的围绕茶叶产生的纷争和利益冲突。

7.罗龙新《帝国茶园——茶的印度史》

本书深入追溯和研究19世纪英国人在印度创立的辉煌茶产业的历史，为读者还原了一段完整的印度茶叶发展史，也为茶叶文化研究者提供了一些可供参考的文字和图片。

与本书配套的二维码资源使用说明

本书部分课程及与纸质教材配套数字资源以二维码链接的形式呈现。利用手机微信扫码成功后提示微信登录，授权后进入注册页面，填写注册信息。按照提示输入手机号码，点击获取手机验证码，稍等片刻就会收到4位数的验证码短信，在提示位置输入验证码成功，再设置密码，选择相应专业，点击"立即注册"，注册成功(若手机已经注册，则在"注册"页面底部选择"已有账号？立即登录"，进入"账号绑定"页面，直接输入手机号和密码登录。)接着提示输入学习码，须刮开教材封面防伪涂层，输入13位学习码(正版图书拥有的一次性使用学习码)，输入正确后提示绑定成功，即可查看二维码数字资源。手机第一次登录查看资源成功以后，再次使用二维码资源时，在微信端扫码即可登录进入查看。